O CÓDIGO DE DARWIN

M.A. ROTHMAN

TRADUZIDO POR
ANDRÉIA BARBOZA

PRIMORDIAL PRESS

O Código de Darwin © 2024

M. A. Rothman

Copyright de Darwin's Cipher © 2019 Michael A. Rothman

Tradução: Andreia Barboza

Revisão: Paula Ferreira

Capa: M. S. Corley

Texto revisado segundo o novo Acordo Ortográfico da Língua Portuguesa.

Capa Comum ISBN: 978-1-960244-59-8

Nota do autor sobre a Covid-19

Quando escrevi este livro pela primeira vez em 2018, a maioria das pessoas considerava o conceito de um inimigo viral se espalhar pelo mundo e devastar grandes populações como algo de ficção científica.

Tendo passado toda a minha carreira na área das ciências, eu estava muito ciente da possibilidade de tais coisas ocorrerem. Elas certamente aconteceram no passado. Acho que até mesmo a comunidade científica em geral se tornou um tanto complacente. Afinal, nós "sabíamos" que o pesadelo da Peste Negra que matou quase 50% da Europa em 1300 não poderia acontecer novamente.

Por que não poderia acontecer novamente? Bem, em termos simples, essa praga foi causada por uma infecção bacteriana que agora pode ser tratada com antibióticos bastante comuns.

Claro, essa não foi a única pandemia histórica. Tivemos a gripe espanhola de 1918, que foi estimada em ter matado entre dezessete e cinquenta milhões de pessoas. Nenhum antibiótico nos teria salvado dela. Essa gripe tinha dois atributos muito desagradáveis: se espalhava com muita facilidade e tinha uma alta taxa de mortalidade. Curiosamente, a gripe que matou todas essas pessoas foi o vírus

H1N1, o mesmo tipo que causou a pandemia de gripe suína de 2009. No entanto, quando a gripe suína surgiu, ela teve uma taxa de mortalidade muito baixa, até menor do que a gripe comum. Muitos em posições de tomada de decisão provavelmente acreditavam que uma repetição de uma pandemia como a gripe de 1918 era extremamente improvável.

E então a Covid-19 atacou.

Não demorou muito para o mundo perceber o quanto essa pandemia era diferente. Ela se espalhou com muita facilidade. No início, as taxas de mortalidade pareciam chocantemente altas. O mundo entrou em *lockdown*.

Se você está lendo isso, aposto que foi afetado por esse *lockdown* e, por isso, sinto muito.

Quando o surto de Covid ocorreu no início de 2020, atualizei este livro com esta nota e tentei deixar as pessoas com alguns pensamentos edificantes:

1. Temos uma compreensão muito melhor desse vírus hoje do que tínhamos há apenas alguns meses. Dito isso, acredito que sabemos o que precisa ser feito para controlar a disseminação, bem como como continuar a melhorar as taxas de sobrevivência.

2. Avançamos de maneira significativa em nosso conhecimento de biologia desde 1918, e a pesquisa genética que traz enormes benefícios à humanidade agora é possível. Os testes preliminares de vacinas já começaram e eu realmente acredito que uma vacina que pode ser administrada amplamente está próxima. Veremos um retorno a um modo de vida "mais normal" em breve.

Este livro aborda o tópico do câncer e a busca por uma cura, mas, estranhamente, também abordo o espectro do que pode acontecer devido a uma pandemia mundial. Embora a história seja uma obra de ficção, a ciência é real, e rezo para que, quando terminarmos com a Covid-19, invistamos globalmente nas ciências que podem, tanto quanto possível, tornar essas pandemias uma coisa do passado.

Felizmente, as coisas parecem ter diminuído e muitos de nós

podemos respirar aliviados, sabendo que poderia ter sido muito pior. Deixei esta nota propositalmente para nos lembrar de como foi durante o auge. Talvez até mesmo as gerações futuras que não têm memórias da pandemia vejam a incerteza ecoada na nota.

Mike Rothman, 20 de agosto de 2023

CENTROS DE CONTROLE E PREVENÇÃO DE DOENÇAS
CDC 24/7: Salvando Vidas, Protegendo Pessoas™
Novos Casos de Câncer e Mortes Esperados em 2030
Relatório #A15928 CONCLUSÕES CONFIDENCIAIS
NÃO É PARA DIVULGAÇÃO PÚBLICA

Entre 2018 e 2030, esperamos que o número de novos casos de câncer nos Estados Unidos aumente cerca de 24% em homens, mais de 1.000.000 de casos por ano, e cerca de 21% em mulheres, para mais de 900.000 casos por ano.

Os tipos de câncer que esperamos que mais aumentem são:

- melanoma (predominantemente em homens e mulheres brancos)
- câncer de próstata, rim, fígado e bexiga em homens.
- câncer de pulmão, mama, útero e tireoide em mulheres.

Apesar da redução nas taxas de cânceres relacionados ao cigarro, como câncer de pulmão, temos visto aumentos constantes em outras taxas de câncer devido ao envelhecimento da população, um problema de obesidade cada vez pior e outros fatores ainda não determinados.

Cerca de dois terços dos adultos e um terço das crianças agora são categorizados como sobrepeso ou obesos. Essas condições relacionadas ao peso aumentam os riscos de câncer de mama, colorretal, esofágico, uterino, pâncreas e rim feminino. Esperamos que as taxas desses cânceres relacionados ao peso (com exceção dos cânceres de mama e colorretal) aumentem outros 30% a 40% até 2030.

Novos casos de câncer de fígado devem aumentar em mais de 50%, como resultado de um aumento nas infecções por hepatite. Os cânceres orais em homens brancos devem aumentar em cerca de 30%, devido a uma maior incidência de infecções por papilomavírus humano (HPV).

Outros fatores potenciais para o aumento das taxas de câncer incluem mudanças demográficas raciais e outras considerações ambientais.

RECOMENDAÇÃO

É justo dizer que estamos à beira de uma epidemia de câncer em nossa nação. Mais financiamento para pesquisa é necessário para focar no tratamento e prevenção, caso contrário, o custo do atendimento médico para pacientes com câncer pode eventualmente exceder todas as outras despesas médicas combinadas.

Paula E. Gruyerre, M.D.
Diretora do CDC
Departamento de Saúde e Serviços Humanos dos EUA

CONTENTS

Capítulo um	1
Capítulo dois	14
Capítulo três	22
Capítulo quatro	37
Capítulo cinco	50
Capítulo seis	64
Capítulo sete	76
Capítulo oito	94
Capítulo nove	108
Capítulo dez	121
Capítulo onze	129
Capítulo doze	140
Capítulo treze	154
Capítulo catorze	171
Capítulo quinze	180
Capítulo dezesseis	198
Capítulo Dezessete	214
Capítulo dezoito	228
Capítulo dezenove	244
Capítulo vinte	251
Capítulo vinte e um	261
Capítulo vinte e dois	273
Capítulo vinte e três	289
Capítulo vinte e quatro	303
Capítulo vinte e cinco	319
Capítulo vinte e seis	340
Nota do Autor	351
Adendo	355
Prévia de Perímetro	365
Sobre o Autor	385

CAPÍTULO UM

Jon LaForce desceu o caminho íngreme que levava ao Vale Tikaboo e tomou um gole do vinho tinto barato que comprou em um posto de gasolina próximo. Quase imediatamente, um arrepio subiu por seu pescoço e aqueceu suas bochechas.

Ele havia acabado de ser demitido pela segunda vez neste mês.

Não tinha certeza do que o trouxe para o meio do nada no sudeste de Nevada. Quando ele era criança, seus amigos costumavam falar sobre vir aqui para espionar os aviões militares enquanto eles decolavam e pousavam. Eles costumavam sussurrar sobre experimentos secretos, nuvens misteriosas no céu e, claro, OVNIs. Afinal, era aqui que eles mantinham aqueles alienígenas. Área 51.

Jon não acreditava em nada daquela porcaria e duvidava que algum de seus amigos tivesse tido coragem de realmente entrar de maneira furtiva no terreno ou mesmo sair por aqui. E, enquanto olhava ao redor, ele teve que admitir que não estavam perdendo muita coisa. Apenas hectares da espessa Artemísia do deserto.

Tomando outro gole de sua garrafa, Jon sentiu o zumbido do álcool enquanto descia a ladeira. De repente, algo rompeu a Artemísia espessa no sopé da colina. Jon sacou a Glock do coldre e assumiu a posição de atirador. Às vezes, os linces rondava esta área.

Mas era apenas um cão de rua. Pelagem marrom escura, cauda longa, orelhas caídas... podia ser um labrador chocolate.

Jon guardou a arma e assobiou.

— Ei, garoto, o que está fazendo aqui?

O cachorro abanou o rabo e saltou em sua direção.

Ele fechou a tampa da garrafa de vinho e estendeu a mão para o cachorro cheirar. Enquanto o animal bufava em sua mão e passava o focinho para cima e para baixo nas pernas de sua calça, Jon notou um ferimento sangrando em sua perna dianteira direita.

— Alguma coisa te mordeu, meu velho? — O cachorro choramingou e olhou para o matagal.

Jon coçou a cabeça do cachorro.

— Seu pelo é bonito e brilhante, e você parece bem alimentado. — Ele balançou a cabeça, dando um tapinha nas costas do cachorro. — O que está fazendo aqui? Alguém provavelmente está te procurando. Talvez eu devesse levá-lo a um abrigo e ver se conseguem encontrar seu dono. Eu não consigo cuidar de você. Mal consigo cuidar de mim mesmo hoje em dia.

Um farfalhar de movimento soou no arbusto a cerca de cinquenta metros de distância. O cachorro ganiu, deu alguns passos na encosta e se virou para Jon como se dissesse: "você vem?"

Jon sacou a Glock mais uma vez e deu um passo em direção ao som.

O labrador disparou na frente dele e deu um rosnado baixo.

— Shh... — Jon deu um passo ao redor do cachorro.

O cachorro ganiu, mordeu a perna da calça e puxou com força o jeans, tentando arrastá-lo encosta acima, para longe do som.

— O que você está fazendo, vira-lata? — Jon puxou a perna para longe e deu um chute lateral no cachorro, que se esquivou facilmente.

O cachorro recuou, choramingando, então latiu uma vez e correu morro acima.

Na base da encosta, dois animais escuros irromperam pela Artemísia. Mais dois cães, ambos quase idênticos em aparência ao labrador chocolate, mas muito diferentes em comportamento.

Esses cães não tinham rabos abanando nem línguas de fora. Eles olharam para Jon de maneira ameaçadora, abaixaram a cabeça e se aproximaram.

Jon apontou a arma e gritou em um tom amigável:

— Ei, rapazes, vocês estão sentindo falta de um amigo?

Assim que ele apontou a Glock para os animais, eles se separaram, um indo para a esquerda, o outro para a direita.

Com o coração batendo forte, Jon mirou no cão à sua direita. O animal imediatamente correu para trás de uma pedra.

Era quase como se o animal soubesse que a arma era perigosa.

Ao ouvir as unhas do outro cão raspando no cascalho, Jon se virou e disparou um tiro de advertência.

O animal continuou a avançar, mas usava um padrão de ziguezague irregular, dificultando a mira.

Um arrepio percorreu a espinha de Jon.

Com o braço da arma tremendo, Jon se concentrou no cão que se aproximava. Por uma fração de segundo, sua mente voltou ao seu tempo como artilheiro no Afeganistão. Naquela época, atirava em inimigos que mal conseguia ver. Agora, pela primeira vez na vida, estava a uma distância de cuspe de seu alvo enquanto apertava o gatilho.

O animal tinha acabado de começar a pular quando a bala atingiu seu ombro. Ele caiu no chão com um ganido.

Quase no mesmo momento, Jon sentiu mais de quarenta e cinco quilos de cachorro esmagando suas costas. O segundo cão o derrubou e prendeu suas mandíbulas semelhantes a tornos no pulso de sua mão que atirava.

Jon lutou com o animal rosnando. Ele começou a gritar quando sua voz ficou repentinamente presa na garganta. O cão em que ele atirou havia apertado sua garganta com força.

Ele caiu de costas no chão, sua traqueia se fechando sob a força esmagadora das mandíbulas impossivelmente fortes do animal. Sua visão oscilou enquanto ele se esforçava para respirar.

Com o coração batendo forte de terror, ele rezou. *Meu Deus, há tanta coisa que eu poderia ter...*

O mundo escureceu.

Hans Reinhardt estava no topo da encosta rochosa e respirava a fumaça acre da Artemísia queimando. Meia dúzia de homens de uniformes de combate cuspiam fogo infernal de seus lança-ametistas, e por toda a paisagem em chamas, pedras rachavam no calor escaldante.

A operação estava indo bem... até agora. Agora, tudo virou uma merda. Um desastre completo. Apesar das garantias de seus chefes no Serviço Federal de Inteligência Alemão, sem mencionar os manipuladores dos EUA em Langley, Hans sabia que era hora de recomeçar. Ele precisava mover a operação para um local mais remoto. Um com menos chance de... "incidentes".

O comandante da base, um coronel da Força Aérea, se aproximou e ficou ao lado dele.

— Seu nome era Jonathan LaForce, artilheiro da Marinha, dez anos fora do Afeganistão com dispensa honrosa.

— O que diabos estava fazendo aqui? Achei que esta base fosse segura.

O comandante da base mudou seu peso nervosamente.

— A base é segura. No entanto, subestimamos as medidas de contenção necessárias no canil. Eu mesmo revisei a fita de segurança, parece que um dos experimentos descobriu como abrir a trava de sua baia. Assim que ele escapou, os outros conseguiram copiar suas ações. E antes que alguém pudesse impedi-los, os animais cavaram um buraco sob a cerca do perímetro.

Hans chutou uma pedra da escarpa rochosa e rangeu os dentes de frustração.

— Um fuzileiro naval morto é a última coisa de que precisamos. Qual será o tamanho do problema?

O desconforto do coronel aumentou.

— A boa notícia é que ele era um desses tipos descontentes. Sem família, e parece que estava sem emprego. Um andarilho que provavelmente não terá ninguém procurando por ele, pelo menos não por um tempo. Nós lidaremos com seus restos mortais.

— E os experimentos? Todos foram rastreados e desativados?

— Rastreamos cinco dos animais através do sinal que sai de suas etiquetas PIT. Nós os capturamos e os descartamos. — O coronel soltou um suspiro profundo. — Infelizmente, ainda não conseguimos localizar o sexto. Enviei os drones. Eles são programados para executar grades pelo terreno, procurando o sinal do animal. Nós o encontraremos.

Hans se perguntou como um idiota tão incompetente tinha se tornado o comandante da base em um local supostamente de alta segurança.

— Não temos tempo para uma busca demorada, Coronel. Não podemos ter um de nossos experimentos encontrando civis.

— Vamos rastrear o cachorro...

— Isso não é um cachorro, seu idiota! — Hans retrucou. — É um pesadelo especialmente criado com força e inteligência suficientes para escapar do seu canil chamado de "seguro" e derrotar um ex-fuzileiro naval armado que entrou em seu caminho.

Os olhos do coronel se estreitaram e sua mandíbula se apertou.

— Ouça-me — Hans continuou. — Meu pescoço e o seu estão em jogo se alguma coisa disso vazar. Não podemos arriscar que nosso acordo seja exposto. E sejamos realistas, seu governo já provou ser incapaz de manter as coisas fora do *Wikileaks*.

— Sr. Reinhardt — disse o coronel —, acredite em mim, sei exatamente o que está em jogo. Não precisa me lembrar. Esta é uma operação secreta e vai continuar assim. Estou supervisionando a limpeza pessoalmente. — O coronel apontou para a encosta próxima. — Encontramos um pouco de sangue que acreditamos ser do animal desaparecido. Ele está ferido, o que limitará sua capacidade de nos enganar. Entre os contratados a pé e os drones no ar, vamos encontrá-lo.

Hans olhou feio.

— É bom que encontre.

Frank O'Reilly despejou alguns centímetros de cascalho de ervilha no buraco do poste da cerca que ele tinha acabado de cavar. Olhou por cima do ombro para Johnny, um dos peões que tinha contratado recentemente.

— Certifique-se de colocar pelo menos três centímetros dessas pedras no buraco e aperte bem, assim — disse, apertando as pedras contra um grande poste de madeira. — Precisamos de uma base sólida para os postes da cerca. O gado vai se esfregar em quase tudo, então esses postes aqui precisam ser resistentes, entendeu?

— Sim, sr. O'Reilly. E você precisa desses postes com três metros de distância para que essas tábuas possam abranger duas aberturas, certo?

— Isso mesmo. Certifique-se de que os postes estejam alinhados com o chão e os espace uniformemente.

Frank entregou a Johnny a escavadeira para buracos de postes e sorriu. O peão do rancho tinha acabado de fazer dezoito anos, e Frank não pôde deixar de se lembrar de quando sua Kathy tinha essa idade. Johnny tinha o mesmo espírito animado e energia que o lembrava da filhinha de Frank quando ela se formou no ensino médio e partiu para o mundo.

Ele deu um tapinha no ombro de Johnny.

— Você entendeu?

— Sim, senhor, mas se não se importa que eu pergunte, por que de repente está aceitando ajuda? Vai se aposentar?

Frank riu e balançou a cabeça.

— Johnny, eu posso ter cinquenta e três anos, mas ainda tenho um pouco de vida pela frente. Apenas faça o trabalho, e é melhor você ter em mente o que eu disse sobre fazer um trabalho de qualidade. Vou verificar todo o seu trabalho, então não pegue atalhos, ouviu?

— Sim, senhor. Não precisa se preocupar com isso. — Johnny ergueu a escavadeira e caminhou até o próximo local marcado.

Quando Frank se virou, ele quase tropeçou em um cachorro que estava sentado sobre as patas traseiras bem atrás dele.

— Droga, de onde você veio?

O labrador chocolate ficou ali sentado com a língua de fora. Um animal lindo. Pelagem brilhante, corpo musculoso e obviamente bem alimentado. Não era um vira-lata.

Frank estendeu a mão.

—Você é amigável?

O cachorro se levantou, e seu rabo se tornou um borrão. Ele cheirou a mão de Frank, então abaixou o focinho e cheirou sua bota e subiu ao longo de seu jeans. Finalmente, sentou-se sobre os quadris, lambeu os lábios e choramingou. Seus olhos castanhos brilhantes o encararam, olharam para sua calça e depois voltaram para seu rosto. Ele choramingou novamente.

Frank inclinou a cabeça, sem saber o que o cachorro estava tentando dizer. Então ele percebeu, e ele riu.

— Ah! Sei por que você está tão interessado em mim. — Ele puxou um pedaço de carne seca caseira do bolso e jogou para o cachorro.

O animal o agarrou no ar e mastigou contente.

— Bem, é melhor eu ir embora, filhote. Vou levar uma bronca se não chegar em casa a tempo para o jantar.

Frank caminhou cerca de oitocentos metros até a modesta casa branca estilo rancho que ele construiu há quase trinta anos. Ao se aproximar, ouviu o som de patas atrás dele. *Imagina. Sei que não devo alimentar um cachorro estranho.* Ele ignorou o animal propositalmente e começou a subir os degraus até a varanda da frente.

O aroma de carne assada estava no ar.

Megan saiu para a varanda.

— Ah, que bom, você voltou.

O jantar está quase pronto. Vá se lavar. — Ele deu um beijo nos lábios dela.

— Cheira bem.

Ela olhou para além dele com uma expressão confusa.

— Você fez um amigo?

O labrador agora estava sentado no pé dos degraus da varanda, parecendo esperançoso.

Frank balançou a cabeça.

— Cometi o erro de dar a ele um pouco de carne seca.

Megan empurrou seu cabelo ruivo na altura dos ombros para trás das orelhas, ajoelhou-se e deu um tapinha no deck de madeira da varanda.

— Aqui, garoto, você gostou da carne seca?

O cachorro subiu as escadas e deitou-se na frente dela, com a barriga para cima e o rabo longo balançando para frente e para trás sobre as tábuas de madeira.

Megan riu enquanto esfregava a barriga do cachorro.

— Você é um menino tão bom. — Ela olhou para Frank com aquele sorriso envergonhado que ele conhecia tão bem. — Acha que tem dono?

— Não faço ideia. Ele simplesmente apareceu. Obviamente está sendo cuidado, mas não está usando coleira nem nada. — Ele hesitou. — Achei que depois que Daisy morreu, você jurou...

— Oh, coitadinho! — Megan exclamou. Ela estava examinando a pata dianteira direita do cachorro. — Parece que ele entrou em uma briga ou algo assim. — O cachorro choramingou enquanto ela se preocupava com seu ferimento.

— Tenho certeza de que ele vai ficar bem — disse Frank.

— Não.— Megan se levantou e limpou as mãos no avental. — Vamos levá-lo ao veterinário para examiná-lo.

Frank se perguntou quanto o veterinário tentaria extorquir dele.

— Ele nem é nosso cachorro.

Megan se virou e deu a ele aquele olhar que dizia que sua mente estava decidida.

— Então podemos pedir ao veterinário para examiná-lo para ver se tem um daqueles chips que colocam em cães hoje em dia.

Megan tinha um metro e meio de altura e era construída como uma fada, mas uma vez que ela colocava algo na cabeça, não tirava. Se trinta anos de casamento tinham ensinado alguma coisa a Frank, era isso.

Ele levantou as mãos em derrota.

— E o jantar?

— O jantar fica para depois. — Megan entrou na casa e gesticulou para o cachorro segui-la, o que ele fez. — Acho que ainda temos as tigelas velhas de Daisy. Vou ver se esse menino está com sede enquanto você vai ligar para o veterinário e dizer a ele que estamos a caminho.

As portas da sala de exames se abriram e uma assistente veterinária de jaleco azul com um longo rabo de cavalo preto saiu.

— O'Reilly? — ela chamou.

Frank acenou.

— Bem aqui.

Seu olhar mudou para o labrador chocolate deitado entre os pés de Frank e

Megan.

— E qual é seu nome, lindo?

— Ele não...

— Jasper — Megan anunciou, como se esse sempre tivesse sido seu nome.

Frank gemeu internamente. Esperava que ela não estivesse se apegando. Este animal pertencia a alguém. De jeito nenhum um vira-lata pareceria tão saudável quanto ele.

— Bem, vamos pesar Jasper e ver como ele está.

"Jasper" se levantou no momento em que Megan o fez, e obedientemente trotou atrás dela para a sala de exames. Frank, balançando a cabeça, a seguiu.

A assistente veterinária, cujo nome Sherri estava estampado em seu uniforme, parou ao lado de uma grande balança de metal.

— Vamos ver se conseguimos convencer Jasper a vir aqui.

Antes que Megan pudesse empurrar o cachorro na direção certa, Jasper se aproximou e pisou na balança.

— Ah, que bom menino — disse Sherri. — Uau, cinquenta e seis quilos. Eu nunca teria imaginado. — Ela rabiscou o peso em uma folha de papel e colocou no prontuário de Jasper.

— Você tem um daqueles scanners de chip? — Frank perguntou. Ele ignorou o olhar severo de Megan. — Jasper apareceu em nossa propriedade hoje, e ele não tem coleira. Não conhecemos ninguém que tenha perdido um labrador em nossa área. Mas queríamos fazer a coisa certa e ver se ele tinha chip ou não.

— Ah, claro. Já volto. — Sherri desapareceu por outra porta enquanto Megan começou a acariciar o topo da cabeça de Jasper. Momentos depois, Sherri voltou com o que parecia ser um pedaço de pau grosso com um pequeno laço na ponta.

Megan agarrou a mão de Frank enquanto assistente veterinário se aproximava de Jasper.

Sherri passou a varinha para frente e para trás sobre as costas de Jasper.

— Humm. A maioria dos veterinários injeta o chip entre os ombros do animal, e não estou vendo nada aí.

Megan apertou a mão de Frank com mais força.

— Vamos apenas ter certeza de que não há nenhum em nenhum

outro lugar. — Sherri moveu lentamente a varinha sobre a traseira de Jasper e depois de volta para a frente novamente. Quando ela se aproximou da perna dianteira direita, o cachorro ganiu.

— Está tudo bem, Jasper — Megan disse baixinho. — Ela não vai te machucar.

A assistente veterinária parou sobre o ferimento incrustado de sujeira.

— Pobre bebê, você tem um machucado. O dr. Dew vai fazer tudo melhorar. — Ela terminou de passar a varinha sobre Jasper e balançou a cabeça. — Não há chips que eu possa encontrar.

Frank sentiu o sorriso de Megan sem nem mesmo ter que olhar. Ele suspirou melancolicamente ao perceber que tinham acabado de adotar um cachorro.

— Certo — ele disse. — Nesse caso, além de cuidar desse ferimento, vamos fazer um exame completo em Jasper.

— Tudo bem. O dr. Dew virá dar uma olhada no Jasper em breve. E como parece que Jasper está mancando com a pata dianteira direita, talvez precisemos tirar raios-x e sedá-lo para tratar o ferimento. Vai custar pelo menos quatrocentos dólares. — Ela levantou uma sobrancelha questionadora.

— Faça o que precisa — Megan disse rapidamente. — Pagaremos o que for necessário.

Frank beijou o topo da cabeça da esposa. Não havia como discutir com a sra. O'Reilly sobre essas coisas.

Ele passou quase uma hora na sala de espera, enquanto Megan se remexia o tempo todo. E quando finalmente o veterinário apareceu, sem Jasper, Megan agarrou o braço de Frank e o segurou com força.

O veterinário era um homem enorme com físico de fisiculturista, mas sua voz era suave, quase efeminada. Ele deu a Frank e Megan um largo sorriso.

— Jasper vai sair da sedação em cerca de vinte minutos, mas vai ficar bem. Parece que ele deve ter entrado em uma briga, e o ferimento infeccionou. Felizmente, o raio-X não mostrou nenhuma ruptura. No entanto, é uma sorte termos feito esse exame, porque eu provavelmente não teria visto isso de outra forma.

Ele puxou um saco plástico transparente de seu jaleco e entregou a Frank. Continha um fio de metal de dez centímetros de comprimento.

O dr. Dew mostrou o braço e apontou para um comprimento de dez centímetros acima de seu pulso.

— O fio conseguiu se alojar entre a pele e o músculo logo acima do ferimento. Não tenho ideia de como pode ter entrado lá, mas saiu sem problemas.

— Então... ele está bem? — Megan perguntou.

Outro sorriso largo.

— Jasper ainda está um pouco tonto no momento, mas ele está ótimo. Todo suturado. Está tomando antibióticos, que precisará tomar duas vezes ao dia, e também vou dar a vocês uma pomada que precisa ser aplicada no ferimento diariamente.

Latidos soaram na parte de trás, e as portas da sala de exames se abriram. Jasper entrou pulando na sala de espera, com seu andar um pouco desajeitado e uma pata enrolada como uma múmia. Ele correu direto para Megan e girou rapidamente de excitação, como se esperasse nunca mais vê-la.

Sherri entrou logo atrás dele.

— Sinto muito, dr. Dew, mas Jasper acordou muito cedo e começou a arranhar freneticamente a porta. Eu não queria que ele puxasse os pontos. Parece que ele realmente queria ver a mamãe

Megan coçou a cabeça de Jasper. Claramente os dois já tinham formado um vínculo.

— Bem, não podemos deixar esse grandão arrombar portas — disse o dr. Dew, rindo. — Tenho certeza de que ele é o labrador saudável mais pesado que já encontrei, e nem chega perto. É estranho, porque ele não parece pesar mais do que uns trinta e cinco quilos, o que ainda é pesado para um labrador, mas esse garoto tem uma musculatura incrivelmente densa. E a julgar pelos dentes, ele ainda é jovem. Ele pode crescer um pouco mais.

Frank gemeu.

— Já estou cansado só de pensar em quanto trabalho vai dar para mantê-lo alimentado.

Jasper se afastou deles, pegou um cobertor de cachorro que estava escondido debaixo de uma das cadeiras da sala de espera, trouxe de volta e o colocou no colo de Frank.

Megan sorriu.

— Ahh, ele ouviu que você está cansado e te trouxe um cobertor.

Dr. Dew deu um tapinha na cabeça de Jasper.

— Você é um cachorro esperto. — Jasper sentou-se um pouco mais ereto e latiu em concordância.

Frank não conseguia se livrar da sensação de que algo não estava certo com esse animal. Mas enquanto observava Megan bajular Jasper, sabia que o que ele pensava não importava mais.

CAPÍTULO DOIS

— Juan, não posso deixar meu irmão pagar minhas contas por mim. Vou conseguir um emprego de meio período para poder ajudar e você não ter que se matar.

Com o telefone no ouvido, Juan Gutierrez respirou fundo e rezou por paciência. Miguel tinha acabado de começar seu primeiro ano na Georgia Tech, e agora estava pensando em aceitar um emprego? Olhou ao redor do laboratório de pesquisa. Ele não ganhava muito dinheiro aqui, mas ganhava o suficiente para manter o irmão na escola. Por muito pouco.

— Miguel, eu disse que tenho tudo sob controle. Quero que você se concentre nos seus estudos. Além disso, o seguro de vida que a mamãe deixou é o suficiente para cobrir suas despesas.

— Tem certeza?

— Claro que tenho — Juan mentiu.

A verdade é que o dinheiro do seguro de vida acabou anos atrás. Mas se Miguel soubesse disso, o garoto provavelmente abandonaria a faculdade de vez. Juan odiava mentir para seu irmão mais novo, mas se era isso que o mantinha focado na escola...

— *Mesmo assim* — Miguel disse. — *Posso conciliar um emprego de meio período. Não é grande coisa.*

Respirando fundo, Juan falou o mais calmamente que pôde.

— Confie em mim, Miguel. Você terá mais do que o suficiente para fazer sem ter que se preocupar em pegar ônibus para um emprego sem futuro. E sabe tão bem quanto eu que você terminar os estudos era o maior desejo da mamãe. Deixe que eu pago as mensalidades, e você se preocupa com suas notas. Você vai ajudar mais mantendo a bolsa de estudos.

Miguel garantiu uma bolsa acadêmica parcial, condicionada a boas notas, e sem ela, Juan não sabia como pagaria a mensalidade da Georgia Tech.

O rapaz suspirou.

— *Tudo bem. Farei o melhor que puder. E obrigado.*

Uma voz ao fundo disse:

— *Ei, Miguel, está a fim de jogar basquete?*

— *Juan, falo com você mais tarde. Te amo, mano.*

— Também te amo.

Assim que Juan desligou, o leitor de crachás na entrada do laboratório apitou, e um segurança de cabelos grisalhos entrou e examinou a sala. Quando seu olhar pousou em Juan, ele semicerrou os olhos.

— O que está fazendo aqui?

O tom desconfiado fez o calor subir pelo pescoço de Juan. Era como se esse guarda contratado esperasse que Juan estivesse esvaziando latas de lixo em vez de sentado na frente de uma bancada de laboratório.

— O quê? — Juan retrucou indignado. — Eu trabalho aqui.

O segurança franziu a testa.

— Senhor, onde está seu crachá de funcionário?

Juan girou em seu assento, tirou o crachá do jaleco que ele pendurou nas costas da cadeira e o ergueu sem dizer nada para o homem ver.

O guarda assentiu.

— Obrigado, senhor. Estou fazendo a ronda. — Ele se virou e saiu do laboratório.

Juan fez uma careta. Sabia que o guarda estava fazendo seu trabalho, mas não pôde deixar de se perguntar se o homem teria sido tão brusco se a pele de Juan não fosse escura.

Há muito tempo Juan havia entendido o quanto era sortudo. Não só conseguiu escapar dos projetos de East LA, um feito raro, como também concluiu faculdade de medicina, e agora estava ali fazendo pesquisas sobre câncer para uma das maiores empresas farmacêuticas do mundo.

Ele olhou para a foto da mãe que mantinha na bancada do laboratório. Ela engravidou dele quando era muito jovem e, como resultado, nunca teve a chance de construir a própria carreira. Mas se dedicou a ser a melhor mãe que Juan poderia ter esperado. E foi ela quem incutiu nele a ideia de que a educação era a única saída.

Com uma dor surda subindo pelo pescoço, Juan sentiu o início de uma dor de cabeça.

Ele teve uma vida difícil... e ficou ainda mais quando seu pai morreu. Juan tinha treze anos, e a mãe estava grávida de Miguel, quando um dia o pai desmaiou no chão da sala de estar. Ele estava sofrendo do que todos presumiam ser um gripe difícil de curar.

Seu pai tinha trinta e um anos quando morreu.

Juan ainda se lembrava do cheiro do escapamento vindo do tráfego pesado enquanto a mãe seguia a ambulância. Ela estava com uma mão no volante, e a outra dava tapinhas em seu ombro tranquilizadores enquanto dizia:

— Mijo, vai ficar tudo bem. — Não ficou.

Seu pai nunca recuperou a consciência.

Era tarde em uma noite de domingo, mais de dezoito anos atrás, quando Juan ouviu pela primeira vez a palavra "câncer".

Juan ouviu o tremor em sua voz enquanto ela sussurrava repetidamente uma prece a um Deus que ele não tinha certeza se existia.

Depois disso, ele começou a atacar na escola, discutindo com seus professores, entrando em brigas. Tentando extravasar sua raiva em todos ao seu redor. Ele estava com raiva do pai por não ter ido ao médico a tempo.

Ele era um adolescente que havia perdido o pai. Ele estava... bravo.

Se não fosse pela mão firme da mãe, sua vida teria tomado um rumo muito ruim. Quase tomou. Mas ela se manteve forte e o salvou das gangues e dos perigos das ruas.

Ela era sua salvadora. E agora ela também se foi.

Sentindo um vazio no fundo do estômago, Juan fechou os olhos enquanto a dolorosa lembrança borbulhava à superfície.

— Ay ay ay, mijo... el dolor... — mamãe gemeu em espanhol enquanto a dor sacudia seu corpo.

Com lágrimas turvando sua visão, Juan a observava. Ele sabia que ela tinha pouco tempo de vida. Apesar do forte odor de cânfora vindo do nebulizador, sua respiração era superficial e tensa. Ela recusou cuidados paliativos, preferindo ficar em casa até o fim.

Com uma inspiração repentina, a mãe fez uma careta e apertou a mão de Juan. Ele apertou a dela entre as suas.

E então, seu aperto afrouxou. A careta desapareceu. E ela fechou os olhos.

Uma lágrima escorreu pelo lado do rosto dela.

— Sinto muito, mijo... Não posso mais lutar...

Juan sussurrou as palavras em voz alta.

— Não posso mais lutar. — As últimas palavras de sua mãe. Oito anos depois, essas palavras ainda o assombravam.

O câncer tirou seus pais dele, e essas mortes moldaram o homem que ele era hoje. A morte de seu pai encheu Juan com um impulso incontrolável, e a mãe lhe deu o desejo de evitar que outros sofressem da mesma doença hedionda.

Ele era movido por uma obsessão obstinada.

De encontrar a cura para o câncer.

Juan olhou para o relógio e gemeu. Ele prometeu a Lisa que estaria em casa horas atrás. Olhando ao redor, para a bancada do laboratório espalhada com suas anotações, impressões e então para vários outros terminais de computador, Juan balançou a cabeça e anunciou para ninguém em particular:

— Certo, já chega por hoje.

Mas antes que pudesse fechar seu laptop, ele ouviu uma notificação de e-mail do departamento de RH da AgriMed.

Para todos os funcionários norte-americanos:

Como muitos de vocês sabem, a indústria farmacêutica vem passando por uma crise econômica. Nós resistimos a esses eventos no passado, aumentando nossos investimentos em pesquisa e desenvolvimento para que possamos sair mais fortes quando a economia melhorar.

Infelizmente, nossas previsões mostram que o mal-estar econômico está se espalhando pela Europa e Ásia. Portanto, foi decidido que daremos uma olhada mais de perto em nossos investimentos e, em alguns casos, o afastamento da empresa será o resultado.

Todos os funcionários devem esperar ter reuniões individuais com seus supervisores imediatos para saber se foram afetados ou não.

Mais detalhes sobre os pacotes de demissão serão disponibilizados na próxima semana.

Juan leu o e-mail uma segunda vez, olhou para a bagunça desorganizada de notas e resultados parciais espalhados por seu espaço de trabalho e gemeu.

Observou que não disseram quantas pessoas seriam "afetadas". Ele estava esperançoso de que seria poupado; a pesquisa sobre o câncer era supostamente uma prioridade na AgriMed, mas não conseguia evitar a ansiedade que apertava seu peito.

Porque se *fossem* cortar na pesquisa do câncer, ele poderia estar na berlinda. A verdade é que ainda não tinha feito nenhuma descoberta, enquanto outros criaram novos protocolos, escreveram extensivamente em periódicos revisados por pares ou estavam até mesmo no meio da administração de grandes ensaios clínicos.

— Estou ferrado.

— Não ouse ligar e tentar fazer as pazes comigo dessa vez. Estou farta da sua merda, *Juan*!

Lisa enfatizava o nome dele sempre que estava especialmente chateada, e hoje à noite, ela estava furiosa. Esta não era a primeira vez que ele perdia a noção do tempo no laboratório e chegava em casa horas mais tarde do que o prometido. E desta vez, até tinha uma boa desculpa, com o anúncio do RH e ele se esforçando para organizar seus documentos.

Mas ela não queria ouvir. A moça tinha feito um jantar surpresa para o aniversário de seis meses deles.

Quem comemora aniversários de seis meses?

Agora ela estava enfiando braçadas de suas roupas em uma mala Louis Vuitton falsificada. Juan não conseguiu deixar de olhar para o traseiro de Lisa enquanto ela tentava fechar a bagagem. Ela estava usando calça de ioga preta e um top rosa choque que expunha sua barriga esbelta.

Ele suspirou. Ao mesmo tempo em que sua libido lhe dizia o quanto era divertido estar com uma garota de dezenove anos, uma mulher mais de uma década mais nova que ele, seu cérebro argumentava que ela deixá-lo talvez fosse uma coisa boa. Ele precisava estar com alguém mais maduro.

Ela olhou para a mesa cheia de comida e grunhiu:

— Espero que você se engasgue com isso. — Virando-se com um bufo, ela jogou a chave do apartamento aos pés de Juan e saiu furiosa, batendo a porta atrás de si. Seu perfume persistente e o jantar frio eram as únicas pistas de que ela já havia estado lá.

Juan balançou a cabeça.

— Um dia desses, preciso reavaliar minhas prioridades.

Frank sorriu enquanto observava Megan parada na pia da cozinha enchendo uma bacia com água morna. Desde que o cachorro entrou em suas vidas, algo mudou em sua esposa. Ela estava assobiando uma melodia aleatória e se movimentando com um propósito que ele não via desde... desde que Kathy, sua única filha, morava com eles.

O cachorro sentou-se aos pés dela, observando atentamente enquanto ela colocava um pouco de sal na tigela e explicava a ele:

— Jasper, o dr. Dew disse que precisamos manter seus pontos limpos, então sem confusão, ouviu? — O cachorro latiu em concordância.

Colocando a tigela no chão com cuidado, Megan sentou-se de pernas cruzadas ao e mergulhou uma toalha na água com sal.

— Certo, me dê sua pata.

Jasper levantou sua pata dianteira direita, e Megan a segurou com uma mão, limpando a área raspada onde o veterinário suturou o ferimento. Quando estava limpo para sua satisfação, ela soltou a pata de Jasper, mas o cachorro continuou a erguê-la, como se soubesse que ela ainda não tinha terminado.

Frank colocou o jornal de lado e observou sua esposa aplicar a pomada antibiótica no ferimento.

Quando ela terminou, se inclinou e deu um beijo no topo do focinho do cachorro.

— Bom garoto, Jasper. Agora não lamba essa coisa ainda. Deixe agir.

O cachorro olhou para o ferimento e deu um latido afirmativo.

Megan esfregou a lateral do pescoço de Jasper e se levantou.

— Depois que eu limpar aqui, vou colocar no filme do *Clifford, o gigante cão vermelho* para você, está bem?

O cachorro abanou o rabo, foi até a sala de estar e deitou-se com a cabeça voltada para a TV, como se esperasse que Megan cumprisse sua promessa.

Frank balançou a cabeça.

— Megan, já lhe pareceu estranho que você esteja falando com esse cachorro como se fosse uma criança, e a maldita coisa parece entender tudo o que lhe é dito?

Megan deu de ombros enquanto lavava as mãos.

— Ele é um bom menino e inteligente.

Inteligente demais, pensou Frank. Mas, pelo menos, o animal era bem-comportado. Quando Frank se recostou na poltrona, ele voltou a ler o jornal e resmungou para si mesmo:

— Gostaria que a Kathy tivesse escutado tão bem quanto aquele cachorro.

CAPÍTULO TRÊS

Duas semanas após receber o e-mail do RH, Juan estava sentado no escritório de seu superior, se preparando para o pior.

Seu gerente, um homem de negócios na casa dos quarenta e poucos anos com um diploma de Harvard pendurado na parede, folheou as páginas do arquivo de funcionários de Juan.

— Juan, como você sabe, a economia está passando por uma crise e a empresa não tem escolha a não ser fazer uma reestruturação significativa... esta é a maior rodada de demissões da empresa. É difícil para todos os envolvidos. — Ele fez uma pausa. — Bem, acho que devo acabar logo com isso.

Juan não gostou do jeito que isso soou. Ele estava sendo demitido? Ao longo dos anos, ouviu as críticas sarcásticas vindas de seus colegas devido à sua abordagem de pesquisa não convencional. Mas permaneceu confiante de que estava no caminho certo. Partes de seu trabalho estavam começando a dar frutos. Se ao menos tivesse mais tempo...

Inclinando-se para frente na cadeira, Juan prendeu a respiração enquanto o homem franzia a testa e empurrava os óculos de aro de metal para cima da ponta do nariz.

— Sua pesquisa foi marcada como importante o suficiente para não permitir que fosse afetada por esta rodada de demissões.

Juan praticamente desabou de volta na cadeira, uma onda de alívio o inundando.

— Obrigado.

— Bem, eu disse que arrancaria o Band-Aid rápido e lhe contaria a verdade. Mas tenha em mente, se houver outra rodada de demissões, e não estou ciente de nenhuma, para ser claro, mas estou apenas dizendo que nada é definitivo. Continue com o bom trabalho e tudo ficará bem. E não se esqueça de me enviar um relatório de status na sexta-feira; tenho que encerrar meu mensal e enviá-lo para a sede.

— Claro. — Juan estava mais do que feliz em voltar ao trabalho. E grato por poder continuar.

Eram quase sete da noite e, como sempre, Juan ainda estava no escritório. A máquina de sequenciamento de DNA tinha acabado de imprimir seu relatório sobre a última amostra de tecido, e ele estava estudando as colunas de dados. O objetivo era extrair significado de quaisquer diferenças entre as últimas amostras, rastrear o padrão de mudanças e mapear as mutações para genes específicos. Às vezes era um trabalho entorpecente, mas Juan se perdia nele.

Um som metálico chamou sua atenção. A maçaneta da porta do escritório girou e a porta se abriu lentamente. Steve Chalmers enfiou a cabeça para dentro e sua expressão de surpresa foi rapidamente substituída por um largo sorriso quando ele perguntou:

— Está fazendo alguma coisa divertida?

Juan se afastou do monitor do computador e esfregou os olhos com as palmas das mãos.

— Não. Na verdade, voltei ao sequenciamento Sanger automatizado porque esses dados não estão batendo.

Steve se aproximou e se jogou na poltrona bege estofada do outro lado da mesa desorganizada de Juan. Ele estava na casa dos quarenta, mas não parecia enquanto passava a mão pelos cabelos loiros. Embora Steve agora liderasse uma grande equipe de pesquisadores, ele sempre exalava uma atitude despreocupada.

Às vezes, Juan se perguntava se ele próprio era muito exigente. Talvez precisasse de um hobby. Ou de uma nova namorada. Uma mais velha. Talvez.

— Eu não entendo vocês, pessoal da oncologia — disse Steve. — Todo o tópico do câncer parece tão... mórbido. — Ele riu e apontou o dedo indicador na direção de Juan. — Tenho uma vaga aberta na minha equipe, se estiver pensando em mudar de área. Além disso, o FDA é uma merda quando se trata de ensaios clínicos para tratamentos de câncer. Entre o governo nos importunando com regulamentações, as poucas pessoas que têm estômago para pesquisas oncológicas e o custo de levar qualquer tratamento ao mercado, às vezes é uma maravilha porque as empresas farmacêuticas se importam.

Juan deu de ombros e recostou-se na cadeira.

— Duvido que alguém entre na oncologia sem que seja uma espécie de vocação. Para mim, é pessoal.

Steve deu um aceno de compreensão.

— Sinto muito. Lembro-me de você me dizendo que...

— Não se desculpe. — Juan acenou com desdém. — Além disso, você nunca vem aqui a menos que tenha algo em mente. O que foi?

Steve sorriu.

— Já jantou? A Felicia fez seu famoso assado e você não pode me deixar sofrer com isso sozinho.

Juan abriu uma gaveta da mesa e levantou um lanche que tinha se esquecido de comer antes.

— Desculpe, tenho comida que, se eu não comer, vai acabar cheirando pior do que minhas meias de ginástica. E, além disso, tenho um encontro com uma amostra de quarenta mil anos que está gritando para me contar tudo sobre seu genoma.

Steve se levantou do assento e bateu os nós dos dedos na mesa de Juan.

— Tem certeza? E se eu pedisse para Felicia chamar uma de suas amigas? Ela certamente será mais jovem do que aquele seu espécime, e se você tiver sorte, ela pode ser um pouco mais animada.

Juan riu, mas balançou a cabeça.

— Outra hora. Diga oi para Felicia por mim.

— Tudo bem, meu amigo. Fique bem.

Juan mal percebeu o som da porta se fechando atrás de Steve. Ele já estava perdido mais uma vez nos últimos dados de sequenciamento.

Era pouco antes do amanhecer quando Nate Carrington atingiu o ponto médio de sua corrida matinal de oito quilômetros. Como fazia todas as manhãs, ele desviou da pista de corrida em direção ao pequeno cemitério discreto. A trilha bem cuidada estava iluminada pelo brilho minguante das luzes da rua próximas. O orvalho da manhã cintilava nas folhas de grama enquanto ele seguia direto para um túmulo que havia visitado milhares de vezes.

Nate respirou o cheiro da grama recém-cortada enquanto uma brisa leve refrescava o suor de sua testa. Ele se ajoelhou em frente a uma modesta lápide e recitou as palavras que sua esposa lhe dizia quase todas as manhãs em que acordavam um ao lado do outro.

— Não me beije, estou com hálito matinal.

Ele arrastou os dedos sobre a lápide coberta de orvalho e tocou de forma amorosa o nome de sua esposa: Madison Carrington. Fazia quase vinte anos desde que ela havia falecido, e não havia um dia em que não pensasse nela.

Agachado no túmulo dela, Nate fechou os olhos e trinta anos pareceram desaparecer. Parecia que foi ontem que ele conheceu a tímida garota loira com o sorriso brilhante. Ele tinha apenas dezoito anos e nem pensava em amor ou almas gêmeas, mas desde o momento em que pôs os olhos nela, soube que ela era a única.

Eles se casaram seis meses depois.

E, embora ele tenha passado os dez anos seguintes indo e vindo de lugares esquecidos por Deus em todo o mundo como médico das Forças Especiais do Exército, toda vez que voltava para casa, Madison estava lá para recebê-lo com aquele lindo sorriso.

Mesmo quando ele correu para casa do Afeganistão em licença de emergência após receber a ligação de que ela estava com câncer terminal, ela o cumprimentou com aquele mesmo sorriso. Tão linda, apesar da dor.

Ela era a pessoa mais forte que ele já conheceu. O câncer comeu suas entranhas, mas ainda assim ela recusou os medicamentos que lhe dariam paz. Aliviar sua dor.

— Não serei a mesma com esses medicamentos — ela explicou. — E quero estar com você até o fim.

Ela estava deitada em seus braços, em casa, quando deu seu último suspiro.

Agora ele se inclinou para frente, beijou o nome dela na pedra e sussurrou:

— Sinto falta do seu hálito matinal.

Ao longo de sua carreira de vinte anos no FBI, Nate se tornou especialista em análise forense. Ele conseguia pegar todos os tipos de evidências díspares de cena de crime e juntá-las para entender o que realmente aconteceu. Na verdade, nas últimas duas décadas, Nate praticamente reinventou algumas das técnicas usadas na análise de cena de crime; ao contrário de muitos de seus colegas, ele preferia fazer o próprio trabalho de campo. E seis meses atrás, foi designado para a Academia do FBI em Quantico, Virgínia.

Ele não estava convencido de que ser instrutor de ciência forense era o que ele mais se adequava, mas se lembrava bem do que o chefe da Academia do FBI disse a ele no dia em que se apresentou para sua tarefa de ensino.

— *Com suas realizações, você estabeleceu a marca do que significa ser um analista forense do FBI. O FBI adoraria ter mais algumas centenas de homens como você, mas como há apenas um, precisamos que trabalhe com os outros agentes e os ajudem a aprender como fazer o que você faz.*

Ainda era madrugada quando Nate entrou na ala segura, qualificada como uma Instalação de Informações Compartimentadas Sensíveis. Não era tão impressionante quanto parecia. Móveis de metal baratos de armazém, paredes de blocos de concreto pintadas de branco, carpete marrom de baixa qualidade. Nate ainda conseguia detectar o fedor de tabaco de décadas que havia se infiltrado nos poros deste antigo prédio. Mas os computadores eram de alta tecnologia.

Nate sentou-se em frente ao monitor rotulado como *Joint Worldwide Intelligence Communications System*, ou o que todos na comunidade de inteligência conheciam como *JayWicks*, a rede dedicada pela qual o conteúdo Top Secret era transmitido com segurança. Ao lado do rótulo havia um adesivo de um gaio azul de desenho animado com um dedo emplumado colocado na frente do bico, pedindo silêncio.

Nate entrou no sistema seguro, abriu a caixa de entrada e a mensagem que o aguardava.

PARA: Nathaniel Carrington, Agente Especial – FBI
ASSUNTO: Análise forense sobre incidente militar.

Há motivos razoáveis para acreditar que houve tentativas de encobrimento associadas às atividades no Aeroporto Homey, uma base militar localizada perto de Groom Lake, Nevada.

Dados de satélite, anexados, confirmam que, há oito dias, houve um incêndio de 60 hectares dentro das fronteiras do Aeroporto Homey. O pessoal da segurança no local não registrou o incêndio em nenhum relatório de incidentes.

Além disso, os restos mortais cobertos de fuligem de um cabo da Marinha foram encontrados a mais de cento e sessenta quilômetros de distância, perto dos limites da cidade de Las Vegas. No entanto, o veículo abandonado do cabo foi encontrado ontem por um civil, fora do perímetro demarcado da base militar mencionada.

Você foi designado para investigar esta situação. Apresente-se ao QG para mais detalhes da tarefa.

Diretora Assistente Miriam W. Walker
Divisão de Tecnologia Operacional
Federal Bureau of Investigation

Tamborilando os dedos na mesa de metal, Nate olhou para o monitor e releu a mensagem.

Ele grunhiu para ninguém em particular:

— O que um fuzileiro naval morto tem a ver com um incêndio em uma base da Força Aérea?

Ele clicou nos anexos de imagens de satélite. Eram uma série de imagens aéreas detalhando a paisagem de Nevada, antes e depois do incêndio. Mas mesmo com o zoom máximo, não havia detalhes suficientes para ver nada que valesse a pena.

Olhou para o relógio pendurado na parede no momento em que marcava sete da manhã e suspirou.

Acho melhor voltar para o Edifício Hoover e ver o que eles não me contaram.

Era pouco antes das oito da manhã quando Nate chegou ao legista do Condado de Clark. Uma mulher de cabelos escuros estava sentada atrás da mesa da recepcionista.

Ela olhou para ele com uma expressão sombria.

— Posso ajudar?

Nate estendeu suas credenciais.

— Sou o Agente Especial Carrington do FBI. Liguei mais cedo. Preciso falar com o legista sobre um dos casos que passaram por este escritório recentemente.

— Ah, sim, senhor. O sr. Crawford ainda não chegou ao escritório, ele está preso no trânsito, mas ligou para me dizer que você estava vindo. — Ela abriu uma gaveta da mesa e tirou um bloco de notas escrito à mão. Ela bateu em uma delas. — Ele disse que você deveria falar com o dr. Kim, o legista chefe. Ele trabalhou no falecido em que você está interessado.

Ela pegou o telefone e apertou um ramal.

— Dr. Kim... sim, é a Monica. O FBI está aqui e o agente gostaria de falar com você.

Momentos depois, ela estava acompanhando Nate pelos corredores silenciosos. Um cavalheiro asiático baixo e mais velho apareceu na porta de um escritório quando eles se aproximaram. A recepcionista apresentou Nate ao dr. Kim e depois voltou para a frente.

Nate apertou a mão do legista.

— Sou o agente especial Carrington, do FBI.

O dr. Kim, que tinha apenas um metro e cinquenta e cinco de altura e parecia ter sessenta e poucos anos, voltou para seu consultório e acenou para Nate segui-lo.

— Por favor, sente-se. — O legista se acomodou atrás da mesa, que estava coberta de documentos.

Nate sentou-se na cadeira oferecida.

— Dr. Kim, estou aqui como parte de uma investigação ativa. Preciso acompanhar alguém que teria sido analisado por este consultório há pouco mais de uma semana. Espero que você possa ajudar a responder algumas perguntas.

O legista manteve uma expressão neutra ao declarar:

— Bem, se ainda não está nos registros, não tenho certeza de quanta ajuda posso dar. Afinal, agente Carrington, processamos milhares de casos. Farei o que puder. Qual é o nome do falecido?

— Jonathan LaForce. Tudo o que me deram foi um relatório resumido do incidente do Departamento de Polícia de Las Vegas. Evidentemente ele foi queimado e teve alguns ferimentos no pescoço.

— Ah, sim! Eu me lembro desse caso. Eu fiz a autópsia. Deixe-me abrir meu relatório. — Ele começou a digitar em seu computador. — O que você precisa saber?

— Gostaria de obter uma cópia completa de suas descobertas. Quando liguei mais cedo, tive alguns problemas para obter essas cópias.

— LaForce, você disse? — O legista digitou o nome e franziu a testa. — L-a-f-o-r-c-e?

Nate pegou seu bloco de notas para verificar suas anotações.

— Sim, isso mesmo. Há algum problema?

— Um segundo. — O legista pegou uma das pastas na mesa, abriu-a e começou a digitar. Um momento depois, ele balançou a cabeça. — O registro não está aparecendo no banco de dados. — Ele digitou um pouco mais e então deu de ombros. — Talvez um problema de computador. Mas eu me lembro bem do caso, não é sempre que temos um corpo parcialmente ressecado, atacado pelo que acredito ter sido algum tipo de cachorro, e coberto da cabeça aos pés de fuligem. — Ele bateu no queixo. — Odeio ser muito específico sem minhas anotações, mas consigo lembrar do básico. A causa da morte foi uma laceração da artéria carótida. Havia marcas de mordida no pulso do homem... eu diria mordida de lobo, mas não temos lobos nesta área, daí meu palpite de que era um cachorro grande com uma força de mordida poderosa. Os pulmões estavam limpos, sem fuligem, sem inalação de fumaça. A triagem toxicológica... sinto muito, não consigo lembrar. Muitos casos chegam aqui e eles se tornam um pouco confusos. Eu não gostaria de falar errado.

Nate anotou tudo isso.

— Obrigado pelo resumo. Ainda vou precisar de uma cópia do relatório completo, quaisquer outras notas ou registros de transcrição da autópsia e todas as fotos. Já que o computador está lhe dando problemas, talvez eu possa tirar uma cópia impressa?

Dr. Kim balançou a cabeça.

— Meus arquivos da semana passada já foram digitalizados. Normalmente não há necessidade de guardá-los. Esta é a primeira vez que tenho problemas para encontrar algo no sistema; provavelmente um erro administrativo. Se me deixar um cartão, eu lhe enviarei os relatórios oficiais assim que a confusão for corrigida.

Nate se levantou e entregou seu cartão ao legista.

— Obrigado novamente, doutor. Por favor, me ligue assim que encontrar os relatórios. Vou providenciar para que sejam recolhidos por pessoas do escritório local do FBI.

— Claro. — O legista estudou o cartão e franziu a testa. — Há alguma razão pela qual um agente do FBI de DC esteja procurando os registros de autópsia desse homem em particular?

Nate deu um sorriso triste.

— Receio que isso seja algo sobre o qual não posso falar. Ah, mais uma coisa. Existe alguma chance de eu conseguir um cotonete da fuligem do corpo?

O Dr. Kim deu de ombros.

— Já fiz isso, mas acho que não vejo problema em você tirar outro, já que atualmente não consegue ver minhas anotações. O corpo ainda deve estar no necrotério.

— Obrigado. Agradeço sua ajuda.

A terra por onde Nate passou era acidentada e, além de algumas torres de radar no topo das colinas rochosas, a base não tinha sinalização. Ele ainda não tinha visto um sinal de vida, e as repetidas placas de "Entrada Proibida" e "Zona Proibida para Drones" deixavam claro que a Força Aérea preferia assim.

Ele parou em frente a uma grande placa que o avisava de que ele estava em uma instalação da Força Aérea dos EUA e que era ilegal entrar na área sem a permissão do comandante da instalação. Antes mesmo de estacionar o carro, uma nuvem de poeira veio correndo pela estrada em sua direção. Dois SUVs sem identificação derraparam até parar bem na frente de seu carro, e dois homens em uniformes de combate pularam.

Um deles apontou o rifle de assalto para o carro de Nate e gritou:

— Desligue o motor!

Nate desligou o carro e abaixou a janela.

Um segundo soldado se aproximou do lado do motorista do carro. Nate percebeu que seus uniformes não eram de uso militar. Um distintivo em seu ombro dizia *SRU Federal Services*. Esses homens eram contratados.

Nate exibiu suas credenciais do FBI, e o soldado as examinou antes de olhar para ele com os olhos semicerrados.

— Senhor, está ciente de que ser do FBI não nos autoriza a permitir sua entrada nesta instalação?

Nate se endireitou um pouco.

— O Coronel Armington sabe que estou vindo.

O guarda apertou um botão no transceptor preso ao seu ombro.

— Tenho um agente do FBI no perímetro. É Nathaniel Carrington, ele diz que... — O homem parou, e Nate ouviu o estalo de uma voz vindo de seu fone de ouvido. — Sim, senhor. — Ele gesticulou para o outro contratante, que imediatamente abaixou sua arma e caminhou de volta para seu veículo.

O homem se virou para Nate, seu comportamento instantaneamente transformado em cortesia profissional enquanto devolvia sua identidade.

— Sinto muito por atrasá-lo, senhor. Por favor, siga-nos. Nós o levaremos ao oficial de serviço e ele o levará de lá.

Nate caminhou ao lado de um major da Força Aérea enquanto eles inspecionavam as colinas queimadas.

— Agente Carrington, sinto muito pela forma como o esquadrão de guardas pode ter te recebido. Você tem que entender, temos muitos curiosos aleatórios por aí, procurando por todo tipo de porcaria maluca.

— Alienígenas, é? — Nate sorriu, conhecendo bem a reputação que esta instalação tinha entre os teóricos da conspiração.

— Isso e todo tipo de outras coisas ridículas. Se eles soubessem a verdade, estariam muito menos interessados. Mas quanto mais protestamos que não há nada incomum acontecendo por aqui, menos eles acreditam em nós. Então, apenas trabalhamos duro para mantê-los à distância.

Nate se ajoelhou na beira do campo queimado, puxou um pedaço chamuscado de grama morta e cheirou. Cheirava a carvão, mas havia algo levemente artificial no cheiro.

— Então — ele disse. — O que causou o incêndio?

— Para ser honesto, eu não estava aqui quando aconteceu. — O major mudou seu peso de uma perna para outra. — Acabei de voltar da Escola de Comando Aéreo. Mas os contratados disseram que foi um raio. A grama seca pegou fogo e se espalhou de lá.

Nate pegou um saco plástico de seu kit de evidências e colocou um pouco de terra nele, junto com uma amostra de vegetação queimada.

— Posso ver que foi estritamente ao longo do seu perímetro, mas ainda assim, parece um incêndio bem grande. Por que não foi marcado em um relatório de incidente?

O major suspirou.

— Deveria ter sido. Os contratados aqui foram displicentes e, pode acreditar que isso é algo sobre o qual vou falar com o coronel. — Ele franziu a testa. — É por isso que eles o mandaram aqui? Por causa da falta de um relatório de incidente?

Nate estudou o policial, mas não conseguiu detectar nenhuma astúcia. Por outro lado, diferente dos detetives irrealistas da TV que sempre conseguiam sentir se uma pessoa estava mentindo ou não, Nate não fingia ser um detector de mentiras humano. Ele era um homem de fatos, não de pressentimento ou intuição. Fatos eram mais confiáveis.

— Na verdade, fui enviado aqui para investigar alguns incidentes na área. Suponho que seja uma questão de conveniência que tenham me pedido para lidar com tudo. — Nate apontou para alguns prédios de concreto no meio da área queimada. Eles pareciam uma ilha cinza manchada de fuligem em um mar de preto manchado. — O que é aquilo?

O oficial seguiu o olhar de Nate.

— Ah, essas costumavam ser celas de observação, quando essa área era usada como campo de bombardeio. Acho que não são usadas desde os anos 1960, então não houve nenhum dano real. Na verdade, provavelmente estão em boas condições. Foram feitas para proteger as pessoas de uma bomba fora do curso, então um pequeno incêndio não deve ter causado nenhum dano significativo.

Nate pendurou a bolsa de evidências sobre o ombro e caminhou pelo campo queimado em direção aos prédios, e o major, depois de hesitar por um momento, o seguiu. Olhando através do prédio retangular de concreto de um andar, Nate estimou que tinha cerca de quinze metros de comprimento por seis de largura. Suas botas de caminhada estalavam os destroços queimados conforme ele se aproximava.

Ele se ajoelhou ao lado do prédio e detectou um cheiro que o levou de volta aos seus dias em Fallujah. Passou os dedos pelo solo e cheirou as pontas. Ele reconheceu o odor. Um inflamável.

Este lugar foi deliberadamente incendiado.

Mas por quê?

Enquanto ele raspava o solo para dentro dos saquinhos, ele avistou algo metálico. Pegando a pinça de seu kit, ele o apanhou. Era um objeto de metal revestido de vidro com cerca de duas vezes o tamanho de um grão de arroz. Um pouco de pelo queimado e emaranhado estava preso a ele.

— Encontrou algo interessante? — o oficial perguntou.

Nate colocou os itens em outro saco e balançou a cabeça.

— Só estou tirando amostras de diferentes locais. Podemos entrar?

O major assentiu.

— Não vejo por que não.

O interior do prédio consistia em um único corredor central com salas minúsculas, quase como celas de prisão, alinhadas em ambos os lados. Marcas de queimadura cobriam as paredes, mas não havia escombros. O lugar tinha sido varrido.

— Alguém entrou aqui desde o incêndio?

O major balançou a cabeça.

— Não tenho certeza. Como eu disse, acabei de voltar. Mas não consigo imaginar por que alguém se incomodaria. Este prédio não é usado há séculos. Não havia nem móveis aqui.

Nate se ajoelhou na entrada de uma das salas. Na beirada da porta, bem ao lado do batente, havia um pouco de cinza e poeira que não foram varridas. Ele passou os dedos pela lateral da moldura e sentiu a textura áspera onde a dobradiça da porta deveria estar.

Nate olhou para o policial parado perto da entrada do prédio.

— Havia portas aqui antes?

O major franziu a testa enquanto entrava mais no prédio e examinava a cela mais próxima.

— Com certeza costumava haver. Admito que estive fora do local pelos últimos três trimestres de um ano e não olhei para dentro daqui por alguns anos antes disso, mas naquela época, sim, essas salas tinham portas. — Ele deu de ombros. — Posso verificar e ver se talvez algo aconteceu que fez com que elas fossem retiradas. É importante?

Nate ignorou a pergunta. Enquanto passava os dedos pelo batente da porta novamente, um pouco do que ele tomou como uma marca de queimadura caiu no chão. Pegando sua pinça, ele pegou os restos enrugados de... cabelo queimado? Ele jogou em outro saco de evidências.

Ele prosseguiu pelos cômodos restantes. Em alguns, encontrou mais pedaços de cabelo. A maioria castanho escuro, sempre curto, e todos encontrados apenas na borda da porta. Quase como se animais selvagens tivessem se raspado contra os batentes da porta.

O legista disse que o fuzileiro naval morto havia sido mordido por um animal selvagem. Havia alguma conexão?

Nate se virou para o major, que estava observando com curiosidade, mas estava mostrando grande contenção ao não fazer perguntas.

— Posso falar com alguns dos contratados que estavam aqui durante o incêndio?

O oficial se mexeu desconfortavelmente.

— Temo que não. Quando soube que você estava vindo e o porquê, fui falar com eles pessoalmente. Parece que logo após o incêndio, antes de eu chegar, todos os contratados designados aqui foram substituídos. Não me deram uma razão para isso.

Nate olhou para o homem, sem acreditar no que ouvia. Algo estava acontecendo aqui, e pelo olhar no rosto do major, ele também percebeu isso. Ou já sabia. Essa coisa toda era uma operação secreta que ninguém deveria saber? O fuzileiro tinha tropeçado no meio disso... e talvez descoberto demais?

Nate tinha a sensação de que estava apenas começando a arranhar a superfície da morte do fuzileiro. Havia algo acontecendo aqui, e era muito maior do que parecia à primeira vista.

CAPÍTULO QUATRO

A frustração de Juan aumentava enquanto Steve avançava lentamente com o carro sob a chuva torrencial. Eles estavam quase no aeroporto, mas só depois de ficarem presos no trânsito por quase uma hora. Steve batia os dedos com impaciência no volante, observando o trânsito à frente.

— Sinceramente, não acho que poderiam ter escolhido um momento pior para você ir ao aeroporto.

Juan olhou para o relógio.

— Sinto muito por isso ter demorado tanto. Eu deveria ter chamado um táxi.

— Não se preocupe. Pelo menos desta vez terei uma desculpa legítima para me atrasar para o jantar. Afinal, para que servem os amigos? — Steve riu. — Só não entendo por que estão te chamando para a sede. Um encontro individual com Winslow significa que ou você fez algo muito ruim, caso em que provavelmente não quero mais saber quem você é, ou você vai ganhar uma promoção e aí teremos que comemorar como nos velhos tempos.

Juan deu uma risada.

— Não planeje a festa ainda. Acho mais provável que eles estejam me dispensando.

Steve balançou a cabeça.

— Imagina, Winslow não mandaria reservar um voo só para te demitirem. Poderiam fazer isso por telefone. Ouvi dizer que mais demissões estão por vir. São rumores, é claro, então não leve isso muito à sério. Embora eles tenham cancelado minha vaga que estava aberta, então sei que ainda estão economizando.

Juan não disse nada. Apesar das garantias do amigo, não conseguia parar de se preocupar com a possibilidade de perder o emprego.

Steve estacionou o carro na área de check-in da American Airlines.

— Bem, chegamos.

— Obrigado, Steve. E não se preocupe, se eu conseguir uma promoção, vou tentar não deixar subir à cabeça. — Juan pegou a mochila no banco de trás. — Só guarde seu quarto de hóspedes para mim. Posso precisar de um lugar para ficar se me mandarem embora e eu não puder pagar meu apartamento.

Steve riu.

— Ei, mantenha uma atitude positiva e não deixe que te vejam suando!

O dr. Harry Winslow, diretor de pesquisa de sessenta e poucos anos da AgriMed Global, chefiava a divisão de P&D da empresa, com quase quinhentas pessoas se reportando direta ou indiretamente a ele em cinco continentes diferentes. Desde então, Juan o encontrou apenas uma ou duas vezes, começando pelo dia em que foi recebido na empresa. Isso foi há três anos.

Agora, Winslow deu um sorriso para Juan e fez um gesto em direção a um par de cadeiras de cor marrom à frente de sua mesa.

— Sente-se, Juan. Fique à vontade.

Seu tom era amigável, mas Juan não pôde deixar de notar que os olhos castanhos escuros do diretor o observavam com astúcia e os músculos da mandíbula se projetavam de leve, como se ele estivesse cerrando os dentes.

Agora, ele não lembrava em nada o pesquisador de genética de jaleco branco que Juan conhecera em seu primeiro dia. Ele parecia mais um executivo corporativo, trajando um terno risca de giz preto, com cada fio de cabelo grisalho no lugar.

Com os pensamentos de Juan focados nas incertezas de sua pesquisa e nos rumores de mais demissões na empresa, ele mal dormiu. Compartilhou seu progresso com seu gerente ao longo dos anos, sem saber se alguma informação havia chegado a Winslow.

Juan sentou-se, respirou fundo e retribuiu o sorriso do diretor.

— Obrigado, senhor. Estou feliz por ter a oportunidade de conversar com você. Fiz alguns progressos em minha pesquisa que acho que podem lhe interessar.

Winslow inclinou-se para a frente, com os cotovelos na mesa, e juntou os dedos.

— Juan, logo após eu aprovar sua contratação, eu o acompanhei naquela viagem ao sítio de escavação na Sibéria. Aquele com o mamute preservado. Você se lembra disso?

Juan piscou, surpreso com a pergunta inesperada, e disse:

— Sim, claro.

— Você também havia acabado de escrever um artigo. Qual era o título mesmo?

— Acho que era algo como *Seleção natural como guia para evolução dirigida*. Era um estudo dos princípios darwinianos aplicados para avançar a pesquisa além do século vinte e um.

Ele se lembrava da viagem e do artigo. O que Juan não conseguia entender era porque Winslow estava trazendo isso à tona agora. Ou seria apenas conversa fiada antes de ser demitido?

A expressão no rosto de Winslow tornou-se sombria.

— Você não sabe, mas eu tinha muitas esperanças sobre a direção da sua tese e, de fato, estive acompanhando seu trabalho há bastante tempo. É por isso que autorizei pessoalmente sua pesquisa ao longo dos anos.

Juan sentiu que um "mas" estava por vir, e sua ansiedade se intensificou. Ele dedicou três anos de sua vida à busca por algo que ninguém achava que ele encontraria. Viajou pelo mundo coletando amostras de DNA de espécies extintas para avançar sua pesquisa. E sabia que estava à beira de algo grandioso. No entanto, tudo poderia desmoronar aqui e agora. Todas aquelas milhares de horas gastas refinando seu algoritmo de mutação...

— Juan, nós dois sabíamos que era um tiro no escuro. Você dedicou mais de três anos a isso, e foi um esforço válido. Estou feliz que tenha seguido adiante. Mas três anos e você não tem nada para mostrar...

— Não! Eu tenho resultados. — Juan saltou da cadeira, com o coração ameaçando sair do peito. Se fosse demitido, não seria por falta de compreensão de Winslow sobre a importância de sua descoberta.

Com Winslow olhando para ele com os olhos arregalados, Juan retirou uma pasta de três argolas de sua mochila, colocou-a na mesa e começou a folhear sua pesquisa.. Quando encontrou os gráficos de sequenciamento de DNA, virou-os para que o diretor pudesse ver.

— Encontrei um padrão! E não é apenas uma coincidência. Confirmei que não é uma anomalia estatística.

Winslow olhou para Juan e franziu a testa. Somente após alguns segundos de silêncio desconfortável ele olhou para baixo para a pasta e a puxou para mais perto de si.

—Um padrão, você diz?

O corpo de Juan vibrava, repleto de uma energia nervosa. Ele focou em acalmar sua respiração. Tinha que defender seu caso. Era agora ou nunca.

— Senhor, como sabe, estive sequenciando e analisando o DNA de espécies extintas por anos. Esses gráficos mostram os resultados da minha análise comparativa entre as amostras de DNA intacto que extraí de vários espécimes extintos. Levou dois anos inteiros para os computadores e eu analisarmos os dados de sequenciamento. Nos últimos seis meses, me dediquei a...

— Quantos dados estamos falando? — Winslow olhou para cima enquanto Juan virava para outro gráfico.

— Bem, por exemplo, o mamute lanoso. — Juan virou uma página e tocou com o dedo em um gráfico. — Seu genoma diploide tem aproximadamente 9,4 bilhões de pares de bases... isso representa quase cinquenta por cento mais material genético do que o encontrado no genoma humano, o qual equivale a cerca de 2,3 gigabytes de dados. Realizei análises comparativas, normalizando as amostras para uma mesma região geral na Sibéria, e considerei vários pontos da história evolutiva dessas espécies. Minha amostra mais antiga tem quase cem mil anos, e também tenho amostras de setenta e cinco mil anos atrás, quarenta mil anos e quatorze mil anos. Mapeei essas mudanças contra as condições ambientais locais de onde as amostras foram encontradas.

Juan respirou fundo.

— Não percebi a importância dessas mudanças até observar a evolução genética em todo o grupo. Processei todos os dados nos computadores, isso levou meses, dada a quantidade de dados, mas eventualmente, um padrão emergiu. E o que eu descobri é... as mutações não foram aleatórias.

A sala de repente pareceu mais quente. O aroma do lustra-móveis de madeira com cheiro de limão vindo da mesa de Winslow deixou Juan nauseado. Apesar da brisa fresca vinda de uma das saídas de ar-condicionado no teto, ele enxugou uma gota de suor da testa antes de continuar.

— Desenvolvi um algoritmo para simular os padrões de mutação, que apliquei em seguida a outras espécies cujo sequenciamento ainda não havia completado. Encontrei o mesmo padrão de mudanças quando finalmente comecei a decodificar as amostras de DNA de um leão das cavernas e depois no auroque euroasiático. Depois de fazer alguns ajustes para o comprimento estimado de cada geração das espécies, consegui uma correspondência quase perfeita entre o que eu estava decodificando e o que o algoritmo de mutação preditiva dizia que eu deveria encontrar. Com o que tenho agora, sou capaz de prever com 0,001% de precisão os padrões evolutivos ao longo de milhares de gerações.

Winslow recostou-se e tamborilou os dedos da mão direita na mesa.

— Não entendo. Então, você sequenciou alguns DNAs e previu padrões evolutivos retroativamente, padrões esses que já conseguimos medir. Por que isso seria importante? Aonde você quer chegar com isso? E mais importante: como a AgriMed pode usar isso para avançar nossa pesquisa de medicamentos? Como podemos monetizar isso? Apoiei essa pesquisa na esperança de que você encontrasse uma raiz genética para o câncer. Ou melhor ainda, uma raiz genética para combater o câncer.

Um arrepio subiu pela espinha de Juan enquanto ele acenava com entusiasmo.

— Sim. Exatamente. Eu fiz isso. É por isso que comecei com o mamute. Como você provavelmente sabe, os elefantes modernos são altamente resistentes a tumores. Eles têm muitas cópias extras do TP53, um gene supressor de tumores conhecido. Então queria ver como isso evoluiu. Depois, tropecei no padrão que eu lhe falei, e de repente me ocorreu que se eu pudesse seguir previsivelmente o padrão de todos esses diferentes animais extintos e estudar como várias partes de seu código genético evoluíram, não poderia eu, usando o mesmo algoritmo, simular como nossos genes evoluirão no futuro?

Ele continuou, se sentindo mais seguro:

— Imagine isso. Como será nossa genética em mil gerações? Dez mil gerações? O que poderemos descobrir? Mapeamos nossos genes, mas mal arranhamos a superfície do verdadeiro *entendimento* deles. Procuramos às cegas como galinhas atrás de um grão de milho, apenas esperando que as modificações genéticas que experimentamos façam algo útil. Mas com este algoritmo preditivo, poderíamos modelar em meses o que a natureza levaria dezenas ou centenas de milhares de anos para fazer.

Juan inclinou-se e virou para a página de resumo de sua simulação mais recente.

— Nessa rodada de simulação, apliquei meu algoritmo ao genoma do camundongo de laboratório comum. Simulei a evolução do DNA do camundongo nas próximas duzentas mil gerações. Isso é cerca de quatro a cinco mil anos de evolução futura.

Winslow inclinou-se para mais perto da impressão em sua mesa, seu dedo traçando a página. Será que era um lampejo de interesse? Juan esperou ansiosamente, mudando o peso de um pé para o outro.

De repente, Winslow olhou para cima.

— Se estou lendo isso corretamente, você acredita que, dado alguns milhares de anos de evolução, o camundongo comum começará a mostrar múltiplas cópias do gene supressor de tumores TP53.

Juan assentiu.

— As simulações indicam exatamente isso. Mas o cenário é muito mais complexo... cada genoma apresenta diversas mudanças que precisam ser analisadas, mas foi fácil para mim perceber essa anomalia, pois era algo que os computadores já estavam sinalizando. E se eu puder continuar meu trabalho para descobrir o que desencadeou essa mudança e, talvez até observar isso em um espécime vivo...

O Dr. Winslow recostou-se na cadeira, assentindo de maneira pensativa.

— Você está sugerindo que se entendermos o mecanismo de disparo... talvez o mesmo truque possa ser feito com nosso próprio genoma.

— Talvez sim, talvez não — disse Juan. — Mas não saberemos a menos que continuemos minha pesquisa. Idealmente, gostaria de passar para alguns testes de laboratório. Preciso testar algumas dessas sequências para entender o que elas fazem.

O diretor riu.

— Bem, isso... isso muda as coisas. Juan, gosto da direção que você está tomando. Providenciaremos esses testes. Certifique-se de documentar no servidor tudo o que você fez, especialmente o algoritmo sobre o qual você falou, e eu falarei com os outros líderes de pesquisa e verei se podemos conseguir mais ajuda para você nisso.

Juan sentiu como se um peso tivesse sido tirado de seus ombros.

— Senhor, vou começar imediatamente. Enviarei meus planos ao Conselho de Revisão de Conformidade Ética...

Winslow levantou a mão e sorriu de maneira calorosa.

— Não há necessidade do CRCE. Envie seu plano diretamente para mim. Vou dar uma olhada e agilizar os trâmites para você. Tenho um bom pressentimento sobre isso, Juan. Um pressentimento muito bom.

Ele se levantou, caminhou até a porta e a abriu. Então, em voz baixa, disse:

— Mas Juan, por favor, guarde tudo para si por enquanto. Não compartilhe os detalhes de seus trabalhos com ninguém. Você tem uma oportunidade real de avanço aqui na AgriMed. Mais do que isso, tem uma oportunidade de verdadeira grandeza em nosso campo. Não podemos deixar que esse tipo de coisa vaze antes de estarmos prontos, entendeu?

— Entendido, senhor.

Eles saíram do escritório e Winslow se dirigiu a sua assistente.

— Sheila, pode ligar para Jenkins, Ratheblume e Marty Cohen e trazê-los aqui? Preciso de uma conversa frente a frente com os três, o mais rápido possível. — Virando-se para Juan, Winslow apertou sua mão e perguntou: — Está tudo certo com seu transporte para o aeroporto e tal?

— Sim, senhor. Está tudo resolvido. Sobre a genética...

— Uh, uh, uh. — Winslow resmungou para Juan e balançou a cabeça. — Não vamos mais falar sobre isso por enquanto. Me passe os detalhes que conversamos, especialmente o algoritmo e quaisquer outras notas de pesquisa relacionadas ao que você descobriu, e eu cuido do resto. Entrarei em contato amanhã.

Com um tapinha amigável no ombro de Juan, Winslow voltou para seu escritório e fechou a porta.

Juan olhou para a porta fechada e desejou poder ser uma mosca na parede quando o diretor se encontrasse com os líderes de pesquisa avançada.

— Ei, Nate, é John Hendrickson do laboratório de evidências. Acabei de processar as bolsas de evidências que você trouxe de Nevada. Acho que você precisa vir aqui. Parte disso é... bem, simplesmente não faz muito sentido.

Nate pressionou o telefone no ouvido.

— Eu não trouxe meu carro, e é uma caminhada de dez minutos do meu escritório até seu laboratório. Não quero ser preguiçoso, mas... pode me dizer o que encontrou?

— Confie em mim, venha aqui. Essa merda ficou estranha, e preciso de outra pessoa para verificar o que estou vendo.

Foi um pedido estranho. Mas Nate já havia trabalhado com Hendrickson antes, e ele era um cara sensato e um bom analista de laboratório. Ele olhou para o relógio; estava quase no fim do dia.

— São quase cinco da tarde agora. Tenho algumas coisas para terminar aqui e depois vou aí. Você ainda estará aí às 17:30h?

— Sim, sem problemas. Tenho outras evidências para processar.

— Certo, te vejo em breve.

Nate desligou e recostou-se na cadeira. Não conseguiu deixar de se perguntar o que deixou o técnico de laboratório tão animado.

Quando Nate entrou para o FBI como membro da Unidade de Resposta a Evidências, o renomado laboratório forense do FBI era intimidador. Era um campus massivo, com quinhentos mil metros quadrados, inteiramente dedicado a processar tudo, desde impressões digitais até DNA e materiais perigosos. Eles faziam de tudo.

Agora as portas duplas se abriram com um sopro de ar, e Hendrickson, um técnico de cabelos verdes com um jaleco bem usado, o cumprimentou com um sorriso torto.

— Aqui, coloque isso. — Ele jogou um jaleco para Nate. — Você sabe o procedimento.

Nate passou pelas portas externas para uma antecâmara. Enquanto colocava o jaleco e protetores sobre os sapatos, sentiu e ouviu o sopro do ar enquanto o laboratório era selado do exterior. O ar do laboratório era altamente filtrado, e a antecâmara servia tanto para impedir a fuga de materiais perigosos do laboratório quanto para evitar qualquer contaminação das evidências por fontes externas..

Nate colocou um par de luvas de látex e olhou para o técnico de trinta anos.

— Cabelo verde? Sério?

O rosto de Hendrickson ficou vermelho.

— Pintei para uma festa de St. Patrick. A porcaria não sai.

Nate riu.

— Bem, parece... terrível.

Hendrickson franziu a testa.

— Obrigado. Vamos. Vou te contar o básico no caminho para o laboratório de DNA.

Os dois homens caminharam por uma sala cheia de bancadas de laboratório carregadas com equipamentos de análise de última geração.

— Basicamente, todas as amostras queimadas tinham um acelerante. Mas tenho certeza de que você já tinha percebido isso.

Nate assentiu.

— Senti algo. Você descobriu o que foi usado?

— Sim. Basicamente uma mistura de gasolina, benzeno e poliestireno.

— Merda, isso é napalm! — Nate exclamou.

— Napalm B, especificamente. E o cotonete que você tirou do defunto tinha os mesmos elementos das suas amostras. Ele estava por perto quando o lugar foi incendiado, sem dúvida.

— Mas ele não estava queimado — murmurou Nate. — E aquele pequeno objeto metálico revestido de vidro? Descobriu o que era?

— Sim. É um microchip de identificação, semelhante aos usados em animais de estimação. Sendo que este tinha um transmissor ativo. E parecia que provavelmente tinha uma antena de fio, mas ela quebrou. Com a antena, teria alcance suficiente para rastreamento à distância.

Eles se aproximaram de uma porta com a inscrição *Laboratório de DNA*.

Hendrickson passou sua identificação pelo leitor de crachás e a porta se abriu.

— Então isso é algo que alguém usaria em um animal de estimação? Caso se perdesse? — Nate perguntou.

— De jeito nenhum. Os chips usados em animais de estimação só transmitem se estiver muito próximo, a centímetros de distância. Só vi esse tipo de coisa uma vez antes. Era usado para rastrear prisioneiros liberados de Guantánamo.

— Quem? A CIA?

O técnico acendeu as luzes no pequeno laboratório e balançou o dedo.

— É sabido que a CIA rastreava os prisioneiros de Guantánamo. Seria uma boa suposição que esse microchip que você encontrou possa ser de lá, mas ainda não verifiquei quem fez a coisa. Me dê um tempo, vou descobrir.

— Certo — ele disse. — Vamos falar sobre as amostras de cabelo. — Hendrickson se moveu para a direita e digitou no terminal de computador próximo. — Venha aqui e veja isso.

Hendrickson havia puxado um relatório de análise de DNA. A conclusão estava simplesmente como NÃO IDENTIFICADO.

— Então, sem correspondência — disse Nate. — Isso não é incomum em um incêndio.

O técnico franziu a testa.

— Nate, não sou idiota. Mas algumas das coisas que você recuperou não estavam queimadas... incluindo a amostra relatada aqui. Os computadores ainda não conseguiram encontrar uma correspondência.

Nate não entendeu.

— O que isso significa?

Sem responder, Hendrickson destravou uma gaveta e retirou um saco de evidências contendo uma lâmina. Ele a colocou sob os clipes de um microscópio de alta potência e acionou um interruptor. Um monitor se acendeu, exibindo duas amostras de cabelo.

— Elas parecem iguais, certo?

Para Nate, pareciam iguais, embora isso não significasse nada.

— Suponho que uma dessas amostras seja a que eu peguei, e a outra?

— A outra é de um cachorro. Especificamente, um Labrador. Suspeitei que fosse pelo canino e confirmei com outras amostras até encontrar uma correspondência visual.

Nate estudou as imagens.

— Então, alguém colocou um dispositivo de rastreamento em um cachorro afinal. Não entendo o que há de interessante nisso. Parece um beco sem saída. Um localizador de animais de estimação. Alta tecnologia, mas ainda assim.

— O que é interessante não é que combinei sua amostra com um Labrador, o interessante é que o computador não o fez. Deveria ter feito, se o DNA fosse o mesmo. Mas não é. Consultei os registros de DNA para o padrão da raça Labrador. Obviamente, embora o DNA não seja idêntico a menos que sejam gêmeos, membros da mesma espécie terão mais de 99,9% de correspondência em suas sequências de DNA. Mas quando comparei o DNA do Labrador com sua amostra, houve uma similaridade de 97,8%. Isso é uma grande diferença. Para comparação, humanos e chimpanzés têm uma similaridade de 96%.

Os olhos de Nate se arregalaram.

— Então a amostra é um Labrador ou não?

O técnico se virou para ele com uma expressão preocupada.

— Honestamente, não sei o que é. Este pelo é de um Labrador... ou, na pior das hipóteses, algo muito, muito semelhante a um Labrador. Mas o DNA é radicalmente diferente. Verifiquei e a diferença no DNA mitocondrial entre cães e lobos é de apenas cerca de 0,2%. Isso representa uma discrepância dez vezes maior. Como pode uma criatura claramente muito parecida com um cão ter um DNA tão diferente de um cão?

Nate franziu a testa.

— Então temos um dispositivo de rastreamento de alta tecnologia. Alguém está usando Napalm B para destruir evidências. E um cachorro que não é um cachorro.

— Não é simplesmente que *não é um cachorro*, Nate. É um animal que não corresponde a nada em nossos bancos de dados. O que você encontrou lá fora?

Um arrepio subiu pela espinha de Nate.

— Não sei.

CAPÍTULO CINCO

Três anos depois

Kathy O'Reilly lambeu a umidade salgada do Pacífico de seus lábios. Enquanto se inclinava para frente na alta cadeira giratória fixada no convés, o veleiro de cinquenta pés balançava de leve nas águas mornas.

Ela olhou para trás, para Brad, que estava ocupado estudando um mapa.

— Acha que podemos escapar da tempestade? — Ela acenou em direção a uma linha de nuvens de tempestade cinzentas que se estendiam pelo horizonte.

Brad balançou a cabeça.

— Eu não arriscaria. Mas há uma pequena ilha não muito longe, e tem uma lagoa onde podemos nos abrigar até que isso passe.

Como se para enfatizar o ponto, o vento ficou mais forte, fazendo o barco balançar violentamente.

Kathy tocou na tela sensível ao toque do console de navegação e gritou:

— Quais são as coordenadas? Vou configurar o piloto automático.

— A lagoa fica no lado oeste da ilha. Vamos nessa direção. Coloque 11 graus 25 minutos 19,2 segundos sul, e 151 graus 49 minutos 22,7 segundos oeste.

Kathy inseriu as coordenadas e pressionou "enter" no sistema de navegação do barco. O veleiro inclinou ligeiramente para a esquerda.

Ela deu a Brad um sorriso irônico.

— *Vamos velejar*, ele disse. *Não há nada com que se preocupar. Eu navego desde que era menino*, ele disse. — Ela balançou o dedo indicador para ele de forma brincalhona. — Se ficarmos presos em alguma ilha esquecida por Deus por causa da sua brilhante ideia, não vou deixar você esquecer isso, sabe.

Os olhos azuis de Brad brilhavam, refletindo o sol acima enquanto ele ria. Ele estava quase com quarenta anos, mas seu sorriso juvenil e atitude aventureira faziam com que os quinze anos que os separavam se tornassem inconsequentes.

Ele voltou seu olhar para ela e passou os dedos pelos cabelos castanho-claros.

— Eu me lembro que discutimos esses planos e você também achou que era uma ótima ideia. E além disso — ele soltou o telefone via satélite de seu cinto —, pelo menos temos isso. Então, mesmo que tenhamos problemas, podemos sempre chamar a cavalaria marítima.

— Bem, vamos torcer para que não chegue a esse ponto.

Um relâmpago brilhante cruzou de uma nuvem para outra, e segundos depois veio o trovão longo e retumbante. Kathy sentiu um calafrio enquanto olhava para a tela do piloto automático e depois para as nuvens escuras que avançavam.

Por um breve momento, desejou estar em casa. Ela cresceu como filha de um fazendeiro de gado em Nevada e nunca pretendia voltar, mas à medida que sentia um crescente pressentimento sobre o ambiente ao redor, seus pensamentos se voltaram para a familiaridade de casa.

— Kathy — Brad gritou por cima do vento e do estrondo do trovão. — Vamos descer para a cabine.— Ele subiu para o convés inferior, fazendo sinal para que ela o seguisse. — Vai levar cerca de duas horas para chegarmos lá e, embora devamos escapar da tempestade, vai ficar bastante ventoso aqui em cima.

Levantando-se da cadeira do capitão, Kathy entrou na cabine e deu a Brad um rápido beijo na bochecha.

— Sem naufrágios, entendeu, senhor?

— Ah, não sei. Um naufrágio me daria mais tempo com você só para mim.

Brad beliscou o traseiro dela, que gritou com falsa indignação enquanto pulava em direção à proa.

Ele pegou um travesseiro de um armário e o jogou para ela.

— Por que você não descansa um pouco? Vou ficar de olho nas coisas.

—Está bem.

Enquanto Brad se sentava diante dos controles da estação de navegação da cabine, Kathy subiu na cama em forma de V na frente do veleiro e colocou o travesseiro debaixo da cabeça. Brad era capitão de uma equipe profissional de pesca, e ela tinha total confiança em sua capacidade de levá-los com segurança ao destino necessário. Então ela se recostou e aproveitou o balanço do barco, e quando suas pálpebras começaram a pesar, não resistiu. A próxima coisa que soube foi que foi acordada pelo grito de Brad lá de cima.

— Querida, pode vir aqui?

Kathy sacudiu as teias de aranha mentais enquanto tropeçava até o convés e olhava em volta. O som das ondas quebrando na costa chamou sua atenção. Com o sol baixo no horizonte, apertou os olhos ao perceber que haviam chegado à ilha, mas ainda não haviam entrado na lagoa.

Brad estava tirando a camisa e chutando os sapatos para o lado. Ele tirou o telefone via satélite de seu cinto e o estendeu.

— Segure isso.

Ela pegou.

— O que você está fazendo?

— Há uma linha de coral bloqueando a entrada da lagoa. Parece que alguém dragou um caminho através dela, mas depois colocou um portão no caminho. Acho que alguém é dono deste lugar. Mas considerando que temos uma tempestade nos perseguindo... é melhor pedir perdão do que permissão. — Ele sorriu e acenou com o queixo em direção à cadeira do capitão. — Recolhi as velas, então apenas use o motor auxiliar para levar o barco para a lagoa assim que eu abrir o portão.

Kathy assentiu, e Brad soprou um beijo para ela e mergulhou na água sem nem mesmo o menor sinal de um respingo.

Ela prendeu o telefone na cintura antes de pegar um par de binóculos. Podia ver claramente o portão bloqueando a entrada da lagoa; tinha cerca de nove metros de largura, com uma placa que dizia *Propriedade Privada. Proibido Entrar.*

Brad nadou até o portão e subiu com habilidade na cerca de arame até o mecanismo de travamento. Ele parecia lutar com aquilo, puxando com ambas as mãos na barra de metal que impedia o portão de se abrir.

De repente, a barra de metal voou para cima e Brad caiu na água.

Kathy pulou e gritou,

— Brad!

Segundos depois ele emergiu, deu um sinal de positivo e fez sinal para ela se aproximar. Antes mesmo de ela ligar o motor, ele mergulhou abaixo da superfície e o portão começou a se abrir lentamente.

Sentada de volta na cadeira giratória do capitão, Kathy ligou o motor externo e empurrou a alavanca do acelerador para frente. O veleiro avançou lentamente enquanto rajadas de chuva começavam a cair.

Na luz da manhã, Kathy olhava através de cinquenta pés de água para os restos despedaçados do portão, agora pendurados precariamente em seu poste de metal.

A noite anterior foi a mais assustadora de sua vida. Os ventos uivavam enquanto o tufão rugia acima. Seu barco estava longe de ser pequeno, mas mesmo com a proteção da lagoa, balançava como um brinquedo de criança. E quando a madrugada finalmente chegou, o céu estava limpo, mas eles encontraram um novo problema. O portão despedaçado estava bloqueando sua saída. Para piorar, ele tinha agido como uma rede, capturando todo tipo de algas, madeira flutuante e vegetação.

Brad agora estava cortando a vegetação com uma machadinha, mas não parecia estar progredindo.

Kathy gritou por cima do som de seus golpes:

— Você quer que eu ajude?

Ele olhou para cima e balançou a cabeça.

Kathy sentiu o calor subir pelo pescoço e atingir suas bochechas ao perceber que ele estava usando a única ferramenta que tinham. *Em que eu estava pensando? As únicas outras ferramentas de corte que temos são facas de carne.*

Ela se sentiu impotente ao assistir Brad lutando com aquilo. Depois de mais dez minutos, ele rugiu de frustração, mergulhou de volta na água e nadou de volta para o barco.

Segundos depois, Kathy o ajudou enquanto ele lutava para se levantar de volta para o barco.

Com um último esforço, Brad escalou a popa e desabou no convés.

— Desculpe, querida. Há muita coisa emaranhada ali. E acho que o peso de tudo isso fez parte do portão afundar na lama. Não acho que conseguiremos movê-lo sem equipamento pesado. Sei que você não queria que chegasse a isso, mas acho que temos que pedir ajuda.

Enquanto se levantava, ele fez uma careta, e Kathy notou que seu tornozelo direito parecia machucado e começava a inchar.

— O que há de errado com seu tornozelo?

— É apenas uma torção. — Brad acenou de forma displicente e pegou o telefone via satélite.

— Sei que é propriedade privada, mas foi o único abrigo do tufão que conseguimos encontrar. Vocês podem nos ajudar a limpar o caminho para que possamos sair navegando? É só isso que estou pedindo. Não precisamos ser resgatados ou algo do tipo. Nosso barco está bem.

Brad afastou o telefone do ouvido e lançou a Kathy um olhar que expressava claramente que a conversa não estava indo tão bem quanto ele esperava. A primeira ligação, para as autoridades marítimas locais, tinha corrido bem, mas depois eles o encaminharam para a empresa que possuía a ilha, e foi aí que a conversa azedou.

— Não, não vamos levar nada da sua ilha. Só queremos nos afastar o quanto antes. — Brad passou a mão pelo cabelo, exalando frustração. — Trinta e seis horas? Não há como ser mais rápido? — Ele suspirou. — Certo, tudo bem. Não, estaremos no barco esperando por vocês.

Brad olhou para o telefone, balançou a cabeça e o prendeu na cintura.

— Então — disse Kathy. — Um dia e meio presos aqui.

— Sim. Aparentemente, há alguma empresa que tem um arrendamento de longo prazo nesta ilha. Eles ficaram bem irritados com "invasão" quando dei a eles nossa localização, mas parece que vão nos tirar daqui. Embora tenham feito questão de dizer que nos cobrarão pelo inconveniente.

— E você está surpreso com isso?

— Não, acho que não. — Uma expressão astuta cruzou o rosto de Brad, e ele apontou o polegar para a ilha. — Sabe, já que eles estão tão irritados conosco por invadirmos...

Kathy sorriu.

— Não deveríamos.

— Por que não? Vi caranguejos gigantes na praia quando nos aproximávamos, e a floresta é só de palmeiras de coco. Que tal um banquete de caranguejos? E podemos beber água de coco fresca, direto do coco.

Ele tinha um ponto... caranguejos frescos cozidos eram infinitamente melhores do que qualquer coisa que tivessem na despensa.

Kathy envolveu os braços ao redor dele.

— Deixe-me entender direito. Você acha que um jantar sofisticado de caranguejos fará uma garota esquecer que você a deixou encalhada em uma ilha deserta?

Ele sorriu.

— Bem...

— Ah, morda sua língua. — Kathy o esmurrou brincalhona no peito. — Vou pegar uma panela e um acendedor para ferver os caranguejos. Você pega o machado para cuidar dos cocos.

Kathy se apoiou nos cotovelos enquanto estava deitada na praia arenosa e inalava o cheiro do oceano. Ao lado dela, Brad estava ocupado tentando fazer uma fogueira, mas até agora só conseguiu uma grande nuvem de fumaça branca.

Ela estava prestes a fazer uma piada quando, de repente, línguas de chamas laranjas irromperam do monte de madeira. Brad recuou do fogo crescente com uma expressão satisfeita. À medida que o incêndio aumentava, ele pulou de pé e fez careta.

— Brad, tem certeza de que está bem? Seu tornozelo está muito inchado.

— Estou bem. Só relaxe. Vou ferver a água e teremos caranguejo em pouco tempo.

Enquanto Brad preparava a água para ferver, Kathy passava o olhar pela praia. Estava cheia de placas de *Proibida Entrada*, escritas em vários idiomas, mas ela estava mais preocupada com a confusão tecida de galhos quebrados, algas e outros detritos cobrindo a linha costeira. Embora ele tentasse esconder, Brad mancou um pouco no caminho até aqui, e agora seu tornozelo estava piorando.

A borda oeste da ilha, repleta de pedregulhos, tornava-se quase intransitável com todos os detritos deixados pela tempestade. Kathy preocupava-se com como o tornozelo de Brad aguentaria a caminhada de volta ao barco.

Ela suspirou enquanto Brad jogava um punhado de temperos na água agora fervente e sabia que ele nunca admitiria que estava com dor.

Enquanto Kathy inalava o aroma do tempero Old Bay que vinha da água fervente, algo parecia fora do lugar no ambiente ao redor. O oceano estava calmo e a brisa tinha se tornado quase inexistente, ainda assim, algo parecia... estranho.

Os sons.

Percebeu de que não tinha ouvido o grito de uma gaivota, ou de qualquer outro tipo de pássaro, desde que chegaram à ilha. Nem um.

Um manto de silêncio os envolvia, e Kathy, sentando-se, fixou o olhar na floresta de palmeiras próxima.

— Amor, onde você acha que estão todos os pássaros?

— Pássaros? Não sei. Em Dutch Harbor, as gaivotas tendem a sair da cidade antes de qualquer tempestade que se aproxime. Suponho que as gaivotas daqui façam o mesmo. — Ele retirou um conjunto de pinças de metal de sua mochila e as clicou em direção a ela. — Quinze minutos e estaremos comendo.

Ainda pensando nos pássaros, Kathy examinou as árvores. E então ela viu um pássaro com penas coloridas como um arco-íris, olhando para eles do alto de uma palmeira próxima, a seis metros de altura. Ela não conseguia imaginar como deixou de vê-lo antes; suas penas brilhantes destacavam-se contra o marrom e verde das árvores.

— Ei, olhe, Brad. Parece que nem todos os pássaros voaram.

— Oh, uau. É lindo. Que tipo de pássaro será esse?

Com uma mão fazendo sombra para os olhos contra o sol, Brad

se aproximou da palmeira. De repente, o pássaro saltou de seu poleiro e mergulhou diretamente em direção a ele. Brad se abaixou, e o pássaro ricocheteou em seu braço e voou de volta para as árvores.

— Que merda!

Kathy pulou nas pontas dos pés e gritou:

— Afasta-se da árvore. Provavelmente tem um ninho que ele está defendendo.

Brad pressionou a camisa branca contra o braço, manchando-a de sangue.

— Aquele saco de penas me feriu!

Kathy puxou o kit de primeiros socorros da mochila de Brad.

— Melhor evitar uma infecção.

Brad balançou a cabeça.

— Juro que aquilo veio direto para o meu rosto. Se eu não tivesse levantado meu braço...

Kathy rasgou um sachê de álcool e sorriu.

— Vem aqui, seu grandalhão. Me deixa limpar isso.

Ela limpou o sangue, revelando que um pedaço de carne espesso como um lápis havia sido arrancado de seu antebraço.

— Caramba, realmente tirou um pedaço. Você teve sorte de não ter acertado seu olho.

Brad franziu o cenho para a palmeira.

— Nunca vi um pássaro se lançar assim...

Ele puxou o braço do alcance de Kathy, fazendo um movimento brusco próximo à cabeça dela. Ela ofegou enquanto a mão dele passava a centímetros de sua orelha direita. Kathy cambaleou, quase perdendo o equilíbrio.

— Te peguei! — ele gritou.

Atordoada, Kathy seguiu o olhar de Brad. No chão atrás dela jazia o corpo quebrado do pássaro de plumagem arco-íris.

— Estava furioso — disse Brad. — Era como um dardo indo direto para o lado do seu rosto.

Uma série de piados agudos ecoou das palmeiras. Kathy perguntou-se se eram filhotes chamando pela mãe, e se sentiu angustiada.

Mas então pelo menos uma dúzia de outros pássaros de plumagem arco-íris emergiu das frondes das palmas.

— Brad — ela disse, sentindo um frio gélido —, vamos sair daqui. Há mais desses pássaros.

Em uníssono, como se por algum comando silencioso não ouvido, todos os pássaros saíram de seus poleiros e mergulharam direto neles.

Com o coração batendo forte, Kathy assistiu a cena desdobrar-se como se fosse em câmera lenta. Brad fez uma careta enquanto vários dos animais coloridos ricocheteavam nele.

Brad agarrou a mochila e correu em direção a eles, balançando-a contra os atacantes, os conteúdos da mochila voando para todos os lados.

— Saiam de perto de nós!

Ele conseguiu derrubar dois dos pássaros no chão. Manchas de sangue escorreram por sua camisa.

Sem dar uma segunda olhada no fogo e no resto de suas coisas, ela gritou:

— Brad, esqueça! Vamos sair daqui!

Brad concordou.

— Estou logo atrás de você!

Kathy correu pela praia, lutando contra o pânico crescente à medida que sentia impactos em suas costas. Ela manteve o foco no terreno irregular, correndo o mais rápido que podia. Não diminuiu o passo quando algo mais bateu em suas costas e sentiu uma sensação de queimação. Ela sentiu que um pássaro tinha arrancado um pedaço de sua pele.

Atrás dela, Brad gritou de dor. Ela virou-se e o mundo pareceu congelar quando viu Brad levantando-se. Rios de sangue escorriam pelo seu rosto. Havia tanto sangue em sua camisa que quase não restava branco. E, pela primeira vez, ela viu medo no rosto dele.

— Droga, Kathy, não se preocupe comigo! Continue correndo!

Olhou para cima e viu os pássaros circulando para outro ataque, o que a paralisou de repente. Suas pernas se recusavam a mover.

Brad correu em direção a ela, agarrou seu braço e puxou-a em direção à linha das árvores.

— Corra pela floresta. Provavelmente há menos coisas para tropeçar lá, e eles não podem nos atacar tão facilmente.

Kathy sentiu uma onda de adrenalina e correu para o abrigo do bosque de coqueiros. Enquanto seguia pela vegetação densa, várias vezes mais ela sentiu a picada de um ataque de pássaro. Ela começou a respirar em soluços desesperados, e não conseguia mais ver Brad, embora pudesse ouvi-lo abrir caminho pelo mato em algum lugar à sua direita.

— Brad! Você está bem? — Não obteve resposta.

Só podia esperar que ainda estivesse se movendo em direção ao barco. As dezenas de feridas ardentes por todo o corpo eram um testemunho doloroso de que essa luta tinha se tornado uma questão de vida ou morte. E ela estava perdendo.

E então um raio de esperança. Avistou o fim do bosque de coqueiros à frente.

Imaginando-se fazendo uma corrida louca para a lagoa e a segurança da cabine do veleiro, ela correu além das árvores; e parou abruptamente.

Ela estava em uma clareira. À sua frente estava um prédio de concreto, e ao lado, a não mais de quinze metros de distância, havia um grande viveiro, cheio dos pássaros de plumagem arco-íris. Eles deveriam estar contidos, mas uma palmeira tinha caído através da malha de aço do recinto, abrindo um grande rasgo.

Com o coração batendo nos ouvidos, Kathy correu para a porta do prédio. No mesmo instante, um grande bando de pássaros voou de seu recinto em direção a ela.

Por favor, que não esteja trancada.

Ela puxou a porta de metal, que se abriu. Tropeçando para dentro, ela chutou a porta para fechá-la e desabou no chão, ofegante.

Arrastando-se de quatro, Kathy tremia enquanto via gotas de seu sangue salpicarem o chão de concreto. Não tinha ideia de quantos ferimentos tinha sofrido dos ataques dos pássaros, mas eram muitos.

Seus braços estavam cobertos de vermelho brilhante como se ela tivesse se banhado em seu próprio sangue.

Algo vibrou em sua cintura. O telefone via satélite. Estava tocando.

Ela arrancou-o do cinto.

— Brad, graças a Deus! Você conseguiu chegar ao barco?

— *Senhorita, estamos enviando uma equipe agora...*

— Por favor, mandem um helicóptero! Pagaremos o que for preciso. Estamos sendo atacados por um bando louco de pássaros e precisamos de ajuda médica! — Kathy engoliu um nó de medo e começou a chorar. — Meu namorado está indo em direção ao nosso barco, e ele está ferido. Estou presa em algum prédio. Estou sangrando e Deus sabe o que...

— *Senhora, acalme-se. Você disse que está na ilha e...*

— Sim! Me ajude, pelo amor de Deus! É uma emergência.

— *Senhora...*

A voz parecia desaparecer, e Kathy sentiu a fadiga tomar conta dela.

Perdi tanto sangue assim?

Ela se deitou de costas. O cômodo começou a girar. O sol espiando pelas janelas intactas do estranho prédio desapareceu enquanto a escuridão a envolvia.

O estrondo de uma explosão distante a acordou.

Kathy se sentou e sacudiu a cabeça.

Outra explosão. Enviou tremores pelo chão. E esta parecia... mais próxima.

Ignorando a dor, Kathy cambaleou até ficar de pé.

Quando ela entrou ali mais cedo, estava muito apavorada para notar o ambiente ao seu redor. Agora, ela olhou em volta. Este lugar era algum tipo de laboratório. Incubadoras estavam alinhadas em bancadas de laboratório. Algumas continham pilhas de ovos brancos do tamanho de uvas; outras abrigavam filhotes cegos e sem penas. Se inclinando mais perto, observou os filhotes recém-nascidos e notou o surgimento de penas vermelhas.

Meu Deus. Alguém está criando essas coisas?

Seu peito apertou ao pensar em Brad. Ela esperava que ele tivesse chegado em segurança ao barco. Sentindo-se tonta, quase desabou em uma das bancadas de laboratório próximas.

Na superfície de trabalho estava uma pilha de cadernos com um logotipo estampado neles. *AgriMed.* O computador ao lado da incubadora tinha um pendrive conectado em uma das portas USB; um adesivo no drive lia *AgriMed Confidencial.*

Por impulso, ela pegou.

Outro estrondo sacudiu o prédio, e Kathy correu para a janela.

Seu coração acelerou enquanto seis homens emergiam das árvores, todos armados, todos vestidos com camuflagem militar. Um deles apontou um rifle volumoso para o viveiro, e uma rajada de chamas laranjas irrompeu.

Outro soldado correu para o prédio e irrompeu pela porta.

— Senhorita, estou aqui para escoltá-la para fora da ilha.

Kathy cambaleou em direção a ele, seu corpo ainda ardendo de dor. O soldado agarrou seu braço e a ajudou a passar pela porta.

Ela sentiu o calor das chamas imediatamente. Os soldados estavam queimando não apenas o viveiro, mas grande parte da floresta ao redor. O calor das chamas era quase insuportável enquanto Kathy tentava acompanhar os soldados que a guiavam para longe do prédio. A fumaça densa das árvores queimando ardia seus olhos, cegando-a com lágrimas.

Parando por um segundo para limpar a fuligem dos olhos, Kathy ofegou quando um soldado a jogou sobre o ombro e avançou, com os outros se juntando a ele. Kathy ouviu um sibilo e sentiu o calor de um lança-chamas incinerando algo à frente. Ela mal conseguia respirar por causa da fumaça.

E então foi colocada dentro de um helicóptero. Suas hélices já começavam a girar.

Kathy tossiu. Seu peito doía por causa da fumaça. O pânico subiu em seu peito, e ela agarrou o braço do soldado que a carregara.

— Brad ainda está lá fora! Você não pode deixá-lo para trás! — O motor do helicóptero zunia cada vez mais alto.

O rosto do soldado, coberto de fuligem, parecia esculpido em pedra. Ele franziu a testa e balançou a cabeça.

— Não há homem na ilha. — Sua voz era carregada com um sotaque alemão.

Outro homem ajustou uma máscara de oxigênio em sua boca e nariz.

— Respire.

Ela inalou, e o mundo ficou preto.

CAPÍTULO SEIS

Kathy estava sentada à beira de uma cama de hospital, em um quarto espartano de blocos de concreto. Tinha um banheiro anexo, mas não havia janelas, nem visão do mundo exterior. E ela não tinha ideia de onde estava.

Era madrugada quando o helicóptero pousou em uma ilha tropical com quase nenhum sinal de civilização. Dois homens de jaleco a receberam e trataram seus ferimentos em silêncio. Demorou um pouco, ela tinha dezenas de cortes, cada um precisando ser limpo e suturado, mas durante todo o tempo, eles se recusaram a responder quaisquer perguntas dela. Pelo menos, depois, ela teve acesso a um chuveiro quente, antes de ser deixada aqui, completamente sozinha na ala do prédio que parecia um quartel.

Ela sabia que deveria tentar descansar, mas não conseguia. Sempre que fechava os olhos, o rosto ensanguentado de Brad aparecia. E não conseguia parar de pensar na possibilidade, ou melhor, probabilidade, de que ele agora estivesse morto.

Sua falta de emoção sobre isso era algo que sabia que não ser característico dela. Em circunstâncias normais, estaria surtando, chorando, talvez furiosa. Mas ela estava emocionalmente exausta. Simplesmente não havia mais nada dentro dela.

Ela se sentia anestesiada.

É isso que é choque? Estou com algum tipo de TEPT?

Olhando ao redor do quarto, Kathy respirou fundo. O quarto tinha o mesmo cheiro antisséptico de um hospital, mas não se lembrava de ter visto outros pacientes durante o transporte de uma sala para outra.

Todo o seu corpo doía. Ergueu a manga da camisa branca e limpa que recebera. Examinando todo o seu braço direito, Kathy notou os hematomas e começou a contar.

— Dez mordidas, cada uma com dois pontos.

Ela se levantou, a dor pulsando através dela, e caminhou até o banheiro. Quando se olhou no espelho, estremeceu.

Mal se reconhecia.

Um grande hematoma roxo cobria a maior parte do lado esquerdo de seu rosto. Estava tão inchado que mal conseguia abrir o olho esquerdo. Tocou o rosto com as pontas dos dedos e ficou surpresa por não sentir dor. Talvez os médicos tivessem anestesiado. O resto do corpo, no entanto, doía mais do que ela poderia imaginar. Eles não haviam anestesiado suas feridas, que queimavam. E apesar da temperatura fresca no quarto com ar-condicionado, todo o seu corpo estava desconfortavelmente quente.

Acho que estou com febre.

Ouviu-se uma batida na porta do quarto. Ela saiu do banheiro e a abriu.

Um homem musculoso vestindo uniforme militar preto estava do lado de fora. Ele disse, em inglês carregado de sotaque:

— Venha comigo. O diretor chegou e vai vê-la. — *Diretor?*

Ela assentiu.

— Sim. Tudo bem.

Talvez ele possa me dizer o que aconteceu com o Brad.

O homem alemão levou Kathy para uma confortável sala de conferências. Uma mulher de olhar firme estava em um canto, e um senhor mais velho estava sentado à grande mesa. Diferentemente de todos os outros ali, ele estava impecavelmente vestido com terno e gravata. Nenhum fio de seu cabelo grisalho estava fora do lugar. E quando ele falou, ficou claro que era americano.

— Srta. O'Reilly. Por favor, sente-se. Fico feliz que esteja se sentindo melhor depois deste... incidente infeliz. — Ele sorriu e fez uma pausa. — Mas você percebe que havia placas ao longo do porto avisando as pessoas para se manterem afastadas.

Sua voz era calorosa, mas Kathy sentiu uma rigidez em seu comportamento, como se ele estivesse profundamente frustrado com algo. Talvez por ter que vir até este local remoto, ou talvez fosse com ela que ele estava chateado. Provavelmente ambos.

Ela se sentou, ansiosa para deixar de ficar de pé. Ainda se sentia febril.

— Sei que era errado estar lá — disse ela. — Como o Brad explicou... — Ela parou no meio da frase; o rosto ensanguentado de Brad havia aparecido mais uma vez em sua mente. — Você encontrou ele? Meu namorado? Nós dois estávamos voltando para nosso veleiro quando nos separamos...

O homem olhou para a mulher de olhar firme. O olhar dela não se desviou de Kathy por um momento.

— Tenho certeza de que seu namorado está bem — respondeu ele calmamente e tocou um papel que estava sobre a mesa diante dele. — Meus homens relataram que o veleiro deixou o porto quase imediatamente após liberarem a obstrução.

A esperança de Kathy aumentou momentaneamente. Mas quando ela abriu a boca para fazer uma pergunta, o homem continuou.

— Mas não tenho ideia de para onde o barco foi.

O mundo pareceu parar enquanto dedos frios de pavor a envolviam.

Brad nunca teria partido sem ela, nem sem deixar claro para onde estava indo. Ele teria se certificado de que ela estava bem; ela não tinha dúvidas sobre isso.

Esse homem estava mentindo.

O que provavelmente significava... que Brad estava morto.

E ninguém no mundo sabia onde ela estava.

Um arrepio percorreu sua espinha. Estava à mercê daquelas pessoas.

Olhando para o canto da sala de conferências, Kathy lembrou-se da presença daquela mulher de olhar firme. Ela vinha observando cada movimento de Kathy. Por alguma razão, deixava Kathy mais nervosa que qualquer outra pessoa que encontrara.

O homem empurrou uma pilha de papéis em direção a ela.

— Srta. O'Reilly, você invadiu nossa propriedade, mas a empresa escolheu ignorar isso e não a processará. Na verdade, nos sentimos terríveis pelo que você passou e gostaríamos de fazer uma generosa oferta de compensação. Pedimos apenas que você assine este acordo de não divulgação.

Kathy passou os olhos pela primeira página.

A voz do homem assumiu um tom caloroso, quase paternal.

— É um acordo bastante padrão. Você concorda em permanecer em silêncio sobre o que encontrou, e nós lhe daremos duzentos mil dólares. Quanto aos detalhes do acordo...

Ele continuou, mas Kathy não estava ouvindo. Ela nunca sonhou que alguém lhe ofereceria tanto dinheiro por qualquer coisa, muito menos simplesmente por manter silêncio sobre algo.

Claro, ela reconheceu isso como um suborno. Mas também percebeu que não tinha escolha.

Estremeceu ao pensar no que eles poderiam fazer se ela recusasse.

Sem esperar que o homem parasse de falar, pegou uma caneta e assinou os papéis.

"A empresa" colocou Kathy em um voo de volta para casa no Alasca. Mas uma vez lá, não sabia o que fazer consigo mesma. Ela trabalhou em Cape Cheerful, em Dutch Harbor, mas aquele lugar agora tinha muitas lembranças. Era onde ela conheceu Brad.

Precisava saber o que aconteceu com ele.

Ele não voltou para casa, e o lugar onde ele normalmente ancorava seu veleiro permanecia vazio. Procurou seus amigos e colegas de tripulação, para ver se ele tinha entrado em contato com algum deles. Não tinha.

Tinha certeza de que algo terrível aconteceu. Avisou a polícia que ele estava desaparecido. Disseram que investigariam, mas ela não estava otimista. Um desaparecimento no mar estava muito além de suas capacidades, muito menos de sua jurisdição.

Após apenas uma semana, a ansiedade era demais. Tudo no Alasca a fazia lembrar de Brad. Brad e aquela ilha. Precisava de uma mudança.

Frank levantou-se da poltrona para atender à batida na porta. Ele a abriu e encontrou a última pessoa que esperava.

Sua filha, Kathy.

Eles não tinham notícias dela há dois meses, exceto por uma conversa de cinco minutos com Megan, na qual ela anunciou que tinha se envolvido com um capitão de pesca no Alasca. Sua menina não voltava para casa há mais de três anos.

E agora aqui estava ela, parecendo miserável. Seus braços e a bochecha esquerda estavam muito machucados, e ele viu pontos em seu pescoço, logo acima da gola da camisa. Lágrimas escorriam pelo seu rosto.

Ela havia fugido de casa na última vez em que ele confrontou um ex-namorado que a havia agredido. Agora, Frank queria sua menina em segurança em casa.

— Pai? Posso ter meu quarto de volta?

Ele a abraçou com força.

— Gatinha, claro que você pode ficar aqui. Sempre que quiser, pelo tempo que quiser. — Ele beijou o topo da cabeça dela. — Sua mãe saiu para correr com o Jasper. Ela já volta.

— Jasper? — Kathy perguntou, com o rosto pressionado contra seu peito, a voz abafada.

— Eu poderia jurar que te contei sobre ele. Pegamos um cachorro novo.

Kathy se afastou, enxugando as lágrimas do rosto.

— Sério? Depois que a Daisy morreu, eu não achava que a mãe iria querer outro filhote.

Ele forçou um sorriso.

— Acho que o Jasper nos escolheu, e não o contrário. Você vai gostar dele. Ele é inteligente pra caramba e não faz tanto escândalo quanto certa jovem que conheço. — Ele piscou. — Agora, entre.

— Deixa eu pegar minhas malas.

— Não. — Frank puxou sua menina para dentro e apontou para o sofá. — Você vai se sentar e relaxar. Eu cuido de tudo.

Kathy estava deitada na cama com as cortinas fechadas. Estava em casa há uma semana, e os fantasmas do que aconteceu na ilha ainda a assombravam. A imagem do rosto ensanguentado de Brad era uma presença quase constante.

O medo ainda estava com ela também. A ansiedade a corroía por dentro, deixando-a febril e exausta.

A porta do seu quarto se abriu um pouco, e o focinho marrom de Jasper apareceu.

Kathy virou-se para a porta e puxou o cobertor ao redor de si.

Ouvindo o som de patas, Kathy ignorou o animal que se aproximava.

Não gostava da ideia de ter outro cachorro na casa. Daisy foi seu animal de estimação quando era criança, e a morte dela a devastou. A cachorrinha nunca poderia ser substituída. E esse cão parecia um intruso.

O cachorro pulou na cama e se deitou ao lado dela, descansando a cabeça no travesseiro.

Ela virou a cabeça em direção a ele. O hálito canino estava bem em seu rosto. Daisy costumava fazer exatamente a mesma coisa.

Jasper lambeu seu rosto.

Ela riu. Não pôde evitar.

— Você não é tímido, né?

Os olhos castanhos e expressivos de Jasper focaram nos dela enquanto ele dava um latido baixo.

Frank recostou-se no sofá e descansou a cabeça na de Megan.

— Jasper gostou da Kathy, não é? — O cachorro tinha desaparecido no quarto de Kathy uma hora antes. Desde então, ele ouviu alguns latidos baixos e uma risadinha inconfundível vindo de sua garotinha.

— É engraçado como o Jasper quase consegue sentir quando alguém está para baixo e tirá-lo de sua depressão — disse Megan. Ela virou a cabeça para olhar nos olhos de Frank. — Você a fez falar sobre aqueles hematomas?

Frank sentiu o calor subir pelo pescoço.

— Ela não vai dizer uma palavra. Imagino que o namorado fez algo que nem quero pensar. Nosso bebê é arisco, e nós dois sabemos que posso ser cabeça quente. A última coisa que quero é que ela saia correndo quando precisa de nós.

Megan suspirou, colocou o braço em volta do dele e o segurou firme.

— Espero que ela esteja bem. Ela está dormindo muito.

— Ela só precisa de tempo para colocar as coisas em ordem. Colocar a cabeça no lugar.

Uma dor aguda atingiu seu cotovelo esquerdo. Frank fez careta e mudou seu peso.

Megan olhou para ele.

— Seu braço ainda está doendo. Por que você não vai logo ao médico?

Ele balançou a cabeça.

— Está tudo bem. Eu te disse, fiz algo estranho descarregando um dos fardos de feno na semana passada. Vou pegar leve por um tempo.

Kathy sentou-se à mesa de jantar e passou a mão pela superfície lisa. Seu pai construiu esta mesa quando ela tinha nove anos. Ela se lembrava de ajudar a colocar a tinta e depois observar enquanto ele a cobria com inúmeras camadas de poliuretano. Até hoje, ainda parecia uma peça de loja.

O aroma do rosbife da mãe vinha da cozinha. Kathy sabia que seria delicioso, mas seu estômago embrulhou e se revirou. Estava se sentindo enjoada desde a ilha. Enjoada e exausta.

Kathy ouviu a mãe se mover pela cozinha enquanto preparava o jantar, e uma onda de culpa tomou conta dela.

A verdade é que ela passou semanas apenas deitada pela casa, o que certamente indicava depressão. Depressão causada pela culpa, pela morte de Brad, por sua própria sobrevivência, pelo dinheiro sujo que estava em sua conta bancária.

Seu pai entrou na sala de jantar e sorriu para ela.

— Como está minha garotinha?

— Estou bem, pai — ela mentiu. — Como está indo o novo pasto?

Ele colocou uma mão grande e quente em seu ombro e beijou o topo de sua cabeça.

— Ah, o gado parece gostar. Você quer sair comigo algum dia?

A garganta de Kathy se apertou de tristeza ao pensar em ajudar novamente no rancho. Papai cresceu criando gado e montando cavalos, e ele conseguia consertar qualquer coisa que quebrasse. A pecuária estava em seu sangue. Mas para Kathy, a ideia de ficar presa aqui como fazendeira a aterrorizava.

Ela balançou a cabeça.

— Não. Obrigada, pai.

O pai assentiu e deu um sorriso tranquilizador, o que só a fez se sentir pior.

Jasper entrou no quarto, colocou a cabeça pesada no colo de Kathy e soltou um grande suspiro. Ela deu uma coçada na cabeça dele. De alguma forma, o cachorro sempre parecia saber quando ela estava prestes a desabar, e sua presença reconfortante a ajudou a manter o controle.

A mãe entrou com uma bandeja de rosbife e batatas. Ela colocou na mesa, então olhou para a filha e perguntou:

— Querida, como está sua barriga? Tenho ingredientes para salada, se você achar que ainda não está pronta para comida mais pesada.

— Uma salada seria ótima. — Kathy se afastou da mesa. — Eu vou fazer...

— Não se mexa, mocinha. — Sua mãe lançou uma carranca para ela. — Fique aí e relaxe. Volto em um segundo.

O olhar de seu pai seguiu o da mãe enquanto ela seguia direto para a cozinha. Assim que ela desapareceu, ele olhou para Kathy e perguntou:

— Tem certeza de que está bem, Kathy? Eu estava pensando, se houver algo... algo que o médico em Ash Springs não possa ajudar...

sua mãe e eu podemos levá-la a uma das grandes clínicas em Vegas. Mesmo que seja só para conversar.

Kathy sorriu para o pai. Foi o mais perto que ele chegou de sugerir que ela talvez tivesse algo de errado na cabeça.

— Vou ficar bem, pai. Não se preocupe.

Sua mãe voltou com uma grande tigela de madeira cheia de ingredientes para a salada.

— Todo mundo aceita vinagrete de framboesa? Eu não tinha ingredientes para outros tipos de molhos.

— Querida, isso parece delicioso — Frank comentou.

Kathy sorriu para a mãe enquanto ela começava a preparar a salada.

— Minha favorita. — Ela acariciou a cabeça de Jasper e tentou se concentrar pela primeira vez no aqui e agora.

Enquanto a mãe amassava as framboesas para o molho, seu pai cortava o rosbife e colocava pedaços suculentos e rosados em seus pratos. Kathy observava seus pais. Eles eram uma combinação perfeita. Namorados do ensino médio que nunca trocaram uma palavra ríspida. Pelo menos, até onde Kathy sabia.

Mamãe e papai eram os pais ideais, e para a maioria das pessoas, isso seria algo reconfortante. No entanto, para Kathy, era uma fonte de ansiedade. Ela não conseguia imaginar como poderia ser tão feliz ou tão satisfeita quanto eles.

Pegando o prato de Kathy, sua mãe perguntou:

— Querida, você vai comer uma tigela cheia de salada, certo?

Kathy assentiu enquanto a mãe servia a salada temperada em seu prato e o colocava na frente dela.

Seu pai pigarreou como sempre fazia antes de fazer a oração.

Todos fizeram o sinal da cruz e abaixaram a cabeça.

— Abençoe-nos, Senhor...

A mente de Kathy vagou para um lugar mais sombrio. Sua culpa era quase avassaladora.

Ela não merecia nenhuma bênção.

O estacionamento em frente à Saint Mary's estava praticamente vazio quando Kathy estacionou. Ela não ia a igreja há cinco anos. Não desde o funeral de seu tio. Ele sofreu um acidente de carro enquanto Kathy estava no Alasca para um show de canto. Ele morreu no hospital enquanto ela estava em um voo para casa.

Quando ela saiu do carro, uma voz calorosa exclamou:

— Meu Pai do Céu, é a pequena Katherine O'Reilly?

Um homem alto de cabelos prateados se aproximou dos degraus da frente da igreja, usando a familiar batina preta e colarinho branco da Igreja Católica Romana.

— Sim, Padre Carson, sou eu.

O Padre Carson estava na casa dos setenta anos, mas não mostrou nenhum sinal de que iria diminuir o ritmo. Ele caminhou levemente em sua direção com as mãos estendidas e segurou seu rosto com as mãos quentes.

— Minha filha, você parece abatida. Sua mãe me contou um pouco do que você passou, com o desaparecimento do seu namorado e tudo mais. Lamento muito que esteja passando por tanta dor de cabeça.

Algo na sinceridade em sua voz derreteu a coisa que estava congelada dentro de Kathy.

Como um projetor pulando aleatoriamente um filme, imagens dos últimos meses brilharam em sua mente.

O rosto ensanguentado de Brad; ela se abrigando no laboratório; os homens resgatando-a da ilha. Kathy olhando para a casa vazia de Brad, imaginando se ele estava morto.

Durante todo o ataque à ilha, a fuga do perigo que se seguiu e mesmo durante os três meses em que ela se escondeu do mundo em casa... em nenhum momento ela realmente sentiu nada disso.

Até agora.

Lágrimas escorriam por suas bochechas. A dormência se rompeu como uma represa, dando lugar a uma explosão avassaladora de emoções: alívio, culpa, terror, tristeza.

Ela envolveu os braços em volta de si mesma como se pudesse se despedaçar.

O padre Carson enxugou suas lágrimas.

— Minha filha, há algo que eu possa fazer para ajudar a aliviar sua dor?

Respirando fundo, Kathy assentiu. Ela fez o sinal da cruz e abaixou a cabeça.

— Perdoe-me, Pai, pois pequei. Minha última confissão foi...

CAPÍTULO SETE

— Uma investigação em Kiribati? — Nate perguntou. — Isso é certamente diferente.

— Não é apenas diferente, é suspeito. — Jeff Binghamton, assistente diretor do FBI de cabelos grisalhos da Divisão de Investigação Criminal, empurrou um microcassete pela sua mesa. — Esse é o áudio da reclamação inicial. Ouça mais tarde, mas o resumo é que um executivo corporativo alega que o governo está assediando ilegalmente sua empresa, a AgriMed. É uma multinacional de pesquisa genética com sede nos EUA. Alguns de seus ativos no exterior foram destruídos.

— Isso não seria normalmente um problema para o país onde os ativos foram destruídos? — Nate perguntou.

— Você sabe que sim. Mas esse cara está alegando que foi o exército dos EUA que fez a destruição. Aqui está o que sabemos. As autoridades marítimas da nação de Kiribati receberam um pedido de resgate vindo de uma ilha remota. Essa ilha é alugada pela AgriMed, parece que eles investiram milhões nessa ilha, cultivando algum tipo de coquetel de ervas medicinais ou algo assim, então Kiribati contatou diretamente a AgriMed. — Jeff pegou a caneca de café em sua mesa e deu um gole. — Esses são os fatos. No entanto, a empresa afirma que, ao responder, encontrou a ilha em caos, com alguns soldados fortemente armados embarcando em um barco marcado com insígnias militares dos EUA. Além disso, ele diz que um resgatado foi deixado em uma instalação da AgriMed na ilha principal de Kiribati.

— Droga — disse Nate. — Tínhamos alguma operação acontecendo lá?

Jeff franziu o nariz e deu de ombros.

— Aí que está. Recebemos essa reclamação há um tempo, e eu fiz pedidos de informação no escritório do Inspetor Geral do Departamento de Defesa. Eles basicamente retornaram com uma negação não negativa. Você conhece o tipo. *Não estou fazendo nada que você precise saber.*

Jeff se inclinou para a frente, e as olheiras em seus olhos lembraram Nate porque ele nunca quis entrar na área administrativa. As manobras políticas com que os gerentes do Bureau precisavam lidar fariam com que ele quisesse machucar alguém, e não de maneira figurativa.

— Então investiguei um pouco por conta própria, com a ajuda de um amigo meu no escritório do IG. Vamos apenas dizer que havia alguns ativos militares naquela área na época. Então a reclamação da AgriMed é pelo menos plausível.

— E você quer que eu descubra o que realmente aconteceu.

— Sim. Vou te atribuir uma equipe, mas quero que você lidere. — Jeff se inclinou sobre a mesa e apontou o dedo em direção a Nate. — E Nate, tenha cuidado. Não sabemos que tipo de porcaria você vai encontrar lá. Não confio nessas pessoas da AgriMed. Meu sexto sentido está aguçado.

Nate pegou o microcassete da mesa.

— Vou começar imediatamente.

O vento soprou no rosto de Nate, que franziu o nariz sob a máscara cirúrgica. A ilha cheirava a decomposição queimada, odor de gasolina crua e peixe morto. Parecia que os militares, ou quem quer que fosse, usaram liberalmente um coquetel incendiário para queimar o lugar. Em meio ao desastre que antes era uma floresta de palmeiras, uma pequena estrutura de concreto à distância era o único sinal de civilização.

Seus seis agentes faziam caretas de nojo.

— Que inferno é esse? — Eric Meadows, o agente mais jovem da equipe, perguntou. — Este lugar cheira como uma refinaria de gás.

— Não é gás — Mike Anderson, um ex-fuzileiro naval, retrucou. — Eu nunca esquecerei esse cheiro. O gás, o detergente e a morte. Não preciso que os caras do laboratório forense me digam que alguém usou napalm nesse inferno.

Balançando a cabeça, Nate se lembrava desse cheiro dos seus dias nas Forças Especiais. Ele olhou para as ondas ao longo da praia rochosa e notou os bolsões de bolhas sujas.

— Mais um motivo para acelerarmos isso — gritou Nate à sua equipe, superando o grasnar das gaivotas.. — Não planejo voltar a esse buraco infernal, então recolham o máximo de evidências que puderem. Anderson, Sanchez e Smith, vocês farão a varredura do flanco leste da ilha. Johnson, Liu e Meadows, vocês ficam com o oeste. Eu vou direto pelo meio, e nos encontraremos no extremo norte. Todos mantenham seus rádios ligados. Entendido?

Os agentes assentiram, e Nate começou a trilhar pelo terreno pós-apocalíptico, os resíduos queimados da folhagem fazendo barulho sob suas botas. De vez em quando, algo chamava a atenção de Nate e ele pegava um saco de evidências, etiquetava-o e colocava algum resto queimado de uma árvore morta, um coco ou um caranguejo dentro dele.

À medida que se aproximava da estrutura no centro da ilha, ele encontrou uma grande palmeira que tinha caído, mas não estava muito queimada. Ela foi despedaçada, provavelmente pela seiva fervente, mas grandes pedaços dela ainda estavam intactos, e quando ele chutou o tronco, não se desfez.

Pegando uma barra de ferro da mochila, ele a alavancou sob a palmeira e grunhiu com o esforço enquanto deslocava a árvore, revelando alguma vegetação esmagada mas não queimada. Ao adicionar novas coisas à sua crescente coleção de amostras, ele avistou uma cor brilhante dentro do tronco. Usando sua pinça, ele mexeu no interior do tronco e extraiu uma pena vermelha e macia. Era o primeiro sinal de vida nesta ilha, além das gaivotas e caranguejos mortos na praia. Colocou a pena em um saco plástico e seguiu em frente.

Franziu a testa conforme se aproximava.

Embora o resto da ilha estivesse coberto de detritos cinzentos, a área em frente ao prédio quebrado estava limpa. Isso era estranho. Seria este o local onde a empresa cultivava seu medicamento? Era por isso que tinha sido limpo de detritos?

Ele fez questão de coletar muitas amostras aqui, imaginando que tipo de plantas poderiam valer um investimento de milhões de dólares. Então ele se aproximou do prédio.

Era um prédio de concreto simples, de um só andar, com uma estrutura blocada. Estava em grande parte intacto, embora suas janelas estivessem quebradas e a porta metálica pendurada por apenas uma dobradiça.

Entrou. O cheiro de fumaça concentrada do acelerante era avassalador.

Eles realmente queriam se livrar do que quer que estivesse aqui.

Cinzas cobriam o chão, mas apesar do calor aparente do incêndio, o fogo não havia destruído tudo por completo. No chão havia uma série de montes enegrecidos. Nate caminhou até um deles e, usando uma pequena picareta metálica, sondou os detritos com cuidado.

Surpreendentemente, os montes eram relativamente sólidos.

Raspando um pouco do carvão, encontrou resíduos deformados e parcialmente derretidos de uma placa-mãe de computador. A maioria dos chips, que normalmente teriam sido soldados na placa, deviam ter estourado e sido consumidos pelo fogo.

Ao lado do computador destruído estava um objeto metálico queimado e deformado que Nate reconheceu como um microscópio.

Ao longo das paredes do pequeno prédio, Nate viu montes pareados similares. Computador quebrado ao lado de um microscópio destruído.

Nate pegou o rádio de seu cinto.

— Vocês estão encontrando algo?

— *Anderson aqui. Até agora, nada além de caranguejos mortos e muitas gaivotas mortas. Estou pensando se elas comeram alguma dessa porcaria encharcada de gasolina.*

— *Liu aqui. O lado oeste é a mesma história. Coletei algumas desses tristes gaivotas, só por precaução. Este lugar é um desastre ambiental.*

— Tudo bem, pessoal, mudança de planos. Encontrem-me no prédio de concreto no centro da ilha. Encontrei alguns pedaços de computadores. Provavelmente são uma causa perdida, mas por via das dúvidas, quero embalá-los para os rapazes do laboratório em Quantico. Vou precisar de ajuda para catalogar tudo isso e levar para fora daqui.

— *Entendido. A equipe do leste estará aí em vinte.*

— *O mesmo para a equipe do oeste.*

Prendendo o rádio de volta ao cinto, Nate saiu do prédio para escapar do cheiro. Ele raspou a ponta da bota no chão, pensativo, enquanto processava as informações.

— Algum grande conglomerado farmacêutico ficou irritado porque alguém destruiu sua cultura de drogas? Isso era certamente plausível. Mas havia mais nisso.

Ele continuou.

— Os militares destruíram este lugar, mas por quê? Nenhuma cultura inofensiva precisaria ser queimada assim. Eles não destruiriam microscópios ou computadores a menos que alguém estivesse escondendo algo.

Alguém estava mentindo, e ele não tinha certeza se eram essas pessoas da AgriMed ou alguma parte do governo.

Ele iria descobrir.

Juan respirou fundo. O cheiro no laboratório era quase agradável, não muito diferente do cheiro de serragem; resultado de protocolos estritos de filtragem de ar e saneamento. Eram necessários em um laboratório que abrigava centenas de camundongos em recintos abertos.

Ele olhou para o camundongo na gaiola 153.

— Hércules, como você está se sentindo?

O camundongo marrom não lhe deu atenção enquanto roía vorazmente uma de suas rações granuladas.

Juan nomeou esse camundongo de Hércules por causa de seu tamanho incomum. Ele carregava quase trinta por cento mais massa muscular do que o camundongo normal, seu pelo era um pouco mais longo, e seu metabolismo exigia uma ingestão calórica maior.

Ele foi o primeiro dos camundongos a receber fragmentos de vírus portadores do último genoma gerado algoritmicamente. Os genes modificados, que foram injetados durante as fases iniciais do desenvolvimento de Hércules, o transformaram em algo incomum. O vírus carregado de genes o tornou uma encarnação viva do futuro de sua espécie.

Este camundongo era a prova de que o milagre que Juan tentava criar era realmente possível.

Juan olhou para algumas das outras gaiolas, onde ficavam os camundongos de controle. Caroços subcutâneos ao longo das ancas desses camundongos indicavam que as células cancerígenas que foram injetadas neles estavam crescendo rapidamente.

Hércules recebeu as mesmas células, mas não mostrava sinais de nenhum dos crescimentos incomuns.

Ele realmente era um milagre.

Uma das assistentes de Juan, uma técnica de laboratório de cabelos grisalhos chamada Carol, estava trabalhando por perto. Juan a chamou enquanto ela levantava um dos camundongos de sua gaiola.

— Carol, você já fez um painel metabólico completo em Hércules?

A cinquentona virou o olhar do camundongo se contorcendo em sua mão esquerda e empurrou os óculos para cima do nariz. Com uma expressão séria, ela disse secamente:

— Vamos ver. Tenho duzentos e cinquenta espécimes de laboratório atualmente em teste, um estagiário cuja única habilidade parece ser manter a bancada de laboratório em completa desordem, outro estagiário que tem medo de camundongos, pode acreditar nisso? E um terceiro que quase se urina sempre que eu digo que é hora de fazer algo com os animais. Então isso deixa apenas você e eu para lidar com o trabalho real do laboratório. — Carol levantou uma sobrancelha. — E você não tem estado muito aqui. Então... não. Ainda não cheguei a fazer um painel metabólico no nosso camundongo maravilha.

Juan sentiu uma pontada de culpa.

— Desculpe, Carol. Sei que estive em reuniões durante a maior parte das últimas duas semanas. É que, desde que confirmamos os resultados do Hércules, o pessoal da sede está enlouquecido, e tenho que mantê-los felizes. — Ele entrelaçou os dedos em um gesto brincalhão de súplica. — Você pode, por favor, fazer um painel metabólico no Hércules e depois coletar amostras de sangue e tecido para extração de DNA? Prometo que conseguirei ajuda assim que puder. — Com um aperto de culpa, Juan admitiu: — Winslow me mandou ir a DC ao meio-dia para me encontrar com ele. Não tenho certeza do porquê, mas acho que, se alinharmos dados de suporte suficientes, podemos ter uma chance de conseguir aprovação para os testes clínicos da fase zero.

Os olhos de Carol se estreitaram, então um vislumbre de sorriso atravessou sua expressão severa. Ela colocou o camundongo de volta na gaiola e balançou a cabeça.

— Ah, pare de implorar. Você está se envergonhando. — Ela limpou as mãos com um desinfetante em gel e resmungou: — Farei o painel e começarei a extração, mas não farei a análise. Amanhã é meu aniversário, e vou tirar o dia de folga.

O celular de Juan vibrou, avisando que ele precisava ir para o aeroporto.

— Muito obrigado, Carol. Voltarei tarde da noite e assumirei a análise enquanto você desfruta de um dia de folga merecido. Conseguirei que um dos estagiários ajude.

Com esse último comentário, Carol resmungou:

— Boa sorte com isso.

Já era mais tarde do que ele esperava quando voltou ao laboratório. Mike Kim já estava trabalhando na análise. Mike era candidato a PhD de Stanford, e Juan tinha quase certeza de que ele era o estagiário que Carol disse que "se mijava" toda vez que algo precisava ser feito com os animais. Ele era ótimo com computadores; com os camundongos, nem tanto.

— Dr. Gutierrez — Mike chamou ao vê-lo entrar no laboratório. — Estou feliz que você esteja aqui. Estou comparando o perfil de DNA da amostra 153 com os perfis de controle padrão, e não tenho certeza se o que estou vendo está correto.

Juan se desviou das bancadas de laboratório desordenadas, cheias de cadernos manuscritos, centrífugas e agitadores magnéticos. O lugar cheirava a álcool isopropílico, e devido a ser bem depois do horário normal de trabalho, o laboratório estava mortalmente silencioso. Ele pegou um banco e sentou-se ao lado de Mike.

— Certo. O que está acontecendo?

Mike apontou para o monitor e disse:

— Bem, quando executei o perfil de DNA do Hércules no software GeneMark, ele me deu isso.

Juan olhou para a tela, que mostrava um mapa complexo do genoma do camundongo. Ele sorriu e sabia exatamente por que o estagiário estava perplexo. Para um genoma bem documentado, como o do Rattus norvegicus, o camundongo marrom comum, a tela deveria estar cheia de quadrados verdes, indicando genes identificados. Em vez disso, a tela estava cheia de grandes manchas vermelhas, sequências de genes que não correspondiam a nada no banco de dados.

— Você tem certeza de que o genoma com o qual estamos trabalhando não está corrompido? — Mike perguntou. — Já fiz isso antes na faculdade e nunca vi tantos dados não identificados.

Juan não podia revelar a verdade ao estagiário. Nenhum dos estagiários sabia que o genoma da amostra 153 representava os resultados de cinco mil anos de evolução simulada. Mas ele estava preparado; já havia contado essa mentira antes.

— Mike, tenho certeza de que você está familiarizado com modelos de Markov ocultos, que são usados para prever sequências estatísticas ocultas dentro de dados visíveis. O software que estamos usando aproveita o HMM para identificar a localização dos genes no genoma que forneci a você. Não é incomum que mutações ocorram nessas amostras, por razões que não posso divulgar. E, mesmo o banco de dados de genes mais extenso existente, marcaria essas mutações como não identificadas. O software é tão bom quanto seu banco de dados.

Juan clicou em uma das caixas vermelhas na tela. Ela se ampliou para mostrar o que a análise havia encontrado.

— Ainda assim, ao marcar as sequências alteradas, o software fez parte do trabalho. Podemos dizer que esta sequência é funcional, mas não qual é realmente sua função. Nosso trabalho é preencher as lacunas. Só podemos fazer isso com experimentação in vivo.

O estagiário olhou para a parede distante, que tinha uma grande janela com vista para o laboratório vizinho, o que estava cheio de gaiolas de camundongos. Ele franziu a testa.

— Então, você está sugerindo que façamos um ensaio de eliminação gênica...

— Não. — Juan clicou novamente na tela do computador, que voltou ao mapa de caixas verdes e vermelhas. — Para entender o que essas sequências funcionais fazem, precisaremos modificar nossos sujeitos de teste. O protocolo é simples. Você irá isolar as sequências identificadas e as inserirá nas seções sintetizadas que o programa notou como não identificadas. Em seguida, inseriremos esses construtos nos hospedeiros com um agente viral modificado.

Juan sorriu para o rapaz:

— Acredite, sei que parece muito trabalho. Tenho eliminado as diferenças insignificantes no genoma há alguns anos. Mas uma ou mais dessas sequências em combinação podem ser a chave para tornar a humanidade imune a alguns tipos de câncer. Todas as peças do quebra-cabeça estão diante de nós. Só precisamos descobrir como elas se encaixam.

Os olhos de Mike se arregalaram, e ele engoliu em seco.

— Então, vamos precisar injetar os camundongos com os agentes virais modificados. — Ele parecia enjoado.

Juan deu um tapinha em seu ombro.

— Vai ficar tudo bem, você vai ver. — Ele desabotoou os punhos da camisa e arregaçou as mangas. — Vamos trabalhar em paralelo. Você faz a primeira sequência marcada, eu farei a segunda.

Frank O'Reilly supervisionava enquanto seus duzentos e cinquenta bois Angus entravam no pasto quatro e Buck, seu empregado sardento, fechava o portão atrás deles.

Mas os pensamentos de Frank estavam em outro lugar. Naquela manhã, ele e Megan deixaram Kathy no aeroporto, e ele ainda se sentia como se tivesse levado um soco no estômago. Há alguns dias, do nada, ela voltou da igreja e disse que voltaria para a faculdade. Ele não havia percebido até agora o quanto gostava de tê-la em casa. Fazia apenas algumas horas e ele já sentia muito a falta dela.

Mas ele entendia. Kathy precisava colocar sua vida nos eixos, e ele podia pensar em coisas piores para sua filha estar fazendo.

Seu corpo doeu ao descer do cavalo e jogar as rédeas para o empregado.

Buck pegou as rédeas e acenou para o gado.

— Sr. O'Reilly, o gado vai engordar bastante com essa grama fresca.

Frank fez uma careta de dor ao levantar o braço para acenar para o pasto agora vazio.

— Buck, tem muito bom esterco no pasto três. Certifique-se de que os meninos revolvam bem o solo, e então plantaremos a alfafa em algumas semanas. Enquanto isso, está quase na hora de colher o feno do pasto dois.

— Sim, senhor. Vou pegar o trator e começar a trabalhar no número três esta tarde.

Frank balançava o braço para frente e para trás, tentando aliviar a dor que sentia. Ele notou Buck observando-o.

— O que foi?

Buck balançou a cabeça.

— Nada, sr. O'Reilly. Só estou pensando no que resta fazer hoje.

— Buck, você trabalha para mim desde os doze anos, e em tempo integral desde que se formou no ensino médio. Eu te conheço melhor do que você mesmo se conhece... e sei que sua mente está trabalhando demais. Posso sentir o cheiro da fumaça. O que está passando pela sua cabeça?

Esfregando a ponta da bota direita no chão, Buck assumiu uma expressão preocupada.

— Senhor, é só que... você não parece estar bem. Só espero que não esteja trabalhando demais, se deixando ficar doente.

Frank zombou.

— Me dê um tempo. Só estou com coisas na cabeça. Minha menina foi embora esta manhã, sabe. De volta para a faculdade.

— Bem, faculdade é bom, certo? Ela sempre foi uma criança inteligente.

Frank resmungou.

— Muito melhor do que o que ela estava fazendo antes. De qualquer forma, me desculpe se eu parecer distraído. — Ele deu ao dedicado empregado um sorriso torto. — Vou chutar seu traseiro mais tarde, quando eu tiver coisas menos importantes para fazer.

Buck riu e juntou as rédeas de ambos os cavalos, dele e de Frank.

— Eu não me preocuparia muito com a Kathy. Ela é uma garota resistente.

— Como a mãe dela — concordou Frank. — Agora vá e continue com as tarefas. Vou verificar como a Megan está.

Enquanto ele se virava para ir em direção à sua caminhonete, tentou não mancar, embora a dor em seus joelhos ardesse intensamente.

Frank se sentou na poltrona e tentou pensar no que tinha feito de diferente nos últimos meses que de repente o fazia sentir dor da cabeça aos pés. Deveria estar trabalhando lá fora agora; ainda era apenas meio da tarde. Mas seu corpo insistia que precisava de um descanso.

Não é nada. Você está se causando um ataque de ansiedade à toa.

Ele pegou o frasco de aspirina na mesa de centro e tomou três comprimidos. Frank fez uma careta enquanto o gosto amargo permaneceu em sua garganta e se esforçou para relaxar.

A porta da sala se abriu, e unhas arranharam o chão de madeira. Jasper correu para a sala de estar e parou em frente a Frank enquanto Megan o seguia mais devagar, com o cabelo ainda molhado de um banho no meio do dia.

Frank esfregou o focinho do cachorro.

— Ei, garoto, você está cuidando da sua mãe?

Jasper latiu em resposta.

— Por que você está em casa tão cedo? — perguntou Megan.

Sacudindo o frasco de aspirina, Frank disse:

— Estou com uma dor de cabeça forte e achei que um tempo fora do sol poderia ajudar. Além disso, deixei o Buck cuidando do que é necessário por agora.

Megan tocou as bochechas e a testa de Frank.

— Bem, você não parece estar quente. — Ela pegou seu tricô e sentou-se no sofá. — Vou te fazer companhia. Estou pensando que agora que Kathy foi para o leste, ela vai precisar de alguns suéteres.

Frank suspirou.

— Espero que seja a decisão certa para ela. Ela parecia um pouco assustada com tudo isso.

Fazendo um som de desdém com a língua, Megan começou a tricotar a manga de um suéter vermelho.

— Aquilo não era medo. Acho que ela está meio animada com tudo isso. De qualquer forma, ela é adulta. Você sabe que não podemos tê-la conosco para sempre.

— Eu sei. Ainda assim, sinto falta dela por perto.

Megan lhe deu um sorriso simpático.

— Você é um coração mole. E é por isso que te amamos.

Jasper farejou as calças de Frank e choramingou.

— O que foi, garoto?

Jasper apoiou as patas na borda da poltrona e continuou farejando, como se estivesse procurando algo.

— Eu não tenho carne seca, seu cachorro bobo. Ei!

Jasper pulou direto para o colo de Frank. Ele se virou para ficar confortável e então apoiou a cabeça pesada no peito de Frank.

Frank olhou para baixo para o animal e balançou a cabeça.

— Bem, isso é novidade. Você não costuma ficar enrolado ao lado da sua mãe?

— Ele está só tentando ajudar com a sua dor de cabeça — Megan explicou, de forma prática.

— Bem, tenho coisas para fazer. Está quase na hora do jantar. Eu deveria estar preparando os bifes.

Jasper de repente começou a roncar, e Megan sorriu.

— Não se preocupe com isso. Temos ensopado sobrando. Vou me levantar daqui a pouco e fazer alguns biscoitos para acompanhar. Relaxe.

Inclinando a cabeça para trás na poltrona, Frank esfregou a nuca peluda de Jasper e fechou os olhos. Talvez pudesse tirar um cochilo. Ele estava se sentindo particularmente cansado.

— Estou surpreso que você já tenha conseguido analisar aquela porcaria que te entreguei — disse Nate. — Isso foi há apenas algumas semanas.

Hendrickson zombou enquanto guiava Nate pelo prédio.

— O que você acha que eu faço o dia todo, me sento e fico bonito? Embora eu não possa deixar de me perguntar de onde você tirou algumas daquelas coisas...

— Você sabe que não posso dizer.

— Eu sei. E mesmo que você dissesse — Hendrickson enfiou os dedos nos ouvidos de forma dramática enquanto caminhava pelo laboratório quase vazio —, eu teria que fingir que não ouvi nada. De qualquer forma, você certamente está me mantendo alerta.

— Fico feliz em ser útil. Ah, e a propósito, estou meio triste de ver que o verde finalmente saiu do seu cabelo.

Hendrickson franziu a testa e balançou a cabeça.

— Isso foi há quase três anos, cara. Quando você vai se esquecer disso?

— Nunca. — Nate bateu na lateral da cabeça. — Eu tenho memória de elefante.

Nate gostava de provocar Hendrickson. Mas, melhor ainda, gostava de trabalhar com ele. O homem era um excelente analista. Minucioso e obstinado, determinado a investigar coisas que não pareciam somar.

Hendrickson passou o crachá na sala de acesso especial, reservada para material altamente confidencial. Eles entraram, e ele se sentou em um terminal e olhou algumas anotações manuscritas. O rapaz resmungou enquanto destrancava a gaveta de evidências e começava a ordenar alguns arquivos.

— Então — Nate comentou. — O que você tem?

— Certo — ele disse. — O material que sua equipe forneceu caiu em três categorias: análise química, recuperação de dados e análise de DNA.

Ele prosseguiu:

— Primeiro, vamos lidar com a análise química. Praticamente tudo que você trouxe estava coberto de traços de um acelerador. Especificamente, uma forma de gasolina gelificada. As proporções dos ingredientes constituintes coincidiam com o que usávamos na Coreia.

— Sim. — Nate assentiu, lembrando do cheiro de fumaça ardente da gasolina.

— Quem inventou aquele ditado *eu amo o cheiro de napalm pela manhã* é um idiota. Eu odeio esse cheiro.

Hendrickson continuou:

— Quanto à recuperação de dados, não conseguimos recuperar nada dos eletrônicos que sua equipe trouxe. Quem queimou aquele lugar removei os discos rígidos. Consegui identificar a marca de alguns dos PCs, mas eram apenas estações de trabalho comuns.

— Então, um beco sem saída.

O analista deu a Nate um olhar de lado e sorriu.

— Não foi bem isso que eu disse. — Ele digitou no terminal e trouxe uma nota fiscal. — Peguei um número de série de uma das placas-mãe, e rastreei até esta venda de duzentas estações de trabalho.

Nate examinou o recibo digitalizado exibido no monitor.

O comprador tinha um nome e endereço alemão.

— Bundesnachrichtendienst? Temos um registro dessa empresa?

A expressão de Hendrickson ficou séria.

— Isso não é uma empresa. Bundesnachrichtendienst é traduzido mais ou menos como *Serviço Federal de Inteligência*. A maioria das pessoas chama de BND. É o equivalente alemão da CIA.

— O que... você está falando sério? — Nate olhou para Hendrickson.

— Muito. Ei, eu apenas apresento as notícias. Cabe a você decidir o que fazer com elas.

Balançando a cabeça, Nate perguntou:

— Tem mais alguma coisa?

— Sim, mas essa merda só fica mais estranha. Lembra daqueles microscópios quebrados que você trouxe? Não eram microscópios comuns. Eram microscópios de epi-fluorescência, comumente usados em laboratórios de ciências da vida. Super caros. E adivinha?

— Você encontrou um número de série.

Hendrickson sorriu.

— Sim. — Ele pegou outro recibo. — Uma remessa de dez desses bichinhos foi entregue em um endereço aqui na Virgínia. — O analista destacou o endereço e executou alguns comandos rápidos no teclado, que trouxeram um mapa. A imagem ampliou e mostrou uma estrutura de aparência sinistra.

Um calafrio percorreu Nate ao reconhecer a imagem do prédio da sede da CIA.

— Sério? Você tem certeza absoluta?

— Tudo que posso te dizer é o que você está vendo aqui. Consegui raspar três números de série diferentes desses microscópios e todos foram entregues a uma empresa falsa localizada no OHB. Não tenho autorização para acessar os registros de aquisição. A comunidade de inteligência pode ser um pouco obscura às vezes.

Nate inclinou a cabeça para o lado e estalou o pescoço.

— A comunidade de inteligência alemã e americana trabalhando juntas? Não tenho evidências suficientes para montar um caso, mas talvez isso seja suficiente para alguém ir ao tribunal FISA e conseguir uma intimação.

— Espere, ainda não te dei as melhores informações. Vamos falar sobre a evidência de DNA. — Ele voltou ao terminal e trouxe imagens de várias amostras. — A maioria estava muito queimada, a maior parte eu não consegui obter nada. E as poucas coisas que pude identificar não eram muito interessantes. Um pedaço de casca de um caranguejo, de coco. Galinhas da praia comuns...

— Galinhas da praia?

Hendrickson soltou um riso.

— Desculpe, gaivotas. Aliás, todas morreram de envenenamento por benzeno, o que faz sentido se elas comeram coisas misturadas com gasolina.

Nate fez um gesto de rolar com a mão.

— Vamos direto ao ponto.

— Certo. Havia um item que voltou com resultados completamente bizarros. Aquela pena vermelha que você encontrou. Pela morfologia, consegui reduzi-la a algumas espécies, e quando fiz uma análise de DNA, foi quando as coisas desandaram. Não estou certo sobre a espécie específica do pássaro, mas parece muito com um diamante-de-gould... mesma estrutura básica das penas, coloração e tamanho, mas se for, há algo muito errado com os resultados do DNA. Me lembra aquele caso que você me trouxe há três anos. Lembra do caso do pelo do cachorro?

Nate lembrou. Esse caso permanecia sem solução até hoje.

— Você está dizendo que não conseguiu uma correspondência de DNA para a pena?

Hendrickson balançou a cabeça.

— Não. E o problema é que o DNA sugere que essa criatura está mais próxima de um crocodilo do que de qualquer coisa com asas e penas. Considerando que estamos falando de uma diferença de seis por cento na composição genética entre um crocodilo e um pássaro comum. Eles não são tão diferentes. Então, tudo que posso te dizer é que a amostra de pena veio de algo com penas, mas de outra forma completamente não identificado.

Nate franziu a testa.

— Então você está me dizendo que não é apenas uma espécie de pássaro não identificada.

— Não. — O analista se virou para Nate com uma expressão sombria. — Tem penas, mas não é um pássaro. Nunca vi nada parecido. Não existe outro pássaro por aí com um genoma próximo a isso. O que significa... não acho que seja natural. Nenhuma quantidade de mutações poderia causar uma derivação genética tão massiva.

— Então... o que você está dizendo?

— Estou dizendo que acho que alguém esteve brincando de Deus.

CAPÍTULO OITO

Juan observava as expressões faciais de Winslow enquanto o chefe da divisão de P&D da AgriMed folheava o extenso relatório clínico que documentava o progresso que ele fez com seus experimentos atuais em camundongos.

A sala estava quente e Juan respirava profundamente o aroma terroso da cadeira de couro em que estava sentado. Se tudo corresse bem, obteria permissão para avançar para os testes em humanos. Porém Juan já esteve nessa fase uma dúzia de vezes antes. Toda vez que pensava ter feito tudo o que era necessário, Winslow levantava questões para as quais ele ainda não tinha respostas. O diretor era rigoroso com o protocolo quando se tratava de testes em humanos.

Foram anos árduos, mas Juan sabia que estava à beira de algo grandioso. Sem levantar os olhos dos papéis, Winslow disse em tom grave:

— Então, o espécime 153 continuou a exibir resistência ao tumor, mas este painel metabólico mostra uma temperatura central elevada. Você já descobriu a causa?

— Ainda não, senhor. Identificamos a função da maioria dos genes alterados e estamos finalmente no processo de realizar um ensaio de eliminação de genes. Esperamos que nos próximos meses tenhamos reduzido as alterações aos fragmentos genéticos chave de que precisamos.

Winslow se inclinou para frente e encarou Juan enquanto tamborilava os dedos na mesa.

— Como você proporia usar esse conhecimento para tratar um paciente humano?

Um arrepio percorreu o pescoço de Juan e seu pulso acelerou. Era a primeira vez que alguém em sua cadeia de gestão até mesmo falava sobre um próximo passo envolvendo um paciente humano.

— Já estamos usando agentes virais para tratar os espécimes. Ultimamente, temos induzido com sucesso a esporulação para que os vírus possam ser ingeridos, os esporos estouram no intestino do animal, e só então eles distribuem o material genético.

Para surpresa de Juan, Winslow lhe deu um sorriso caloroso.

— Jovem, se isso tudo der certo, você vai revolucionar a terapia genética e a oncologia. — O rosto de Juan corou. — Sim — continuou Winslow —, gosto do que você está fazendo com tudo isso e, francamente, os resultados que você obteve são milagrosos. Pode parecer que fomos muito rigorosos com você. E suponho que fomos. Mas por um motivo. Eu sabia que, se por algum milagre, você conseguisse fazer algo, teríamos muitas pessoas no FDA e em outras agências governamentais para convencer antes de podermos avançar. — Ele apontou um dedo para Juan. — Agora cabe a você levar isso adiante. Termine o ensaio de eliminação. E quando achar que está em uma fase em que isolou as atualizações genéticas às suas partes constituintes chave, então eu o ajudarei a passar isso pelo conselho de ética para os testes humanos de fase zero.

A mente de Juan acelerou enquanto ele considerava o que tinha que fazer a seguir.

— Obrigado, senhor. Farei o meu melhor.

Winslow contornou a mesa e passou um braço pelos ombros de Juan.

— Disso, eu não tenho dúvida.

Uma multidão de viajantes passava apressada por Juan em direção aos seus portões. O Aeroporto Nacional Reagan estava mais movimentado que o normal, mas Juan não tinha pressa. Seu voo para Rochester estava atrasado há duas horas. Ele se instalara em uma sala de espera, onde vinha degustando uma única cerveja todo o tempo.

Ainda assim, ele mal conseguia conter o sorriso enquanto se deleitava com a realização de que estava quase lá. Poderia estar prestes a transformar o que era antes uma ideia improvável em algo que salvaria milhões de vidas. Deu um gole na cerveja e disse para ninguém em particular:

— Talvez em apenas alguns meses, eu esteja tratando meu primeiro paciente humano.

O telefone de Juan vibrou no bolso, e ele checou a tela.

— Miguel? O que houve? — Seu irmão mais novo raramente ligava durante o dia.

— *Juan! Você não vai acreditar na carta que acabei de receber.*

Com o corpo tenso, Juan falou

— Não brinque comigo. O que está acontecendo?

— *Acabei de receber uma carta de aceitação para a graduação de medicina!*

A tensão se dissipou de Juan enquanto ele se recostava na cadeira de vinil barata.

A voz do irmão soou muito feliz enquanto continuava:

— *Você nunca vai acreditar de qual escola.*

Juan sabia que seu irmão havia se candidatado a várias escolas.

— Não sei. Hum, Universidade de Miami? Eles têm um bom...

— *Escola de Medicina de Yale! Caramba, Yale, mano. Você consegue imaginar? Um garoto do barrio na Ivy League?*

— Miguel, isso é incrível! — Juan exclamou ao ouvir seu irmão ler a redação exata da carta de aceitação.

Juan sabia que chegaria o momento em que ele não poderia manter a fachada de que o "seguro" da mãe poderia pagar os estudos do irmão. E quando se tratava de faculdade de medicina, especialmente uma da Ivy League, ele não tinha cinquenta mil dólares por ano para jogar fora. Ele e seu irmão tiveram essa conversa quando ele começou a se candidatar no final do terceiro ano na Georgia Tech.

— *Ah, e não se preocupe com o custo. Eu vou cobrir. Identifiquei muitas bolsas de estudo que posso solicitar. Algumas estritamente para latinos, algumas outras promissoras... só gostaríamos que fôssemos judeus, então haveria muito mais. E, claro, sempre há empréstimos. Não quero que você se preocupe com nada, mano.*

Juan concordou com o celular no ouvido.

— Ei, estou muito orgulhoso de você. E tenho certeza de que nossa mãe está sorrindo para você agora. Me mantenha informado sobre como as coisas com as bolsas de estudo estão indo. Agradeço por você estar se candidatando, mas ainda farei o que puder para ajudar...

— *Não, você não vai. Estou começando a achar que você inventou essa história do seguro da mãe. Não vou deixar você assumir mais do meu fardo.*

Um caloroso sentimento de orgulho cresceu dentro de Juan. Miguel sempre foi incrivelmente inteligente.

— *Eu consigo fazer isso, mano, confie em mim. Não vou desperdiçar essa chance.*

— Eu sei disso. Eu te amo, irmão. Mantenha contato.

— *Também te amo, mano.*

Assim que ele desligou, uma voz ecoou pelo sistema de som.

— *Boa tarde, passageiros. Este é o anúncio de pré-embarque para o voo 4359 da American Airlines para Rochester. Convidamos os passageiros com crianças pequenas, e os que necessitam de assistência especial, para começarem o embarque neste momento.* — Finalmente.

Juan bebeu o pouco que restava de sua cerveja morna, reuniu suas coisas e começou a caminhar pelo terminal em direção ao portão. No caminho, passou por uma banca de jornal e decidiu comprar uma garrafa de água para o voo. Ele abriu a geladeira de porta de vidro que continha as garrafas de plástico, estendeu a mão para dentro e avistou a carteira de uma mulher na prateleira. Claramente, alguém a colocou ali acidentalmente e depois se esqueceu. Ele olhou ao redor para ver se a dona estava por perto, mas não viu ninguém.

Inspirado por suas recentes boas notícias, e as de Miguel, ele decidiu ser um bom samaritano e levar para o Achados e Perdidos. Aonde quer que fosse. Seu voo acabara de começar o pré-embarque; ele tinha tempo.

A carteira estava aberta, e a habilitação estava visível. Parecia que a dona da carteira era uma mulher linda, com cabelos ruivos e olhos verdes brilhantes.

Juan sentiu uma pontada de tristeza pela moça. Ela provavelmente ficaria frenética quando percebesse que estava faltando.

Ele olhou ao redor mais uma vez e prendeu a respiração ao avistar uma jovem com cabelos vermelhos brilhantes atravessando o terminal, com o olhar indo de um lado para o outro.

Juan olhou novamente para a carteira de motorista, viu o nome e gritou:

— Ei, Katherine! — A garota parou e virou-se.

Juan levantou a carteira.

— Ah, meu Deus! — Ela se apressou em direção a ele. — Muito obrigada. Não acredito que fui tão estúpida. Agora eu me lembro. Eu ia comprar água, mudei de ideia e...

Ela pegou a carteira e a abriu, então olhou para Juan pela primeira vez. Seus olhos eram do tom de verde mais intenso que Juan já tinha visto. E ela era de uma beleza de tirar o fôlego.

Juan se sentiu desajeitado.

Ela estendeu uma nota de vinte dólares.

— Muito obrigada por ser honesto. Aceite isso como...

— Não é necessário. — Juan a dispensou com um gesto. — Estou feliz por ter te visto passar correndo. Caso contrário, eu teria que procurar o Achados e Perdidos.

— Bem... nem todo mundo seria tão honesto.

Ela sorriu e, por um momento, Juan sentiu o mundo parar.

— Bem... — ela disse. — Tem uma pessoa esperando para me buscar. — Ela juntou as mãos como se fosse rezar, uma delas ainda segurando a carteira. — Deus te abençoe. Obrigada novamente. — Então ela se virou e correu para fora, passou pela segurança, e desapareceu da vista de Juan.

— *O voo 4359 da American Airlines para Rochester está agora embarcando no portão 3.*

Juan olhou para onde a garota ruiva foi, depois virou-se, sentindo uma súbita sensação de perda. *Se controle, Juan. É só uma garota bonita e desligada que esqueceu a carteira.*

Enquanto pegava o cartão de embarque do bolso da camisa e o entregava ao comissário, o rosto da garota de olhos verdes estava vividamente gravado em sua mente.

Momentos depois, enquanto ele se acomodou no assento na janela, com o jato se afastando do portão, o rosto da garota de olhos verdes ainda pairava em sua mente. Ele balançou a cabeça. O que havia de errado com ele? Tinha um histórico de ter problemas para lembrar os sobrenomes de suas namoradas, mas por algum motivo, sentia que nunca esqueceria o nome dessa estranha.

— Katherine O'Reilly — ele murmurou —, saia da minha cabeça.

Kathy sentou-se à mesa e olhou para a cama desarrumada de sua colega de quarto. De algum lugar no corredor vinha o som de garotas rindo.

Parecia quase surreal estar de volta como estudante. Como voltar no tempo.

Fazia apenas três semanas desde que Kathy confessou ao Padre Carson tudo o que aconteceu. Três semanas desde que ele lhe atribuiu uma penitência bastante incomum.

Ele a incumbiu de voltar aos estudos. Disse-lhe para pegar o dinheiro que era uma semente de sua culpa e usá-lo para recomeçar sua vida.

Parecia impossível. Não se decide voltar a estudar e volta para a faculdade em três semanas. Mas o Padre Carson realizou um pequeno milagre. Aparentemente, um de seus amigos mais próximos era do Conselho de Administração da Universidade de Georgetown, uma universidade católica bem conhecida. E, de alguma forma, antes que ela soubesse o que estava acontecendo, foi admitida e matriculada. E, embora fosse sete anos mais velha que todos os outros alunos do primeiro ano em Darnall Hall, todos a fizeram se sentir bem-vinda.

Ao se virar para a pilha de livros didáticos em sua mesa, ela pegou aquele com uma capa roxa que tinha *Genética* impresso na lombada. Não teria a aula até o próximo semestre, mas era um assunto que queria se familiarizar... por razões pessoais.

Ela retirou os impressos que colocou no livro e os examinou pela centésima vez.

Além das cicatrizes rosadas por todo o corpo, esses dados, todas as duzentas páginas, eram sua única prova concreta de que o que aconteceu com ela naquela ilha era real.

Os impressos, claro, vinham do pendrive que ela contrabandeou daquele laboratório estranho. Ela os imprimiu na primeira oportunidade que teve e passou os olhos por cada página. Infelizmente, pouco fazia sentido. Não ajudava que metade estivesse em alemão.

Tudo o que ela conseguia discernir era que os cientistas na ilha estavam fazendo algum tipo de pesquisa genética. E que era secreto. Isso ficava claro pelo fato de cada página ter *COSMIC TOP SECRET #53823* impresso diagonalmente em grandes letras vermelhas cruzadas. As páginas escritas em inglês também tinham marcações ameaçadoras como *TOP Secret//SI-G DRWN//TK*. Pesquisas na internet lhe disseram que essas classificações eram da OTAN ou do governo dos EUA.

O que significava que provavelmente era ilegal ela ter visto qualquer um desses documentos. Mesmo que não os tivesse roubado.

Ela olhou mais uma vez para a primeira página.

Arquivo Darwin #390AE202D80E

Resumo: Usando o Algoritmo Darwin V3.4, descobrimos que os resultados do Gen + 15.000 em Erythrura gouldiae (diamante-de-gould) produziram espécimes com resistência acima do normal ao fibrossarcoma. A morfologia permaneceu um tanto fiel à espécie, mas mudanças no comportamento de agrupamento foram observadas. Conforme o protocolo, os computadores estão processando o algoritmo para a próxima fase, enquanto a análise adicional na população atual está sendo feita.

Líder de equipe:
Deidrick Müller, PhD.
Consultores:
Hans Reinhardt, Bundesnachrichtendienst
Ian Wexler, DARPA - BTO

— Kathy!

A colega de quarto de Kathy, uma loira animada chamada Jennifer, entrou no quarto, revirou uma gaveta e tirou um maiô.

— Vamos para a piscina. Quer vir conosco?

Kathy balançou a cabeça.

— Agora não dá, Jen. Quem sabe mais tarde?

— Tem certeza? Se precisar de um maiô, posso te emprestar um dos meus.

Kathy imaginou usar um maiô em público, exibindo as cicatrizes rosadas que ainda cobriam seu corpo de cabeça aos pés.

— Agradeço, mas estou ansiosa com algumas aulas, e preciso voltar ao ritmo de estudo. Já faz tempo que não faço isso.

Jennifer fez um biquinho dramático enquanto trocava de roupa.

— Que tal estudarmos juntas quando eu voltar?

— Eu adoraria.

Jennifer se envolveu em um roupão branco grosso e dirigiu-se à porta.

— Bem, divirta-se. Eu com certeza vou!

A voz poderosa do Professor Wilkinson reverberou pelo auditório.

— — Por hoje é só. Lembrem-se de que, no laboratório desta semana, vocês realizarão experimentos sobre fosforilação no nível do substrato, parte do nosso capítulo sobre glicólise e o ciclo de Krebs. Como sempre, espero que tenham revisado o material com antecedência, para estarem prontos para mergulhar no assunto.

Após alguns meses de aula, Kathy sabia que quando o Professor Wilkinson dizia *espero*, ele estava estabelecendo um requisito firme. Todos diziam que ele era um dos professores mais exigentes e que sua aula era o epítome da *aula eliminatória* para calouros.

Com apenas dois minutos restantes para o fim da aula, alguns dos estudantes no auditório começaram a arrumar suas coisas quando o professor elevou sua voz, desta vez usando o microfone para combater o barulho.

— — Ah, mais uma coisa. Para quem pensa em cursar genética no próximo semestre, haverá uma palestra hoje à noite no Centro de Conferências da Universidade sobre o impacto da pesquisa genética na medicina atual e futura. Começa às seis, sugiro que cheguem cedo.

Com o interesse despertado, Kathy guardou o laptop na mochila e olhou para o relógio na parede.

Ela tinha uma consulta com a enfermeira na clínica do campus às cinco. Se a consulta não atrasasse, ela talvez conseguisse chegar à palestra.

Kathy sentia como se estivesse carregando cinquenta quilos nas costas enquanto seguia a enfermeira de cabelos grisalhos para o fundo da clínica. O cansaço constante que vinha sentindo não havia melhorado em meses. No início, achava que era depressão, mas não parecia estar de baixo astral, pelo menos não mais. Na verdade, não se lembrava de um momento em que esteve mais otimista sobre seu futuro; voltar a estudar foi a decisão certa para ela. Não, era algo mais. Ela apenas se sentia... drenada. Fisicamente exausta o tempo todo.

A enfermeira parou diante de uma balança.

— Vamos verificar seus sinais vitais. Suba na balança.

Kathy franziu a testa ao ver os números digitais aumentarem. Ela estava cerca de dez quilos acima do que normalmente gostaria.

— Ótimo — disse a enfermeira. — Com um metro e sessenta e dois, seu peso está dentro de uma faixa saudável. Isso é bom.

A voz amável da enfermeira fez Kathy se sentir um pouco menos autoconsciente, especialmente sabendo que não se exercitava desde o incidente na ilha e que ganhou pelo menos cinco quilos. Kathy não queria ouvir falar sobre exercícios ou sobre ter que perder peso no momento.

Sentou-se enquanto a enfermeira aferia sua pressão arterial e níveis de oxigênio, examinava sua garganta e testava seus reflexos.

A enfermeira passou um estranho bastão sobre sua testa e leu o resultado digital em voz alta.

— 37,7 graus. Bem, você está com uma leve febre. Sua temperatura costuma ser alta?

Kathy deu de ombros.

— Acho que não. Mas não me sinto doente, só cansada.

Depois que a enfermeira saiu, Kathy teve alguns minutos enquanto esperava pelo médico. Ela passou o tempo lendo cartazes sobre controle de natalidade e doenças sexualmente transmissíveis.

Foi surpreendente encontrar esses cartazes em uma instituição católica. Claro que ela ouviu falar sobre a cultura de encontros casuais na faculdade; garotas e garotos dormindo por aí sem estar em um relacionamento sério, mas por alguma razão, pensou que Georgetown seria diferente. Pessoalmente, a ideia a desagradava. Ela só havia estado com uma pessoa, e ele estava morto.

Um batida soou na porta da sala de exames, e um médico surpreendentemente alto entrou. Ele era a pessoa mais alta que ela já tinha visto. Ele até teve que abaixar a cabeça para passar pela porta. E quando ele apertou a mão de Kathy, ela não pôde deixar de notar que a mão dele era o dobro do tamanho da sua. O homem era um gigante.

— Katherine O'Reilly, é um prazer conhecê-la. Sou o dr. AlSiddiqui. — Ele puxou uma cadeira, sentou-se de frente para Kathy e abriu seu prontuário. — Diz aqui que você tem sofrido de fadiga.

— Sim. Não é como se eu estivesse sem forças, é só que eu me sinto... bem, é quase como se eu estivesse andando na água. Tudo exige mais esforço do que deveria. É difícil explicar.

O médico rabiscou algo no prontuário. Ele olhou para Kathy com uma expressão simpática.

— Bem, parece que seus sinais vitais estão todos bons. Sua temperatura está um pouco elevada, mas está calor lá fora e você pode estar pegando um resfriado ou algo assim. Não é motivo para preocupação. — Ele virou uma página no prontuário. — Seus exames de sangue estão quase todos bons, mas mostra alguns sinais de baixo nível de B12 e anemia leve. Isso pode explicar a fadiga que você está sentindo. Antes de ir embora, vamos lhe dar uma injeção de B12, mas a anemia é algo que prefiro tratar com mudanças na dieta. Por acaso você é vegetariana?

— Não, eu como carne e batatas, mas tenho tentado me ater a peixe e frango ultimamente.

— Deixe-me sugerir que você adicione um pouco de carne vermelha... pelo menos uma ou duas vezes por semana. Verduras de cor escura, como espinafre ou couve, também são ricos em ferro. E ter mais ferro no seu organismo ajudará seu sangue a transportar oxigênio, o que deve lhe dar mais da energia que você sente que está faltando. Você acha que pode fazer isso?

Kathy sorriu.

— Meu pai é um criador de gado. Então sim, estou bem com carne bovina. — A verdade era que, se seu pai soubesse que o médico disse a ela para comer mais carne, ele provavelmente enviaria meio boi em forma de bife, durante a noite.

— Excelente, então é isso que vamos fazer. — O médico levantou-se. — Vamos marcar seu retorno em um mês para podermos fazer um novo exame e ver como está a anemia.

Enquanto Kathy se levantava, o médico perguntou:

— Alguma dúvida?

— Não, senhor.

— Certo, cuide-se. Se por algum motivo você sentir que a fadiga piorou, não hesite em voltar e veremos o que mais podemos fazer.

O médico saiu e a enfermeira de cabelos grisalhos entregou a Kathy um pirulito amarelo.

— Acho que o pirulito ajuda com a dor. Volto em um segundo, mas receio que vou ter que te dar uma picadinha.

Quando a enfermeira saiu, Kathy sorriu, desembrulhou o pirulito de limão e esperou pela injeção.

Nate entregou o relatório de evidências ao seu supervisor.

— É tudo muito suspeito, Jeff. O local estava encharcado de acelerador e todo queimado. O que quer que estivessem fazendo lá, eles queriam esconder. E sei o que a AgriMed disse que estava fazendo lá: cultivando plantas medicinais tropicais, mas os rapazes do laboratório conseguiram obter alguns números de série do que encontramos e...

Jeff já estava folheando o relatório.

— Merda, inteligência alemã? CIA? — Ele leu a parte relevante em voz alta. — Seis dos computadores recuperados vieram de um envio de vinte e cinco estações de trabalho Dell Precision encomendadas pelo BND. O endereço de entrega foi confirmado como sendo um dos escritórios alemães do Serviço Federal de Inteligência.

Ele olhou para Nate.

— O que você está pensando?

Nate franziu a testa e recostou-se na cadeira, inclinando-a um pouco para trás.

— Estou pensando que não há motivo algum para uma operação agrícola ter o equipamento e a tecnologia que tinham no local. Não encontramos evidências de irrigação ou qualquer sistema controlado eletronicamente. Não faz sentido. Algo está acontecendo e não acredito na história do reclamante sobre uma pequena fazenda inocente. E queimá-la inteira? Isso tudo cheira mal.

Binghamton assentiu e bateu a ponta de um lápis na mesa.

— Também não entendo. E a conexão com a CIA é preocupante. Temos certeza disso? Porque se tivermos, isso nos leva a um novo patamar.

Nate estendeu a mão e folheou o relatório, apontando em seguida.

— Os recibos estão bem aqui. Os itens foram entregues no mesmo endereço da sede da CIA.

O supervisor de Nate franziu a testa.

— Estou cansado desses caras aprontando isso conosco. Talvez haja algo acontecendo com os alemães e a agência, mas qual é o papel da empresa farmacêutica? Não vejo a conexão. Droga. Não tenho ideia se esta operação é autorizada. Pode ser uma operação clandestina que não deveríamos ter descoberto, ou talvez alguma atividade ilegal envolvendo atores ruins. — Ele balançou a cabeça, em seguida, apontou o lápis para Nate. — É o que vou fazer. Vou iniciar os procedimentos para obter um mandado da FISA. Quero saber o que a comunidade de inteligência sabe sobre esses caras e

aquela ilha. Quanto à CIA, vou fazer uma consulta interdeparta-
mental formal e ver onde isso vai dar.

— Senhor, se você aprovar o orçamento de viagem, gostaria de seguir a história da AgriMed sobre a mulher que foi resgatada da ilha. Ver o que ela sabe, se é que sabe de algo — disse Nate

Binghamton perguntou:

— Você tem uma pista sobre o paradeiro dela?

— Ainda não, mas tenho um nome do relatório inicial tirado do reclamante. O nome dela soa americano. Eu ia pesquisar nos bancos de dados de passaportes e imigração e, assumindo que consiga uma correspondência, seguir com uma busca nos registros bancários para localizar onde ela está. Supondo que o nome que temos seja real e ela tenha passado por uma de nossas fronteiras ou portos de entrada, acho que tenho uma boa chance de encontrá-la.

— Ótimo. Faça isso. Todo esse caso cheira mal. Vá em frente, localize-a e traga-a para interrogatório. Vou seguir as outras pistas e nos encontramos no meio do caminho. Me mantenha informado sobre suas descobertas.

Nate hesitou.

— Senhor... e se for uma operação que não deveríamos saber?

— Estamos todos no mesmo time, Nate.

— Com os alemães?

Binghamton fez uma careta.

— Deus, espero que sim. Mas... acho que não faria mal levar outro agente com você. Cuidem um do outro.

CAPÍTULO NOVE

Kathy entrou no centro de conferências dez minutos após o início da palestra, justo quando um homem subia ao pódio. Ela se sentou enquanto ele começava a falar, sua voz profunda transmitida pelos alto-falantes ao redor da sala.

— *Já que estão aqui, assumo que muitos de vocês, estudantes, estão interessados no campo da genética ou têm curiosidade sobre o tema. Como pesquisador em genética e médico, sei o que a mídia faz vocês acreditarem sobre os Organismos Geneticamente Modificados e como quem trabalha com essa pesquisa é algo parecido com a prole de Satanás.*

— Seus desgraçados estão nos dando câncer! — gritou alguém do fundo da sala grande.

Um grupo de estudantes estava atrás das cadeiras, segurando cartazes com slogans anti-OGM.

— Diga não aos OGM — começaram a cantar. A multidão zumbiu com desaprovação.

Kathy sempre admirou ativistas políticos, mas neste caso, ela queria que eles se calassem. Queria ouvir o que o palestrante estava dizendo.

A segurança do campus agiu rapidamente. Removeram os manifestantes da sala à força e fecharam a porta, mas não antes de um último grito de:

— Vocês são porcos monopolistas tirando dinheiro de todos nós!

Quando as portas finalmente se fecharam e o som dos protestos desapareceu, a audiência murmurou com irritação e voltou a atenção para o palestrante.

O convidado balançou a cabeça e suspirou no microfone.

— *Como eu dizia, algumas das coisas que fazemos em pesquisa genética são mal compreendidas. Alguns, como nossos amigos no fundo da sala, afirmam que o trabalho que estou fazendo está provocando câncer nas pessoas. É triste que acreditem nisso. Mas, se eu pudesse pedir um favor a todos nesta sala, seria este: nunca se deixem levar pela retórica popular. Não aceitem o que os outros dizem como verdade absoluta. Até mesmo o que eu digo deve ser questionado. Sempre façam sua própria pesquisa antes de formar uma opinião.*

Algo neste homem chamou a atenção de Kathy de forma estranhamente familiar. Ele era jovem, na faixa dos trinta e poucos anos, possivelmente hispânico. E ele tinha uma expressão melancólica que de alguma forma a fazia sentir pena dele.

— *Dito isso, já que o assunto foi levantado, deixe-me abordar essa alegação de câncer. Francamente, é risível. Na verdade, sou oncologista, médico que trata o câncer, e o objetivo da minha pesquisa sempre foi, em última análise, tratar o câncer em humanos. Quanto à acusação de que sou monopolista, admito que a AgriMed, a empresa para a qual trabalho, é uma grande corporação. Não há como negar isso. Mas estamos longe de ser um monopólio. Além disso, acho a acusação irônica. O Google realiza quase noventa por cento de todas as buscas na internet e o Android é o sistema operacional em quase noventa por cento de todos os smartphones, mas não vejo as pessoas protestarem contra eles por terem um produto muito popular que as pessoas querem usar.*

A sala estava ficando quente. Com o ar-condicionado claramente lutando com o número de pessoas na sala, Kathy juntou o cabelo e o prendeu debaixo do boné de beisebol para mantê-lo longe do pescoço.

— *E, finalmente, deixem-me tentar dissipar o bicho-papão que são os OGM. Nós, no campo da pesquisa, não inventamos propositalmente coisas para causar dano a alguém. Geralmente, estamos investigando um problema que afeta as pessoas e tentando encontrar a melhor solução.*

Ele fez uma breve pausa e continuou:

— *Por exemplo, há pesquisas em andamento tentando resolver a deficiência de vitamina A, que é uma epidemia em algumas partes do mundo. Em 2005, estimava-se que 190 milhões de crianças e 19 milhões de mulheres grávidas em 122 países foram afetadas pela deficiência de vitamina A. Muitos de vocês podem não perceber, mas essa forma de deficiência de vitamina é um problema sério, responsável por 1 a 2 milhões de mortes e 500.000 casos de cegueira irreversível a cada ano.*

Ele umedeceu os lábios.

— *O problema é mais prevalente em partes do mundo onde a dieta depende muito do arroz. Isso porque o arroz não fornece vitamina A. Mas pesquisadores clínicos descobriram que, ao cortar o gene da fitoeno sintase do milho e combiná-lo com outro gene, eles podem produzir uma nova variedade de arroz que está sendo chamado de arroz dourado. Apenas cinco gramas de arroz dourado fornecem a quantidade diária completa de vitamina A. Esses manifestantes podem estar assustados com a ideia de a ciência afetar a comida, mas garanto que os milhões de pessoas que sofrem de deficiência de vitamina A não estão.*

O homem olhou ao redor da sala.

— *Mas os OGMs são apenas um tipo de pesquisa genética. Alguns dos desenvolvimentos mais empolgantes no campo têm a ver com terapia genética. Imagine: e se vocês pudessem tratar um paciente com fibrose cística substituindo o gene defeituoso que causa o problema, prolongando sua vida? Ou... e se eu dissesse que dezesseis pacientes com doenças cardíacas, muitos dos quais à beira da morte, receberam terapia genética direcionada aos seus corações, desencadeando o crescimento de vasos sanguíneos, resultando em melhora demonstrável ou alívio completo da dor. Não é ficção científica; está acontecendo. Estamos à beira de um novo mundo, e tudo graças à pesquisa médica. Agora, se eu puder voltar ao discurso que preparei, gostaria de compartilhar um pouco sobre o que essa pesquisa envolve.*

Enquanto o palestrante continuava, Kathy, pela primeira vez, notou o homem sentado em uma cadeira atrás do púlpito. Um arrepio percorreu-a apesar do calor da sala.

Tudo que o palestrante dizia passava despercebido enquanto ela encarava a última pessoa no mundo que ela esperava ver novamente. O mesmo homem que a fez assinar um monte de documentos de não divulgação e pagou por seu silêncio.

Ela se inclinou e sussurrou para a garota com cicatrizes de acne sentada ao seu lado,

— Quem é o cara sentado à direita do púlpito?

— Você quer dizer o cara mais velho com o terno de mil dólares? É o dr. Harry Winslow. Acho que ele disse que é o chefe de pesquisa de alguma empresa farmacêutica grande. Foi ele que apresentou o cara que está falando agora.

Kathy encarava o chefe de pesquisa com um olhar fulminante enquanto a atenção dele permanecia focada no palestrante.

Ela se sentia irritada que esse homem parecesse tão digno, tão respeitado. No entanto, ela era a única aqui que sabia que ele estava encobrindo um inferno subtropical. Um que foi responsável pela morte de seu namorado.

Quando a palestra terminou e todos começaram a se dirigir para as saídas, Kathy foi contra a corrente e gritou através da multidão:

— Dr. Winslow!

Ele olhou em sua direção, e por um momento, seus olhos se encontraram. Ela viu um lampejo de reconhecimento. Então ele virou e começou a andar para longe.

Ela forçou ainda mais contra o fluxo de tráfego, ignorando o resmungo irritado dos outros estudantes.

— Dr. Winslow!

A multidão a empurrou para o lado enquanto seguia em direção à saída. Seu pé enroscou na perna de uma cadeira, ela tropeçou e caiu no chão.

Um braço a envolveu pela cintura.

— Opa. Cuidado aí. Você está bem?

Kathy olhou na direção para onde Winslow desapareceu e sua garganta apertou. A raiva se transformou em frustração amarga enquanto ela lutava para se recompor.

— Você está bem? — o homem repetiu. — Bateu a cabeça?

Kathy virou-se para encontrar o palestrante hispânico. Ele parecia preocupado enquanto seus olhos castanhos e calorosos a examinavam como se procurassem por algum dano.

— Eu estou... estou bem. — Kathy respirou fundo para se acalmar. — Eu só tropecei.

— Havia algo que você queria perguntar ao dr. Winslow? Ele teve que correr para pegar um voo, mas posso responder às suas perguntas. — Ele fez uma pausa... e então um sorriso surgiu em seu rosto. — Você é Katherine O'Reilly.

Kathy estava tentando entender como ele sabia quem ela era... e porque ele lhe parecia familiar.

Ele riu e estendeu a mão.

— Eu sou o cara que encontrou sua carteira no aeroporto alguns meses atrás. Juan Gutierrez.

— Meu Deus! — Kathy apertou sua mão. — Que coincidência bizarra.

— Realmente. Então, você tem alguma pergunta que eu possa responder?

Kathy sentiu um calor subir pelo seu pescoço até as bochechas. Ela nem sabia o que teria dito a Winslow se o tivesse alcançado. Mas não era uma pergunta que este homem pudesse responder.

— Acho que a pergunta me escapou da cabeça quando eu caí.

— Ah. — Juan parecia quase... decepcionado. Ele hesitou, então pigarreou. — Bem, meu voo é só amanhã e estou morrendo de fome. Você... ah... tem alguma recomendação para uma boa refeição por aqui?

— Ah, claro. Minha colega de quarto falou maravilhas do Mai Kai, um novo restaurante de fusão asiática. Dizem que é muito bom, mas eu mesma não posso garantir porque ainda não experimentei.

O rosto de Juan se iluminou.

— Então, por que você não se junta a mim? Talvez durante o jantar você se lembre do que ia perguntar ao Winslow.

Kathy piscou rapidamente. *Ele acabou de me convidar para sair?* Um encontro era a última coisa que ela queria agora.

— Hum...

Juan deu-lhe um sorriso tranquilizador.

— Não se preocupe, não é nada estranho. Eu simplesmente odeio comer sozinho, é meio chato. Além disso, a empresa vai pagar pela refeição.

Kathy trabalhou em bares por alguns anos, então ela conhecia sua cota de canalhas. Esse cara não parecia ser desse tipo. Ele parecia... sincero. Ela sabia bem como realmente era chato estar sozinho em um lugar estranho.

— Ó preciso avisar minha colega de quarto que vou sair, mas tudo bem. Quando você gostaria de ir?

Ele sorriu.

— Que tal agora?

Juan tomou um gole de chá gelado enquanto observava o ambiente exótico do restaurante, que exibia um estilo polinésio decorado com folhas de palmeira e estátuas tiki. O entretenimento ao vivo contava com dançarinas de hula e espadas flamejantes, e as garçonetes vestiam trajes típicos das ilhas. Se não soubesse melhor, Juan poderia pensar que estava em algum lugar das Ilhas Havaianas.

O lugar onde estavam sentados, infelizmente, não oferecia uma boa visão do palco, mas para Juan isso era vantajoso, pois lhe dava a desculpa perfeita para manter seu foco na impressionante universitária ao seu lado.

Aproveitando a oportunidade, Juan decidiu saber mais sobre ela:

— Então, você tem vinte e cinco anos, era cantora e agora é caloura na faculdade. Deve ter uma boa história por trás disso. Como você acabou em Georgetown?

Mantendo o olhar na bebida, Kathy mexia o refrigerante com um canudo e deu de ombros.

— Para ser honesta, nunca planejei fazer faculdade. Quer dizer, eu sempre fui boa na escola, mas a única coisa que eu tinha em mente durante o último ano do ensino médio era sair de casa.

A mente de Juan correu para possíveis causas.

—Desculpe, eu não quis...

— Ah, não, não é nada disso — Kathy disse depressa, olhando sobre sua bebida. — Não me entenda mal, eu amo meus pais e eles são incríveis. Mas eles vivem em um pequeno rancho em Nevada, e eu detestava aquilo. Sabia que se ficasse, nunca conseguiria sair de lá. Eu queria ver um pouco do mundo, e imaginei que tinha uma voz boa o suficiente para cantar em bares e coisas do tipo, então fui embora.

— E o que te fez desistir desse sonho pela faculdade? — Kathy inclinou a cabeça.

Embora a iluminação do grande restaurante fosse propositalmente fraca, Juan se sentiu hipnotizado pelos olhos verdes de Kathy.

— Você está zombando de mim. Ninguém em sã consciência pensaria que cantar em um bar é o sonho de alguém.

— — Não, não estava zombando — Juan pausou, refletindo sobre suas palavras. — Desculpe se pareceu sarcástico, não era minha intenção. Na verdade, acho que viajar e fazer o que você ama é algo incrível.

Kathy franziu a testa levemente ao responder.

—Acha que servir mesas e cantar em bares é incrível? Vamos lá, eu não nasci ontem. Você é médico em uma grande empresa farmacêutica.

Juan sorriu.

— Acho que é assim que os outros me veem, mas por dentro,

ainda sou aquele garoto nascido nas favelas do leste de Los Angeles. Eu tinha muito mais chances de traficar drogas ou trabalhar em um emprego sem futuro do que me tornar médico. Tive sorte de ter uma mãe muito determinada que me impulsionou a ser melhor do que isso.

Nesse momento, um garçom passou com uma grande tigela cheia de gelo raspado e frutas, decorada com velas faiscantes. De repente, garçons polinésios sem camisa surgiram e começaram a cantar *Parabéns pra você* para uma senhora na mesa ao lado, trazendo um toque de festividade ao ambiente

Kathy sorriu para a reação surpresa da mulher. Era a primeira vez que Juan via o sorriso de Kathy; iluminou todo o seu rosto, revelando uma beleza de tirar o fôlego. Ele se sentiu instantaneamente mais desajeitado do que nunca.

Juan pensou consigo mesmo: *Não flerte com essa garota. É errado. Além disso, você não tem chance.*

Enquanto os homens cantavam, Juan notou que Kathy tinha algumas cicatrizes rosadas circulares aparecendo na linha do decote de sua camisa. Havia outra na parte de trás de sua mão esquerda e uma no pulso direito.

Sua mente voltou para a faculdade de medicina e as aulas que teve sobre imunologia. Por algum motivo, as cicatrizes o lembravam do que ele leu sobre vacina contra varíola. Elas o faziam pensar nas cicatrizes redondas, muitas vezes rosadas, que eram comuns indicativos de uma vacinação recente contra varíola.

Mas a varíola foi erradicada no final dos anos 1970.

Justo quando ele ia perguntar sobre isso, um garçom chegou com a comida.

O homem colocou um prato lindamente arrumado na frente de Kathy e disse:

— Para a senhora, o bife teriyaki wagyu servido com cogumelos assados, aspargos, abacaxi grelhado, confit de alho e salpicado com sementes de gergelim.

O garçom colocou um prato fumegante na frente de Juan.

— E para o cavalheiro, o ribeye Delmonico, marinado e assado sobre carvão de carvalho, malpassado, servido com raiz-forte de wasabi e purê de batatas.

Juan salivava enquanto sentia o aroma suculento vindo do seu prato.

Quando o garçom saiu, Juan sorriu para Kathy.

— Não me leve a mal, mas estou feliz em ver que você não é vegana.

Kathy fungou enquanto enfiava o garfo em um pedaço de carne em seu prato.

— De forma alguma. Acho que meu pai me deserdaria. E além disso, sou um pouco anêmica, então preciso comer carne vermelha.

Juan cortou um pedaço do bife e maravilhou-se com o pedaço suculento em seu garfo.

— Bem, como médico, apoio totalmente sua escolha de tratamento para a anemia. Acho que você terá um futuro promissor na medicina.

Pela primeira vez desde que se encontraram, Kathy agraciou-o com um sorriso.

Juan recostou-se na cadeira, deu um tapinha no estômago e gemeu.

— Não acho que já comi tanto assim.

Kathy tomou um último gole de refrigerante.

— Minha colega de quarto disse que este lugar tem uma grande trilha com vistas para o Potomac. Dizem que à noite ela fica iluminada com tochas, criando uma atmosfera que lembra o Havaí. Você está interessado em caminhar um pouco para fazer a digestão?

Juan moderou sua voz, tentando ocultar a empolgação.

— Com certeza. — Imaginou que seu tempo com Kathy estava chegando ao fim e aproveitaria qualquer desculpa para prolongar a noite.

Kathy liderou o caminho para fora.

Juan ficou maravilhado com a forma como o local à beira do rio foi transformado em um paraíso tropical. Os sons de grilos e pássaros os cercavam enquanto caminhavam por caminhos ladeados de palmeiras pontilhados ocasionalmente por tochas. Ele procurou os alto-falantes que sabia que deviam estar emitindo aqueles sons, mas eles foram bem escondidos.

— Este lugar é incrível — ele disse.

Kathy respirou fundo e assentiu. Por um breve momento, Juan notou uma sombra de dor passar pelo rosto de Kathy, tão rápida que quase lhe escapou.

— Então... — ela disse. — Talvez você pudesse me contar mais sobre o que está fazendo agora em sua pesquisa?

— Claro, estou bastante empolgado com ela. — Juan apontou para um recanto bem iluminado com um banco esculpido em um tronco. — Vamos nos sentar e aproveitar a brisa.

Kathy sentou-se no meio do banco de quase dois metros de largura, e enquanto Juan se acomodava, ela se virou de modo a ficar de frente para ele.

Ele absorveu a imagem desta bela garota e sentiu-se nervoso mais uma vez.

— Antes de continuar, preciso que você mantenha o que vou compartilhar em segredo absoluto. Ainda não anunciamos os detalhes de alguns dos meus trabalhos e...

— Não se preocupe — ela disse. — Sou bastante boa em guardar segredos.

Juan assentiu.

— Bem, começou comigo tentando entender como múltiplas cópias de um certo gene apareceram em elefantes modernos...

Para surpresa de Juan, Kathy parecia sinceramente fascinada enquanto ele explicava tudo em que estava trabalhando. Ela até fez perguntas muito profundas. Esta mulher era tão inteligente quanto era bonita.

— Então, o padrão que você encontrou, realmente era preciso para outros animais? — Kathy perguntou.

— Sim. Eu mesmo fiquei meio chocado. Demorou um pouco porque alguns dos meus dados vieram de amostras de DNA parcialmente danificadas, mas no final, foi como se eu tivesse encontrado uma chave para um quebra-cabeça. O mesmo padrão básico apareceu em várias espécies.

Kathy hesitou, então perguntou:

— Você acredita em Deus?

Juan arregalou os olhos com a pergunta inesperada, e ele fez uma pausa, considerando a questão seriamente.

— Acredito. Na verdade, cresci católico, embora estaria mentindo se dissesse que tenho frequentado a igreja recentemente. Não vou desde que minha mãe morreu.

— Bem, você já pensou que talvez tenha descoberto um padrão que Deus colocou em todos os animais? Como mais poderíamos explicar a universalidade desse padrão?

— Ah! — Juan exclamou, não esperando que a conversa tomasse essa direção. — — Geralmente não me permito atribuir motivações às coisas ou me aprofundar em assuntos que não posso provar. Deus, por exemplo, é uma dessas entidades insondáveis. E não estou dizendo que você não possa estar certa, apenas que... bem, há coisas que podemos acreditar e coisas que podemos estudar.

Kathy assentiu.

— Tenho outra pergunta. E sobre influências ambientais? Como você pode determinar séculos de evolução quando a evolução é frequentemente impulsionada por fatores externos? Não foi isso que as observações de Darwin trataram?

— Essa é uma ótima pergunta. Eu vejo assim: toda a nossa existência, seja como humanidade ou como parte do reino animal, é conectada pela genética. Dito isso, faz sentido que a maneira inerente de como o DNA evolui pode seguir certos caminhos. Por exemplo, meu algoritmo não saberia se um caminho se torna um beco sem saída devido a situações ambientais.

Ele sorriu para ela.

— Imagine os dinossauros. Se eu tivesse amostras de DNA, claro, poderia tentar prever como eles seriam hoje em dia, mas meu algoritmo não saberia sobre os asteroides, eras glaciais, ou quaisquer outras catástrofes globais. Então, o algoritmo traça um caminho evolutivo em um vácuo, se você quiser. E nesse sentido, é um caminho mais puro do que o que vemos no mundo real.

Ele fez uma breve pausa e continuou.

— Na verdade, eu vejo o padrão como um código. Um enigma evolutivo que só precisava de alguém para chegar e ver que ele estava lá. Sem ser muito modesto... acho que talvez seja isso que eu fiz.

— O código de Darwin? — Kathy perguntou, sorrindo.

— Sim... acho que sim. — Juan retribuiu o sorriso dela.

Um silêncio se estabeleceu entre eles, e Kathy se levantou.

— Bem, está ficando tarde, e eu realmente preciso ir para a cama. — Ela revirou os olhos. — Cometi o erro de me inscrever em uma aula às oito da manhã.

Juan riu.

— Acho que todos os calouros cometem esse erro uma vez em sua vida acadêmica. Mas só uma vez! Vamos, eu te levo para casa.

Enquanto Kathy caminhava do carro de Juan para seu dormitório, ela se forçava a não olhar para trás. Foi a primeira vez que ela saiu com alguém desde Brad, e não podia deixar de se sentir culpada por isso. Toda vez que sentia que estava se divertindo com Juan, sua mente voltava a Brad, e a culpa a inundava novamente.

Talvez fosse muito cedo.

E ainda assim... Juan era muito legal. Ele era mais velho, claro, mas não muito. Mais jovem que Brad. E ele não falava com ela como se fosse mais velho, ou como se ele fosse um professor e ela sua aluna. Ele os colocava no mesmo nível. Apenas duas pessoas conversando.

E... ele estava interessado. Ele não fez uma investida de qualquer tipo, mas ela podia perceber.

Enquanto caminhava sob um dos postes de luz logo na entrada

do dormitório, ela olhou o cartão de visitas que ele lhe deu. Tinha o número pessoal dele no verso. Ele não o anotaria ali se não quisesse que ela ligasse para ele.

Claro, não ligaria. Tinha bagagem emocional demais no momento. E ele morava em um estado totalmente diferente.

Enfiou o cartão de visitas dele na bolsa e, de repente, duas pessoas saíram das sombras perto da entrada do dormitório. Kathy mal conseguiu conter um grito de surpresa.

— Katherine O'Reilly?

Kathy parou no meio do passo e olhou para o homem com olhos arregalados enquanto ele mostrava uma identificação com um distintivo, segurando-a à distância de um braço. Ele e sua companheira estavam vestidos com trajes formais, o que se destacava em um campus escolar.

— Desculpe, você é Katherine O'Reilly? — ele repetiu.

Kathy assentiu, já se posicionando para uma possível fuga em direção à entrada do dormitório.

— Sou o Agente Especial Carrington, do FBI — o homem se apresentou e apontou para sua colega. — E esta é a Agente Especial Ragheb. Acreditamos que você esteve envolvida em um incidente há cerca de quatro meses e gostaríamos de fazer algumas perguntas.

CAPÍTULO DEZ

Nate entrou no escritório de Jeff, mas seu supervisor estava ao telefone. Jeff fez um gesto para que ele aguardasse um minuto e indicou para ele se sentar.

Enquanto ele se acomodava na cadeira de couro, esperando Jeff terminar, olhou ao redor da sala. Seus olhos foram atraídos para um pôster do Exército dos EUA da antiga divisão de Jeff. O lema *Faça o que deve ser feito* estava estampado em letras vermelhas.

Jeff, Nate sabia, passou vinte anos no equivalente à Divisão de Investigação Criminal do Exército. Tendo ele mesmo passado quase uma década no Exército, Nate entendia o orgulho que Jeff tinha por seus irmãos de armas. Era provavelmente por isso que os dois se davam tão bem. Eles tinham um respeito mútuo e compreensão. Raízes semelhantes.

Jeff terminou a ligação e desligou.

— Obrigado por vir, Nate. Tenho algumas más notícias para compartilhar com você, e achei que seria melhor fazer isso pessoalmente.

— Não gosto de como isso soa.

— Você não deveria mesmo gostar. Vou começar com minha

tentativa de estabelecer vigilância sobre a inteligência alemã. Em resumo, foi negada pelo tribunal FISA.

— O quê? Pensei que o tribunal FISA era praticamente um carimbo de borracha para esse tipo de coisa.

Jeff deu de ombros.

— Aparentemente, um pedido de um diretor assistente do Comando de Investigação Criminal nem sempre tem a influência que era de se imaginar que realmente tem com os juízes do FISA. Pedir vigilância de um governo estrangeiro pode ser complicado. Eles possuem imunidade, e um típico jogo de gato e camundongo se desenrola entre os serviços de inteligência. Nós garantimos que manteríamos cortesia profissional e prometemos não espionar uns aos outros, mas fazemos isso de qualquer maneira. E desta vez, fomos bloqueados.

Ele continuou:

— Também contatei pessoas na CIA... oficiais e não oficiais. Cheguei a ir pela porta da frente. Nada. Se os eventos da ilha forem uma operação da CIA, ninguém falará. Sinto muito, Nate. — O homem de sessenta e poucos anos apontou o dedo indicador na direção dele e perguntou, — E quanto a você? Já encontrou aquela testemunha da ilha?

Nate engoliu a decepção que sentia pela falta de cooperação tanto do tribunal FISA quanto da CIA. Sua mente voltou para a ruiva que ele entrevistou apenas três dias atrás.

— Sim, encontrei-a e você não terá um relatório de despesas, pois ela está atualmente na área. Katherine O'Reilly está matriculada na Universidade de Georgetown, e ela foi particularmente útil.

— Ah é? Como assim?

— Bem, vamos apenas dizer que a pobre garota e o namorado dela estavam definitivamente no lugar errado, na hora errada. Imagine fazer um cruzeiro e ficar preso em algum lugar no meio do Oceano Pacífico, mas em vez de cocos e paraíso, você encontra pássaros assassinos vindo de todas as direções, todos tentando te pegar. É um milagre ela ter saído daquela ilha.

Jeff franziu a testa.

— E você acredita nela?

— Cem por cento. Ela me mostrou algumas das cicatrizes. — Nate balançou a cabeça enquanto se lembrava dela arregaçando as mangas do moletom. As cicatrizes rosadas e enrugadas, do tamanho de uma moeda de vinte e cinco centavos, marcavam seus braços pálidos. — Não é como se eu a tivesse colocado em um polígrafo, mas Jeff, faço isso há quase duas décadas, e estou te dizendo, ela foi sincera em cada palavra do que me contou. Eu apostaria tudo nisso.

— Não estou duvidando de você, só perguntando. Você disse que havia um namorado lá também? Ajudaria se tivéssemos uma declaração corroborante.

Nate balançou a cabeça.

— Oficialmente, Brad Harper está desaparecido. Ele sumiu desde o incidente, quatro meses atrás. Presumido perdido no mar. Mas a srta. O'Reilly estava bastante exaltada em relação à empresa AgriMed. Ela acredita piamente que eles o deixaram morrer em algum lugar daquela ilha e depois encobriram tudo.

— Então por que ela não foi à polícia?

— Porque um executivo da AgriMed a fez assinar um acordo de confidencialidade. Em troca do seu silêncio, eles a pagaram com um valor de seis dígitos.

Jeff se levantou e começou a andar pela sala de conferências vazia.

— Agora sabemos que eles têm algo a esconder. Ela te deu um nome do cara da diretoria?

— Sim, o Dr. Harry Winslow. Pesquisei sobre ele; é um vice-presidente e diretor de pesquisa na AgriMed.

— Um VP? — Jeff franziu a testa. — Parece estranho que uma multinacional mande um VP para o meio do nada para pagar dinheiro para calar a boca de uma garota que viu seus segredinhos sujos.

— Os *supostos* segredos sujos — disse Nate. — Lembre-se, a AgriMed afirma que o exército já havia incendiado a ilha quando eles chegaram. E só sabemos de qualquer coisa disso por causa deles. — Nate tamborilou os dedos na mesa enquanto sua mente trabalhava. — Duvido que eles nos chamariam se estivessem fazendo algo esquisito lá.

— Talvez... eu realmente gostaria que tivéssemos alguma informação sobre o que estava acontecendo naquela ilha.

Com um sorriso, Nate retirou uma folha de papel de seu paletó e a colocou sobre a mesa... o documento era resumo de todos os papéis que a mulher havia entregado a ele.

— Você se refere aos documentos classificados que a srta. O'Reilly contrabandeou daquela ilha, com nomes, descrições e detalhes que exigem análise especializada?

— Você está brincando! — Jeff pegou a folha e olhou para ela. — Como foi que ela conseguiu... esquece. DARPA? Como a nossa DARPA?

— Sim. — Isso também chamou a atenção de Nate. Se a DARPA, a Agência de Projetos de Pesquisa Avançada de Defesa dos EUA, estava envolvida, as coisas estavam ficando ainda mais curiosas. — Eles foram representados por um tal de dr. Ian Wexler. Ele é gerente de programa no Escritório de Tecnologia Biológica da DARPA. Ele também é médico e costumava trabalhar na CIA, fazendo Deus sabe o quê.

Jeff passou o dedo pela página.

— E quem é esse? Dr. Reinhardt, do... Bundesnachrichtendienst?

— Estou impressionado que você conseguiu pronunciar essa palavra na primeira tentativa. Hans Reinhardt *pode* estar associado à inteligência alemã, mas não tenho certeza disso ainda. Vai levar um tempo para ter certeza... em parte porque muito disso está em alemão, em parte porque é um jargão técnico bem complicado. Mas eles estão usando algum tipo de algoritmo evolutivo, e estão aplicando isso em experimentos com animais. Em particular, estavam mexendo com pintassilgos. — Nate sorriu. — Jeff, isso é uma prova concreta, se é que já houve alguma.

Jeff não retribuiu o sorriso de Nate. Na verdade, sua expressão era grave.

— Nate, isso é muito sério. Vou levar isso para o topo. Chega de ficar em cima do muro. Essas pessoas têm pelo menos um desaparecimento para responder e uma confusão desgraçada acontecendo. Além disso, de alguma forma nosso exército está envolvido, talvez a CIA, a inteligência alemã... não faz sentido.

Nervoso sobre os próximos passos, Nate acenou para a folha de papel na mão de Binghamton e perguntou:

— Quer que eu chame os tradutores e a equipe do laboratório para analisar o documento? Está cheio de marcações classificadas.

— Faça uma cópia disso para arquivar como evidência e me dê outra. — Jeff colocou a única folha de papel de volta na mesa e apontou para algumas das marcações classificadas.

— Essa marcação COSMIC é uma classificação *Top Secret* da OTAN. Precisaremos investigar as marcações SI-G DRWN. Não faço ideia do que seja essa compartimentação DRWN e quem a controla, mas definitivamente não estamos informados sobre isso. Vou entrar em contato com nossos oficiais de acesso especial e ver o que posso descobrir.

— Sim, senhor.

Nate estava prestes a fazer outra pergunta, mas Jeff levantou a mão e olhou para o horizonte.

— Nate, preciso que você rastreie esse tal de Winslow. Pergunte a ele sobre essas coisas...

— Mas Jeff, isso não estaria violando a classificação e....

— Não estou dizendo para você ler isso para ele, apenas use as informações que a garota já te deu. Tenho certeza de que ela *te* falou *tudo* sobre este documento antes de entregá-lo, certo? — Jeff assentiu de forma exagerada.

Nate sorriu.

— Na verdade, falou.

— Bom. E Nate... — Jeff se inclinou para a frente. — Tome cuidado, entendeu?

—Sim, senhor.

Juan franziu o nariz ao ver a pizza de um dia ao lado de seu computador. Já faziam semanas que ele não ia ao supermercado, e não restava mais comida em casa. Jogando a cautela ao vento, pegou um pedaço e deu uma mordida.

Voltou sua atenção para a tela do computador e fez alguns ajustes menores no que agora chamava de Algoritmo Darwin. Ele e seus assistentes trabalhavam arduamente para eliminar os genes que não contribuíam para os resultados fantásticos de Hércules. Era um trabalho tedioso, e o ensaio de eliminação estava progredindo mais lentamente do que ele gostaria, mas não podia se dar ao luxo de cometer erros se quisesse obter permissão para iniciar os testes em humanos.

Ainda assim, parecia que ele estava jogando o *jogo da toupeira*. Ele eliminava um dos genes afetados, e de repente um quarto da próxima geração de animais morria devido a uma malformação congênita de seus ventrículos. Então ele removia um bloco de vinte genes afetados, e nada acontecia. Não tinha como saber até tentar.

Todos os resultados eram alimentados de volta no algoritmo em constante mudança. Em última análise, o objetivo era reduzir as dezenas de milhares de genes alterados para o mínimo necessário para criar um "rato do futuro"... um sem os inconvenientes e com todos os benefícios. Tendo isso, eles estariam prontos para solicitar a realização de testes em humanos.

Juan suspirou, se recostou e pressionou o botão *compilar*. Levaria horas para o programa processar as milhões de linhas de código genético e retornar com as atualizações resultantes. Só então Juan poderia comparar os resultados com as mudanças que ele esperava no genoma.

Na tela, apareciam as palavras *Código de Darwin sendo calculado*.

Juan sorriu. Sempre que via esse nome, ele se lembrava de Kathy. Era uma coisa boa não ter tido coragem de pedir o número dela, porque se tivesse, teria ligado cem vezes para ela até agora. O rosto dela o assombrava desde que a viu pela primeira vez no aeroporto.

E não era apenas pela sua beleza. Ele era atraído pela inteligência dela, seu sorriso, sua natureza pé-no-chão e independência.

Sim, era definitivamente uma coisa boa ele não ter o número dela.

Seu telefone vibrou no bolso. Ele o pegou e verificou a tela.

Harry Winslow.

Juan estava quase certo de que o diretor nunca havia ligado diretamente para ele. Certamente não em seu telefone pessoal.

— *Juan? Aqui é Harry Winslow, estou te ligando em um mau momento?*

— Dr. Winslow, de forma alguma, estou em casa. Bom falar com...

— *Você está sozinho?*

Juan instintivamente olhou ao redor de seu apartamento vazio e murmurou:

— Humm, sim, estou.

— *Acabei de sair de uma reunião com dois homens do FBI.*

A boca de Juan se abriu ligeiramente com o choque.

— FBI?

— *Ouça-me, e apenas me dê uma resposta sim ou não. Você sabe do que estou falando quando me refiro ao Algoritmo Darwin?*

— Sim. — Juan olhou para o computador de mesa enquanto ele processava suas últimas alterações.

— *Bom. Ouça. Sei como isso soa, e vou te explicar, mas só pessoalmente. Vou enviar o jato da empresa para Rochester. Haverá um motorista com um crachá da AgriMed na sua porta em instantes. Empacote tudo que você tem em casa relacionado ao que está trabalhando e traga com você para DC. O motorista ajudará a carregar.*

Com o coração batendo forte, Juan lançou um olhar para as

impressões antigas e novas espalhadas pelo apartamento. A mente dele girava com um milhão de perguntas.

— Dr. Winslow, do que se trata isso? Estamos em apuros por alguma coisa?

O silêncio na linha fez Juan entrar em pânico.

— Dr. Winslow?

— *Não, Juan, ninguém está em apuros. Explicarei mais pessoalmente. Não se esqueça, não deixe nada para trás relacionado ao seu trabalho. Você entendeu?*

— Entendi.

— *Respire fundo, está tudo bem. Agora vá juntar suas coisas. Te vejo em breve. — A linha foi desligada.*

Juan encarou seu telefone. Por que o FBI estava falando com Winslow? E por que a pressa de fazer Juan reunir suas coisas? E pegar um jato particular, com um motorista?

Ele não gostava disso. De jeito nenhum.

A possibilidade surgiu em sua mente de que talvez ele estivesse sendo preparado para algo. Mas o quê? A respiração de Juan se acelerou e um arrepio subiu por sua espinha.

Ele guardou o telefone no bolso, correu até a mesa de cabeceira e pegou a única arma que tinha: uma faca dobrável de dez centímetros. Ele a enfiou no bolso da frente da calça.

Uma batida soou na porta da frente, e uma voz o chamou:

— Dr. Gutierrez, fui enviado para levá-lo ao aeroporto.

CAPÍTULO ONZE

Uma brisa fresca soprava do norte, carregando o aroma de feno recém-cortado, enquanto Frank O'Reilly observava o campo de gado e acenava com aprovação.

— Eles parecem estar se adaptando bem à alfafa e ganhando peso.

Buck concordou.

— Sim, senhor. Devemos conseguir um bom preço por eles no próximo verão.

Jasper latiu. O cachorro andava de um lado para o outro, seus olhos nunca deixando o rebanho.

— É isso aí, garoto — disse Frank — é daí que vêm aqueles restos deliciosos que te alimentamos. — Ele se virou para Buck. — Como está o rebanho de reprodução? As inseminações deram certo?

O ajudante sardento da fazenda cuspiu um jato marrom de tabaco em uma pedra próxima.

— Examinamos todas, e quase todas as vacas pegaram, assim como as novilhas. Quer que eu descarte as que não pegaram?

— Não, vamos dar a elas três tentativas, e se não pegarem, coloque-as com o gado de corte. — Frank franziu os olhos para o final do pasto, onde as vacas se aglomeravam contra a cerca. — Buck, seus olhos são melhores que os meus. Olhe lá embaixo. Um dos postes está inclinado? As vacas têm se coçado nas grades. — Ele apontou, e a dor no ombro aumentou. Buck levantou a mão acima da sobrancelha para bloquear o sol.

— Sim, estou vendo. Está quase caindo.

Frank pegou o rádio bidirecional do cinto e apertou o botão de chamada.

— Rapazes, venham para o pasto quatro imediatamente. Temos uma cerca para consertar.

— *Sim, sr. O'Reilly. Hank, Johnny e eu acabamos de cercar um dos rebanhos no pasto dois. Estaremos aí em dez minutos.*

Frank gostaria de poder cuidar disso por conta própria... ou mesmo voltar a montar um cavalo. Seus joelhos doíam mais do que nunca. Ele olhou novamente para o final do pasto e resmungou. — Droga, algumas vacas estão fugindo por uma brecha na cerca. —

Sem hesitar, Jasper latiu como se reconhecesse o comentário de Frank e correu em direção à cerca quebrada.

— Caramba, sr. O'Reilly, esse cachorro vai acabar levando um coice se não tomar cuidado. — Pegando as rédeas de seu cavalo, Buck montou e partiu atrás do cachorro fugitivo.

Frank cerrou os dentes enquanto observava Jasper latir como um louco, ziguezagueando entre os animais grandes. Na maior parte do tempo, as vacas davam bastante espaço ao cachorro. Eles nunca haviam treinado o cachorro para pastorear, mas ele deve ter tido o instinto, porque em um instante estava perseguindo as vacas desgarradas de volta pela brecha na cerca. Buck posicionou-se ali, garantindo que nenhuma vaca escapasse até que os outros chegassem para consertar a cerca.

Ao longe, Frank notou uma nuvem de poeira à medida que os outros peões se aproximavam. Em quinze minutos, os rapazes consertaram a cerca e começaram a transferir o rebanho para outro pasto.

Frank não pôde deixar de rir enquanto Jasper voltava trotando com a língua para fora e com o que parecia ser um grande sorriso em seu rosto peludo.

— Jasper, você é um cachorro louco, sabia?

Após ter testemunhado a aguçada inteligência do animal nos últimos meses, Frank nem pensou duas vezes que o cachorro tinha observado os peões o suficiente pastoreando o gado e tinha decidido agir como um deles.

Jogou um pedaço de carne seca na direção do cachorro, que Jasper pegou no ar e engoliu em questão de segundos. Mas ele imediatamente se arrependeu do arremesso. Uma dor aguda disparou de seu ombro até o cotovelo, quase dobrando-o ao meio.

— Frank, o que houve?

Ele se virou e viu Megan correr em sua direção com uma cesta de piquenique.

— Nada, querida, estou bem.

— Bobagem. Você não está bem. — Ela largou a cesta no chão e correu até ele enquanto Jasper choramingava aos pés de Frank. — Veja, até o Jasper sabe que você está com dor. — Ela colocou as mãos em seu rosto, forçando-o a olhá-la diretamente. — Querido, você precisa parar de ser teimoso e aprender a admitir quando não está se sentindo bem. Fale comigo. Sei que você está sofrendo.

Frank sentiu a garganta apertar.

— Claro que estou sofrendo, querida. A verdade é que tudo está doendo. Meus joelhos, cotovelos, ombros, quadris... Isso se chama envelhecer. Vou caminhar um pouco e eventualmente vai melhorar.

Ela franziu a testa.

— Você não está velho. Você é apenas uma grande mula teimosa. — Ela o puxou para baixo e deu-lhe um beijo firme nos lábios. — Pronto, vou te levar para o médico mesmo que eu tenha que te amarrar como um peru de Ação de Graças.

Frank deu um sorriso dolorido para sua esposa há trinta anos.

— Sim, senhora.

Frank se sentou na sala de espera do médico com Megan ao seu lado, segurando sua mão com um aperto de ferro. Sabia que ela estava nervosa, mas ele se sentia resignado ao que Deus quisesse.

Já fazia duas semanas desde que ele permitiu que ela o arrastasse até o consultório médico local, em Ash Springs, e na opinião dele, se sentia pior depois de ter ido. Naquela primeira visita, eles o cutucaram, sondaram, tiraram sangue e urina, e o radiografaram da cabeça aos pés. Em uma segunda visita alguns dias depois, eles até fizeram uma biopsia do seu ombro e joelho.

E isso só tinha piorado as coisas. Se suas articulações já doíam antes, elas estavam quase em constante agonia depois disso. Ele ficou quase completamente confinado a cadeira reclinável, dependendo de Buck para manter tudo funcionando.

Ele olhou para a esposa.

— Megan, você sabe que não confio nesses médicos do interior. Você deveria ter me deixado ir para o Departamento de Assuntos de Veteranos. Eles teriam cuidado de mim direitinho.

— De jeito nenhum — murmurou Megan baixinho. — Aqueles idiotas não te atenderiam em menos de três semanas.

— Eu poderia ter esperado...

— Não. — Megan resmungou. — Não vou deixar você esperar enquanto sei que está com dor.

Frank se inclinou na direção do único amor que ele conheceu, beijou o topo de sua cabeça e sussurrou:

— É por isso que eu não queria te contar. — Era também por isso que, mesmo agora, ele não contou tudo para ela. Como o fato de que ele estava perdendo a circulação nos dedos, que ficavam dormentes e frios mesmo estando dentro de casa. Uma enfermeira apareceu.

— Sr. e Sra. O'Reilly? O médico irá atendê-los agora.

Frank fez uma careta enquanto se levantava da cadeira, ignorando a mão que Megan ofereceu para ajudar. Ela franziu a testa, mas ele não a deixaria tratá-lo como um inválido.

O dr. Montgomery era um cavalheiro mais velho. Ele usava um jaleco branco com um estetoscópio saindo de um dos bolsos. Cumprimentou a ambos com um aperto de mão quando entraram em seu consultório, depois puxou uma cadeira para mais perto deles. Sua expressão era séria, e Frank se preparou para o pior.

O médico pegou um arquivo grosso de sua mesa e se acomodou com ele no colo.

Frank sentiu Megan apertar seu braço enquanto perguntava:

— Dr. Montgomery, o que os resultados mostraram? O que há de errado com Frank?

Dr. Montgomery apertou os lábios, formando uma linha fina, e virou-se para Frank.

— Sr. O'Reilly — ele disse —, se lembra do que discutimos sobre seus raios-X quando você esteve aqui pela última vez?

— Claro. Você disse que os raios-X mostraram algo anormal em alguns dos meus ossos. Foi por isso que tive que fazer aquelas biópsias.

— Exatamente. Os raios-X mostraram o que é conhecido como Triângulo de Codman. Havia um inchaço sob o periósteo, uma bainha que normalmente envolve seus ossos. Como você deve se lembrar...

— Vamos lá, doutor, diga logo. É câncer? — Frank interrompeu. Ele não precisava da versão longa, apenas do veredito.

O médico assentiu.

— Temo que sim.

Megan cravou os dedos no braço de Frank.

— Oh, Frank...

Mas Frank sentiu uma estranha sensação de paz.

— Então, quanto tempo eu tenho?

— Calma. — Dr. Montgomery levantou uma mão. — Não vamos nos adiantar. Só porque detectamos uma malignidade em duas das biópsias, isso não significa nada ainda. — O homem falou com um tom calmante. Ele olhou para Megan e depois focou em Frank. — Tenho certeza de que esta não é a notícia que você queria ouvir, mas temos apenas um diagnóstico parcial e, para entender completamente o que estamos enfrentando, precisamos realizar um exame PET. Não temos o equipamento necessário aqui, mas organizei com o Centro de Câncer, no Hospital Summerlin, para te receber assim que você puder ir para lá. O especialista-chefe em câncer lá é o Dr. Charles Liu, considerado um dos melhores na área. Ele cuidará muito bem de você. Só me avise quando estiver pronto para ir...

— Onde fica esse centro de câncer? — Megan perguntou.

— Fica em Las Vegas, cerca de uma hora e meia de carro.

— Podemos ir para lá agora — disse Megan.

Frank começou a objetar, mas sua esposa lhe deu um olhar mortal que o paralisou no lugar.

— Ótimo — disse o dr. Montgomery. — Mas antes de vocês partirem para uma viagem de noventa minutos, deixe-me ligar e garantir que eles possam te receber hoje. Vocês têm alguma pergunta antes de eu ligar para o consultório do dr. Liu?

Frank e Megan balançaram a cabeça negativamente. O médico deu um leve tapinha no ombro de Frank enquanto deixava a sala.

Megan começou a falar em tom calmo para ele sobre como tudo ficaria bem e eles venceriam o câncer juntos. Frank ficou sentado em silêncio, lutando com a revelação de que tinha câncer. Principalmente, suas preocupações eram com Kathy e Megan. Ele tinha muito o que fazer para garantir que ambas estivessem cuidadas depois que ele partisse.

Ele se virou para sua esposa.

— Megan, só vou pedir um favor a você nisso, e você não vai gostar. O que quer que esteja acontecendo comigo, não conte nada para Kathy. Ela já tem o suficiente com a faculdade. Entendeu?

O queixo de Megan tremeu e seus olhos brilharam com lágrimas não derramadas. Mas ela assentiu.

Frank se recostou na cadeira desconfortável e deu um tapinha na coxa dela.

— Eu te amo.

— Eu também te amo.

Dave Butler se recostou na cama do hospital enquanto uma das enfermeiras do Departamento de Assuntos de Veteranos verificava seus sinais vitais. Apesar da alta dose de medicação para dor que havia recebido, a dor do câncer estava rompendo os medicamentos com força. Depois de quase setenta anos nesta Terra, a última coisa que ele queria era deixá-la sob uma névoa de narcóticos, mas a dor tinha sido excruciante. Ele pensou que seria forte o suficiente para lidar com isso.

Não era.

Em 1968, ele havia levado um tiro de franco-atirador na perna, e desde então acreditava que conhecia a pior dor imaginável. Bem, o câncer havia superado aquele tiro de franco-atirador por uma boa medida. Osteossarcoma metastático, eles chamavam. Câncer nos ossos. Ele nunca tinha imaginado que ossos poderiam doer. Agora ele sabia diferente.

Tinha apenas algumas semanas de vida quando concordou em participar de um novo ensaio clínico. Havia riscos, é claro, mas ele não se importava com quais eram. O que ele tinha a perder?

O médico disse que era um transplante de células-tronco alogênico, e isso impulsionaria seu sistema imunológico, educando-o para que pudesse atacar melhor as células estranhas.

Dave não entendia os detalhes. Ele sabia apenas que o ensaio pretendia, de alguma forma, usar as defesas naturais de seu corpo para combater o câncer.

Uma enfermeira espiou pela porta e o viu tremendo.

— Precisa de cobertores aquecidos, sr. Butler?

— Se não for muito incômodo?

— De forma alguma. — Ela desapareceu, e retornou momentos

depois com um cobertor grosso que colocou sobre suas pernas e peito. — Acabaram de sair do aquecedor. Queremos que você fique confortável para o procedimento. Isso também ajudará com sua circulação.

Dave suspirou contente enquanto o calor dos cobertores se infiltrava em seu corpo. Ele devia ter adormecido, porque a próxima coisa que soube foi que estava em uma sala de operações, conectado a um soro, cercado por médicos ou técnicos preparando equipamentos. Um deles notou que ele abriu os olhos e se aproximou.

— Ah, sr. Butler — disse, com um forte sotaque alemão. — Parece que você acordou bem na hora de o sedarmos. — Ele sorriu.

— Pensei que não teria que ser anestesiado — disse Dave.

— Não se preocupe... isso só o deixará um pouco grogue. Você estará acordado durante o procedimento, e eu o manterei informado sobre o que está acontecendo.

— Dr. Müller — disse uma voz atrás de Dave. — Estamos prontos com a infusão.

O médico assentiu, e Dave observou um par de mãos injetar uma substância branca leitosa em seu acesso venoso. Conforme a droga seguia pelo tubo até sua veia, ele sentiu seu braço esquentar.

— Como mencionei, isso deve deixá-lo um pouco grogue — disse o dr. Müller. — Como discutimos, essa infusão terá um efeito agressivo nas células cancerígenas do seu corpo, visando minimizar seu desconforto. Você poderá ficar acordado, mas este é um procedimento de quatro horas, então, se quiser cochilar... bem, não vamos impedi-lo. — Ele piscou.

Dave piscou enquanto tentava se concentrar no médico. O calor do seu braço se espalhou pelo peito e subiu pelo pescoço. Incapaz de manter os olhos abertos, Dave sentia-se flutuando no espaço, enquanto vozes esporádicas atravessavam a névoa.

— *Certifique-se de que está monitorando o vídeo do FLIR. Precisaremos acompanhar quaisquer picos localizados de temperatura. Francamente, não espero que vejamos quaisquer mudanças sistêmicas de temperatura imediatas.*

Através da névoa, Dave sentiu como se agulhas de dor quente estivessem o espetando. Vozes aleatórias falavam, e ele tinha dificuldade em seguir o que diziam conforme o tempo passava.

— *Notou como nas primeiras duas horas nada ocorreu e, de repente, os locais de câncer começaram a brilhar de calor?*

— *O vírus está ativo. O sistema imunológico está respondendo ao protocolo Darwin e sendo reprogramado. É realmente fantástico, se você pensar sobre isso. Se isso funcionar, esse homem terá o sistema imunológico que todos nós eventualmente teríamos evoluído dezenas de milhares de anos a partir de agora. Olhe para o monitor... os tumores estão brilhando em amarelo sob o ataque do sistema imunológico. E à medida que mais células T reconhecem o inimigo, devemos ver esses efeitos aumentarem.*

Dave não conseguia mover um músculo, a dor que estava sentindo era inimaginável. Cada centímetro de seu corpo parecia estar sendo perfurado com agulhas ardentes. Se pudesse falar, teria pedido mais sedativo. *Apenas me nocauteie*, ele pensou.

— *Sr. Butler, estamos três horas no procedimento e está indo muito bem. Posso ver na câmera térmica que até seus linfonodos agora estão sendo afetados.* — As palavras não significavam nada para Dave. Havia uma guerra acontecendo em seu corpo, e tudo o que ele queria era encontrar uma maneira de se render.

— *Doutor, a temperatura central subiu para 38.4 graus.*

— *O corpo dele está reagindo ao ataque sistêmico. Vamos injetar mais soro na veia. Isso deve normalizar o...*

— *A frequência cardíaca está aumentando rapidamente. Ele entrou em taquicardia ventricular!*

O monitor cardíaco, que tinha estado apitando regularmente durante o procedimento, de repente se transformou em um tom contínuo e único.

— *O paciente está em parada cardíaca!*

Dave suspirou aliviado enquanto a dor e todo o caos ao seu redor desapareciam.

O auditório estava cheio de estudantes fazendo suas provas de meio de período. Kathy estava se sentindo bastante confiante com seu teste até agora, e estava na última de suas perguntas discursivas.

— *Qual é a diferença entre um autótrofo e um heterotrófico? Cite um exemplo de cada.*

Kathy escreveu: *Um autótrofo é qualquer organismo que pode fazer sua própria comida a partir de substâncias inorgânicas como luz ou energia química. Alguns exemplos de autótrofo são algas (através da fotossíntese) e algumas bactérias (através da quimiossíntese). Por outro lado, os heterotróficos não podem criar sua própria nutrição e, portanto, dependem de outros organismos para sua subsistência. Os humanos são um exemplo; consumimos tanto vegetais quanto animais. Outro exemplo é o visco, que é uma planta parasita que vive de uma planta hospedeira.*

Kathy se recostou e olhou para o relógio na parede do auditório. Com dez minutos restantes, ela passou o restante do tempo revisando suas respostas e certificando-se de que tudo estava legível.

Quando o sinal sonoro soou no púlpito do professor, ela colocou seu teste na mesa na frente, sentindo-se muito confiante sobre suas respostas.

Ao sair do auditório com os outros estudantes, ela ligou seu telefone. Durante o exame, ela recebeu uma mensagem de texto de sua mãe. *Ligue para casa.*

Kathy encontrou um lugar tranquilo fora do prédio e discou o número de sua casa.

— Oi, mãe. Você queria que eu ligasse?

— *Querida, estava me perguntando quando você terminaria suas provas finais.*

O coração de Kathy bateu mais rápido ao sentir a tensão na voz de sua mãe.

—Acabei de terminar a última. O que houve?

A linha ficou silenciosa por um segundo e, pela primeira vez que Kathy se lembrava, a voz de sua mãe falhou.

— Ah, querida, é seu pai. Ele está muito doente e está recusando tratamento. Eu esperava que você pudesse vir para casa e tentar fazê-lo retomar a razão. — Os olhos de Kathy se encheram de lágrimas. Papai? Muito doente?

— Claro, mãe. Vou ligar para a companhia aérea agora mesmo e ver se consigo pegar um voo mais cedo. Mãe... — Kathy engoliu em seco, tentando limpar o nó que de repente se formou em sua garganta. — O que ele tem? — A mãe fungou e pigarreou, e por alguns segundos, houve silêncio na linha. E então ela simplesmente desabafou.

— É câncer. Ah, Kathy, receio que seja muito grave.

Kathy correu em direção aos dormitórios.

— Estarei aí esta noite.

CAPÍTULO DOZE

Era sábado à noite, e Juan encontrava-se sentado no escritório do diretor. Ele nem teve a chance de se hospedar em um hotel; quando desceu do voo, já havia outro motorista esperando por ele, e foi levado direto para lá.

E então Winslow lhe disse algo que ele ainda não conseguia compreender completamente.

— Alguém está usando meu algoritmo para criar novas espécies de animais?

Winslow assentiu, com uma expressão amarga marcada em seu rosto enrugado.

— Temo que sim. — Ele estava vestido com calça cáqui e camisa polo preta, e parecia de alguma forma menos oficial sem seu costumeiro terno. Ele se inclinou para frente e abaixou a voz. — Juan... quem mais sabe sobre os detalhes do que você está fazendo? Especificamente, algo sobre o algoritmo de evolução genética.

Juan considerou a pergunta por um momento.

— Bem, suponho que muitas pessoas no trabalho saibam em geral o que estou fazendo, mas apenas outras duas pessoas têm acesso ao algoritmo: Carol, minha assistente de laboratório, e Mike Kim, o estagiário de Stanford. Você acha que um deles...

— Não sei. — Winslow manteve uma expressão dolorida. — O FBI foi bastante reservado sobre o que sabiam. Mas eles mencionaram o "Algoritmo Darwin versão 3.4." Isso te diz algo?

Juan arregalou os olhos.

— Meu Deus. É assim que chamo o código que implementa meu algoritmo. Exceto que 3.4 é de cerca de seis meses atrás. — Ele sentiu uma profunda sensação de traição e raiva surgir dentro de si. Como alguém ousava roubar dele? Carol ou Mike poderiam ter roubado o algoritmo?

Winslow balançou a cabeça, e sua voz assumiu um tom de arrependimento.

— Temo que terei que ordenar a realização de testes de polígrafo para todos no seu local de trabalho, incluindo você. Precisamos chegar ao fundo disso.

— Farei quaisquer testes que você quiser. Quero resolver isso mais do que qualquer um.

— Ótimo. — Winslow se inclinou e pegou o que parecia ser um dispositivo USB do tamanho de um dedo em sua mesa. Ele o segurou e disse: — O FBI está convencido de que alguém na AgriMed está roubando nossa pesquisa e a vendendo. Agora, o FBI pode ser mesquinho com os detalhes, mas eles me deixaram algumas ferramentas para evitar mais roubos. Precisaremos configurar sua segurança de TI, mas, de agora em diante, qualquer acesso aos seus arquivos exigirá autenticação multifator.

Juan olhou para o diretor confuso.

— Não entendo.

Winslow balançou o pendrive.

— Como me explicaram, um lado é uma porta USB normal que você conecta ao seu computador. O outro lado, que parece uma empunhadura achatada de polegar, é um leitor de impressões digitais. Os agentes do FBI nos deixaram uma caixa inteira desses dispositivos, junto com instruções. Vou fazer com que nossos técnicos programem este aqui para a sua impressão digital, e vamos cripto-grafar todos os seus arquivos, incluindo os que você tinha em casa, para que só possam ser desbloqueados por alguém usando um desses dispositivos de descriptografia.

— Isso é ótimo para arquivos eletrônicos — disse Juan, — mas tenho muitos dos meus trabalhos impressos e não no computador...

— E não deveria — Winslow interrompeu. — Se considera os materiais confidenciais, você deve digitalizá-los e destruir as cópias físicas. É um inconveniente, eu sei, mas não podemos correr o risco. E isso me leva a uma pergunta importante... conversei com o conselho de administração sobre o rumo da sua pesquisa. Eu não planejava abordar isso com você até obtermos aprovação para testes em humanos, mas quero trazer seu projeto para a sede. Temos insta-lações melhores aqui, melhor acesso a recursos na área de DC para o que você fará. Então, quero saber se você está disposto a morar aqui.

Juan considerou o que isso significaria para seu trabalho.

— Quer dizer, eu não tenho problemas específicos com a mudança, mas todos os animais de laboratório e...

— Não se preocupe com o laboratório, vamos cuidar de tudo.— Winslow acenou com a mão de forma displicente. — Confie em mim, vou tornar isso o mais indolor possível para você. E também gostaria de fazer isso o mais rápido possível. Vou contatar o pessoal de RH e avisar que aprovei um pacote completo de mudança para você. Apenas diga quando e onde, e a equipe providenciará sua mudança.

— Mas eu estou sob contrato de locação do meu apartamento...

— Isso será resolvido. Confie em mim, a empresa realiza mudanças o tempo todo. Com o pacote corporativo de mudança, você não terá que se preocupar com nada além de dizer à empresa de mudanças para qual endereço entregar suas coisas. Eles embalam, movem e desembalam.

— E quanto a Carol, minha assistente?

— Farei a mesma proposta de mudança a todos da sua equipe. Isso, é claro, assumindo que eles passem no polígrafo.

Tudo estava acontecendo tão rápido, que Juan não tinha certeza de como se sentia a respeito. Animado... e também preocupado. Observando o comportamento e a expressão facial de Winslow, ele sentiu como se o homem o tratasse de maneira diferente do normal. Pela primeira vez em sua carreira, não estava sendo tratado como uma engrenagem, mas como alguém importante. Isso era bom. Mas, no entanto, Juan não conseguia se permitir confiar por completo.

— Certo — ele disse —, vamos fazer isso. Qual é o próximo passo?

Um sorriso amplo se espalhou no rosto de Winslow. Ele tocou um botão no telefone de sua mesa. Um som de campainha transmitido por um alto-falante no telefone foi seguido imediatamente por uma voz masculina.

— *Sim, senhor?*

Juan reconheceu a voz; pertencia ao motorista que o havia buscado em seu apartamento. Era uma voz profunda, adequada à enormidade de seu dono. O homem media facilmente um metro e oitenta e cinco e pesava bem mais de noventa quilos... todo músculo esculpido.

— Carl, você colocou as coisas do dr. Gutierrez em um armário seguro?

— *Claro. Está tudo no escritório da segurança.*

— Bom. Juan e eu estamos quase terminando aqui. Aqueça o carro. Ele ficará no Ritz, na Rua Vinte e Dois. Você sabe onde é?

Os olhos de Juan se arregalaram ao mencionar o hotel cinco estrelas.

— *Sim, senhor. Estou familiarizado. Vou levar o carro até a frente, estarei pronto em cinco minutos. Algo mais, dr. Winslow?*

— Juan também precisará de uma carona às nove da manhã, mas fora isso, não. Isso é tudo, Carl. Obrigado novamente por entender e fazer isso. — Winslow desligou e voltou-se para Juan. — Carl normalmente não é motorista. Ele faz parte da segurança interna da AgriMed.

— Isso explica — disse Juan. — Se é o mesmo cara que me trouxe para DC, ele não parece nada com os tipos de segurança que temos em Rochester.

Winslow riu e balançou a cabeça.

— De fato, não. Carl é ex-militar. Mais especificamente, um ex-comandante dos SEALs da Marinha..

As bochechas de Juan ficaram quentes ao sentir a faca de bolso em seu bolso.

— Ah.

Winslow levantou-se e fez um gesto para Juan o seguir.

— Bem, vamos acomodá-lo. Sei que tudo isso tem sido bastante louco. Para mim também. Quando o FBI apareceu em minha casa com distintivos e armas, quase perdi as calças. Tenho muito a explicar para minha esposa quando voltar para casa.

Juan lançou um olhar para Winslow enquanto eles se apressavam pelo prédio e, pela primeira vez, notou a expressão preocupada do homem enquanto ele revivia a visita do FBI.

Winslow tomou a frente e empurrou a porta na frente do prédio. Ele olhou para fora e acenou para Carl, que estava de prontidão ao lado de uma limusine. O diretor virou-se para Juan e eles apertaram as mãos.

— Viajarei amanhã, então não vou vê-lo, mas obrigado novamente por cooperar comigo nesta situação. Nós vamos controlar isso, não tenho dúvidas. — Ele deu um tapinha no ombro de Juan e disse: — Agora, descanse.

Juan achava difícil acreditar que estava relaxando no assento confortável de uma limusine a caminho do Ritz Carlton. Se ao menos sua mãe pudesse vê-lo agora.

— Então, Carl — começou Juan —, o Dr. Winslow me disse que você é um ex-SEAL da Marinha. Obrigado pelo seu serviço — ele acrescentou em tom sincero.

— Não há necessidade de agradecimentos — o homem respondeu com um tom inexpressivo. — É um privilégio servir meu país.

— Ainda assim, acho que as pessoas não dizem isso o suficiente. — Juan cruzou as pernas e encarou a parte de trás da cabeça do robusto homem. — Então, como você acabou na AgriMed?

— Depois de vinte anos no serviço, eu precisava mudar de ritmo. — Carl fez uma pausa, parecendo ponderar suas palavras. — E o dinheiro, senhor, também foi decisivo.

— Não me entenda mal, mas imaginei que alguém com suas habilidades estaria lidando com situações mais arriscadas do que o tráfego de DC. Sabe, algo mais emocionante.

A limusine parou em um semáforo vermelho, e Carl, virando-se, sorriu para Juan.

— O trânsito é o menor dos meus problemas. Só sou chamado quando a vida de alguém está sendo ameaçada. Isso já é suficiente hoje em dia para me manter alerta.

— Quando a vida de alguém... — O pulso de Juan acelerou. — Espere. Alguém me ameaçou?

O semáforo ficou verde. Carl deu uma leve balançada na cabeça, e a limusine começou a deslizar pelo tráfego mais uma vez.

Juan levou três dias para esvaziar o laboratório em Rochester. Ele odiava tirar o tempo de sua pesquisa, mas Winslow estava certo, ele teria melhores recursos em DC, e isso compensaria o inconveniente.

Além disso, estava de bom humor porque tanto Carol quanto Mike passaram nos testes de polígrafo. Doeu pensar que um deles poderia tê-lo traído.

Infelizmente, ele teve que se despedir de Mike, o estagiário de Stanford. Ele recusou a oferta de mudança e enviou sua demissão por e-mail duas semanas depois. Isso foi um revés, o garoto era bom, mas Juan não estava muito preocupado. Se tivesse perdido Carol, isso teria sido uma preocupação muito maior.

— Obrigado por se mudar comigo — ele disse a ela enquanto selavam algumas caixas. — Espero que você esteja bem com a transferência.

Carol empurrou seus óculos para cima do nariz e resmungou.

— Sempre soube que trabalhar para você traria problemas. Só não sabia o quanto.

Juan olhou para ela e franziu a testa.

— Sinto muito, sei que isso deve ser difícil...

Ela o interrompeu com um aceno.

— Estou brincando. A empresa está comprando minha casa por muito mais do que eu poderia conseguir por ela, estão pagando todas as minhas despesas de mudança, e até me enviando para uma "viagem de busca de casa". Eu pensei, *por que não?*

— Bem. Estou realmente feliz que você está vindo. Estaria perdido sem você.

— Ah, cale a boca — disse Carol, lançando lhe um olhar azedo antes de voltar sua atenção para selar uma caixa. — Você vai me fazer corar.

Juan riu e se sentiu melhor em relação à viagem a DC. Eram apenas eles dois no laboratório, Mike avisou que estava doente e, embora isso não fosse incomum, parecia estranhamente vazio. Juan trabalhava lá há quatro anos e agora era apenas uma sala cheia de caixas. Mesmo que Juan e Carol fossem os únicos no laboratório, não conseguia escapar da sensação de que alguém estava escutando.

— Carol. — Juan se inclinou para frente e falou baixinho. — A ordem para o teste de polígrafo em todo o site está saindo amanhã dos funcionários de segurança corporativa. Quero que tudo esteja organizado e pronto até o final de hoje.

— Tudo bem. — Carol suspirou. — Quando será a mudança??

— Assim que eu disser a eles que estamos prontos, os caras da segurança vão tirar tudo durante a noite.

Carol olhou por cima do ombro direito, em direção à sala cheia de gaiolas.

— Até todos os espécimes?

— Tudo. Pelo que me disseram, assim que tiverem notícias, vão vir, pegar o que não for fixo e entregar no laboratório em DC amanhã de manhã.

— Jesus Cristo, eles não estão brincando, estão?

Carol não sabia até que ponto isso era verdade. Até aquele passeio de limusine, nunca ocorrera a Juan que a empresa precisava de pessoas como Carl. Mas aparentemente, não era tão incomum que executivos recebessem ameaças de morte de malucos ambientais ou outros fanáticos aleatórios.

Descendo do banquinho, Juan esticou as pernas e balançou a cabeça.

— Não, não estão. Acho que eles estão muito ansiosos por aumentar nossa segurança. Não só o novo laboratório tem duas camadas de segurança física — ele levantou um dos dispositivos de segurança — e essas coisas sofisticadas, ouvi um boato de que há uma unidade de biocontenção de nível quatro no campus. Eu odiaria entender por que precisaríamos de tal coisa, mas de qualquer forma, não acho que teremos problemas em conseguir equipamentos após nossa mudança.

— Bem, acho melhor preparar este lugar. — Carol fungou e voltou para a pilha de arquivos que estava organizando.

O leitor de crachá apitou e Steve Chalmers entrou no laboratório.

— Ei, Juan, está a fim de almoçar?

Juan olhou para o relógio e hesitou, observando a limpeza incompleta do laboratório.

— Caramba, arrumaram tudo aqui.

Carol olhou para Juan e acenou com a cabeça.

— Trouxe marmita hoje. Vou ficar trabalhando enquanto como. Pode ir.

Virando seu olhar para Steve, Juan sentiu-se um pouco culpado.

Conforme as instruções que recebeu dos funcionários de segurança, ele não contou a ninguém sobre sua mudança... nem sobre o motivo.

— Onde você quer ir?

Steve passou a mão pelo cabelo loiro, cortado curto, e disse:

— Que tal o Toscano's?

Juan gemeu.

— Acho o Toscano's um pouco caro para almoço. Estava pensando nos food trucks da rua.

Steve lhe deu um olhar de horror fingido.

— Que tal isso: já que não estou no clima para uma intoxicação alimentar hoje, eu pago.

Juan riu.

— Então, vamos ao Toscano's.

Com o estômago cheio, Juan se recostou e acariciou a barriga.

— Caramba, Steve. Vou engordar cinco quilos só com essa refeição.

Steve riu.

— Não, são apenas carboidratos. Você é jovem, vai queimar isso rápido. E quanto a mim... preciso da camada extra de gordura para me manter quente aqui fora.

Juan pediu para se sentarem do lado de fora, no pátio do restaurante, contra a vontade de Steve. Hoje estava quente para dezembro.

— Você é só um fraco — ele disse. — Está fazendo quase trinta graus. E além disso, você tem só uns quarenta e cinco anos? Isso é só cerca de dez anos mais velho que eu.

— Quarenta e cinco é quase cinquenta. Sinto a idade chegando.

Era isso o que o estava incomodando? Embora Steve parecesse feliz, Juan não pôde deixar de notar que ele parecia... tenso.

— Então — disse Juan. — Não te vi muito pelo campus. Como vai a pesquisa em neurologia? Você me falou sobre alguns grandes avanços na sua pesquisa de esclerose múltipla alguns anos atrás... alguma novidade interessante?

Steve hesitou.

— Ah, está indo bastante bem. Acredite ou não, trouxe um grupo de oncologistas para ajudar a avançar meu progresso.

— Oncologia? Para pesquisa de EM?

— Sim, não é tão louco quanto parece. Você sabe que a EM acontece quando o sistema imunológico do paciente enlouquece. O sistema imunológico se confunde sobre quem é o inimigo e começa a atacar as bainhas de mielina no cérebro. — Ele bateu no lado da cabeça e continuou. — O processo que desenvolvi envolve dar ao paciente um breve curso de quimioterapia para estimular a produção de células-tronco Filtramos o sangue, coletamos as células-tronco e então damos ao paciente uma dose pesada de quimio para matar o sistema imunológico disfuncional. Depois reintroduzimos suas células-tronco e reconstruímos um novo sistema imunológico, um que não tenha as mesmas disfunções e deixe as mielinas ao redor dos neurônios intactas.

Juan assentiu em entendimento.

— Então, é como se você estivesse reiniciando o sistema imunológico deles.

— Exatamente! — Os olhos azuis de Steve brilharam de excitação. — Tem sido muito bom em parar a progressão na maioria dos casos.

— Isso é muito legal. — Um silêncio constrangedor caiu sobre eles. Juan hesitou enquanto lutava para encontrar uma maneira de mudar de assunto. Ele não tinha certeza se poderia mentir para seu amigo sobre seu trabalho, e já se sentia mal por não ter contado que estava de mudança. O telefone de Juan vibrou, e ele olhou para a tela. Um número não reconhecido.

— Provavelmente uma daquelas pesquisas de opinião — ele disse.

— Sim, recebo essas chamadas o tempo todo. Estou cansado delas.

Mas quando, pouco depois, o telefone de Juan tocou para indicar havia recebido uma mensagem de voz, ele franziu a testa.

— Normalmente, pesquisas de opinião não deixam mensagens. Você se importa se eu...

Steve tomou um gole de café.

— Vá em frente e verifique sua mensagem.

— Obrigado. — Ele acessou a caixa postal e imediatamente uma mensagem com a voz de uma mulher soou no alto-falante.

— *Juan, ah... dr. Gutierrez? Sei que é estranho eu ligar para isso, mas sinto muito. Não sabia a quem mais recorrer. Aqui é a Kathy O'Reilly, nós jantamos no Mai Kai.* — O coração de Juan saltou na garganta e ele tirou o telefone do alto-falante, colocando-o contra o ouvido. — *Sei que você é oncologista, e... bem, meu pai foi diagnosticado com câncer em estágio avançado. Os médicos estão apenas falando sobre cuidados paliativos, e eu espero que haja algo mais que seja possível. Sei que provavelmente estou sendo difícil, mas é meu pai, e eu estava me perguntando se você poderia dar uma recomendação para uma segunda opinião ou... talvez até mesmo alguma sugestão sua. Se você puder me ajudar, eu ficaria muito grata.. Estou em casa para as férias de inverno e ligando do telefone dos meus pais. O sinal do celular é terrível, então se você puder ligar para a casa dos meus pais e pedir para falar comigo, eu realmente agradeceria. Hum... obrigada.*

Juan abaixou o telefone. Ele se sentiu como se tivesse levado um soco no estômago. Pobre garota.

Steve olhou para Juan com uma expressão de preocupação.

— Tudo bem, Juan? Alguém morreu?

— Não, mas temo que isso esteja próximo. Parece que o pai de uma estudante que conheci em Georgetown tem um caso terminal de câncer. Os médicos já estão sugerindo cuidados paliativos, e ela está procurando uma segunda opinião.

Steve franziu a testa e usou sua colher para mexer os restos derretidos de seu gelato de pistache.

— Onde o pai dela mora?

— Ela me disse que ele tem um rancho em Nevada. Por quê?

Isso é perfeito! Eu conheço um ensaio clínico de fase dois que está sendo administrado pelo Departamento de Assuntos de Veteranos. Eles estão tratando certos tipos de câncer metastático. E adivinha quem conhece o administrador do teste? — Steve apontou os polegares para si mesmo.

— Caramba, Steve, isso seria incrível. Faz parte do que você está trabalhando?

Steve começou a responder, depois balançou a cabeça.

— Vamos apenas dizer que não posso dizer. Mas parece promissor. — Juan se sentiu melhor pelo fato de Steve não poder contar a ele. Se ambos estavam guardando segredos, então eles estavam em pé de igualdade.

Steve tirou uma caneta e um pedaço de papel. Rabiscou algo e deslizou-o pela mesa. Juan olhou para o papel, sorriu, pegou o telefone e discou o número da chamada perdida.

Kathy atendeu no primeiro toque.

— *Alô?*

— Kathy, aqui é Juan Gutierrez.

— *Graças a Deus que você retornou minha ligação!* — Ela soou como se estivesse à beira das lágrimas. — *Desculpe por não ter ligado antes, eu simplesmente...*

— Tudo bem. Sinto muito ouvir sobre o seu pai e pelo que sua família está passando. Sei como isso deve ser difícil para vocês.

— *Obrigada. Sei que pode parecer presunçoso, mas você poderia recomendar alguém para uma segunda opinião? Meu pai está sendo teimoso com os médicos com quem está se consultando, e eu não gostaria de deixar passar nenhuma oportunidade que ele possa ter. Você entende?*

— Entendo. Kathy, que tipo de câncer seu pai tem?

— *Osteossarcoma.*

Juan sussurrou a palavra *osteossarcoma* para Steve.

Steve sorriu e assentiu.

— E Kathy, estou assumindo que, se os médicos estão falando em cuidados paliativos, o câncer é metastático? Em outras palavras, o câncer se espalhou?

— *Sim. Osteossarcoma metastático. Estágio quatro, se isso ajudar.*

Juan levantou quatro dedos para Steve.

— Ajuda. Bem, suponho que a boa notícia, se é que há alguma, é que tenho um pouco mais do que apenas um nome para você. Sei sobre um ensaio clínico sendo administrado no Departamento de Veteranos em Las Vegas. Não é necessário que seu pai seja veterano para participar.. Você acha que ele estaria interessado em tentar?

— *Sério? Isso seria incrível!* — A voz de Kathy tremeu. — *Sim! Sim, ele tem interesse. Você acha que ele poderia entrar? Ele é veterano. Eles não foram ao VA antes por causa da longa lista de espera.*

— Espere. — Juan cobriu o telefone com a mão e sussurrou para Steve. — Ela está interessada. Quais são as chances de ele entrar no teste?

— Se ele tem osteossarcoma de estágio quatro, já se qualifica. E eu vou colocá-lo lá. — Steve lhe deu um sinal positivo. — Farei o necessário. É o mínimo que posso fazer depois de tudo que você fez por mim. — Steve começou a rabiscar algumas informações em um pedaço de papel.

— Obrigado, cara. Eu agradeço. — Juan tirou a mão do microfone do telefone. — Acho que seu pai pode entrar, mas quero que entenda corretamente sobre este teste. Não sei os detalhes completos do ensaio clínico, já que só fui informado recentemente. — Juan piscou para Steve. — Vou ser honesto, Kathy: ensaios clínicos podem variar muito em eficácia.

— *Eu entendo, pode confiar..*

— Só queria ter certeza de que você entendia. E Kathy, se ele fosse meu pai, eu faria de tudo, e isso inclui participar de um teste se estivesse disponível. Você consegue pegar um papel e caneta?

Kathy fungou, pigarreou e disse:

— *Um segundo.*

Juan ouviu o barulho de papel ao fundo e um momento depois ela respondeu.

— *Sim, eu tenho papel e caneta.*

Juan pegou o papel que Steve havia rabiscado.

— Certo, anote isso. O administrador do ensaio clínico é um homem chamado Deidrick Müller. Seu pai precisa ir lá pela manhã. Provavelmente será forçado a ler vários documentos e assinar um monte de papéis. É assim que esses testes funcionam. Você precisa do endereço do VA?

— *Não precisa, meus pais já conhecem o lugar.* — Kathy começou a chorar. — *Juan, muito obrigada. Sei quais são as chances, mas só por eles... por eu ter alguma esperança. Eu sou muito grata.*

A garganta de Juan se apertou com a emoção de Kathy.

— Ouça, Kathy. Você ainda tem meu cartão de visitas, certo?

— *Sim* — Kathy disse enquanto fungava.

— Por favor, não hesite em me ligar a qualquer hora que quiser. Se você tiver alguma pergunta médica ou mesmo precisar apenas de um ombro para chorar. Certo?

— *Espero que esteja falando sério, pois você pode se arrepender dessa oferta.* — Ela riu, depois fungou novamente.

Juan percebeu que Steve estava sorrindo e fazendo um sinal de coração sobre o peito.

Com as bochechas coradas, Juan disse:

— Estou falando sério. Agora vá contar para seus pais.

— *Mãe, espere aí, tenho algo para te contar. Minha mãe acabou de chegar. Muito obrigada, Juan. Prometo que ligarei em breve.*

— Mal posso esperar.

Quando Juan desligou, Steve disse:

— Então, quando eu irei conhecer essa jovem que te deixou tão apaixonado?

Aparentemente, as emoções de Juan estavam escritas em seu rosto. Ele jogou o guardanapo de pano em Steve e resmungou:

— Ah, cala a boca.

CAPÍTULO TREZE

Kathy saiu do banco do motorista da caminhonete, correu para o lado do passageiro e estendeu a mão para o pai segurar. Ela esteve ausente por apenas três meses, mas parecia que seu pai havia envelhecido dez anos. Ele nunca reclamava, mas ela sabia que ele estava com muita dor, fazendo careta a cada movimento.

— Vamos lá, pai, somos só nós dois. Deixe-me ajudar você.

Contrariado, ele segurou a mão dela para se estabilizar enquanto descia da caminhonete.

— Sinto muito que você tenha que me ver assim, querida. É...

— Pai, por favor, pare de se torturar. Essas pessoas vão ajudar. Conversei com o médico responsável por este programa. Eles disseram que estão tendo muita sorte com casos como o seu. — Kathy fechou a porta da caminhonete com força e segurou a mão do pai enquanto caminhavam em direção à entrada do hospital para veteranos.

— Aprecio muito seus esforços para me conseguir uma vaga aqui, apesar do que os médicos anteriores disseram. Querida, só não quero que você e sua mãe criem muitas expectativas.

— Pai, é importante manter o otimismo. — Kathy disse isso um pouco alto demais; ela respirou fundo. — Estudos indicam que o otimismo pode melhorar significativamente os resultados do tratamento. Por favor, por mim, tente não ser tão......

— Idiota? — Ele apertou a mão dela.

Encostando a cabeça no ombro dele, Kathy sorriu.

— Eu ia dizer: tão O'Reilly.

O pai riu.

— É a mesma coisa.

As portas de vidro se abriram enquanto se aproximavam do prédio, e uma enfermeira caminhou em direção a eles com uma cadeira de rodas.

— Sr. O'Reilly, você é pontual.

O pai olhou para a cadeira de rodas.

— Não me leve a mal, mas não vou entrar nesse troço. Não sou um inválido.

— Mas, sr...

— Por favor — disse Kathy, com toda a educação que conseguiu. — Vocês poderiam acomodar meu pai? Ele realmente não gosta dessas coisas..

A enfermeira hesitou, aparentemente incerta. Mas então sorriu e assentiu.

— Claro, sr. O'Reilly. — Ela colocou a cadeira de lado e fez sinal para que o seguissem. — Vou levá-los à área de espera que usamos para os pacientes do ensaio clínico.

Caminhando lentamente com o pai, Kathy fazia uma careta sempre que ele se contorcia de dor. Ela rezava para que esse lugar pudesse proporcionar o milagre de que ele precisava.

Levaram cinco minutos inteiros para se arrastarem até uma sala de espera isolada, afastada da parte principal da instalação.

Eles se sentaram, e uma mulher loira na casa dos quarenta anos entrou segurando uma pasta cheia de papéis.

— Olá, sou Pamela Ravitz, a enfermeira do Dr. Müller.. — Ela se voltou para o homem mais velho e perguntou: — O senhor é Franklin Christopher O'Reilly??

— Até onde eu sei, sou — o pai brincou.

A enfermeira se virou para Kathy.

— E presumo que você seja a filha dele?

— Sim, sou Kathy O'Reilly.

— Ótimo, tenho aqui alguns materiais que vocês dois precisarão examinar. — A enfermeira abriu a pasta que carregava e entregou a cada um deles um panfleto relativamente grosso. — Esta é a descrição do ensaio clínico. Ele detalha as expectativas do paciente, um resumo do próprio ensaio, além dos cuidados contínuos que serão necessários. É um ensaio clínico de fase dois, e temos cento e quarenta pacientes em tratamento para vários tipos de câncer metastático, incluindo o osteossarcoma com o qual você foi diagnosticado. Quatro estão aqui nesta instalação; os outros estão espalhados pelos Estados Unidos, na América do Sul e em Londres.

— Como está indo o tratamento? — Kathy perguntou enquanto olhava para o panfleto.

— Não posso dizer até que todos os dados sejam analisados. Só vi alguns pacientes, e a reação de uma pessoa ao tratamento não será a mesma que a de outra. É por isso que fazemos esses testes. Com números maiores, podemos entender melhor a eficácia geral e estudar porque algumas pessoas podem reagir de forma diferente das outras.

— Pamela, tem um banheiro aqui? — o pai de Kathy perguntou.

— Ah, claro. — Pam apontou. — É só seguir pelo corredor, passando pela primeira sala de pacientes à direita.

Enquanto o pai se afastava, Kathy se inclinou para frente e falou baixinho.

— Que tipo de resultados você viu com os pacientes que tratou? Sei que são apenas alguns, e não um resultado oficial, mas... está funcionando de alguma forma?

A enfermeira hesitou. Ela olhou para a sala de espera vazia, sentou-se ao lado de Kathy e sussurrou:

— Olha, não deveria te contar isso, mas parece um milagre. Sou enfermeira registrada há vinte anos e nunca vi nada parecido.

O coração de Kathy batia alto em seu peito; seus olhos se encheram de lágrimas, e ela piscou para afastar as lágrimas não derramadas que embaçavam sua visão.

— Existe um grupo de controle? Sabe, alguns pacientes estão recebendo placebos neste teste?

Pam assentiu.

— Sim, infelizmente, é necessário. E não me é permitido saber em qual grupo cada um está. Isso tudo é gerenciado pelo patrocinador da empresa. — Ela apontou para o panfleto. — Está tudo explicado aqui. Seu pai precisará fazer exames de sangue antes de começarmos, e um exame físico completo.

— Mas ele já realizou todo tipo de exame em outro hospital. Vocês não podem usar esses?

— Infelizmente não. — A enfermeira balançou a cabeça. — O teste exige um novo conjunto de exames, todos feitos pela equipe daqui. Observe que a primeira parte do teste exige monitoramento interno do participante, então ele ficará aqui conosco por aproximadamente sete dias.

— Internado? — Kathy sentiu uma pontada de ansiedade. — Duvido que nosso plano de saúde cubra isso. Você sabe quanto custa? Tenho dinheiro da faculdade guardado que...

— Não há custo. — Pamela sorriu. — Qualquer pessoa aceita para este teste tem todos os custos cobertos pelo patrocinador do teste, a AgriMed. Isso inclui os exames, estadias no hospital, medicamentos, etc. Até pagamos oitenta dólares por cada visita obrigatória ao consultório que você tiver que fazer.

— Você está brincando. — Kathy olhou para a mulher com a boca aberta, lágrimas involuntárias escorrendo pelas suas bochechas. — Mas, como isso é possível?

— O patrocinador está financiando a pesquisa deste teste e está cobrindo todas as despesas — disse a enfermeira de forma pragmática. — É a prática padrão para esse tipo de teste.

O pai voltou, viu o rosto marcado de lágrimas de Kathy, e questionou:

— Pelo amor de Deus, o que aconteceu?

— Pai, você vai fazer isso, ou vou te deserdar.

O pai levantou uma sobrancelha.

— Não tenho certeza de que é assim que essas coisas funcionam, minha jovem.

A enfermeira apontou para o panfleto que o pai deixou na mesa da sala de espera.

— Sr. O'Reilly, você precisará ler tudo isso antes de podermos começar. Precisamos obter seu consentimento informado, o que significa revisar tudo duas vezes. Primeiro por conta própria e depois comigo explicando.

O pai pegou o panfleto e resmungou de bom humor:

— Mulheres mandando em mim. É a história da minha vida.

Era cedo, pouco depois das nove, mas Kathy já estava acordada há horas. O cheiro de rosbife permeava a casa enquanto ela estava ocupada descascando batatas.

Sua mãe pegou uma faca de entalhar em uma das gavetas da cozinha e destampou o rosbife que estava descansando na bancada.

— Kathy, depois que você descascar essas batatas, tente cortá-las mais uniformemente desta vez. E preste atenção! Não quero batatas encharcadas ou cruas na salada de batata. É o prato favorito do seu pai.

Ignorando as reclamações da mãe, Kathy olhou para Jasper, que estava sentado pacientemente embaixo da tábua de cortar de mãe. Ela começou a fatiar o rosbife para sanduíches e Jasper olhava para cada movimento que ela fazia. De vez em quando, se a mamãe não gostava de uma fatia cortada, ela a deixava cair no chão, e Jasper a apanhava no ar, engolindo-a de uma vez.

— Mamãe, você sabe que ele vai engordar se você continuar alimentando-o assim.

— Seu pai precisa ganhar algum peso de qualquer maneira.

Kathy riu.

— Eu estava falando sobre o Jasper.

A mãe olhou para o grande cachorro e mandou um beijo para ele.

— Seu pai tem mais quatro dias no hospital e já deu dicas mais do que suficientes sobre o quanto a comida lá é terrível. O mínimo que posso fazer é preparar alguns sanduíches de rosbife e salada de batata para ele enquanto ele estiver lá.

O ranger de pneus do lado de fora fez Kathy olhar pela janela. Um táxi entrou na garagem e, assim que parou, uma das portas traseiras se abriu de repente. Seu pai se esforçou para sair do carro. Ela largou o descascador de batatas e levantou-se da cadeira.

— Ah, não.

Ela correu até a porta e a abriu assim que seu pai lutou para subir os degraus da varanda, com os braços cheios. Seu rosto tinha uma expressão determinada.

— Papai! O que está fazendo aqui?

Ele entrou e deixou uma bolsa de roupas cair no chão. Em seguida, colocou um grande objeto em forma de caixa na mesa da sala de jantar e disse:

— Não vou ficar naquele lugar nem mais um segundo.

Sua mãe ficou boquiaberta ao enxugar as mãos no avental.

— Franklin Christopher O'Reilly, o que você está pensando?

Ele puxou uma cadeira e resmungou enquanto se sentava.

— Fiquei lá três dias inteiros e tudo o que eles fizeram foi medir minha pressão arterial, temperatura, ouvir meu coração e me fazer beber a água que sai daquela máquina. — Ele apontou para o dispositivo na mesa. Tinha um bico cromado na frente e uma longa mangueira saindo da traseira. — E se isso é tudo o que vão fazer — continuou ele —, posso fazer isso muito bem na minha própria casa, com minha família.

Ele deu um piscadela para Kathy.

— Você pode pegar a chave inglesa para mim? Preciso conectar essa coisa à linha de água.

Kathy apenas ficou lá, olhando para seu pai. Ela estava sem palavras.

Ele olhou para frente e para trás entre as duas mulheres.

— Bem? Preciso pegar eu mesmo?

Kathy encontrou sua voz.

— Vou pegar, papai.

Quando ela saiu para o galpão de ferramentas, ouviu sua mãe gritar atrás dela:

— Você perdeu a cabeça, Franklin O'Reilly!

Frank sentou-se na poltrona com a grande cabeça de Jasper no colo. Kathy entregou-lhe um grande copo transparente de água.

— É hora do seu remédio, pai.

Ele fez uma careta enquanto Kathy, de pé ao seu lado, esperava. Às vezes, ele jurava que podia ver um redemoinho de algo na água, mas hoje parecia perfeitamente claro.

— Tudo bem — ele resmungou. — Vou beber tudo. — Ele engoliu a água e entregou-lhe o copo.

— Obrigada, pai. — Ela voltou para a cozinha, onde estava ajudando Megan com o jantar.

A água não tinha gosto diferente ao descer, mas às vezes, após bebê-la, ele sentia como se tivesse engolido uma moeda de cobre. E então havia a queimação.

Jasper choramingou e Frank lhe deu um arranhão no topo da cabeça justo quando a queimação o atingiu.

Ele fechou os olhos enquanto as dores em suas articulações se transformavam em bolas de dor ardente. Ele respirava lenta e profundamente, mas até isso era uma tarefa árdua, pois a sensação de queimação se espalhava por todo o corpo.

Jasper choramingou novamente, como se pudesse sentir sua dor.

Havia se passado duas semanas desde que ele saiu do hospital e, embora não se sentisse melhor, calculava que não se sentia muito pior. Basicamente, ele havia substituído uma dor por outra. Agora, em vez das dores e pontadas que costumava sentir sempre que caminhava ou se movimentava, sentia uma queimação opaca e contínua por todo o corpo. Isto ficaria pior, atingindo o pico cerca de duas horas após beber a água.

— Frank, como você está se sentindo? — Megan perguntou da cozinha.

— Como se estivesse morrendo — ele gritou de volta.

— Papai, você é muito teimoso para isso — Kathy gritou. — Está com fome?

Frank ponderou a questão. Talvez a dor ardente que sentia no estômago fosse parcialmente devido à fome.

— Acho que poderia ser convencido a comer algo.

— A comida estará na mesa em meia hora — Megan anunciou.

Algo chamou a atenção de Jasper, que se dirigiu para onde estavam as mulheres.

Frank colocou sua cadeira em uma posição reclinada. Através da dor ardente, uma onda de fadiga o tomou.

Na hora do jantar, Frank O'Reilly estava roncando pacificamente.

Duas semanas após a mudança para DC, Juan finalmente se acomodou em uma rotina confortável. três vezes maior que o antigo, e ele contava com quatro novos estagiários, todos confortáveis em manusear camundongos. As coisas estavam melhorando.

E isso não era nem a melhor parte.

A melhor parte era Kathy.

Juan, sentado em seu novo escritório e falando com ela ao telefone, sorria como um adolescente conversando com a rainha do baile. Ela parecia muito mais feliz do que da última vez que conversaram.

— *E o papai está comendo como se não tivesse sido alimentado há séculos! É incrível. Posso dizer que ele ainda está com dor, mas às vezes acho que vejo vislumbres do jeito que ele era antes do câncer. Sei que provavelmente estou imaginando, mas essas coisas que ele está tomando podem estar ajudando.*

— Não consigo dizer o quanto estou feliz em ouvir isso, Kathy. Realmente espero que tudo corra bem. Mas... apenas mantenha em mente que ele tem uma condição séria. Você entende o que quero dizer?

— *Ah, eu entendo. Quero dizer, estou tentando manter minhas expectativas sob controle.* — Parecia para Juan como se ela tivesse falhado nesse aspecto. — *Então, como estão as coisas com você? Você está em Nova York, certo? Se preparando para um Natal com neve?*

Juan riu.

— Normalmente, sim. Mas fui transferido para DC pelo trabalho, e está fazendo calor por aqui agora.

— *Não acredito! Isso é incrível. Espero que a mudança tenha sido boa para você. Foi?*

— Foi. Bem, na verdade não tive muita chance de conhecer DC. Tenho sido bombardeado no trabalho. Na verdade... — O estômago de Juan se contorceu enquanto ele criava coragem para cruzar uma linha que não esperava ter a oportunidade de cruzar. — Talvez, quando você voltar, você possa recomendar outro lugar bom para ir em DC. Poderíamos, ah... talvez pudéssemos explorá-lo juntos.

Houve um breve silêncio. Quando Kathy falou novamente, sua voz soava mais baixa, quase tímida.

— *Eu adoraria isso.*

As bochechas de Juan começaram a doer de tanto sorrir. Ele olhou para o relógio.

— Certo, ótimo. Olha, tenho uma reunião agora, então preciso ir, mas Kathy, estou realmente feliz em ouvir sobre o progresso do seu pai. Por favor, me mantenha informado sobre como vocês dois estão. Foi ótimo conversar com você.

— — Juan, obrigada mais uma vez por tudo. Eu realmente agradeço. Vá para a sua reunião. Eu vou voltar aos afazeres na cozinha.

Juan riu.

— Divirta-se, Cinderela.

— *Cinderela, é?*

— Se o sapato servir...

Kathy gemeu.

— *Ah, senhor. Adeus, Sr. Príncipe Encantado.*

Ao desligar, Juan socou o ar em júbilo. Ele não se lembrava de ter ficado tão animado com a perspectiva de um encontro. O telefone de sua mesa tocou, e Juan tirou o receptor da base.

— Alô?

— *Juan.* — Era Carol. — *Acabei de completar o painel metabólico no novo lote de espécimes. Você vai querer ver isso.*

— Estou de saída para uma reunião agora..

— *Atrase só uns minutos.*

Juan riu.

— Certo. Estou indo.

— Juan passou pelos camundongos enquanto caminhava pelas fileiras de gaiolas de vidro. Todos os animais foram inoculados com células cancerígenas; no grupo de controle, como esperado, cada camundongo apresentou crescimento tumoral subcutâneo visível. Por outro lado, o grupo de teste recebeu inicialmente um coquetel viral que alterou sua composição genética. Esse grupo não apresentou crescimento tumoral.

O primeiro espécime que apresentou qualquer nível de imunidade ao tumor havia sido Hércules. Além da supressão do tumor, as mudanças em sua composição genética o fizeram crescer muito mais do que o normal. Seu metabolismo também havia mudado significativamente em comparação com as normas de sua espécie.

Ele parou ao lado de Carol.

— Então, o que os testes mostram?

Carol entregou-lhe um impresso com os resultados completos dos exames de química sanguínea e metabólicos.

— Acho que estamos quase lá. Só temos um teste que está um pouco fora.

Juan examinou rapidamente os níveis de ferro, bilirrubina, proteínas e outros indicadores diversos, todos dentro dos padrões normais. Seu dedo flutuou sobre as seções do relatório que Carol havia destacado e parou na linha do TMB.

— Então, a taxa metabólica basal está um pouco acima do intervalo de controle. Isso se aplica a todos eles?

— Todas as taxas de consumo de oxigênio estão relativamente altas. Dos dez espécimes de teste, sete têm um TMB acima do normal.

— Os outros três estão dentro do intervalo?

Carol assentiu.

— Eles ficaram bem no limite superior do normal.

Juan franziu a testa. O que poderia estar causando a anomalia? Ele olhou para o resto das linhas destacadas.

— Então, definitivamente está acontecendo algo. Tireoide, glicose, potássio, albumina, cálcio, todos normais. BUN e creatinina estão normais, então os rins parecem estar funcionando bem. Níveis de eletrólitos normais. Humm.

— Você tem outras ideias? — Carol perguntou.

Juan balançou a cabeça enquanto tentava pensar em algo mais que pudesse explicar os resultados metabólicos atípicos.

— Suponho que é possível que, enquanto o sistema imunológico do corpo está destruindo as células tumorais que injetamos, isso poderia afetar os resultados dos testes, mas isso é apenas um palpite.

Tocando os dedos em uma das gaiolas transparentes, Carol olhou para um dos camundongos aparentemente saudáveis. O camundongo olhou para cima com a perturbação e voltou a comer.

— Se for esse o caso, talvez se repetirmos os testes em uma semana, os resultados possam mudar.

Descendo do banco do laboratório, Juan deu um toque com a mão na de Carol e disse:

— É uma ótima ideia. Vamos fazer isso. Enquanto isso, peça aos estagiários para prepararem mais uma dúzia de espécimes para inoculação. Quero verificar tudo o que estamos fazendo e ter outra rodada de testes em intervalos de uma semana. Talvez vejamos o TMB mudar ao longo do tempo. Vou fazer mais pesquisas e ver se encontro algo mais.

— Sabe — Carol disse — acho que estamos no limite de algo aqui.

Um arrepio elétrico de antecipação percorreu Juan.

— Eu realmente espero que sim.

Era pouco mais de sete da noite quando Juan se viu dirigindo para o sul na I-395 depois de um longo dia de trabalho. A chuva se transformou em neve granulada quando ele pegou a saída sete para Arlington. Ele estava a apenas alguns minutos de distância de seu novo apartamento de dois quartos e uma cama confortável.

Ao entrar no condomínio, se perguntou por que as luzes do estacionamento não se acenderam como de costume.

Juan entrou devagar em sua vaga coberta, saiu do carro e subiu os degraus para o segundo andar. Começou a nevar.

Ao se aproximar do apartamento 2B, tirou as chaves e viu a porta ligeiramente aberta.

Seu sangue gelou.

Ele tirou o telefone do bolso e se preparou para discar para a emergência. Então, lentamente abriu a porta.

O lugar estava em caos.

Seus livros médicos haviam sido retirados das prateleiras e espalhados pelo chão.

O enchimento dos sofás havia sido arrancado.

Furos haviam sido cortados na parede de drywall.

Com o coração acelerado, Juan recuou para o patamar e se afastou da porta. Ele discou para a polícia.

— *Qual é sua emergência?*

— Meu nome é Juan Gutierrez. Acabei de chegar ao meu apartamento e encontrei tudo destruído; parece que houve uma invasão.

— *Senhor, sabe se os intrusos ainda estão aí?*

A respiração pesada de Juan soltou jatos de vapor no ar frio da noite.

— Não tenho ideia. Não entrei. Estou na 2350, da 26th Court South, apartamento 2B, em Arlington.

— *Enviarei policiais para sua localização imediatamente. Quero que fique ao telefone comigo até que eles cheguem aí.*

Do canto do olho, Juan notou movimento abaixo, no estacionamento. Um grupo de quatro homens convergiu na base das escadas.

— Hum, algumas pessoas com jaquetas do FBI acabaram de chegar.

— *Você disse FBI?*

— Dr. Gutierrez? — chamou um dos homens. Ele mostrou algo que parecia ser um distintivo e carregava uma pistola em um coldre de ombro.

Os outros três homens entraram em seu apartamento.

Juan acenou com a cabeça.

— Sou o Dr. Gutierrez. Estou ao telefone com o serviço de emergência.

— *Juan, a polícia está a dois quarteirões daí.*

As feições do homem se contorceram com o som de uma sirene tocando à distância. Ele pressionou um botão em algo contra sua garganta e sussurrou algo que Juan não conseguiu ouvir.

O som de vidro quebrando soou de dentro de seu apartamento, seguido por algo que parecia ser xingamentos em alemão. Os três homens que entraram em seu apartamento saíram e, então, os quatro correram para baixo das escadas.

—*Juan, o que está acontecendo?*

— Não tenho ideia. O FBI chegou, entrou no meu apartamento e depois saiu!

Duas viaturas policiais correram para o estacionamento com as luzes piscando, assim como uma van com vidros escuros passou por elas a caminho de saída.

— Dois carros de polícia acabaram de chegar.

— *Acabei de receber a confirmação de que os oficiais Taggart e Wilson, do Departamento de Polícia de Arlington estão no local. Eles devem ser capazes de lidar com isso a partir daqui.*

— Certo, obrigado.

Os policiais subiram correndo as escadas. Um deles tinha sua arma apontada para o chão.

Juan recuou, nervoso.

— Eu sou Juan Gutierrez, fui eu que liguei.

— Sr. Gutierrez. — O oficial líder se aproximou, mantendo uma distância de alguns metros de Juan. — Você pode, por favor, me mostrar algum documento de identidade?

Juan mostrou o crachá da AgriMed, que ainda estava preso em seu jaleco de laboratório.

— Este é o meu crachá do trabalho. Tenho uma carteira de motorista na carteira, mas precisaria alcançar meu bolso traseiro para pegá-la.

O oficial inclinou-se o suficiente para Juan ler o nome *Taggart* em seu uniforme.

Taggart acenou com a cabeça.

— Por favor, fique aqui enquanto verificamos o local.

O coração de Juan batia forte enquanto os dois oficiais, ambos com armas em punho, entravam em seu apartamento.

⧫

— Sinto muito por ligar para você à noite, dr. Winslow. — A voz de Juan tremia enquanto ele colocava no lugar o fone de ouvido Bluetooth que estava ligado ao seu celular. O fone crepitou com estática enquanto vários policiais recém-chegados tiravam fotos da devastação em seu apartamento.

— Não, você fez a coisa certa. O FBI esteve aí?

Juan balançou a cabeça enquanto olhava para os móveis quebrados, o colchão rasgado e os livros com as lombadas rasgadas.

— Eles estavam de jaquetas do FBI e mostraram distintivos, mas não tenho certeza. É tudo meio surreal.

Um policial se aproximou com uma prancheta.

— Sr. Gutierrez, sei que é difícil dizer, mas você notou algo faltando?

Mantendo as mãos nos bolsos como lhe haviam dito antes, Juan analisou o local em busca das coisas óbvias que as pessoas roubariam. A televisão de tela plana ainda estava lá, embora tivesse sido derrubada no chão. O som de seus sapatos triturando vidro quebrado ecoava enquanto ele entrava no quarto. A mesa de cabeceira havia sido revirada e as gavetas esvaziadas; contudo, uma delicada corrente de ouro com um medalhão em forma de cruz, que fora de sua mãe, estava no chão. Eles também não pegaram isso.

Ele soltou um suspiro de alívio.

Então seus olhos se arregalaram.

— O laptop que guardo na mesa de cabeceira. Eu não estou vendo.

O oficial acenou com a cabeça.

— Laptops são fáceis de vender. Embora... — Seu olhar pousou na cruz dourada. — É curioso que não tenham levado as joias. Isso também é fácil de vender. — O homem do Departamento de Polícia de Arlington olhou para ele e perguntou: — Você falou com alguém que não conhecia recentemente ou notou pessoas neste condomínio que normalmente não estão aqui?

Juan balançou a cabeça. Sua garganta estava seca e o frio estava penetrando em seu casaco.

— Não sei o que dizer. Estou na cidade há apenas algumas semanas, então todo mundo é novo para mim.

A voz de Winslow soou em seu ouvido.

— *Juan, você tinha algo com que precisávamos nos preocupar naquele laptop?*

Virando-se para o oficial, que estava ocupado rabiscando em sua prancheta, Juan sussurrou:

— Não, havia principalmente alguns jogos e audiolivros nele. Nada relacionado ao trabalho.

— *Ouça, Juan. Vou ligar para nossos funcionários de segurança e fazer alguns arranjos. Não gosto do que estou ouvindo. Espere um segundo e deixe-me fazer uma ligação rápida.*

Quando um dos oficiais passou, Juan perguntou:

— Posso arrumar algumas roupas? Obviamente não posso ficar aqui hoje à noite.

O policial gritou para dentro do apartamento:

— Ei, Ed. Você já coletou as impressões digitais do quarto?

"Ed" que vestia uma jaqueta do Departamento de Polícia de Arlington, coletava impressões digitais na pia do banheiro de hóspedes.

— Sim, já terminei no quarto.

O oficial voltou-se para Juan.

— Vá em frente, senhor.

Juan pegava algumas camisas quando a voz de Winslow soou novamente em seu fone de ouvido.

— *Juan, Carl está a caminho para buscá-lo. Ele o levará para o hotel em que você ficou antes. Temos uma suíte corporativa lá e é sua até que possamos confirmar que isso não estava relacionado ao trabalho.*

— Você acha que poderia estar?

— *Não sei. Vou ligar para o FBI amanhã de manhã e ver o que eles têm a dizer. Quando Carl chegar, dê a ele as chaves do seu carro e ele providenciará para que o veículo esteja no escritório.*

— Dr. Winslow, obrigado por tudo.

— *E Juan, não se preocupe. Isso provavelmente não é nada, mas apenas no caso de não ser, é por isso que a empresa tem recursos de segurança. Cuidamos dos nossos.*

O telefone de Juan apitou com outra chamada.

— Dr. Winslow, um momento, estou recebendo uma segunda ligação. — Ele pressionou um botão no fone de ouvido e a segunda ligação se conectou.

— *Dr. Gutierrez, aqui é Carl Weatherby, da segurança da AgriMed. Estou entrando no seu condomínio neste momento. Assim que estiver pronto, estarei na base das escadas.*

— Uau, isso foi rápido! Vou falar com os policiais e ver quanto tempo mais sou necessário. Eles já colheram meu depoimento.

— *Entendido.*

Juan pressionou o botão no fone de ouvido para voltar à chamada anterior.

— Dr. Winslow, o Carl chegou. Parece que tudo está sob controle agora, obrigado.

— *Bom. Amanhã de manhã, venha primeiro para o meu escritório. Vamos falar com o FBI juntos e ver o que eles têm a dizer. Boa noite, Juan.*

— Boa noite.

Juan desligou e olhou ao redor do que restava de seu apartamento. Até o seu novo colchão king-size foi rasgado, expondo as molas de metal. Ele não conseguia acreditar que isso fosse um simples furto. Para destruir tanto e levar tão pouco... *o que eles estavam procurando?*

CAPÍTULO CATORZE

Nate apertou os lábios enquanto Juan Gutierrez dava seu depoimento juramentado sobre o assalto. O homem estava claramente abalado pelo evento, mas Nate o pressionou para detalhar cada aspecto. Ele já havia lido o relatório policial preliminar e visitado o apartamento do homem. E concordava com a especulação da vítima sobre o motivo.

Alguém estava procurando algo específico.

Eles estavam sentados em uma sala de conferências privada na AgriMed. A mesa de madeira de quatro metros e meio de comprimento e as cadeiras de couro macio denotavam dinheiro. No entanto, o dr. Gutierrez não tinha a aparência de um executivo. Era mais jovem, provavelmente na casa dos trinta e poucos anos, e hispânico. "Sua aparência desalinhada e cabelo bagunçado refletiam seu recente deslocamento.

O que mais incomodava Nate em tudo o que lera no relatório policial era a nota sobre a testemunha declarando que o FBI havia estado no local e ido embora.

— Dr. Gutierrez — disse Nate —, os agentes do FBI deram seus nomes?

O doutor balançou a cabeça.

— Não. Um deles mostrou uma identificação, mas não tive chance de vê-la. Estava tarde e as luzes do estacionamento não estavam funcionando.

No relatório, os policiais notaram que as luzes foram atingidas por algum tipo de arma de pressão. Eles encontraram vidro quebrado na base dos postes de luz.

— Você notou algo incomum sobre os três agentes que entraram em seu apartamento? Eles estavam usando luvas? Estavam com armas em punho? Como era o comportamento deles?

— Nenhum deles sacou uma arma. Vi uma arma com o agente que estava do lado de fora comigo. Estava em seu coldre de ombro. Os outros talvez tivessem também, mas eu não as vi. — Gutierrez fez uma pausa. — Não tenho certeza do que você quer dizer com o comportamento deles. O homem do lado de fora apenas me encarava. Ele parecia tenso. Quase imediatamente, ouvi as sirenes da polícia, e os três que tinham entrado correram de volta para fora. Ah, porém, antes disso, ouvi o som de vidro quebrando e algo que me pareceu ser xingamentos em alemão. — Ele deu uma risada nervosa. — Tudo é meio que um borrão agora. Sei que não faz muito sentido.

Nate inalou profundamente, tentando não mostrar nenhuma reação.

— Você os ouviu falando em alemão?

— Bem, estudei alemão no ensino médio. Não sou fluente, mas, como a maioria no ensino médio, aprendi os palavrões. E foi isso que me pareceu.

— O que especificamente você ouviu?

Gutierrez franziu a testa.

— Bem, Enquanto as sirenes ficavam mais altas, acho que ouvi *Zur Hölle damit*, que significa *que se dane*. — Com uma expressão dolorida, o doutor balançou a cabeça. — Acho que foi isso que ouvi, mas não tenho certeza. Eu estava um pouco assustado naquela hora.

— Completamente compreensível, dr. Gutierrez, dadas as circunstâncias. — Nate manteve a calma mesmo enquanto os alarmes soavam em sua mente. — Para onde foram os agentes quando saíram?

— Eles apenas correram de volta escada abaixo, sem dizer uma palavra. Não prestei atenção para onde foram depois. Minha mente estava focada na sirene e depois nas luzes piscando enquanto os carros de polícia chegavam. Embora... eu tenha notado uma van saindo do estacionamento justo quando os policiais chegaram. Pode ter sido eles mesmo.

—Você por acaso notou a marca da van? Modelo, cor?

— Era preta, ou pelo menos um cinza bem escuro. Não tenho certeza sobre o resto. Era uma van de carga... sem janelas, exceto as da frente. Mas além disso... não sei. Estava longe demais para eu ver muitos detalhes. Aliás, nem percebi para qual direção eles viraram ao sair do estacionamento.

Nate se recostou. Isso não estava no relatório. Uma van de carga? Se ele estivesse conduzindo algum tipo de operação tática com várias pessoas, essa seria uma escolha razoável de veículo.

— O relatório mencionou que seu laptop pessoal sumiu. Você não notou mais nada faltando?

— Não, eu não notei.

— Então, nenhum item relacionado ao trabalho sumiu?

Gutierrez balançou a cabeça.

— Eu não guardo coisas do trabalho em casa.

— Sério? Isso me surpreende. A maioria das pessoas hoje em dia tende a levar um pouco do trabalho para casa.

— Bem, eu costumava levar. Mas meu projeto foi *restrito*, o que significa que nenhum detalhe pode sair do local. Então, parei de trabalhar em casa.

— *Restrito*?

O doutor deu de ombros.

— Acho que eles chamam assim porque você assina um documento se comprometendo a manter sigilo sobre o que você está trabalhando, algo acima e além dos contratos de confidencialidade normais. É como a AgriMed chama projetos especiais que têm acesso especial registrado e regras diferentes para segurança.

— Ah. Isso é meio que como o que chamamos de *classificação compartimentada*, no jargão governamental. Interessante.

Nate tamborilou os dedos na mesa, tentando pensar em outro ângulo de perguntas que pudesse fornecer informações úteis.

— Você consegue pensar em mais alguma coisa daquela noite que possa ajudar na minha investigação? Algo que não tenha comentado com a polícia?

— Não, acho que não. — Dr. Gutierrez pigarreou. — Posso fazer uma pergunta?

— Diga.

— Por que o FBI estaria na minha casa? E... era o FBI?

Nate manteve sua expressão neutra.

— Receio que não posso responder a nenhuma dessas perguntas. Vamos apenas dizer que vou investigar ambos os casos.

O doutor parecia preocupado.

—Estou em perigo? Há algo mais que eu deveria fazer?

Com simpatia pelo homem, Nate disse:

— Não, acho que não. Mas vou falar com a Polícia de Arlington para ver se eles podem patrulhar um pouco mais a sua área.

Ele apertou a mão do doutor e entregou-lhe seu cartão.

— Se você se lembrar de mais alguma coisa ou precisar de algo, me ligue.

— Obrigado. — Gutierrez examinou o cartão e seu semblante clareou um pouco. — E, por favor, me avise se eu puder responder a outras perguntas.

— Na verdade... — Nate sorriu. — Pode me indicar o estacionamento principal? Acho que me perdi depois da quarta ou quinta curva neste prédio.

De volta ao seu escritório em Quantico, Nate vasculhou seus arquivos, procurando suas notas sobre aquele outro caso da Agri-Med, o da garota resgatada da ilha no Pacífico.

Não havia razão para suspeitar que os dois incidentes estivessem relacionados, mas nenhum deles lhe agradava, e não podia deixar de se perguntar.

Ele olhou suas notas. A garota, Katherine O'Reilly, assinou um acordo de confidencialidade com a AgriMed... e ainda assim contrabandeou alguns arquivos do laboratório da ilha. Claramente, o local tinha segredos valiosos. O tipo de segredos que valia a pena roubar.

E havia também a possível participação da inteligência alemã. Poderia ser mera coincidência o fato de que o dr. Gutierrez ouviu aqueles homens falando alemão? Era hora de investigar novamente aqueles arquivos roubados.

Dez minutos depois, Nate estava mostrando seu distintivo no depósito de evidências.

— Registrei no sistema de evidências um documento sobre o caso #541982A e solicitei uma tradução do material do alemão. Já está pronta?

A mulher de cabelos grisalhos digitou em seu terminal.

— Caso 541982A, você disse? Não consigo encontrar nada sob esse número de registro.

— Sim, esse é o número do caso. — Ela franziu a testa para o distintivo dele. — Deixe-me tentar pelo seu nome. — Ela digitou mais, empurrou seus óculos para cima e olhou para a tela. — Certo, sim. Vejo um registro que você enviou algo para análise laboratorial, mas nada para tradução.

— Um segundo. — Se sentindo frustrado, Nate pegou seu smartphone do bolso e passou as fotos. Ele encontrou a imagem que queria: um recibo de evidências com um código de barras. Ele mostrou para a mulher. — Aqui está o recibo que recebi quando registrei. Me disseram que levaria algumas semanas. Esse tempo já passou.

A mulher passou um scanner de código de barras sobre a imagem, depois verificou seu computador.

— Hum. O sistema não mostra nenhum registro disso.

Nate praguejou alto e o rosto da mulher empalideceu.

— Desculpe — ele disse. — Mas como isso é possível?

A mulher deu de ombros.

— Não sei. Posso chamar nosso departamento de TI se isso ajudar. Eles devem saber o que está errado.

Nate franziu a testa.

— Senhora, qual é o seu nome?

A mulher parecia desconfortável.

— Janice.

— E Janice, há quanto tempo você trabalha com evidências?

— Cerca de vinte anos.

— Em vinte anos, você já viu evidências desaparecerem??

Janice parecia indignada.

— Isso nunca acontece.

Nate apontou para a imagem do recibo em seu telefone e pigarreou.

— B-bem — Janice gaguejou. — Nunca aconteceu antes de informatizarmos.

— Você está dizendo que agora isso acontece ocasionalmente?

— Quero dizer... não. Bem, não tão frequentemente assim. Mas uma ou duas vezes. Alguns registros desapareceram no sistema mesmo quando eu ainda tinha cópias físicas da submissão original das evidências.

— E quando isso aconteceu, o que você fez exatamente?

Janice deu de ombros.

— Registrei um relatório para o TI. É o que eu deveria fazer.

Nate respirou fundo e tentou conter sua raiva.

— Então faça isso. Encontre minhas evidências. Eu voltarei. — Sem esperar por uma resposta, ele se virou e saiu rapidamente.

— Tem certeza disso? — virando-se do computador para olhar Nate. — Essa é uma acusação séria.

O sangue de Nate ainda fervia enquanto ele estava no escritório do supervisor.

— Tenho. Tanto as gravações de áudio quanto as impressões que registrei como evidências desapareceram.

— Certo, não nego que isso seja um problema. Mas antes de perder a cabeça, vamos dar uma chance de localizarem isso. Por que você precisa dessa evidência tão urgentemente, de qualquer forma?

— Não deveria importar *quando* preciso disso, Jeff! Eu deveria ter acesso a ela sempre que necessário. Registrei a porcaria no que deveria ser o nosso suposto depósito *seguro*. Era para a tradução alemã ter sido feita. Em vez disso, o objeto desapareceu. É um absurdo. E não acho que foi um acidente. Acabei de falar com um coitado que trabalha na AgriMed, o dr. Juan Gutierrez. Ele teve seu apartamento invadido, e reviraram o lugar. Estavam procurando por algo específico. E veja só... alguns 'caras do FBI' apareceram imediatamente depois, e um deles falava alemão.

— O quê? — Jeff perguntou. — Estou te dizendo, se os policiais não tivessem chegado segundos depois, as coisas poderiam não ter acabado bem para esse pobre doutor. Algo está cheirando mal aqui.

Jeff franziu a testa.

— Você não acha que eram agentes do FBI de verdade.

Nate balançou a cabeça.

— Com base no comportamento deles, aposto um jantar que não eram. Eles não seguiram nenhum dos protocolos padrões. E fugiram sem dizer uma palavra quando os policiais chegaram. Possivelmente em uma van preta.

— Então quem você acha que era?

— Inteligência alemã?

Jeff fez uma careta.

— Eu temia que você dissesse isso. — Ele fez uma pausa. — Qual era o nome desse doutor mesmo?

— Juan Gutierrez. Por quê?

Jeff abaixou-se, abriu uma gaveta em sua mesa e puxou uma pasta de arquivo.

— Lembra que eu ia investigar aquele compartimento DRWN? — Quando seu supervisor abriu a pasta, Nate viu um documento.

— Ah, graças a Deus! Eu tinha me esquecido completamente que lhe dei uma cópia desse relatório. — Nate sorriu através da mesa de Jeff. — Então, o que você descobriu sobre o compartimento?

Jeff começou a folhear o relatório volumoso.

— Não consegui nada do oficial de segurança. Ele alegou que tal compartimento não existia, então, até onde me concerne, as marcações aqui são um absurdo.

— Bem, certamente não são públicas.

— Claro que não. Não estou prestes a fazer nada com isso. Mas acabei lendo essa coisa, e...

— Você conseguiu ler?? A maior parte estava em alemão.

Jeff levantou uma sobrancelha.

— Cresci falando alemão; meus pais eram alemães. — Ele virou outra página e seu dedo pousou em uma passagem. — Ahá, aqui está. Eu sabia que Gutierrez soava familiar. — Ele leu o relatório em voz alta. — *Gutierrez registrou a versão 3.4, mas os resultados do algoritmo ainda requerem análises adicionais antes da implementação.*

Nate sentiu um momento de surpresa.

— Você acha que é o mesmo Gutierrez?

Jeff deu de ombros.

— Esta é a única passagem que menciona o nome dele que me recordo. Mas se for ele, pelo que entendi, parece que estavam monitorando sua atividade... talvez até roubando o que o bom doutor estava trabalhando. O que se alinha com seu apartamento ter sido revirado.

— Parece que Gutierrez está na lista de alvos deles. — A mente de Nate girava com a nova informação. — E talvez a garota O'Reilly também.

— Podemos usar isso a nosso favor, então — disse Jeff. — Se não conseguirmos descobrir o que está acontecendo por nossa própria máquina interna, vamos ver o que podemos descobrir observando O'Reilly e Gutierrez. — Nate sorriu. — Você está autorizando vigilância 24/7?

— Sim, vamos colocar alguns anzóis na água e ver o que conseguimos pegar.

CAPÍTULO QUINZE

Frank O'Reilly sentia dores da cabeça aos pés enquanto caminhava em direção ao pasto número cinco. Ainda assim, era bom estar ao ar livre. De certa forma, a dor parecia terapêutica.

Jasper corria ao seu lado, pulando pela grama alta com a energia de um filhote crescido.

— Jasper, você também está feliz por finalmente sair de casa?

O cachorro latiu em afirmação e saiu saltando, perseguindo o que quer que fossem as coisas imaginárias que chamavam sua atenção.

Frank esticou as costas.

— Fiquei tempo demais naquela cadeira.

Apesar das dores, as pontadas agudas finalmente começaram a diminuir... foi por isso que ele finalmente saiu de casa. Megan ainda estava preocupada. Ela continuava tocando sua cabeça e avisando que ele estava com febre. Mas ele não se sentia doente. Bem, claro que estava, mas não daquele jeito.

Ela conseguiu convencê-lo a ligar para os médicos do Departamento de Veteranos para informá-los. Afinal, eles estavam realizando um teste, certo? Eles gostariam de saber como estava indo. Mais cedo, naquela manhã, ele passou bons dez minutos tentando contatá-los. Mas ninguém atendeu o número direto que lhe passaram do administrador do teste, então ele ligou para o número principal e deixou uma mensagem de voz para o dr. Müller.

No portão do pasto cinco, a novilha que Buck isolou do rebanho uma semana antes veio cumprimentar Frank. Buck estava preocupado que ela tivesse pegado "nariz vermelho". Normalmente, Frank teria sacrificado o animal, mas ela estava carregando um bezerro, então ele esperou até terem certeza. Ainda assim, ela não podia ficar com o resto do rebanho e arriscar contágio.

Jasper latiu para algo invisível mais adiante no pasto e correu para persegui-lo.

Olhando para um fardo de feno, Frank coçou o lado da cabeça dela.

— Como você está, menina? Está comendo direito? — As passagens nasais do animal pareciam inflamadas. Isso o preocupava.

A novilha o empurrou com o lado da cabeça.

Ele sorriu.

— Olha, menina, se você melhorar, vamos reintegrá-la ao rebanho, mas só depois de confirmarmos que está totalmente recuperada. Por enquanto, continue comendo e bebendo bem...

A voz de Frank diminuiu enquanto ele olhava para o cantil que havia prendido ao cinto, sorrindo ao pensar na possibilidade. Ele sorriu.

Vale a pena tentar.

Ele pegou uma grande tigela de metal de baixo do bebedouro. Geralmente a usavam para limpar o bebedouro de detritos, mas serviria. Ele a colocou no chão e gemeu de dor ao se ajoelhar ao lado dela.

A novilha o seguiu, por curiosidade ou solidão. Frank afastou a cabeça dela enquanto ela se inclinava para lamber a tigela.

Ele abriu o cantil, tomou um grande gole, despejou o resto na tigela e a segurou para a novilha.

Ela começou a bebê-lo imediatamente.

— Caramba, menina, acho que você está com sede.

Jasper atravessou o pasto vazio, latindo furiosamente. Frank apertou os olhos e percebeu que um coelho estava levando o cachorro louco em uma corrida em ziguezague. Ele riu enquanto o coelho se esquivava para dentro de um buraco e Jasper parava de maneira brusca. O labrador chocolate se ergueu nas patas traseiras e bateu as dianteiras no chão algumas vezes, provavelmente esperando assustar o coelho.

Frank balançou a cabeça. Ele tinha que admitir, que passou a amar Jasper. O cachorro era inegavelmente mais inteligente do que qualquer outro que ele já tinha ouvido falar, e tinha uma personalidade única.

Jasper se agachou e latiu para o local onde o coelho havia desaparecido, como se esperasse que ele reaparecesse. Frank gritou pelo campo:

— Jasper, desista! Esse coelho já deve estar a meio caminho de Timbuktu agora.

O som de cascos anunciou a chegada de Buck. O ajudante do rancho estava mostrando os primeiros sinais de barba; isso dava ao seu rosto juvenil uma aparência mais robusta. Jasper correu pelo pasto para cumprimentá-lo.

Buck sorriu amplamente ao desmontar.

— Minha nossa, é bom vê-lo de pé novamente, sr. O'Reilly.

— Ainda não estou a sete palmos.

— Verificando a novilha?

— Sim. Acho que devemos deixá-la afastada por mais uma semana. Se ela estiver realmente doente, logo saberemos. Se ela parecer bem, vamos colocá-la com o resto. — Ele olhou para o animal, que agora mastigava o feno. — Ela parece bem grande. Quanto tempo falta para ela parir?

Buck tirou seu boné de beisebol. Seu cabelo ruivo brilhava intensamente ao sol, fazendo parecer que estava em chamas. Ele coçou a cabeça e manteve uma expressão pensativa.

— Não vai demorar muito. Acho que faltam três ou quatro semanas.

Jasper pressionou a cabeça contra o quadril direito de Frank, que coçou sua orelha.

— Bem, vamos mantê-la alimentada e feliz. Vamos ver o que acontece.

— Sim, senhor. — Buck colocou seu boné de volta e perguntou: — Vai começar a fazer as rondas novamente comigo e os rapazes?

Frank esticou os braços, sentindo tanto a dor muscular pela falta de uso quanto o calor vindo de suas articulações. Ele deu de ombros.

— Acho que vou devagar. Ainda estou me recuperando. Na verdade, agora mesmo, acho que preciso de uma soneca.

Buck deu-lhe um sorriso enorme.

— Bem, todos nós estamos ansiosos para quando você voltar a sair conosco.

Ele deu um tapinha no rádio em seu cinto.

— É só chamar se precisar de alguma coisa, certo? — Frank acenou para Buck enquanto começava a caminhar em direção à casa.

Jasper liderava o caminho. O corpo de Frank ardia com uma dor familiar que continuava a lembrá-lo: *nem tudo está bem.*

Frank olhou para o céu e orou:

— Se for minha hora de partir, que seja rápido. Não quero que as meninas sofram por minha causa.

Kathy estava sentada à mesa da sala de jantar, bebendo um copo de água e observando seu pai. Ele estava agachado no chão da sala de estar, consertando a perna solta da mesa de centro.

Ela conteve um grito quando o pai levantou a mesa sem fazer careta. Desde que voltara para casa, ele sempre mostrara dor óbvia ao se mover.

Ele parecia menos corado do que quando ela chegara em casa. As aulas começavam na próxima semana, e mesmo que o pai se recusasse a deixá-la ficar por causa dele, Kathy agora estava convencida de que não era sua imaginação.

Ele definitivamente mostrava sinais de melhora.

— Katherine O'Reilly! — sua mãe a repreendeu. — Por que você está bebendo do copo do seu pai?

— Como assim? — Kathy olhou para seu copo agora vazio. — Como é que este é o copo do papai?

A mãe se virou para o pai.

— Frank, você bebeu o copo que eu te servi? — O pai apertou um parafuso na perna da mesa. — Que copo?

A mãe revirou os olhos e bufou.

— Droga, Frank. Eu te servi aquela água para você beber, e agora a Kathy bebeu seja lá o que for que tinha ali.

Kathy franziu o nariz.

— Desculpe.

Ignorando o comentário dela, a mãe pegou o copo e foi para a cozinha resmungando algo sobre homens distraídos.

Com apenas uma leve careta, o pai levantou-se, endireitou a mesa de centro sobre as pernas e testou seu peso sobre ela, acenando em aprovação.

— Tudo certo. — A mãe voltou com um copo fresco de água e entregou a ele.

— Beba. Agora — ela ordenou. Revirando os olhos, ele bebeu o copo e deu-lhe um rápido beijo nos lábios.

Ignorando que o pai havia perdido peso, Kathy pegava vislumbres do jeito que ele sempre fora. Ele realmente parecia estar melhorando, Kathy pensou. Sua única preocupação era o efeito placebo. Para ela, aquela substância tinha gosto de água comum. E se ele estivesse no grupo de controle e as melhorias fossem apenas sua mente acreditando em cura?

Jasper passou seu pelo pai, cheirou-o e depois veio até Kathy e colocou a cabeça em seu colo. Ela acariciou o topo da cabeça dele e sussurrou:

— Espero que ele esteja realmente melhorando.

Juan tomou assento em uma pequena sala de conferências privada no corredor do escritório de Winslow. Já estavam presentes Winslow e um homem que Juan reconheceu como Paul Hutchison, chefe da segurança da AgriMed. Paul era um homem calvo na faixa de sessenta anos, que fez carreira militar, focado em segurança da informação.

— Juan — disse Winslow — pedimos para você estar nesta reunião porque você é da divisão de Rochester. Esperamos que você possa ter alguma perspectiva sobre algumas das pessoas que vamos discutir. — Ele se virou para Paul e perguntou: — Paul, quais são os resultados da auditoria?

Paul abriu uma pasta, uma entre muitas que ele tinha empilhada diante dele.

— Na época da auditoria de segurança, a divisão de Rochester tinha 433 funcionários de período integral e 37 temporários. Todos os 470 foram solicitados, como condição de emprego, a se submeter a polígrafos. Treze optaram por encerrar seu relacionamento com a empresa. Sete desses eram terceirizados; informamos a empresa pelo qual os recebemos que eles nunca deveriam ser submetidos a designações temporárias na AgriMed novamente.

Ele levantou uma pilha de seis pastas.

— Isso resulta em seis funcionários efetivos que se desligaram ao serem confrontados com o polígrafo. Pedi os registros deles do RH para que possamos revisá-los juntos. Todos eram funcionários de baixo desempenho, segundo as avaliações periódicas. No entanto, dois foram de alto desempenho em algum momento, antes de permitirem que seu desempenho decaísse.

— Vamos começar pelos que foram de alto desempenho — disse Winslow.

Paul puxou as duas primeiras pastas do monte e abriu a primeira.

— A primeira é Melody Kolifrath. Uma bioquímica que estava

desenvolvendo um medicamento anti-inflamatório para tratar a doença de Crohn. — O homem folheou algumas páginas do arquivo e assentiu. — De acordo com sua última avaliação: *"Melody não fez nenhum progresso em sua pesquisa em dezoito meses e não tenho certeza se ela ainda tem interesse. Ela parece distraída. Eu a adverti que, se ela quiser chegar a fase de testes, precisa de muito mais trabalho de laboratório para justificá-lo."*

Winslow olhou para Juan.

— Você conhece essa Kolifrath?

Juan se lembrou dela. Uma mulher de cabelos encaracolados com óculos grossos.

— Não convivia com ela, apesar de seu escritório ser próximo ao meu. Ela engravidou em certo momento, e depois tive a impressão de que algo deu errado com a gravidez. Sei que ela ficou grávida em um ponto, e então tive a impressão de que algo aconteceu com a gravidez. Ela era bastante sorridente antes disso, e de repente me lembro de ela não estar grávida e era como se ela houvesse uma nuvem pairando sobre ela. — Ele deu de ombros para os outros dois homens à mesa. — Dada sua mudança de humor, imaginei que ela tivesse perdido o bebê, mas não sei os detalhes do que aconteceu. Não é o tipo de coisa que se pergunta a alguém que mal conhece.

— Claro que não — disse Winslow. Ele se virou para Paul. — Um aborto explicaria muita coisa.

— Concordo. — Paul assentiu. — Vamos deixar Melody de lado por enquanto. — O homem abriu o próximo arquivo e disse: — O próximo é Steven Chalmers.

O pulso de Juan acelerou. *Steve?*

— Neurologista. Ele estava focado em tratamentos para esclerose múltipla progressiva primária. Vou ler sua última avaliação de desempenho: *"Steve tem estado longe do laboratório com muita frequência. Embora os resultados dos ensaios clínicos humanos de fase 1 tenham sido em grande parte bem-sucedidos, Steve repetidamente perdeu os prazos para as aprovações necessárias para avançar para a fase dois. Eu disse a ele que não me deixava outra escolha senão reatribuir a responsabilidade pelo ensaio se ele não se reengajasse."*

O queixo de Juan caiu.

Winslow franziu a testa, claramente desapontado

— Caramba, esse cara. Eu mesmo contratei Chalmers. Pensei que teríamos algo grande com sua pesquisa de esclerose múltipla. — Ele se virou para Juan: — Você o conhecia?

Juan sentiu dois pares de olhos o encarando.

— Sim, eu conhecia Steve muito bem. Eu sabia sobre sua pesquisa de esclerose múltipla, mas... não sei o que pensar disso. Eu pensei que ele estava fazendo algum ensaio clínico de fase 2 para um tratamento de câncer.

— Como você chegou a essa conclusão? — Winslow perguntou, com uma expressão perplexa no rosto.

Juan lembrou-se daquela refeição no Toscano's, quando seu amigo encaminhou o pai de Kathy para o ensaio clínico para tratar o câncer.

— Talvez eu tenha me enganado. — Conheço alguém cujo pai tem câncer ósseo, e Steve mencionou um ensaio clínico em andamento. Assumi que ele estava por trás da pesquisa.

Paul se inclinou para a frente, apoiando os cotovelos na mesa.

— Por que você assumiria isso? Ele não é especialista em câncer.

— Bem... — Juan respirou fundo. — Ele explicou que o tratamento de esclerose múltipla em que estava envolvido utilizava quimioterapia como parte do processo, então acho que talvez eu tenha juntado duas coisas que não se relacionavam. E quando perguntei se o ensaio de câncer fazia parte do que ele estava trabalhando, ele disse que não podia dizer... o que na época fazia todo o sentido. Eu tinha acabado de receber instruções para manter sigilo sobre meu trabalho e imaginei que ele tivesse recebido as mesmas instruções.

Winslow apertou os olhos e balançou a cabeça.

— Não há como ele estar envolvido em um ensaio de fase 2 sem o meu conhecimento. Isso ainda não explica por que ele abandonaria sua pesquisa ou se recusaria a fazer um polígrafo. — A expressão de Winslow era de desgosto evidente. Ele se virou para Paul. — O que você acha?

O chefe de segurança franziu a testa.

— É curioso. Vamos deixar o caso Chalmers de lado por enquanto.

Um calafrio percorreu as costas de Juan. O que seu amigo estava fazendo?

Uma mulher atendeu à ligação de Juan.

— *Alô?*

— Kathy? — Juan perguntou.

— *Não, sou a mãe dela. Quem gostaria de falar?*

— Ah. — Juan deu um riso nervoso. — As vozes de vocês são tão parecidas!. Aqui é o dr. ... ah, Juan Gutierrez.

— *Um segundo. Vou chamá-la.*

Embora as vozes soassem abafadas, Juan ouviu a mãe de Kathy gritar por ela. Momentos depois, a voz de Kathy ecoou ao telefone.

— *Juan? É tão bom ouvir sua voz. Desculpe por não ter ligado antes, mas estava arrumando as coisas, me preparando para voltar à faculdade.*

— Ah, não se preocupe com isso. Eu só estava me perguntando como seu pai está.

— *É tão gentil da sua parte perguntar. Na verdade, ele está ótimo.* — A voz dela baixou para um sussurro: — *No começo, eu estava realmente preocupada que ele pudesse estar recebendo um placebo, sabe? Tinha medo de que as melhorias fossem apenas ele acreditando estar melhor. Mas, juro... em apenas um mês, posso ver uma diferença significativa. Ele não está sofrendo quase tanta dor quanto antes.*

— Isso é realmente ótimo. O que os médicos disseram sobre o progresso dele? Fizeram mais exames para ver como os tumores estão reagindo?

Kathy resmungou.

— *Meu pai é uma mula teimosa. Ele tentou várias vezes ligar para os responsáveis pelo ensaio e até deixou uma mensagem. Fica dizendo que, como se sente bem e o Departamento de Veteranos não está pressionando por um acompanhamento, ele não está quer ir até lá. Minha mãe vai forçá-lo a ir a uma consulta no consultório, mas isso será depois que eu voltar para a faculdade.*

Juan franziu a testa no telefone. Qualquer paciente de ensaio deveria ser monitorado de perto.

— Só espero que as coisas continuem melhorando para ele.

— *Eu também. Eu realmente te devo muito. Espero que você me deixe agradecer de alguma forma.*

— Não há necessidade de agradecimentos. Só espero que seu pai melhore.

— *Você é muito gentil. Como está o trabalho?*

Juan refletiu sobre seu apartamento destruído e sobre como a AgriMed precisou designar segurança pessoal para ele, preocupado também com a possibilidade de terem roubado partes importantes de seu trabalho.

— Oh, tudo está ótimo. Só tenho estado muito ocupado.

— *Entendo o que você quer dizer. Volto para a faculdade na próxima semana, e vai ser agitado. Cursarei duas disciplinas difíceis, que são conhecidas por serem eliminatórias.*

— Bem, se precisar de alguma ajuda, é só me avisar.

Kathy riu.

— *Eu não poderia fazer isso. Mas talvez, quando ambos tivermos tempo, possamos fazer algo divertido. Como assistir a um filme ou algo assim.*

O coração de Juan saltou. Isso significava que ela estava interessada? Claro, era mais provável que ela estivesse apenas grata por sua ajuda.

— Eu adoraria. Me avise quando estiver disponível que eu me organizo. — Pelo telefone, Juan ouviu alguém falando ao fundo e disse: — Ei, preciso ir. Vá passar um tempo com seus pais e nos vemos quando você estiver na cidade.

— *Vou, sim* — *disse Kathy.* — *Eu te ligo quando estiver em DC. Tchau.*

A linha ficou muda e Juan voltou sua atenção para os contatos em seu telefone. Juan sentia mais apreensão sobre sua próxima ligação... para Steve Chalmers. Ele queria agradecê-lo por ajudar o pai de Kathy e também perguntar por que ele deixou a AgriMed. Mas quando discou para o celular de Steve, foi atendido por uma gravação.

— Você ligou para um número que foi desconectado ou não está mais em serviço. — Juan encerrou a ligação.

O que está acontecendo com você, Steve?

Nate entrou no escritório de seu supervisor e sentou-se justo quando o telefone na mesa de Jeff tocou. O homem de cabelos grisalhos apertou o botão do viva-voz.

— Binghamton.

—*Jeff, é Paul Hutchison, há quanto tempo não nos falamos.*

— Oh, caramba, Chefe Hutchison? É você mesmo? Faz o quê, dez anos?

Nate se virou para sair, mas Jeff fez sinal para ele se sentar novamente.

— *Sim, bem, você me conhece. Não sou de fazer ligações sociais sem motivo. Mas tenho algo que exige sua atenção.*

—Certo. O que é?

— *Bem, eu migrei para o setor privado, estou trabalhando como chefe de segurança de uma empresa farmacêutica chamada AgriMed. De qualquer forma, vamos dizer que tenho uma pista para você.*

— Uma pista? Para mim? — Jeff pegou uma caneta da gaveta

enquanto Nate preparava seu caderno para anotações. — Certo, Chefe, estou com papel e caneta.

— *Sei que você está ciente do incidente que tivemos aqui, e também sei que um dos caras que se reporta a você veio aqui e falou com um de nossos executivos, então pensei que você poderia ter tanto interesse nisso quanto eu. Mas preciso de um favor.*

— Você tem minha atenção — disse Jeff. — Diga-me o que precisa.

— *Bem, não tenho mais poder de intimação, então preciso que você investigue um ex-funcionário nosso. Vou te enviar um e-mail com os detalhes do porquê eu acho que ele está envolvido em algo ilícito, e gostaria que você seguisse o rastro onde quer que ele o leve. Investiguei um pouco por conta própria, mas está além das minhas capacidades no setor privado. Há uma conexão com a CIA envolvida.*

— Como você pode saber disso? — perguntou Jeff.

Nate se perguntou a mesma coisa.

— *Não me venha com conversa fiada, Jeff. Se eu descobri uma conexão, sei que você também está ciente. E se nós dois sabemos, então qualquer pessoa associada a esse cara é suspeito. Isso cheira pior que uma latrina malfeita. Pensei que você seria a pessoa certa para dar um empurrão. Estou certo?*

Jeff recostou-se em sua cadeira, batendo os dedos nas extremidades dos braços da cadeira.

— Sim, tem razão. Vou verificar isso, Chefe.

— *Um aviso: se descobrirmos membros da comunidade de inteligência envolvidos, qualquer coisa que você colocar em servidores de alta segurança também poderá ser acessada por eles.*

Parecia que esse cara compartilhava as suspeitas de Nate de que havia pessoas na comunidade de inteligência envolvidas no que quer que fosse. E dado isso, se alguém colocasse registros no "lado seguro", ou seja, em servidores de classificação mais alta, eles não estariam seguros. Assim como os arquivos que ele colocou nos arquivos de evidência e que desapareceram.

— *Enviei um pacote criptografado para o seu e-mail pessoal com tudo o que tenho sobre o nosso suspeito, incluindo uma avaliação psicológica dele e de seus associados. — Ele compartilhou a senha para desbloquear o arquivo.*

Jeff checou seu smartphone.

— Certo. Recebido. Nem vou perguntar como você sabe meu e-mail pessoal.

— *Não é tão difícil. Jeff, sugiro fortemente que mantenha isso e todas as comunicações relacionadas longe dos serviços governamentais de e-mail e servidores seguros. Aposto que eles estão comprometidos por alguém de dentro. Todos os e-mails sobre esse assunto devem ser criptografados: senhas diferentes para cada transmissão, e use telefones embaralhados ao dizer a senha ao destinatário. Isso pelo menos vai atrasar quem estiver observando.*

— Certo, vou começar isso agora. Há mais alguma coisa que eu deveria saber?

— *Não confie em ninguém. Você e quem quer que designe para isso, tomem cuidado. Entendeu?*

— Entendi, Chefe.

— *Foi bom conversar. Diga olá a Margaret por mim.* — A linha ficou muda e Jeff apertou o botão do viva-voz, desligando o som de discagem.

— Caramba — disse Nate. — Quem era esse cara?

Jeff deu a Nate um sorriso resignado.

— Era o ex-Chefe da Divisão de Investigação Paul Hutchison, um agente lendário da CID. Fiz meu treinamento com ele. Vamos apenas dizer que não há homem vivo que saiba mais sobre investigações de fraude, negociações de crise e de reféns, e serviços de proteção. Além disso, mesmo estando na casa dos sessenta, ele é um gênio da informática e da criptografia.

— E agora ele suspeita de algo na AgriMed. Você realmente acha que isso está relacionado ao meu caso?

— Você acha?

Nate assentiu.

— Eu também.

Jeff pegou um tablet da gaveta de sua mesa.

— Este é meu tablet pessoal. ou criar uma rede Wi-Fi temporária no meu celular para transferir os dados de forma segura.

— Evitando a rede interna do governo?

— Com certeza. Vamos apenas dizer que não há nada que o Chefe disse que não esteja de acordo com o que você e eu já suspeitávamos, então vou fazer isso discretamente. — Jeff colocou o tablet sobre a mesa e fez sinal para Nate se aproximar.

Nate girou a cadeira para a mesa de Binghamton. E, pela primeira vez em sua carreira, viu um Diretor Assistente do FBI violar o protocolo investigativo.

Nate assobiou enquanto saía do carro e observava os oito hectares de gramado bem cuidado. No meio do oceano de verde, erguia-se uma imensa casa de três andares com altas colunas na frente. Isso o fazia lembrar de Monticello, a casa ancestral de Thomas Jefferson.

Nas bordas da propriedade, outros agentes estavam estabelecendo um perímetro. Ele caminhou decidido pela trilha de concreto que os levava através do gramado bem cuidado.

Olhou para sua parceira neste caso, a agente Alexandra Ragheb, com quem já havia trabalhado algumas vezes antes.

— Bela residência para um cientista pesquisador, não acha?

A agente magra e de cabelos escuros franziu a testa.

— Pois é. Tudo isso parece estranho. — Ela gesticulou para os agentes à distância. — Por que tantos outros? Estamos esperando problemas?

— Espero que não — disse Nate —, mas é melhor estar preparado. — Ele reajustou a Glock no coldre de ombro e alisou as rugas do seu terno.

Conforme se aproximavam da entrada, ele não pôde deixar de se impressionar. As portas da frente tinham três metros de altura e pareciam esculpidas em mogno maciço. Nate estimou que pesassem mais de duzentos quilos cada. Quando ele apertou a campainha, um som de sinos elegantes ecoou em algum lugar dentro da casa.

— *Um minuto* — uma voz feminina falou de algum lugar da casa.

Após alguns momentos, as portas se abriram e eles foram recebidos por uma mulher de cabelos pretos e curtos, usando um avental.

Nate mostrou suas credenciais.

— Senhora, sou o Agente Carrington — ele apontou para Alex — e esta é a Agente Ragheb. Nós somos do FBI. O dr. Chalmers está em casa? Precisamos falar com ele.

A mulher torceu o avental em suas mãos.

— Não, o doutor saiu e não volta até a noite, sinto muito. — Ela tinha um forte sotaque espanhol.

— Posso saber seu nome?

— F-Felicia — disse a mulher, nervosa. — Sou a governanta do dr. Chalmers. Ele não volta até a noite. Vou dizer a ele que você veio vê-lo.

Nate tentou não franzir a testa.

— Felicia — disse Alex. Sua voz era agradável e calmante. Ela era boa nisso. — Você poderia nos dar o número do celular do dr. Chalmers? É bastante importante que nós o contatemos imediatamente.

Felicia mordeu o lábio inferior e por um momento pareceu incerta.

— Ele certamente gostaria que entrássemos em contato — disse Alex, soando extremamente tranquilizadora.

Felicia acenou brevemente com a cabeça.

— Tudo bem, já volto. — Ela correu para dentro da casa, deixando a porta entreaberta.

Nate espiou para dentro. Um dos quadros no hall de entrada apresentava uma imagem deslocada e cartunesca de um rosto de homem.

— Não posso dizer muito sobre o gosto artístico desse cara — Nate sussurrou.

Alex soltou um riso abafado e balançou a cabeça.

— Nem para sua carreira como avaliador de arte. Tenho quase certeza de que isso é um Picasso.

Ele deu de ombros.

— Ainda parece uma porcaria para mim.

Em algum lugar da casa, Felicia gritou "Ai, meu Deus!" Nate detectou o cheiro de algo queimando. Momentos depois, Felicia voltou e entregou a Alex um cartão de visita.

— O novo telefone do dr. Chalmers está aqui. — Com uma expressão contorcida, ela perguntou: — Posso ir? A comida está quase queimando e eu preciso resolver isso.

Alex segurou o cartão e sorriu de maneira calorosa.

— Obrigada, Felicia. Vamos entrar em contato com o dr. Chalmers. É melhor você ir salvar a refeição. Entraremos em contato se precisarmos de mais alguma coisa. — Com uma expressão de alívio, Felicia se virou e fechou a porta.

Enquanto caminhavam de volta para o carro, Alex entregou a Nate o cartão de visitas. Ele discou para o agente responsável por estabelecer o perímetro.

— Mantenha vigilância sobre a casa. Vamos seguir a pista que acabamos de receber. Ele pode acabar voltando para cá.

— *Entendido. Manterei você informado.*

Nate então discou para um centro de chamadas especial do FBI estabelecido para esse caso.

— Agente Especial Nathaniel Carrington, preciso de uma localização para o seguinte número. — Ele leu o número de Chalmers no cartão.

Nate ouviu digitação ao fundo e uma voz feminina disse:

— *Esse número está vinculado a uma conta da Verizon. Temos conectividade ativa com a torre celular. Estou enviando as coordenadas GPS trianguladas atuais para o sistema de rastreamento do seu carro.*

Nate virou-se para Alex.

— Temos um rastreamento ativo. Vamos pegá-lo.

Frank respirou o ar fresco e sorriu. Quando as duas mulheres estavam em casa, ele era repreendido toda vez que se mexia. Agora que Kathy foi para a escola, ele tinha um pouco mais de liberdade.

Ele amava muito sua filha, mas estava feliz por ela estar de volta à faculdade, onde precisava estar. Além disso, ele estava cansado de ver ela e Megan discutindo uma com a outra. Nenhuma das duas jamais admitiria, mas essas duas mulheres eram exatamente iguais.

Kathy tinha ido embora há uma semana, e desde então, ele tinha voltado a sair da cama antes do amanhecer, tentando recuperar as forças que tinha antes de ficar doente. As dores profundas que sentia nas articulações tinham quase desaparecido, e mesmo que não tivesse falado muito sobre isso, achou que a essa altura estaria morto. Mas se ainda tinha alguma vida, iria vivê-la, não desperdiçá-la na cama ou sentado em uma cadeira.

Nem iria desperdiçá-la com um monte de médicos. Megan não estava feliz com isso, mas ela também tinha tentado contatar o administrador do ensaio clínico, e não teve mais sucesso do que ele. Então, por enquanto, pelo menos, ele estava livre para fazer o que quisesse.

— Não vou desperdiçar essa segunda chance de viver minha vida esperando por médicos — Frank disse para ninguém em particular.

Enquanto caminhava até o pasto mais próximo, Jasper corria em círculos, expelindo jatos de vapor na alvorada.

— Você parece uma locomotiva a vapor bufando desse jeito, seu cachorro louco.

O labrador marrom escuro latiu animado enquanto continuava correndo, gastando um pouco de sua energia inesgotável.

Frank subiu o morro entre ele e o pasto... e parou de repente. Jasper parou ao lado dele e soltou um longo e baixo gemido. Ele olhou à frente e seu sangue gelou. Acelerou o passo e Jasper começou a latir como louco. Ele pulou na frente de Frank, quase fazendo-o tropeçar.

— Que diabos! — Frank desviou de Jasper. Seu coração afundou no estômago enquanto olhava além da borda mais próxima do pasto cercado. No dia anterior, havia mais de cem cabeças de gado saudáveis no pasto, todas grávidas, com o parto esperado para começar em menos de um mês. — Não pode ser — Frank gemeu enquanto movia o olhar pelo pasto coberto de geada.

Todos os animais estavam deitados de lado, imóveis.

— Minha nossa! — Frank quase saltou quando seu rádio zumbiu. Ele apertou um botão no rádio bidirecional e disse: — Sim?

— *Frank, eu pedi para você me acordar. Eu ia fazer café da manhã e...*

— Megan! As vacas reprodutoras estão todas mortas. Todo o rebanho... — Frank se interrompeu quando ouviu o choro de um bezerro. Ele não conseguia identificar de onde vinha, apenas que estava em algum lugar entre os corpos. — Megan, acho que tem um bezerro vivo. — Ele começou a caminhar novamente em direção ao pasto. Jasper correu à sua frente, rosnou e mostrou os dentes.

— *Franklin O'Reilly!* — Megan gritou pelo rádio. — *Não se atreva a se aproximar do rebanho! Vou chamar o veterinário...*

— Mas, Megan...

— *Não, eu estou falando sério. Pode ter alguma doença ou algo que você possa pegar.* — A voz de Megan falhou. — *Por favor, volte para casa.*

A angústia de Megan penetrou na névoa de choque de Frank.

— Você está certa. Eu vou voltar. Mas ligue para o dr. Johnson. Ele precisa vir para cá imediatamente.

CAPÍTULO DEZESSEIS

Esperando no carro do lado de fora do Eastview Mall, Nate tocou no botão de atualização do monitor de rastreamento pela enésima vez. A tela atualizou, mostrando a localização triangulada do celular do dr. Chalmers.

— Por quanto tempo esse cara consegue fazer compras? — Nate resmungou.

Alex se contorceu no banco do passageiro, estalando as costas.

— Ainda acho que deveríamos entrar.

— Este lugar está cheio de gente a essa hora do dia. Seria melhor esperarmos até que ele vá para um local menos lotado para abordá-lo.

Alex apontou para a tela.

— O ponto está se movendo!

— Merda. — Nate colocou o assento de volta em uma posição mais ereta e virou a ignição do Chevy Suburban. O motor rugiu à vida.

Enquanto ele passava lentamente pelo estacionamento, Alex disse:

— Parece que ele está na Commons Blvd e... não, espere, está entrando na NY96 North.

Nate pisou no acelerador e manobrou o carro no meio do trânsito.

— Estamos procurando um Mercedes preto, certo?

— Sim, Mercedes preto. — Alex abriu seu bloco de notas e folheou as primeiras páginas até que seu dedo parou em algumas anotações rabiscadas às pressas. — Logo depois de deixar o emprego anterior, ele vendeu o carro antigo e solicitou a placa de um Mercedes novinho em folha. Procure um S-Series com placa temporária.

Nate examinou o tráfego pesado do meio-dia e balançou a cabeça.

— Ainda não estou vendo nada.

Alex tocou o botão de atualização. O ponto cinza saltou para a frente.

— Ele acabou de entrar na I-490, indo para oeste.

— Droga. — Nate girou o volante com força para a direita, mal entrando na rampa da rodovia.

Seu celular tocou e ele atendeu com um toque no ícone do telefone no volante.

— Carrington, o que está acontecendo?

— *Nate, aqui é Bill Wallace, o agente encarregado da vigilância na casa do médico. A empregada ligou para nosso suspeito logo depois que vocês partiram. Ele sabe que está sendo procurado.*

— Bem, Alex e eu estamos atrás dele. Parece que ele está voltando para casa.

— *Tudo bem, vamos ficar de olho.*

Depois de quase quarenta e cinco minutos de trânsito *para e anda*, a paciência de Nate estava se esgotando. Ele olhou para a tela e perguntou:

— Tem certeza de que ele saiu daqui?

Alex pressionou o botão *atualizar* mais uma vez. Depois de um breve atraso, o ponto cinzento apareceu no mapa e ela disse:

— Sim, parece ter seguido pela saída 10.

Nate desviou da rodovia e se concentrou nos carros próximos enquanto se dirigia para o local no mapa.

Ao se aproximarem da placa, Alex apertou *atualizar* mais uma vez e, quando a tela atualizou a localização do celular, ela concluiu:

— Parece que ele parou; o sinal está estacionário agora.

— Não estou vendo o Mercedes em lugar algum.

— Vire à direita na Lyell Avenue.

Nate alternava a atenção entre a rua e a tela de rastreamento enquanto se aproximavam da localização do celular.

Alex apontou para um grande estacionamento.

— O sinal está vindo de lá.

Nate virou para o estacionamento.

— Ainda não estou vendo o carro dele. — Ele examinou a grande extensão de asfalto e seu estômago se revirou ao perceber onde estava. — O que ele está fazendo no centro de processamento do Serviço Postal dos EUA?

Alex balançou a cabeça.

— Não faço ideia.

Nate entrou em uma vaga.

— Vamos dar uma olhada.

Eles entraram em um armazém que era apenas para funcionários. Nate não pôde deixar de pensar que talvez tivessem cometido algum tipo de erro.

Um dos reboques de trator estava descarregando grandes cestas de correspondência para processamento posterior. Ele se aproximou de um homem que usava um uniforme do Serviço Postal dos EUA e mostrou seu distintivo.

— Sou o Agente Especial Carrington, do FBI. Estou à procura de um homem que, acredito, acabou de chegar aqui. Ele tem cerca de 40 anos, cabelos loiros, mede 1,80 m e pesa 90 kg. Viu alguém assim? O nome dele é Steve Chalmers.

O trabalhador de aparência rude balançou a cabeça.

— Não há ninguém com esse nome aqui. Eu saberia, sou o gerente de processamento deste turno.

Nate olhou para o armazém e para as inúmeras pilhas de correspondência esperando para serem separadas. Ele franziu a testa.

— Por acaso você viu um Mercedes preto nos últimos dez ou quinze minutos?

O gerente deu um sorriso torto.

— Não vemos muitas Mercedes por aqui. Tenho certeza de que teria notado uma se ela tivesse passado por aqui.

Com uma forte sensação de desgosto, Nate se perguntou se haviam rastreado o número errado ou se a triangulação estava imprecisa.

Alex cutucou Nate e sussurrou:

— Por que não ligamos para Chalmers e vemos se podemos localizá-lo?

Nate suspirou.

— Não é como se houvesse algo a perder nesse estágio. — Ele pegou o celular e discou o número do médico.

Ao encostar o telefone no ouvido, ouviu um toque, seguido de outro.

Um dos homens do depósito gritou:

— Ei, chefe! Tem um pacote vibrando aqui.

As palavras do homem ecoaram na mente de Nate.

Ah, não.

Nate desligou e correu até o homem que tinha acabado de gritar.

— Qual pacote?

O funcionário do correio apontou para uma caixinha de remessa *Priority Mail.*

Estava endereçada à Tops Pharmacy, em Hamlin, Nova York.

Com um pressentimento ruim, Nate rapidamente rediscou o número em seu telefone.

A caixa começou a vibrar imediatamente.

— Filho da puta! — Nate pegou a caixa da fila de processamento.

— Você não pode abrir isso sem uma ordem judicial! — gritou o gerente, correndo em direção a eles em protesto.

Enquanto Nate abria a caixa, Alex rapidamente mostrou ao gerente uma fotocópia da ordem judicial.

Cerrando os dentes, Nate olhou para dentro da caixa e viu um smartphone.

Era exatamente o que eles temiam encontrar..

O dr. Al-Siddiqui entrou na sala de exames e deu um sorriso amigável para Kathy.

— Boa tarde, srta O'Reilly. Espero que tenha tido boas férias de inverno.

Kathy deu de ombros.

— Certamente foram muito agitadas. — Isso era um eufemismo.

O médico abriu seu prontuário.

— Vejamos, estamos acompanhando a sua fadiga e anemia, correto?

— Sim, mas... — A verdade era que Kathy estava se sentindo ótima. Sem fadiga alguma. Ela havia pensado em cancelar a consulta de acompanhamento, mas achou que deveria verificar apenas para ter certeza. — Na verdade, estou me sentindo muito bem. Sem fadiga alguma.

— Bem, isso é fantástico. — O dr. Al-Siddiqui baixou o otoscópio montado na parede. — Vamos apenas fazer um exame básico e ver se está tudo bem.

O médico examinou seus ouvidos, ouviu sua respiração, iluminou seus olhos, mediu sua pressão arterial e mediu sua temperatura.

— Sua temperatura é de 38 graus — disse ele. — Você não sente nenhum sintoma de febre leve?

— De verdade? Não, estou me sentindo muito bem. Melhor do que me senti em meses.

— Bem, não é suficientemente alta para causar preocupação. — Ele passou para a próxima página do prontuário. — Sua temperatura também estava um pouco elevada na sua última visita. Talvez você tenha apenas uma temperatura basal alta. Algumas pessoas têm. — Ele rabiscou algo em seu prontuário, depois olhou para cima. — Bem, tudo parece bem, portanto, se você está se sentindo bem, recomendo que continue fazendo o que está fazendo.

Ao sair da clínica, Kathy percebeu que ele estava certo - ela devia estar fazendo algo correto, pois nunca havia sentido uma energia tão satisfatória percorrer seus membros. Ela se sentia como... como uma nova pessoa.

Kathy sorriu e se perguntou se havia levado algum de seus equipamentos de corrida para a escola.

O jato particular acelerou na pista, pressionando Nate contra seu assento. Segurando os apoios de braço revestidos de couro, ele sentiu seu interior se deslocar enquanto o jato se afastava do Aeroporto Internacional de Dulles.

O alto-falante do teto estalou e a voz do capitão foi transmitida pela cabine vazia.

— *Agentes especiais Carrington e Ragheb, recebemos autorização para uma alteração em nosso plano de voo. Em vez de aterrissar no*

McCarran International em Las Vegas, nosso destino será o Homey Airport.

— *O pessoal do FBI estará esperando para levá-los das instalações de Groom Lake, diretamente para a área do incidente.*

— *Isso reduzirá nosso tempo de voo em cerca de dez minutos, com previsão de aterrissagem às 15h45..*

— Groom Lake? — Alex perguntou. — Não é lá que a Área 51 fica?

— Eu já estive lá — disse Nate. — Não vi nenhum alienígena.

Eles receberam uma diretriz duas horas antes. Um risco biológico foi descoberto nos arredores de Ash Springs, Nevada, e os investigadores locais do FBI solicitaram ajuda para processar a cena. Ele não pôde deixar de se perguntar se isso estava relacionado à sua última visita à área.

— Bem, alienígenas ou não — disse Alex —, sabe que se fosse um derramamento químico comum ou algo assim, estariam chamando o pessoal da FEMA, a Agência Federal de Gestão de Emergências dos Estados Unidos, não nós. Nosso pessoal no local deve suspeitar de atividade criminosa

Nate deu de ombros.

— Só espero que eles *também* tenham chamado a FEMA. Porque não me inscrevi para o serviço de limpeza.

O alto-falante acima de seus assentos estalou novamente.

— *Agentes, uma atualização importante do Diretor Adjunto. Fomos informados de que há vítimas fatais no local. Serão necessários procedimentos de contenção de nível quatro para todas as evidências coletadas.*

— Merda — murmurou Nate. — Em que estamos nos metendo?

Uma meia dúzia de agentes do FBI estava esperando na pista quando Nate e Alex saíram do avião. Quando vários deles começaram a carregar os suprimentos de Nate e Alex em uma SUV, o encarregado local se apresentou como Agente Mark Cross.

O agente que liderava o grupo apertou a mão de Nate e fez sinal para os outros agentes.

— Equipe, este é Nate Carrington. Ele vai liderar a investigação desse incidente. — Ele se virou para Alex e disse: — Peço desculpas, não fui informado de sua participação. E você é...?

— Essa é a agente especial Alex Ragheb. — Nate apontou para Alex. — Ela é especialista em armas biológicas com doutorado em biologia molecular.

O agente local apertou a mão de Alex.

— Prazer em conhecê-la. Suspeito que sua experiência será particularmente útil nesse caso.

Alex apertou a mão do restante da equipe e perguntou:

— Então, com o que estamos lidando? A diretriz que recebemos não tinha muitos detalhes.

Nate apontou para os utilitários esportivos pretos e disse:

— Vamos conversar e nos mover ao mesmo tempo.

Em poucos minutos, eles estavam seguindo em direção a Ash Springs.

Alex repetiu sua pergunta.

— Então, com o que estamos lidando?

Cross balançou a cabeça.

— Tudo começou quando um fazendeiro local relatou que todo o seu rebanho de gado morreu durante a noite. O xerife do condado...

— Espere — interrompeu Nate. — Você está me dizendo que agora estamos investigando gado morto? Provavelmente algum fazendeiro local está eliminando a concorrência.

— Esse também foi meu primeiro pensamento. Mas três pessoas que se aproximaram do local já foram hospitalizadas. A primeira foi o veterinário local. O fazendeiro o chamou para verificar o rebanho e, depois de se aproximar do gado, desenvolveu sintomas agudos e severos de intoxicação. Uma ambulância foi chamada e o xerife foi avisado. Eu sabia que era algo mais do que uma simples intoxicação por água ou algo do gênero.

Alex se inclinou para a frente e perguntou:

— Então, o que você viu quando chegou lá?

O rosto do agente local tinha uma expressão de assombro.

— Quando chegamos ao local, a ambulância estava se afastando com dois dos homens do xerife. Parece que um bezerro sobreviveu à morte do resto do rebanho, mas ficou preso embaixo de um dos animais mortos. Um tolo foi até o pasto para tentar ajudar o animal e, pelo que nos disseram, assim que chegou perto, gritou algo sobre seus olhos arderem e apresentou convulsões severas. Seu parceiro correu e o arrastou para fora do pasto, mas depois também começou a apresentar sinais de doença.

Nate olhou para Alex enquanto ela mordia o lábio inferior.

— Mais alguma coisa? — ela perguntou.

— O bezerro acabou morrendo mesmo assim. Ele se soltou e começou a seguir em direção à polícia, então alguém o abateu com um tiro de fuzil. De qualquer forma, depois de tudo isso, você pode entender por que eles nos trouxeram aqui.

Nate franziu a testa.

— Qual é a situação atual do veterinário e dos dois policiais?

Cross balançou a cabeça.

— O veterinário sucumbiu aos sintomas e faleceu antes de chegar ao hospital. Um dos oficiais está em coma induzido em estado crítico, e o estado do outro permanece incerto.

— Estamos lidando com algo extremamente grave aqui — murmurou Nate. — Presumo que você tenha isolado a área.

— Os policiais fizeram isso antes de chegarmos. Montaram uma barreira de 30 metros ao redor do pasto.

— Isso é bom. — Nate se virou para Alex. — O que você acha?

Ela deu de ombros.

— Pode ser um agente químico. Um agente altamente volátil, como sarin, tabun ou mesmo soman, poderia se espalhar por uma área, matando o rebanho. Mas, por enquanto, só posso especular. Preciso dar uma olhada nos animais antes de poder dizer algo definitivo.

Nate perguntou:

— Quanto tempo falta para chegarmos lá?

— Alguns minutos — respondeu um dos agentes no banco da frente.

Nate se recostou no assento de couro e se concentrou na missão.

— Alex, você e eu vamos nos equipar e entrar. Nossos trajes e equipamentos de respiração são compatíveis com trinta minutos de exposição. Vamos aproveitar o máximo possível. Vou coletar amostras do solo a cada seis metros. Precisaremos de amostras de vários animais. Quero especialmente amostras biológicas do bezerro. Dependendo do tamanho da área, talvez seja necessário nos dividirmos. Use o protocolo padrão de materiais perigosos. Lacraremos as amostras coletadas no local, lacraremos novamente fora do local e depois uma terceira vez para garantir que não haja problemas. Tudo isso vai para a área de contenção de nível 4 em Quantico. Alguma pergunta antes de chegarmos lá?

— Só uma — disse Alex. — Se for algum tipo de agente nervoso, como foi parar lá?

Nate franziu a testa.

— Não faço a menor ideia.

Quando Juan entrou em um salão decadente nos arredores de Arlington, o aroma denso de comida frita gordurosa e cerveja o fez lembrar de seus dias de faculdade. Uma lembrança bem-vinda de tempos menos conturbados.

Ele se sentou no balcão e uma bartender de meia-idade e seios fartos lhe lançou um sorriso.

— O que você quer, querido?

— Que tal uma Budweiser?

— É para já.

Juan esticou os braços em direção ao teto e ouviu suas costas estalarem à medida que a tensão se esvaía lentamente.

Eram cinco da tarde, portanto, sem surpresa, o lugar estava bastante vazio... embora Juan não tivesse dúvidas de que, em algumas horas, o lugar se encheria de bebedores, risadas estridentes e talvez até uma briga ocasional. Era esse tipo de lugar.

A porta se abriu e dois homens de terno entraram. Os mesmos homens que haviam seguido Juan durante todo o dia. Ou, pelo menos, ele supôs que estivessem. Ele só os notou uma outra vez, quando estava abastecendo. O cara com o cabelo loiro platinado cortado rente era difícil de não notar.

Juan achava que eram seguranças da AgriMed designados para vigiá-lo. Pensou em acenar para que se juntassem a ele no bar, mas achou que recusariam. Provavelmente deveriam manter distância.

A bartender passou a cerveja para Juan e perguntou:

— Querido, quer que eu abra uma conta para você? Se não, são quatro dólares.

Juan tomou um gole da cerveja gelada e colocou uma nota de cinco dólares no balcão.

— Fique com o troco.

Ela pegou o dinheiro enquanto Juan olhava para as imagens sem som na tela.

Enquanto tomava um gole, um banner de *notícias de última hora* apareceu na TV pendurada sobre as prateleiras de bebidas alcoólicas e um repórter local estava parado do lado de fora do escritório do legista. Juan leu o texto em *closed caption* que passava pela tela.

— *O legista determinou que a causa da morte das três pessoas encontradas em sua casa em Arlington na terça-feira foi envenenamento.*

— *Este repórter tentou obter mais informações do Departamento de Polícia de Arlington, mas eles se recusaram a comentar sobre qualquer caso pendente.*

— *Isso vem na esteira de duas outras mortes relacionadas a veneno relatadas na área metropolitana de DC nas últimas duas semanas. Manteremos o público informado à medida que soubermos mais.*

Juan desviou o olhar da tela. Ele já tinha muito em que pensar sem se preocupar com uma onda de crimes locais. Por que alguém teria invadido seu apartamento? O que as pessoas poderiam estar fazendo com seu trabalho e por que ele precisava de dois homens vigiando-o?

Tomando um grande gole da cerveja, Juan olhou para a mesa onde seus observadores se acomodaram.

Um deles parecia concentrado no cardápio, enquanto o outro baixou o olhar assim que Juan se virou em sua direção.

Por que eu sinto que ninguém ao meu redor está dizendo a verdade?

— Não tenho ideia do que aconteceu — disse Frank com sinceridade.

Dois agentes do FBI sentaram-se à mesa da sala de jantar com ele e Megan. Um deles, um homem chamado Carrington, tinha uma expressão séria e se mantinha com uma postura perfeita, lembrando muito a Frank um militar.

— Tudo o que sei — continuou Frank — é que quando fui até o pasto logo pela manhã, todo o gado reprodutor estava morto.

— Gado reprodutor? — perguntou a Agente Ragheb. — Esse é um tipo especial de gado?

— Não, querida — disse Megan com um sorriso. — Ele só quer dizer que elas estavam grávidas. O parto estava previsto para fevereiro.

— E quanto ao bezerro? Há possibilidade de nascimento prematuro?

Frank assentiu. Ele sentiu uma pontada de tristeza ao se lembrar do chamado do bezerro mais cedo naquela manhã.

— Isso acontece às vezes, mas geralmente não tão cedo. O bezerro não estava lá ontem, mas eu o ouvi chorando esta manhã.

O telefone do agente tocou e ele o tirou do bolso.

— Carrington.

Frank se esforçou para ouvir a voz do outro lado.

— *O pessoal do Esquadrão de Desativação de Explosivos de Nellis está pronto para explodir a área, então eu queria ter certeza de que você está bem com as amostras que coletou.*

— Sim, temos o que precisamos. Certifique-se de que esses caras saibam que há uma casa de fazenda a poucos metros de distância.

— *Entendido, vou avisá-los.*

Carrington guardou o telefone.

— Sr. e Sra. O'Reilly, vocês têm algum inimigo? Alguém que possa ter uma razão para prejudicar especificamente seu gado ou sua propriedade?

Megan ofegou, e Frank deu um tapinha em sua coxa.

— Agente Carrington — disse ele —, somos simples fazendeiros. Tenho uma filha na faculdade e crio gado de corte para viver. É só isso. Se quisermos nos divertir muito, eu e alguns dos funcionários do rancho podemos explodir alguns tocos com dinamite. É só isso.

Ragheb perguntou:

— E quanto aos outros fazendeiros? Algum problema com eles?

— Você quer dizer que eles também tiveram mortes de gado? — perguntou Frank.

— Não. — Ela balançou a cabeça. — Quero dizer, você teve alguma interação desagradável com os outros fazendeiros locais? Algum conflito?

Frank balançou a cabeça.

— Senhora, nós, fazendeiros particulares, nos consideramos uma comunidade. Não podemos nos dar ao luxo de guardar rancor ou ser mesquinhos com as coisas.

Megan o interrompeu.

— Oh, deixe-me adicionar algo importante aqui, Frank. Todas as esposas daqui se conhecem. Trocamos receitas, pegamos xícaras de açúcar emprestadas, ajudamos umas às outras. É a única maneira de sobreviver. Nós, O'Reilly, emprestamos de bom grado um touro para os Hanford, e eles nos fazem um acordo para feno fresco. Até fazemos acordos de carne com os Glenford, donos do resort em Coyote Springs, para que possamos ter acesso aos contatos deles para comprar milho barato. Veja bem, somos todos pequenos empresários que não podem se dar ao luxo de brigar como se vê na TV. Se você está brigando e guardando rancor, isso significa que não tem trabalho suficiente para fazer.

Frank apertou o joelho de Megan.

— Eu amo você, mulher.

A agente Ragheb sorriu e rabiscou algo em seu caderno.

— Aconteceu algo incomum por aqui recentemente? Ou vocês viram alguém por perto que talvez não conheçam muito bem? — Frank disse não, assim como Megan disse sim.

Megan se aproximou e esfregou a parte superior do braço de Frank.

— É que meu marido foi diagnosticado com câncer e está em tratamento. Isso é bastante incomum para nós.

O agente Carrington disse em tom sombrio:

— Sinto muito que esteja passando por isso.

Frank ignorou as palavras.

— Não penso muito sobre isso. — Ele voltou o polegar para Megan e sorriu. — Ela se preocupa bastante com nós dois. Além disso, fiz tratamento no Departamento de Veteranos e eles estão fazendo um ótimo trabalho.

— Você é veterano? — Carrington perguntou.

— Sim, senhor. Eu era um onze bravo da Vigésima Quarta Infantaria de Fort Stewart. — Frank permitiu que sua mente voltasse ao que parecia ter sido uma vida inteira atrás. — Na Tempestade no Deserto, éramos nós e a Terceira Cavalaria Blindada no Vale do Rio Eufrates, cortando parte do exército de Saddam que havia entrado no Kuwait.

— Fevereiro de 1991 — disse Carrington. — Eu me lembro bem disso. Eu estava na região.

— Ah? — Frank sorriu. — Qual era o seu MOS?

— Dezoito bravo.

— Oh, droga. — Frank apertou a mão do agente novamente. — É bom conversar com alguém que andou na mesma areia.

Megan deu um tapinha em Frank e sussurrou:

— Dezoito bravos?

— Forças Especiais — ele explicou.

— Nate. — Ragheb se virou para seu parceiro. — Há mais alguma coisa que você queira perguntar ao sr. ou à sra. O'Reilly?

— Neste momento, não. — Carrington deu uma olhada em seu relógio. — Bem, o EOD está no local do incidente...

— Eles vão explodir o pasto? — perguntou Frank, nervoso.

— Não tenho certeza. Se for algum tipo de veneno, a única maneira de nos livrarmos dele é com calor muito elevado, o que pode decompor as substâncias tóxicas de forma segura. Mas o que quer que eles façam, acontecerá em breve, portanto, não se assuste se ouvir algo muito alto.

— Pobre dr. Johnson. — Megan suspirou.

Os dois agentes se levantaram, e Frank os acompanhou.

— Estou realmente sem palavras. Não tenho vergonha de admitir que estou morrendo de medo. — Ele olhou para Ragheb. — Desculpe, senhora. Só tenho medo de que, se não descobrirmos o que matou o gado, isso possa acontecer de novo.

O agente Carrington apertou sua mão.

— Faremos o possível para garantir que isso não aconteça.

Enquanto Frank e Megan acompanhavam os agentes até a varanda, o chão tremeu e as janelas chacoalharam com o estrondo de uma explosão distante. Um raio de luz vindo da direção do pasto foi seguido quase que imediatamente por outro estrondo alto.

Frank segurou a mão de Megan e a apertou de leve.

— Isso não foi tão ruim...

Outro raio de luz iluminou o horizonte, e o som de uma explosão ainda maior passou pela casa, quebrando uma das janelas. Jasper, que estava trancado em um quarto, uivou, e Megan gritou. Foram necessários quinze segundos para que o zumbido nos ouvidos de Frank diminuísse.

O rádio em seu cinto vibrou e ele ouviu a voz de Buck no alto-falante da unidade portátil.

— *Sr. O'Reilly, você ouviu alguma explosão barulhenta? O gado está muito assustado.*

Em silêncio, Frank rezou para que as explosões acabassem por ali.

O agente Carrington olhou envergonhado para a janela quebrada.

— Sinto muito, senhor. Vou garantir que um de nossos agentes locais venha aqui mais tarde para avaliar os danos e organizar o reparo.

CAPÍTULO DEZESSETE

A porta do escritório de Paul Hutchison se abriu e o diretor careca da segurança da AgriMed cumprimentou Juan com uma expressão sombria.

— Entre. — Hutchison fez sinal para uma cadeira e se sentou atrás da escrivaninha simples com tampo de fórmica.

Juan se sentou com uma sensação de pressentimento, quase como se estivesse de volta à escola primária e sentado na sala do diretor.

— Dr. Gutierrez, vou direto ao ponto. Um diretor assistente do FBI entrou em contato comigo e fui informado de algumas coisas que o senhor precisa saber.

— Informado? — perguntou Juan.

— Desculpe, no jargão governamental, estar *informado* significa que você recebeu autorização para acessar certos programas classificados.. Por falar nisso... — Hutchison empurrou uma pequena pilha de papéis sobre sua mesa em direção a Juan. — Este é um SF86, um formulário padrão que o governo usa para verificar se alguém tem acesso a material classificado. Você vai precisar preenchê-lo.

Era um formulário longo.

— Tudo isso? — perguntou Juan. — Do que se trata?

— Sim, tudo isso. Até que você complete isso, só posso revelar que isso está relacionado aos incidentes do seu algoritmo aparecendo onde não deveria. E que você vai trabalhar com o FBI.

Juan sentiu um aperto no peito.

— Mas e quanto à minha pesquisa? Preciso falar com o dr. Winslow...

— Eu já falei com o Winslow. Provavelmente já tem um e-mail dele em sua caixa de entrada sobre isso. De qualquer forma... — O diretor de segurança apontou para os formulários na mão de Juan e disse: — Por favor, preencha isso imediatamente. Não é algo que pode ser adiado. Caramba, obter autorizações temporárias geralmente leva um mês ou mais, mas me deram a impressão de que eles estão literalmente esperando o formulário preenchido. Não me surpreenderia se você acabasse recebendo uma resposta quase imediata.

Hutchison se inclinou sobre sua mesa e ofereceu uma caneta a Juan.

Juan a pegou. E quando começou a escrever suas respostas, ele se perguntou no que havia se metido.

Poucas horas depois de preencher a papelada do SF86, Juan recebeu uma ligação de alguém do Ofício de Gestão de Pessoal, que tinha uma série de perguntas sobre suas respostas. Logo após, outra ligação confirmou seu acesso a um programa compartimentado, cujo código ele mal lembrava.

Juan agora estava na Academia do FBI, segurando uma recém-impressa identificação de consultor.

— Dr. Gutierrez?

Juan se virou e deu de cara com o agente especial Nate Carrington, que já o havia interrogado na AgriMed. Eles se cumprimentaram com um aperto de mão e Carrington fez sinal para que Juan o seguisse.

Juan colocou a alça da bolsa de transporte do laptop sobre o ombro e, enquanto caminhavam para fora do prédio, Nate explicou:

— Como o prédio do laboratório não exige crachá adicional, e agora que você tem seu crachá de consultor e o acesso necessário, discutiremos o caso em nosso caminho.

Ao saírem, o frio transformou suas respirações em jatos de névoa, apressando seus passos em direção ao imponente prédio do laboratório.

— Bem — disse Carrington, — nos últimos dois anos, estive envolvido em alguns casos não resolvidos com uma linha comum... uma linha na qual acho que você poderá ajudar. Cada um desses casos apresentou evidências de DNA que meus técnicos de laboratório descreveram como *únicas*. As análises revelaram que, embora as amostras - uma pena de um pássaro, pele de um cachorro, músculo de uma vaca - pareçam comuns, seus perfis de DNA não correspondem a nenhuma espécie catalogada. E é aí que você entra.

— Agente, estou disposto a ajudar, mas devo lembrar que minha especialidade não é diretamente análise de DNA. Tenho certeza de que seus próprios analistas...

— Algoritmo de Darwin versão 3.4. Isso lhe diz alguma coisa?

Os olhos de Juan se arregalaram.

Nate assentiu.

— Sim, foi o que pensei. Suspeitamos que essas amostras únicas são resultado direto do uso indevido de seu algoritmo.

A raiva borbulhou dentro de Juan. Alguém estava brincando com o que ele havia criado?

— Esse algoritmo nunca deve ser usado sem procedimentos cuidadosos de segurança — disse ele. — Meu Deus, se alguém simplesmente o usasse como está, sem levar em conta os procedimentos adequados... — Ele estremeceu.

O agente assentiu.

— É por *isso* que você foi chamado neste caso. Temos o que acreditamos ser uma atividade nefasta usando tecnologia roubada de sua empresa.

Juan gaguejou de indignação.

— Sinto muito ser o portador de más notícias, mas parece que foi exatamente isso que aconteceu.

O rapaz balançou a cabeça.

— Você entende que o objetivo da minha pesquisa é combater ao câncer. Trabalhei durante quatro anos em semanas de cem horas, noites sem dormir e sem férias. Nem imagina como é frustrante saber que alguém está abusando de todo o meu trabalho árduo.

— Compreendo perfeitamente — disse Carrington. — Não apenas a frustração, mas também a raiva justificada diante de tal abuso do seu trabalho. — Ele deu uma risada seca. — E, acredite, rezo para que seu trabalho com o câncer seja bem-sucedido e quero que você volte a ele o mais rápido possível. Mas, por enquanto, precisamos de sua ajuda para conter... o que quer que esteja acontecendo.

O agente então continuou:

— Em particular, compartilhamos sua preocupação com o uso imprudente dessa tecnologia. E se algo der errado porque eles não estão seguindo os rigorosos procedimentos de segurança que você estabeleceu?

Juan soltou um suspiro.

— Seria um desastre.

O laboratório de acesso especial do FBI era menor do que o que Juan usava no trabalho, mas tinha equipamentos modernos e alguns computadores de última geração foram instalados para acelerar alguns de seus cálculos. Quatro estações de trabalho pesadas estavam trabalhando em algumas simulações que ele havia começado a fazer no início da semana.

Em uma extremidade do laboratório, uma porta selada levava à câmara externa da unidade de biocontenção de nível quatro. As últimas amostras coletadas estavam armazenadas ali, dentro de um gabinete de biossegurança refrigerado de classe três. Apesar de estar aqui há três dias, Juan ainda não tinha entrado lá. Ele não iria lidar com o traje de pressão positiva, os chuveiros e todas as outras medidas de segurança, a menos que fosse necessário.

Em vez disso, passou a maior parte do tempo debruçado sobre a pesquisa que os analistas do FBI já haviam feito. Ficou irritado ao descobrir que algumas passagens estavam ocultas, especialmente quando se tratava de nomes e locais, mas até agora parecia que ele tinha acesso a tudo o que era cientificamente relevante.

A pedido do agente Carrington, ele agora se sentou para ditar algumas informações resumidas sobre sua pesquisa.

— A versão do Algoritmo de Darwin que foi roubada, a versão 3.4, que tem quase um ano de idade, tinha vários problemas que a tornavam particularmente perigosa. Quando a usei para simular a evolução em milhares de gerações, ela tendia a gerar anomalias que se afastavam cada vez mais do alvo pretendido. Por esse motivo, ela foi rapidamente descartada. As versões subsequentes eram muito mais controladas e eficazes e, mesmo assim, continuamos a ajustá-las até hoje.

Ele continuou:

— Aquelas que possuem esse algoritmo também não poderiam fazer os ajustes necessários para corrigir suas deficiências. O algoritmo em si é meramente o produto final de muitos cálculos subjacentes que não podem ser facilmente submetidos à engenharia reversa. Isso se torna ainda mais difícil porque o código contém centenas de milhares de linhas de entradas inseridas manualmente e, sem saber como essas entradas se relacionam umas com as outras e por quê, você não teria como entendê-las. Na verdade, você teria que ser habilidoso em genética, ter feito os mesmos tipos de pesquisa, que eu ainda não documentei publicamente, e, é claro, ser um criptoanalista.

— O que quer dizer que quem roubou a versão 3.4 está preso a ela. O que... é lamentável.

— Essa versão do algoritmo resultou em uma alta taxa de mortalidade para o *Rattus norvegicus*, o camundongo marrom comum. O problema surgiu no que eu gosto de chamar de *ruído de linha* no genoma. O algoritmo foi eficaz no sentido de que, após duzentas mil gerações, alguns dos genes expressariam exatamente o que eu queria - mas, a essa altura, havia tanto caos, tanto absurdo no restante do material genético, que qualquer tentativa de inserir o genoma simulado em um espécime vivo resultava na morte do camundongo.

— Foram necessários milhares de experimentos clínicos, trabalho que ainda está em andamento, para isolar o que estamos procurando. Uma expressão genética que vai acabar com o câncer.

Um bipe soou atrás de Juan e ele parou o ditado. Ele se virou para a estação de trabalho mais à direita e sorriu quando a mensagem *Padrão Correspondente* apareceu na tela.

A estação de trabalho 4 havia encontrado uma sequência correspondente. Isso resolveu o problema. Quem quer que fosse o responsável pela amostra aviária - a pena que se assemelhava a uma de Diamante-de-gould estava usando a versão 3.4.

Juan começou a percorrer o resumo dos resultados.

Ele ficou chocado com o que encontrou.

A evolução da amostra aviária foi executada por duzentas mil gerações. Isso era o que Juan havia feito para a evolução dos camundongos, mas se devia ao fato de suas gerações serem muito curtas. Duzentas mil gerações de camundongos equivaliam a um período de evolução de apenas quatro mil anos, e até mesmo isso havia exigido um trabalho imenso para dar certo.

Mas a maturidade sexual do Diamante-de-gould era entre seis e nove meses, o que significava que alguém havia simulado mais de *cem mil anos* de evolução.

Juan não conseguia acreditar. Mesmo para os camundongos, ele teve que filtrar quase noventa e cinco por cento das alterações genéticas para produzir um espécime vivo. Era um milagre absoluto que esses ignorantes tivessem qualquer sujeito clínico que sobrevivesse..

Um calafrio percorreu as costas dele.

Meu Deus, que tipo de animal eles acabaram criando?

Usando uma roupa de proteção de pressão positiva, mais comumente conhecida como roupa azul, Juan sentou-se no banco alto do laboratório em frente à cabine de segurança biológica de classe três. O zumbido do circulador de ar ecoava pelo pequeno laboratório de contenção de nível quatro.

Juan odiava trabalhar nesses ambientes. Seu traje e o ar garantido dentro da cabine de segurança biológica eram as únicas coisas que o impediam de ser contaminado.

Como o ditafone não sobreviveria à ducha de descontaminação química a que ele teria de se submeter ao sair do laboratório, Juan pressionou o botão na lateral de seu traje pressurizado.

Isso ativou o microfone embutido no capacete de seu traje azul e deveria transmitir o que ele dissesse para quem quer que estivesse ouvindo as malditas gravações que lhe foram pedidas.

Pegando a gaiola de amostras que havia trazido, ele a colocou na cabine de segurança biológica e, por um momento, sentiu uma pontada de tristeza pelo pequeno camundongo branco.

Isso provavelmente não seria bom para o animal.

— Estou colocando a gaiola com o espécime vivo de *mus musculus* no compartimento de biossegurança.

Juan apertou outro interruptor perto do gabinete e disse:

— O gravador de vídeo está ligado.

Inclinando-se para a frente, ele entrou no gabinete e abriu a pequena unidade refrigerada que continha as amostras contaminadas.

— Abri a unidade de refrigeração e agora estou extraindo uma das amostras de biópsia retiradas do bezerro.

Juan abriu um dos sacos de provas lacrados e, com uma pinça, extraiu uma das amostras de biópsia da vaca que havia sido coletada no campo. Ele observou o camundongo e esperou.

— A amostra foi extraída. Até o momento, não houve reação da cobaia.

Ele se inclinou para mais perto, mas ainda se mantendo longe da entrada aberta do gabinete. O pelo do camundongo se movia com a entrada do ar que era sugado para dentro do gabinete de contenção.

— A amostra parece não ter sofrido nenhuma decomposição. O espécime manteve a densidade normal e a coloração também está normal.

Juan começou a reorganizar a gaiola e a amostra dentro do gabinete.

— Até agora, não houve reação da cobaia. Estou colocando a cobaia atrás da amostra para garantir a exposição.

— A cobaia percebeu o que ele certamente vê como alimento e colocou o focinho contra o lado mais próximo da gaiola, de frente para a amostra.

Olhando para o relógio de parede, Juan esperou.

Depois de alguns minutos sem nenhuma reação do camundongo, Juan se inclinou para frente e retirou algumas das outras amostras do armazenamento refrigerado.

— Até agora, não houve mais reações da amostra. Uma a uma, vou abrir outras amostras para ver se há alguma reação.

— Primeiro, uma amostra de biópsia de uma vaca do meio do incidente relatado...

— Após um minuto, nenhuma reação. Abrindo uma amostra de solo retirada do mesmo local que a amostra anterior...

Juan continuou abrindo as várias amostras de evidências durante os vinte minutos seguintes, sem nenhuma reação adversa do camundongo.

Sentindo-se frustrado, Juan fechou novamente todas as provas, exceto uma. Ele pegou cuidadosamente uma tesoura de ponta romba.

— Algo pouco ortodoxo. Estou pegando a primeira amostra, a biópsia do bezerro com as anomalias genéticas, e cortando um pedaço de cerca de 4 milímetros.

Pegando um conjunto de pinças, Juan disse:

— Com as pinças, estou aproximando a amostra de 1,5 milímetro da cobaia...

— O camundongo demonstrou interesse e está farejando vigorosamente o que estou segurando fora de seu alcance.

Juan se encolheu ao aproximar ainda mais a pinça da gaiola.

— A amostra do bezerro está agora ao alcance; o espécime está tocando-a com o nariz e pegou a amostra e parece tê-la ingerido.

Olhando para o relógio na parede, Juan disse:

— São 19h55 e, até agora, nenhuma reação.

Tomando um copo grande de água, Frank sorriu para o farto café da manhã que Megan havia preparado para ele.

— Três panquecas, uma porção de salsicha e uma de suas omeletes de queijo. Acho que você percebeu que meu apetite voltou. Caramba, faz tempos que não me sentia tão bem.

Megan lhe lançou aquele olhar que lhe dizia que ela ia começar a gritar ou a chorar.

— Franklin O'Reilly, não me importa o quanto você acha que está se sentindo bem. Você disse que se sentia bem antes de tudo isso, lembra-se? Preciso que você faça um check-up, está me ouvindo?

Frank queria discutir com ela, mas sua determinação se desfez sob o olhar da esposa. Ele espetou a salsicha com o garfo.

— Está bem. Por você, eu farei isso. Mas ainda acho que seria melhor deixar os cães dormindo.

Ao ouvir a palavra *cães*, Jasper levantou a cabeça do sofá e deu um latido questionador.

Megan riu.

— Volte a dormir, Jasper. Ainda é cedo.

Frank olhou para o cachorro enquanto ele se esticava no sofá e balançou a cabeça. Jasper estava ainda maior agora do que quando apareceu pela primeira vez em suas vidas. Praticamente do tamanho de um Dogue Alemão. Ele olhou de volta para Megan quando ela trouxe o prato para a mesa, cheio de ovos e salsicha.

— Você sabe que esse cachorro tem quase o dobro do seu tamanho agora.

— Ah, ele é apenas um bebê grande. — Megan deu um tapinha no ombro de Frank. — Assim como você.

Frank mastigou um pedaço de salsicha, enquanto se preocupava com a consulta médica. Ele realmente se sentia bem e não queria saber nada diferente com nenhum daqueles médicos.

Megan olhou pela janela quando o sol começou a despontar no horizonte.

— Vou ligar novamente para o Departamento de Veteranos enquanto você estiver fora com os meninos e, dessa vez, vou encontrar alguém que atenda o maldito telefone. Volte para almoçar e eu o avisarei quando o departamento conseguir encaixá-lo.

Frank resmungou enquanto enchia a boca com um monte de omelete fumegante.

Ele realmente não queria ouvir o que os médicos tinham a dizer.

Megan estava deitada no sofá, tentando assistir à antiga TV, que chiava incessantemente.

— Jasper, acho que, depois de quase 25 anos, essa Zenith estúpida finalmente pifou.

O cão, pendurado nas pernas dela, ergueu a cabeça e emitiu um uivo silencioso. Suas orelhas se ergueram e ele começou a farejar.

Ela esfregou a cabeça dele.

— É só o pão de milho no forno, menino bobo.

Mas Jasper não se acalmou. Um rosnado baixo emanou de sua garganta. Ele se levantou do sofá e foi até a porta da frente. Como de costume, ele abriu a porta usando a boca para girar a maçaneta. Mesmo depois de todo esse tempo, Megan ainda se surpreendia com a inteligência dele. Ele sempre saia sozinho quando precisava ir ao banheiro.

Megan se aproximou da TV de tubo de 32 polegadas e bateu na lateral, tentando melhorar o sinal, quando ouviu Jasper latindo.

Ela teria ignorado o latido, o cachorro estava sempre correndo atrás de alguma coisa, se não fosse pelos gritos que se seguiram.

Correu para a porta da frente e, ao chegar à varanda, viu uma van preta levantando cascalho e pedras enquanto se afastava.

— Que diabos! — Megan foi até a lateral da casa e gritou: — Jasper!

O cachorro latiu em resposta, e ela viu o labrador chocolate farejando no canto dos fundos da casa, perto do galpão.

Megan se aproximou. Seu pulso acelerou ao ver uma grande sacola preta perto do galpão de metal.

—Jasper, o que aconteceu?

O cachorro grande farejou o chão, pegou um pedaço de tecido e o deixou cair aos pés dela.

O tecido rasgado era a manga de uma camisa, e ela sentiu uma pontada de medo na base do pescoço.

— Oh, cachorrinho, você afugentou alguém? — Ela deu um tapinha na cabeça dele e notou um arranhão na lateral do focinho.

O que havia acontecido com ele? Jasper nunca havia agido de forma agressiva com ninguém antes.

Ela apertou o botão do rádio que sempre carregava no cinto quando Frank estava fora.

— Querido, você está aí?

— *Estou voltando. O que está acontecendo?*

— Alguém vinha dar uma olhada em alguma coisa na casa?

— *Não. Por que, tem alguém aí?*

Megan foi até a sacola de viagem.

— Bem, havia alguém nos fundos. Era de se esperar que batessem em nossa porta. Acho que Jasper os assustou, pois deixaram uma mochila para trás.

— *A única coisa que temos lá atrás é o velho galpão onde guardamos o revestimento do poço e a bomba. Não temos problemas com água, e você sabe que eu cuido da manutenção. O que deixaram para trás?*

Ao lado do galpão, Megan encontrou um alicate de corte na sujeira, o que a deixou apavorada.

— Oh, Frank. Parece que quem esteve aqui estava tentando arrombar a porta! — Ela vasculhou aa mochila. — E tem uma mochila cheio de caixas de veneno para camundongos aqui. Que diabos...

— *Querida, entre em casa e ligue para o xerife agora. Estarei aí em dez minutos. E por favor, mantenha a espingarda por perto, só por precaução.*

Megan acariciou Jasper, falando suavemente.

— amos lá, meu bom menino. Você estava só nos protegendo, não é? Vamos ligar para o xerife e cuidar desse arranhão que aquele homem mau deixou em você.

Steve Chalmers segurou a mão de Olivia e olhou para a tela que o obstetra virou para eles. Ele quase não acreditou em seus olhos.

— Você está mesmo grávida.

O médico mudou o ângulo do transdutor de ultrassom que estava sobre a barriga de Olivia e disse, com um forte sotaque alemão:

— Eu diria que, com base nessas medidas, a jovem senhorita Olivia está grávida de cerca de doze semanas.

Olivia sorriu, com lágrimas de alegria escorrendo pelo rosto. Mas Steve só tinha um pensamento em sua mente.

Como isso é possível?

Steve conheceu Olivia em Londres; ela era uma das pacientes com câncer que havia se inscrito em seu estudo clínico.

Na época, ela não passava de um esqueleto vivo. A jovem de vinte e oito anos havia perdido todo o cabelo devido aos tratamentos agressivos de quimioterapia e radiação a que havia se submetido anteriormente. No entanto, mesmo assim, de dentro daquele cadáver ambulante, surgiram olhos azuis cheios de vida.

Olhos que olhavam para ele com a esperança de um milagre.

Isso foi há quase meio ano. Aqueles olhos ainda brilhavam quando olhavam em sua direção, e agora havia algo mais ali. Amor. E ele não podia negar os sentimentos que se agitavam dentro dele quando olhava para ela.

O teste tinha sido um sucesso fantástico. O câncer dela estava em remissão, suas feições tinham voltado a se destacar e seu espesso cabelo castanho prometia uma futura cascata de cabelos perfeitamente lisos.

Mas, devido à quimioterapia e à radiação anteriores, ela deveria ser estéril.

Ser pai não estava em seus planos. Ele poderia ser pai?

Sua mente se debateu com o conceito quando o médico perguntou:

— Gostariam de saber o sexo?

Olivia olhou para Steve.

— Você quer saber, não quer? — Seu sotaque britânico engrossou com o entusiasmo.

Steve estudou a imagem no monitor e sorriu. Um calor se espalhou por ele ao perceber os detalhes que precisava saber. Ele se inclinou e deu um leve beijo nos lábios de Olivia.

— É um menino.

— Muito bem, dr. Chalmers — disse o médico. — Parece-me que será um bebê de agosto.

— Nós vamos ser pais — disse Olivia, olhando Steve nos olhos. Ela estava transbordando de alegria.

Steve enxugou gentilmente as lágrimas do rosto dela.

— Eu amo você — disse ele. — Teremos uma vida ótima. Você, eu *e* o bebê.

CAPÍTULO DEZOITO

Pressionando firmemente os joelhos contra o cavalo, Frank sorriu enquanto trotava em direção à casa. Ele não montava desde que adoecera e tinha medo de que as dores tão familiares em suas articulações o lembrassem de que não estava realmente curado.

O rádio em seu cinto vibrou e ele ouviu a voz de Megan sendo transmitida pelo alto-falante.

— *Querido, um dos delegados do xerife acabou de chegar por causa daquela van preta. Eles a encontraram abandonada perto do posto de gasolina Shell em Ash Springs.*

— Eles têm certeza de que é a mesma van?

— *Oh, com certeza é a mesma. Eles confirmaram que é a mesma van. Mostraram-me uma foto e o sangue que encontraram dentro indica que Jasper realmente mordeu alguém.*

Frank olhou para o lado e viu Jasper latir como um louco enquanto corria à frente, perseguindo um coelho... de novo.

— Droga, eu não imaginava que Jasper fosse capaz de dar uma mordida em alguém. O que mais a polícia tem a dizer?

— *Não muito. A van foi dada como roubada em um estacionamento de Las Vegas, há dois dias. O xerife acha que pode ter sido algum viciado em metanfetamina querendo roubar ferramentas ou algo assim. De qualquer forma, ainda estão investigando. Você está vindo para casa?*

— Sim, senhora. Jasper e eu devemos estar em casa em cerca de dez minutos.

— Certo, isso me dá tempo suficiente para fazer algumas ligações que eu estava querendo fazer.

Um coelho atravessou a trilha cerca de dez metros à frente, e Jasper correu atrás dele.

Frank gritou de forma bem-humorada para o labrador chocolate:

— Jasper, você nunca vai conseguir pegar essa coisa.

Jasper correu pelo campo, rasgando a grama com suas garras traseiras. O coelho estava cerca de seis metros à sua frente, ziguezagueando em direção à sua toca.

Mas o coelho deve ter escorregado na grama molhada de orvalho, tropeçou e caiu, claramente atordoado.

Frank se inclinou para frente com expectativa. Aquele cachorro louco estava *finalmente* pegando o coelho que o havia iludido por meses.

Mas, para sua surpresa, Jasper diminuiu a velocidade e parou a cerca de três metros de distância do coelho. Ele ficou ali parado, esperando.

Alguns momentos depois, o coelho se recuperou e começou a correr novamente. E Jasper correu atrás dele, com a língua de fora. Ele estava se divertindo.

— Bem, que se dane — murmurou Frank.

O coelho fugiu para sua toca e Jasper parou na entrada, latindo.

— Chega, Jasper— gritou Frank. — Deixe o coelho em paz. Vamos para casa almoçar.

Frank deu alguns apertos rápidos em seu cavalo com as pernas e logo estava se movendo em um trote lento.

Jasper voltou correndo e seguiu ao lado do cavalo de Frank.

— Eu vi o que você fez — disse Frank. — Você gosta de brincar com esse coelho, não é?

O cão soltou um ganido e olhou para cima com um enorme sorriso canino.

Frank riu.

— Juro que você é um animal estranho, mas estou muito feliz por tê-lo conhecido.

Quando Frank entrou pela porta da frente com Jasper, Megan olhou para ele da mesa da sala de jantar.

Frank não gostou daquele olhar.

— O que eu fiz agora? — ele perguntou ao fechar a porta atrás de si.

Megan tirou uma mecha de cabelo ruivo do rosto.

— Finalmente entrei em contato com o Departamento de Veteranos, e sabe o que me disseram? Que o ensaio clínico foi cancelado ou alguma bobagem do tipo, e ficaram surpresos por não termos recebido uma ligação. — Ela apontou para ele de forma acusatória. — Você sabia disso, Franklin O'Reilly? É por isso que você ficou adiando?

Frank ergueu as mãos.

— Inocente, meritíssimo. Isso é novidade para mim. Caramba, mulher, você sabe que eu odeio falar ao telefone. Acha que eu teria continuado tentando Se soubesse disso? Pfft. — Ele balançou a cabeça com desprezo. — Sem chance.

Megan franziu a testa, depois relaxou e lhe deu um sorriso torto.

— Bem, então você vai ficar feliz em saber que liguei para o dr. Montgomery. Ele disse que pode vê-lo esta tarde.

Frank gemeu.

— Hoje? Que horas?

Megan se levantou, com um sorriso estranho no rosto. Ela segurou o cotovelo dele e começou a levá-lo de volta para o quarto.

— Temos duas horas antes de sua consulta. Então, eu estava pensando... por que nós dois não tomamos um banho?

Frank olhou para a esposa e retribuiu o sorriso.

— Sim, senhora.

Frank bateu os pés nervosamente enquanto ele e Megan esperavam no consultório médico pelos resultados do raio X.

Megan encostou a bochecha em seu ombro.

— Não fique nervoso. O dr. Montgomery disse que você não tem mais inchaço e que todos os seus sinais vitais foram verificados.

— Sim, mas estou com febre, então quem sabe o que isso significa.

Ela deu um leve tapa na coxa dele.

— Ah, *agora* você se importa com isso? Eu tenho lhe dito que você tem tido febre há muito tempo.

Ele passou o braço em volta do ombro dela e deu-lhe um leve aperto.

— Eu sei que sim, querida. Em breve, ouviremos o que ele tem a dizer.

O relógio de mesa que ficava na escrivaninha do médico continuava a soar e, quando Frank achou que ia perder a cabeça esperando, a porta do consultório se abriu e o dr. Montgomery entrou. Antes que ele pudesse dizer uma palavra, Megan perguntou:

— Como estão as radiografias?

O médico idoso segurou um grande envelope marrom com *Raio-X* impresso na diagonal.

— Vamos dar uma olhada. — Ele se dirigiu à parede mais distante de seu consultório, apertou um interruptor e parte da parede começou a brilhar intensamente. Ele retirou dois raios X e os colocou na parede iluminada.

Frank sentiu uma faixa de ferro envolver seu peito enquanto

aguardava o veredicto do médico. Tentou manter a respiração estável, mas o nervosismo estava levando a melhor.

O médico apontou para o raio X à esquerda.

— Este é o seu joelho esquerdo quando você me procurou pela primeira vez. — Ele traçou o dedo ao longo das bordas do osso. — Você pode ver o inchaço sob o periósteo e, francamente, não parecia promissor.

Voltando seu olhar para o outro raio X, Frank não tinha certeza do que pensar da estranha imagem em preto e branco.

O médico apontou para um ponto semelhante no segundo raio X e disse:

— Este é o mesmo joelho, radiografado hoje. E sr. O'Reilly, não sei como lhe dizer isso, mas...

Frank soltou o aperto de Megan em seu bíceps e segurou sua mão.

O médico balançou a cabeça e tocou na imagem de raio X mais recente.

— Não sei como, mas o inchaço desapareceu completamente. Não vejo nada fora do comum. Na verdade, parece que você tem os ossos de um jovem de vinte anos.

Frank sentiu a faixa de ferro em seu peito afrouxar um pouco.

— Mas e os outros raios X?

O médico desligou a luz da parede e apontou o polegar para a porta.

— Vemos a mesma coisa em todos eles. A razão pela qual demorei tanto foi porque eu estava olhando para seus braços com incredulidade. Se eu mesmo não tivesse tirado todas essas imagens, juraria que você está tentando me enganar.

Megan soluçou e envolveu os braços no peito de Frank. Ele beijou o topo de sua cabeça. Também estava segurando as lágrimas.

— Se não se importa que eu pergunte — disse o Dr. Montgomery —, onde você fez seu tratamento?

— Ah. O Departamento de Veteranos tinha uma coisa experimental em andamento.

O médico assobiou e balançou a cabeça.

— Bem, vou ter que ver como foi o resultado desse teste, porque com certeza alguma coisa fez efeito no seu caso, sr. O'Reilly. Mas recomendo que faça um acompanhamento com o centro de câncer em Summerlin, só para ter certeza. Se o senhor não quiser ir para lá, posso lhe recomendar outros lugares.

Megan assentiu.

— Vou me certificar de que ele vá para lá.

Frank olhou para as lágrimas nos olhos dela. A visão partiu seu coração.

— Está bem. Irei quando for marcado.

Ele apertou a mão do médico e disse:

— Obrigado por tudo, doutor. Não me leve a mal, mas espero não ter de vê-lo tão cedo.

O médico riu e bateu a mão no ombro de Frank.

— Boa sorte, sr. O'Reilly, e muita saúde.

Quando Frank e Megan saíram da sala, ele passou o braço em volta do ombro dela.

— Por que não saímos para comer fora, para variar? Parece um momento para comemorar.

Ela o apertou com um braço só.

— Eu adoraria.

O sol já estava nascendo quando Nate passou pelo cemitério que marcava o ponto médio de sua corrida matinal de cinco quilômetros. A brisa fresca do final do inverno parecia refrescante enquanto ele corria pelo caminho bem cuidado até o túmulo de sua esposa.

Uma senhora idosa conhecida olhou para cima de seu lugar em frente ao túmulo do marido. Ela o visitava toda terça-feira.

Nate diminuiu a velocidade até parar e se aproximou da idosa, que, como sempre, usava preto quando visitava o marido.

— Como vai, sra. Jacobsen? — Ele acenou com a cabeça para a van da Casa de Repouso Sunnyvale, estacionada do outro lado da rua. O motorista estava ao volante, lendo uma revista. — Estão lhe tratando bem?

O rosto enrugado da octogenária sorriu para ele, com seus olhos azuis contrastando com sua pele escura.

— Ah, estão, eu acho.

Ela falou com um sotaque sulista que estava se tornando menos comum por aqui. A idosa levantou um braço instável e apontou para o túmulo da esposa dele.

— Deixei algumas margaridas para sua Madison. Lembro-me de você ter dito que ela gostava delas.

Nate olhou na direção do túmulo de Madison e viu algumas pequenas flores brancas espalhadas em seu túmulo.

— Ah, senhora, é muito gentil de sua parte. Tenho certeza de que ela está olhando para baixo e mais feliz por elas.

A sra. Jacobsen olhou para o céu e depois voltou a olhar para o túmulo à sua frente.

— Warren não se importava muito com flores. *Seu* verdadeiro amor era o uísque. — Ela tirou uma garrafa de prata do bolso do casaco e desatarraxou a tampa. Ela acenou com a cabeça para o túmulo de Madison. — Mas de flores eu entendo. — Ela ergueu a bebida, tomou um gole e fez uma careta. — Essas coisas... Deus me livre. Toda semana eu tento entender o que ele viu nisso, mas ainda não consigo apreciar. É uma coisa horrível.

— Cada um na sua, eu acho — disse Nate com um sorriso. — Mais uma vez, obrigado pelas ofertas e desejo a você o melhor.

Nate se recostou na cadeira, com o telefone na orelha. Ele tinha acabado de informar seu supervisor sobre seu progresso.

— Isso é tudo para mim, Jeff. Vou me encontrar com o dr. Gutierrez ainda hoje para ver como as coisas estão indo. Certifiquei-me de que todas as comunicações de Gutierrez estão seguras, incluindo criptografia AES-256 para o ditado de áudio.

— *Ótimo* — disse Jeff. — *Continue mantendo as coisas no QT até descobrirmos quem é o responsável. Também tenho uma atualização para você. Acabei de falar com o vice-diretor da CCE e parece que nosso pessoal de comunicações enviou um alerta internacional através da INTERPOL sobre o que aconteceu em Nevada. Em breve, os detalhes estarão na caixa de entrada de praticamente todas as agências de aplicação da lei do mundo.*

Com a mente girando, Nate se endireitou e perguntou:

— Você acha que isso nos levará a descobrir quem está fazendo isso?

— *É difícil saber. As três mortes não são brincadeira, e a ideia de um agente biológico não identificado aparecer milagrosamente no quintal de um fazendeiro pobre deve chamar a atenção das pessoas, estimular alguma ação... talvez até mesmo parar quem está fazendo isso, se tivermos sorte.* — Jeff suspirou. — *É desagradável, essa modificação genética. Há tanto espaço para fazer o bem, mas há muitas maneiras de coisas como essa saírem do controle.*

Nate pensava da mesma forma. Ele era a favor do progresso científico, mas o que tinha visto nesse caso o deixou mais do que um pouco desconfortável.

Pela conexão telefônica, Nate ouviu o som de alguém batendo em uma porta, e seu supervisor disse:

— *Nate, me mantenha informado sobre o que vocês descobrirem. Eu o manterei informado sobre o que eu ouvir do meu lado. Tenho que ir.*

A linha ficou muda e, quase imediatamente, alguém bateu à porta de Nate. Olhando para o relógio, ele levantou a voz e disse:

— Entre, Juan.

A porta se abriu e o pesquisador desgrenhado entrou carregando um grande envelope marrom.

Quando Juan se sentou, Nate apontou para o envelope e perguntou:

— O que você tem aí?

— Não faço ideia — disse Juan. — Um cara que disse ser do DCS me parou quando eu estava vindo para cá, olhou para o meu crachá e me fez assinar o envelope. Eu não o abri... na verdade, ia te perguntar se eu poderia olhar. Não tenho certeza do que é.

Nate estudou o envelope marrom simples e franziu a testa.

— Bem, está endereçado a você... — Ele olhou para Juan e perguntou: — Era um mensageiro da DCS?

— Foi o que ele disse. Eu nem sei o que isso significa.

— DCS é o Serviço de Correio de Defesa, é uma entidade do governo responsável por transportar comunicações e materiais classificados. Mas não consigo pensar em um motivo para *você* receber algo. Posso? — Ele estendeu a mão.

— Claro. — Juan lhe entregou o envelope.

— Um segundo, deixe-me ser muito cauteloso com isso... — Ele abriu uma gaveta da escrivaninha, pegou duas luvas de látex e as calçou.

Os olhos de Juan se arregalaram.

— Você acha que há algo prejudicial aí dentro?

Nate balançou a cabeça.

— Não é tanto isso, mas eu não quero minhas mãos gordurosas em nada disso. É mais como precaução padrão para manusear material potencialmente sensível ou classificado.

Nate tirou uma faca dobrável do bolso e abriu a parte superior do envelope. Ele olhou para dentro e depois retirou o envelope interno.

— Interessante.

Tinha marcações de classe Top Secret e de Inteligência Humana. Ele também abriu o envelope interno.

Dentro havia uma dúzia ou mais de folhas de papel. Nate foi até a gaveta da escrivaninha e jogou para Juan um par de luvas descartáveis.

— Coloque-as e venha dar uma olhada nisso.

Nate fez sinal para que Juan fosse até seu lado da escrivaninha enquanto colocava os papéis em ordem.

— Parecem relatórios de autópsia.

Juan se levantou e se inclinou sobre a escrivaninha.

— Por que todos os relatórios que vejo são constantemente marcados sempre que espero ver um local ou um nome?

— Depende da origem do relatório, mas, de modo geral, esses relatórios são mascarados para ocultar marcas de identificação se envolvem um cidadão americano. Isso raramente faz diferença para uma análise adequada.

Apontando para a terceira página, Juan leu em voz alta o relatório.

— *Homem branco, de 40 anos foi trazido de ambulância, inconsciente e com febre de 40.6 graus. Ao entrar no pronto-socorro, a pressão arterial caiu para 30 milímetros de mercúrio, o que levou a uma parada cardíaca. A ressuscitação não foi bem-sucedida. Resultados da autópsia: pletora venosa aguda de órgãos internos; o exame histológico da pele revelou degranulação de mastócitos. A degranulação também foi revelada no miocárdio e nos pulmões. Com base na exposição relatada a toxinas ainda não identificadas, o paciente teve uma resposta imunológica grave que levou à anafilaxia.*

Nate olhou para ele.

— Isso significa alguma coisa para você?

Juan apertou os lábios, permanecendo em silêncio por alguns longos segundos.

— Significa que o paciente teve alguma reação sistêmica. Sua pressão arterial caiu muito, causando um ataque cardíaco. Tudo isso é bastante comum em reações alérgicas graves que levam à anafilaxia.

Nate deu um tapinha na última frase.

— Veja isso. Alguém escreveu a palavra *inflamatório* e depois a riscou, escreveu *imune* e a sublinhou. Há algum significado nisso?

— Não consigo ver um patologista falando sobre resposta imune. A resposta inflamatória é mais típica da anafilaxia. Talvez alguém tenha feito essa alteração e a tenha enviado para mim como uma dica?

— Alguma ideia do que essa dica significaria?

— Não faço ideia. — Juan examinou as outras páginas. — Todas parecem cópias dos relatórios de autópsia oficial. Acho que nunca vi anotações escritas à mão sobre esse tipo de coisa antes. — Ele olhou de relance para Nate e perguntou: — É claro que é comum ocultar coisas nesses relatórios, mas é comum os analistas escreverem neles ou brincarem com algumas das palavras?

— Nunca — disse Nate. — Fazemos nossas próprias planilhas de resumo e outros relatórios, mas recebemos as coisas como estão de outras partes para o registro oficial.

Juan voltou ao seu assento e se recostou, pensando profundamente.

Nate recolheu os papéis e os devolveu ao envelope.

— parece que esses documentos foram impressos com tinta padrão, o que pode dificultar a detecção de impressões digitais, mas vou mandar processá-las por precaução. Gostaria muito de saber de onde vieram esses documentos. E vou ligar para o pessoal do DCS e ver o que eles têm a dizer. — Ele colocou o envelope de lado. — Então, como está indo sua análise?

— Não muito bem. — Juan franziu a testa. — As amostras que causaram essas mortes parecem ser completamente inertes. Até mesmo um camundongo comeu uma pequena porção da amostra do bezerro geneticamente modificado. Sem efeito. Ainda não vou garantir, mas acho que tudo o que você trouxe é inofensivo. Não faz nenhum sentido. — Juan franziu o rosto e passou as mãos pelos cabelos. — Estou perdendo alguma coisa. Só não sei o que é.

O telefone da mesa de Nate tocou. Ele se adiantou e o pegou e, antes que pudesse dizer uma palavra, seu supervisor começou a falar.

— *Nate, me escute. Acabei de falar ao telefone com mais gente do que você pode imaginar. Preciso que você e Ragheb estejam prontos para dar um pulo em algum pasto nos arredores de Buenos Aires, Argentina. E antes que você pergunte sobre a jurisdição, evidentemente a Argentina pediu ajuda ao governo atual e a Casa Branca concordou. Você vai entrar com uma equipe das Forças Especiais. Eles estarão em Andrews às 14:00 horas.*

— Tem certeza de que Ragheb está apta a fazer isso? Se for uma equipe militar...

— *Não se preocupe com ela. Você não vai entrar rapidamente ou algo assim. Mas preciso que ela seja a responsável pela aquisição de evidências biológicas primárias para essa missão. Você entenderá o porquê em breve. Estou lhe avisando, parece que será uma repetição da sua visita a Ash Springs, só que pior. A Polícia Federal argentina está dizendo que há centenas de animais mortos e pelo menos uma dúzia de mortes humanas.*

— Droga, Jeff. Isso está ficando fora de controle. — Nate se levantou e perguntou: — Devo buscar a Alex?

— *Não precisa, ela já está pegando alguns dos suprimentos e vai encontrá-lo em Andrews em duas horas. Ouça-me, você está encarregado da análise forense. Vou precisar que use todas as suas habilidades. Não sou apenas eu que estou olhando para você para descobrir o que está acontecendo e como ou se isso está relacionado a Ash Springs. Você terá total cooperação das autoridades de lá, basta fazer o que tem de ser feito. Entendeu?*

— Sim, senhor. — Nate limpou sua mesa e trancou tudo enquanto perguntava: — É só isso?

— *Acho que é o suficiente. Se precisar de alguma coisa, me avise. Não me importa o que seja. Faça isso.*

— Meu Deus.

Nate olhou para a grande extensão do *campo* do fazendeiro sul-americano. Correntes ondulantes de moscas invadiam os corpos inchados do gado espalhado até onde a vista alcançava. Ele estava a quase cem metros de distância dos animais mortos mais próximos, e mesmo a essa distância, ele ouvia o zumbido das moscas. Ele fez uma nota mental de que a reação que matou o gado não estava afetando os insetos que formavam enxames.

Isso era muito pior do que Ash Springs.

Alex já estava devidamente equipada com trajes biológicos, assim como vários outros membros da equipe das Forças Especiais.

Quase cem membros da Polícia Federal Argentina mantinham um perímetro ao redor da área, que Nate descobriu ser mais ou menos o equivalente ao FBI da Argentina.

A brisa mudou de direção e um fedor pútrido avassalador alcançou Nate e a equipe de soldados que havia sido enviada com eles. Um dos soldados vomitou quando o fedor quase esmagador de ovos podres e algo peculiarmente doce se abateu sobre eles.

Nate conhecia muito bem aquele cheiro.

Era o cheiro da morte. Quando aquele gosto cobriu sua garganta, ele se lembrou de seus dias no Iraque, quando sua equipe descobriu um dos campos de extermínio de Saddam.

Um dos soldados que estava ao lado de Nate respirou profundamente e disse:

— Ooh, esse cheiro! Você não consegue sentir esse cheiro... — Ele começou a cantarolar a melodia de uma antiga música de Lynyrd Skynyrd enquanto tirava uma série de fotos, documentando a cena mórbida.

Nate engoliu com força contra a bile que estava subindo em sua garganta.

Que monstro é o responsável por isso?

Depois de se limpar com desinfetante químico, Alex retirou seu traje biológico. Ela começou a tossir imediatamente; além de protegê-la dos riscos biológicos, o traje a manteve longe do odor do gado em decomposição.

Nate lhe entregou uma pequena lata de Vick VapoRub.

— Passe isso em seu nariz. Vai mascarar o cheiro.

— Obrigada. — Alex passou a substância sob o nariz e assentiu, agradecida.

Os soldados que a acompanharam até o campo em seus próprios trajes biológicos levantaram a lona que continha a vasta coleção de provas ensacadas.

— Certifiquem-se de que todas as provas sejam colocadas em um refrigerador — gritou Alex por cima do ruído de um helicóptero próximo.

— Sim, senhora.

— É uma carga e tanto — disse Nate.

Alex assentiu em concordância.

— Solo, grama, água, tecido, saliva, placenta... o que você quiser, nós coletamos.

— E os bezerros?

— Coletamos amostras de cada um deles. Até pegamos um bezerro inteiro.

Como em Ash Springs, o desastre aqui em Buenos Aires começou pouco depois do nascimento de um bezerro. De acordo com as autoridades locais, alguns trabalhadores do rancho tentavam auxiliar uma vaca no parto. Durante o processo, eles começaram a sofrer convulsões simultâneas, sendo forçados a se afastar. A vaca acabou parindo sozinha. Assim que o bezerro nasceu, as vacas ao redor, incluindo a mãe, caíram mortas. O bezerro, gritando por sua mãe morta, começou a vagar, espalhando morte por onde passava. Percebendo o padrão, um dos fazendeiros interveio rapidamente, eliminando a ameaça. Esse foi apenas o início, pois situações semelhantes se repetiram por todo o rebanho, que contava com mais de mil cabeças, muitas das quais estavam prenhes..

E esse foi apenas um dos muitos incidentes semelhantes. Esse rebanho tinha mais de mil cabeças de gado, muitas estavam prenhes, a maioria com o parto previsto para a mesma época. Pouco depois do primeiro incidente, ocorreu outro parto cerca de oitocentos metros de distância, e todo o processo recomeçou. Logo quase todo o rebanho estava morto, juntamente com alguns dos fazendeiros.

Agora, enquanto os soldados terminavam de carregar os helicópteros e Nate examinava a carnificina, um som chamou sua atenção.

O grito agudo de um bezerro.

— Ei, Carrington! — gritou um oficial de comunicações a seis metros de distância, por cima do ruído do UH-60 Blackhawk quando as pás do helicóptero começaram a girar. — A equipe de extração isolou o fazendeiro e quase uma dúzia de funcionários do rancho. Eles estão prontos com tradutores quando você chegar lá.

Antes que Nate pudesse responder, o zumbido dos motores chamou sua atenção. Ele levou a mão à testa e examinou o banco baixo de nuvens acima.

Apesar dos sons cada vez mais altos da aeronave não identificada, do helicóptero próximo que se preparava para decolar e dos soldados que gritavam ordens para limpar o local, o grito agudo de um bezerro cortou o barulho.

Enquanto observava a poeira marrom levantada pelo helicóptero, o coração de Nate disparou. Ele vasculhou o campo à procura da origem do som que ouvia. Então, ele viu: preso no canal de parto de uma das vacas mortas, um bezerro se contorcia freneticamente, lutando para se libertar.

Ele não foi o único a ver isso. Um soldado que estava por perto começou a gritar em um transceptor que segurava firmemente em seu rosto.

— Entendido, Desert Eagle, o Plano de Mitigação Biológica Alfa está em andamento. Marcamos o alvo e estamos evacuando.

Um C-130 rompeu as nuvens, com suas hélices zunindo enquanto mudava o passo e se abaixava na extremidade do rebanho.

— Para trás! — alguém gritou enquanto uma fumaça branca saía da parte de trás do avião. Uma densa fumaça branca jorrou da parte traseira do avião, cobrindo o rebanho rapidamente.

De repente, um clarão violento surgiu dentro da nuvem, e com um estrondo ensurdecedor, transformou-se em um manto laranja de chamas impenetráveis.

O calor tomou conta de Nate, chamuscando suas sobrancelhas. Ele agarrou o braço de Alex e a puxou de volta para o helicóptero mais próximo. Sob o barulho ensurdecedor do Blackhawk, Nate rapidamente guiou Alex para dentro da cabine e pulou atrás dela. O helicóptero levantou e se afastou da devastação infernal.

Nate se segurou firmemente em uma tira de náilon e observou enquanto o C-130 bombardeava o rebanho novamente com a nuvem de produtos químicos. O vento trouxe o cheiro carbonizado para suas narinas, e sua garganta se apertou de emoção.

Hoje, era apenas um rebanho e algumas vidas humanas. Mas e se amanhã fosse uma cidade inteira? Até onde isso iria escalonar?

CAPÍTULO DEZENOVE

O cheiro de esterco e madeira recém-cortada permeava o celeiro onde os rancheiros, de olhos vermelhos e expressões atônitas, se reuniam.

Nate olhou para Carlos, o tradutor.

— Estão todos prontos?

O tradutor se dirigiu aos fazendeiros sentados em bancos de madeira.

— *¿Estan listos?* — Os homens assentiram.

— Muito bem, vamos começar. — Enquanto Nate falava, Carlos traduzia para os falantes de espanhol entre eles. — Homens, sei que hoje é provavelmente um dos dias mais difíceis de suas vidas. Vocês perderam colegas de trabalho, amigos, talvez até familiares. Nada disso deveria ter acontecido, e nada disso é culpa de vocês.

Ele fez uma pausa para dar efeito.

— Vou compartilhar com vocês um segredo. Essa não é a primeira vez que um evento como esse ocorre. Uma coisa nós sabemos... alguém criou um veneno.

Os homens se enrijeceram com expressões de choque.

— Vou precisar de sua ajuda para entender o que exatamente

aconteceu hoje, para que possamos evitar que aconteça novamente. Qualquer pequeno detalhe pode ser a chave para resolver esse mistério. Portanto, vou fazer algumas perguntas e quero que me digam tudo o que puderem. Certo?

Carlos terminou de traduzir e os homens assentiram.

— *Si.*

— Muito bem. Vamos começar do início: a que horas o trabalho começou hoje?

O tradutor terminou de falar segundos depois de Nate e os homens no semicírculo começaram a conversar entre si. Todos começaram a apontar para dois homens sentados um ao lado do outro.

O olhar de Nate se concentrou neles: tinham pele de noz e coriácea. Eram claramente parentes e, com a mesma clareza, haviam passado a maior parte de seus quarenta anos ao ar livre. Juntos, eles falaram com Carlos.

Os dois homens eram muito parecidos e começaram a falar em espanhol, ambos usando gestos semelhantes enquanto tentavam se expressar verbal e visualmente.

Carlos resumiu para Nate.

— Esses dois irmãos são os filhos mais velhos do dono do rancho. Eles foram os primeiros a chegar hoje de manhã, por volta das quatro. Fizeram as tarefas habituais: colocar fardos de feno, limpar os ralos dos bebedouros, verificar o estado geral do rebanho. Eles afirmam que nenhum bezerro nasceu durante a noite.

— Houve algum nascimento ontem ou talvez no início da semana? — perguntou Nate.

Vários homens assentiram.

— Houve alguma coisa diferente com relação às vacas que deram à luz hoje? — perguntou Nate.

Todos os homens começaram a falar alto ao mesmo tempo, e Carlos fez o melhor que pôde para captar a essência das discussões.

— A primeira vaca era marrom com cauda preta. A segunda, com manchas brancas. Ela ficou doente depois de engravidar e precisou dos tratamentos do Señor Garcia.

— Tratamentos? — perguntou Nate.

Carlos retransmitiu a pergunta e depois resumiu novamente a resposta dos homens.

— O Señor Garcia, o proprietário, tinha um remédio tradicional para vacas doentes. Ajuda a evitar abortos espontâneos e dá às novilhas mais saúde para o primeiro parto.

— Dá mais saúde às novilhas? — murmurou Nate. — As vacas que deram à luz hoje, todas elas fizeram esse tratamento?

Alguns dos funcionários do rancho assentiram, enquanto outros balançaram a cabeça.

Carlos deu de ombros.

— A maioria dos homens diz que sim, mas outros não têm certeza.

Nate balançou a cabeça e admitiu:

— Não tenho ideia de como esses homens conseguem distinguir uma vaca da outra.

Alex estava monitorando silenciosamente tudo isso de um lado do celeiro, mas agora entrou na conversa.

— Onde está o Señor Garcia? Gostaria de falar com ele sobre esse tratamento.

As expressões dos homens ficaram sombrias. Um deles falou diretamente com Alex.

— *Señor Garcia es muerto*. Ele está morto.

— Sinto muito ouvir isso — disse Alex em voz baixa. — Carlos, você pode perguntar a eles o que sabem sobre o tratamento? Alguma coisa? Era um alimento? Algum tipo de injeção?

Os homens falaram, e Carlos disse:

— O Señor Garcia tinha um barril especial do qual as vacas bebiam.

— Podemos vê-lo?

Os dois irmãos assentiram e se levantaram.

— Esses homens dizem que vão mostrar a vocês — disse Carlos.

A mente de Nate estava cheia de perguntas enquanto os homens os conduziam por um grande campo. O cheiro pungente de grama queimada e morte pairava no ar, resquício de um incidente ocorrido quilômetros dali. Um dos irmãos desenganchou uma trave de metal, abrindo a porta do celeiro enquanto falava em espanhol.

Carlos traduziu.

— Este celeiro era onde Señor Garcia tratava as vacas doentes.. — Ele apontou para os dois homens que os levaram ao celeiro e disse: — Ele só permitia a entrada de Ramon e Francisco para proteger seus segredos.

— Faz sentido — disse Nate ao entrar no grande celeiro de cheiro estranho e torcer o nariz. — Cheira a cerveja derramada aqui dentro.

Um dos irmãos sorriu e levou um dedo aos lábios. O tradutor disse:

— Um ingrediente secreto. Deixa a vaca com fome. Os japoneses fazem coisas semelhantes.

Examinando o imenso celeiro quase vazio, ele avistou um grande barril de madeira e apontou em sua direção.

— É isso que vocês dão para as vacas doentes?

Os irmãos os levaram até o barril. A tampa estava trancada com um pesado cadeado. Eles removeram o cadeado e abriram a tampa.

O cheiro de mofo de cerveja velha e urina subiu. Os irmãos riram quando Alex fez um som de engasgo, entregou a Nate o saco de coleta de provas e se afastou com um olhar de nojo.

Abrindo o saco, Nate lançou lhe um olhar de lado e murmurou:

— Acho que você quer que *eu* faça isso?

Alex foi até a extremidade mais distante do celeiro sem sequer responder.

Dentro do barril havia uma lama marrom. Um dos homens entregou uma concha a Nate e ele a usou para pegar um pouco da gosma.

— Vocês sabem exatamente o que tem neste barril? — perguntou Nate.

Carlos conversou com os irmãos por um minuto.

— Contém cerveja, água e "ervas tradicionais", mas eles não souberam especificar quais.

Depois de Nate coletar uma amostra, os irmãos fecharam o barril.

— O que é isso? — Alex perguntou do outro lado do celeiro. Ela examinava uma pequena caixa de metal equipada com um bico.

Os irmãos começaram a falar e Carlos disse:

— Era o aparelho de tratamento do Señor Garcia durante seu câncer. Tinha o remédio dele.

Nate se aproximou e estudou a coisa. Semelhante a um computador de mesa, a caixa preta tinha um bico cromado com alça giratória e uma mangueira conectada a uma torneira.

Alex se inclinou e sussurrou:

— Vi algo parecido com isso no balcão da cozinha dos O'Reillys.

A pulsação de Nate se acelerou. Ele se virou para os dois irmãos.

— Vamos levar isso como prova.

— É bom te ver, Juan — disse Nate Carrington ao entrar no laboratório do FBI com uma grande caixa de papelão.

— Seria melhor se isso pudesse esperar até de manhã — disse Juan, com os olhos turvos. Ele estava dormindo quando foi acordado por um telefonema urgente de Nate, pedindo que se encontrassem no laboratório imediatamente.

— Desculpe-me por isso. Acabei de chegar de Buenos Aires. Tivemos outro incidente como o de Nevada. Mais uma vez, o problema começou quando os bezerros nasceram, vários dessa vez. Basicamente, assim que eles nasceram, tudo o que estava por perto, inclusive a mãe do bezerro, morreu. No total, mais de mil cabeças de gado e treze fazendeiros morreram.

— Ah, meu Deus.

Com a mente totalmente ocupada, Juan ficou olhando atentamente enquanto Nate se inclinava para frente e dava um tapinha na grande caixa de papelão.

— Sim. Coletamos mais de quinhentos quilos de provas e elas estão sendo entregues aqui na Base Conjunta Andrews. Está programado para ser enviado para o laboratório de biocontenção. Mas antes que ela chegue...

Ele abriu a caixa, exalando um cheiro forte de curral, e retirou uma caixa com um bico e um saco plástico cheio de lodo marrom e pastoso.

— O que é isso? — perguntou Juan, franzindo o rosto. — Parece uma evacuação aquosa.

Nate deu uma risadinha.

— Confie em mim, tem cheiro de algo que saiu direto do inferno, mas evidentemente é uma mistura que o fazendeiro alimentou várias vacas... um "remédio" secreto. Não temos nenhum motivo específico para achar que está relacionado ao incidente, mas, como analista forense, sei que não devo descartar as coisas de imediato.

Na mente de Juan, ele já estava pensando em que tipo de experimentos poderia empregar para verificar se essa era a causa do desastre ou não.

— O fazendeiro de Nevada tinha uma gosma como essa?

Nate balançou a cabeça.

— Não, ele não tinha. Mas... — Ele deu um tapinha na caixa com o bico. — Nós vimos *isso* em ambos os lugares.

— O que é isso?

Nate girou a caixa para que Juan pudesse ver o perfil da torneira que saía pela frente e de uma mangueira emborrachada que saía por trás.

— Eu esperava que você pudesse esclarecer. Ninguém na fazenda argentina sabia o que era, e infelizmente o proprietário morreu. —

Nate deu um tapinha na mangueira na parte de trás. — Ela estava conectada à rede de água.

— Bem, se essa coisa estava em ambos os locais do desastre, isso a torna potencialmente interessante. Vocês deram uma olhada dentro?

— Não queríamos nem respirar perto dela até que a levássemos ao laboratório, por precaução.

— Tudo bem se eu abrir agora?

Nate sorriu.

— Essa é a ideia. — Ele pegou um canivete suíço, estendeu a chave de fenda Phillips e a entregou.

Juan removeu alguns parafusos da parte de trás da caixa e, em seguida, abriu a parte de cima, que estava em uma dobradiça. A primeira coisa que chamou sua atenção foi uma etiqueta na parte interna da tampa.

Propriedade da AgriMed Global.

CAPÍTULO VINTE

Na sala de conferências particular de Winslow, Juan espalhou as fotos do dispositivo que havia recebido do Agente Especial Carrington e as empurrou em direção a Winslow e Hutchison, o chefe de segurança, do outro lado da mesa.

— Recebi este dispositivo hoje cedo, do FBI — disse ele, apontando para as marcas da AgriMed Global visíveis nas fotos. — Foi encontrado na casa de um paciente com câncer. Alguma ideia sobre a autenticidade deste dispositivo AgriMed e sua função?

Winslow pegou uma das fotos, examinando-a atentamente.

— Caixa de metal com uma mangueira de água conectada a um compartimento selado e a um saco plástico opaco na outra extremidade, certo? — confirmou Winslow.

— Exato — respondeu Juan, notando a falta de números de série ou etiquetas de identificação nas partes do dispositivo.

Winslow colocou a foto na mesa, seu olhar ainda fixo nela.

— É um dispensador de medicamentos. Usamos algo semelhante para dosar medicamentos precisamente, semelhante a uma bomba de infusão. Há uma roda de pás dentro da câmara que controla a liberação do medicamento enquanto a água passa.

O interesse de Juan aumentou.

— Então, isso poderia ser usado para administrar doses precisas de um medicamento oral? Bastaria alguém abrir a torneira para obter a água já medicada?

Winslow assentiu, sua expressão séria.

— Sim, mas até agora, isso só foi utilizado em animais de laboratório — disse Winslow, tamborilando os dedos na mesa com uma expressão preocupada. — Nunca aplicamos isso em humanos; geralmente, as pílulas ou injeções são suficientes.

Uma ideia sinistra rapidamente tomou forma na mente de Juan.

— E se alguém quisesse medicar uma pessoa sem que ela soubesse, ou talvez sem que ela tivesse noção do que estava tomando? Isso poderia ser usado para isso, certo?

Winslow franziu a testa.

— Suponho que se o medicamento não tiver gosto... é para isso que o FBI acha que ele foi usado?

— Não, nada disso. Pelo menos, não que eu saiba. — Juan tinha de admitir que o agente Carrington nem sempre era muito franco sobre tudo o que sabia.

— Os agentes do FBI procuraram impressões digitais no interior? — perguntou Hutchison, o homem de cabelos grisalhos com seu olhar penetrante.

— Ah, que droga. Eu nem pensei nisso. Acredito que não. — Juan se recostou na cadeira de couro, o cansaço de uma noite em claro o atingiu como um tijolo. — Desculpe, mas acho que o agente que me trouxe o caso também estava acordado há muito tempo e nenhum de nós pensou em procurar impressões digitais. Estou há trinta e seis horas sem dormir. Vou discutir isso com o agente...

— Não é necessário — disse Hutchison. — Eu cuidarei disso. Não há necessidade de discutir mais sobre isso. Preciso falar com eles de qualquer forma sobre outras coisas.

Juan virou-se para Winslow e perguntou:

— Então, há alguma chance de que essa caixa seja um produto legítimo da AgriMed?

— Não — respondeu Winslow com uma expressão irritada. — Usamos dispositivos como esse apenas em animais. Todos os estudos controlados dos quais participamos são altamente monitorados e nunca deixaríamos uma unidade de dosagem automática como essa na casa de alguém em um estudo clínico. É muito fácil dosar acidentalmente pessoas que não são pacientes, ou que a pessoa beba muita ou pouca água, afetando assim a dosagem.

Enquanto Juan se perguntava sobre a caixa preta aparentemente inofensiva que estava no laboratório, uma sensação de pressentimento tomou conta dele.

— O que diabos está sendo dosado nessa coisa? — ele se perguntou em voz alta enquanto soltava um bocejo.

Winslow apontou para a máquina de café atrás dele.

— Quer que eu lhe sirva uma xícara?

— Não, só preciso ir para a cama. Por falar nisso, agradeço o quarto de hotel, mas quando posso voltar para o meu apartamento?

Winslow voltou-se para Hutchison, que permaneceu em silêncio por vários longos segundos antes de dizer:

— Conversei com algumas das pessoas com quem você está trabalhando no Bureau. Concordamos que é melhor que você fique aqui por enquanto. O hotel é mais seguro.

O ex-investigador do Exército claramente não estava lhe contando tudo o que sabia. Mas, embora isso incomodasse Juan, ele também achava que poderia ser melhor assim. Ele tinha pesadelos com pessoas que falavam alemão invadindo seu apartamento. Talvez ele preferisse não saber o quanto estava correndo perigo.

— Talvez eu devesse destruir estas fotos agora — disse Juan, levantando-se e apontando para as fotos. — Tenho certeza de que estou patinando no limite por tê-las imprimido em primeiro lugar.

Hutchison rapidamente as recolheu.

— Eu me encarrego disso.

Winslow deu a volta na mesa da sala de conferências e deu um tapinha no ombro de Juan.

— Deixe-me pedir ao Carl para levá-lo ao hotel. Você parece realmente cansado.

Juan imaginou o grande ex-Navy SEAL e balançou a cabeça.

— Obrigado, mas não preciso que você incomode o Carl. Eu chego lá rapidinho.

Juan pensou ter ouvido Winslow sussurrar uma ordem para alguém segui-lo.

Embora fossem apenas três da tarde, Juan estava deitado em sua cama com o ar-condicionado ligado no máximo e o edredom puxado até o queixo.

Bem, não era realmente *sua* cama, nem seu apartamento. A vida havia se tornado surreal desde o arrombamento. Ele ainda não estava acostumado com a ideia de que havia pessoas lá fora que eram uma ameaça para ele. E pior, que elas estavam potencialmente abusando daquilo em que ele havia trabalhado.

Apesar de exausto, ele não conseguia acalmar sua mente. Tinha muitas perguntas. Por exemplo, será que Winslow e Hutchison estavam sendo sinceros? Será que ele tinha imaginado o que Winslow havia dito ao sair?

Passou o trajeto até o hotel olhando pelo espelho retrovisor em busca de Carl Weatherby. Já fazia algum tempo que ele não via os dois caras de terno. Não notou ninguém o seguindo, o que só intensificava sua inquietação.

— Merda — Juan resmungou na escuridão da sala. — Se a AgriMed está querendo me pegar, estou ferrado mesmo.

Ele tirou os pensamentos de conspiração da cabeça no momento em que seu celular tocou.

Com um gemido, ele se inclinou e o pegou.

— Alô?

— *Oi, Juan. Aqui é Kathy O'Reilly. Lembra de mim?*

Juan se sentou e, apesar do cansaço e da ansiedade que estava sentindo, a voz dela o fez sorrir imediatamente.

— Ei, Kathy, como você está? Como está seu pai?

— *Nós dois estamos ótimos. Na verdade, acabei de falar ao telefone com meu pai e queria agradecê-lo novamente pelo que fez. Ele acabou de receber um atestado de saúde de seus médicos. Ele está em remissão total. Você literalmente salvou a vida do meu pai.*

— Fico muito feliz em ouvir isso. Às vezes, milagres acontecem. Presumo que você esteja de volta a Georgetown?

— *Sim. E eu, ah...* — Sua voz vacilou, depois baixou para quase um sussurro. — *Eu gostaria que você me deixasse levá-lo para sair um dia desses para comemorar.*

Uma emoção elétrica percorreu Juan.

— Claro. — Mas assim que as palavras saíram de sua boca, ele percebeu que aquele era um momento ruim para isso, com tudo o que estava acontecendo. — Adoraria, mas meu trabalho está me consumindo agora. Não tenho certeza de quando terei um momento livre.

— *Ah, não se preocupe, eu entendo* — disse Kathy com um tom de voz suave. — *Quando tiver tempo, ligue para mim neste número. Quero dizer, se você quiser. Como eu disse, sem pressão.*

— Vou ligar. Com certeza — disse Juan. — Será um encontro.— Seu estômago — roncou como o de um adolescente.

Quando desligou o telefone, ele se deitou na cama. O colchão macio parecia engoli-lo. E com pensamentos sobre os olhos verdes e o sorriso brilhante de Kathy, ele sentiu seu corpo relaxar e sua mente sucumbir à inconsciência.

Enquanto Frank engatava as marchas da velha picape Chevy, Megan pulava para cima e para baixo no banco do passageiro como uma colegial animada.

— Mal posso esperar para vê-la funcionando!

— Meu Deus, mulher, você acha que comprar uma TV nova é uma grande coisa.

— *É* uma grande coisa! Pelo menos é para alguém que não se diverte cortando um pedaço de madeira em perfeito estado em palitos de dente. — Megan zombou. — Você ao menos se lembra da última vez que compramos uma TV nova?

— Com certeza me lembro. — Frank se lembrava do dia como se fosse ontem. — Você estava grávida da Kathy e queria uma TV em cores que não precisasse trocar os tubos.

— É isso mesmo, sua mula teimosa. O que significa que foi há mais de vinte e cinco anos. Estou rezando para que a nossa Zenith morra há séculos.

No banco de trás, Jasper latiu.

Frank olhou para a sacola de compras entre ele e Megan e perguntou:

— Você acha que poderíamos jantar mais cedo? Estou morrendo de fome.

Quando Frank parou em frente à casa, Megan esfregou seu ombro.

— Se você instalar a TV nova, eu preparo o jantar. Combinado?

Frank puxou o freio de mão e sorriu.

— Combinado.

Megan juntou a sacola de compras enquanto Frank foi até a traseira da caminhonete e abriu a porta traseira.

Ele estava prestes a soltar as correias da TV quando Megan gritou.

— Frank!

Frank olhou para cima e a viu se afastar da porta da frente. Jasper estava ao lado dela, rosnando. À sua frente, a porta estava entreaberta, e a madeira logo acima do batente estava lascada.

Alguém havia arrombado a porta.

Frank correu para o lado dela, tirando sua Smith and Wesson .45 do coldre na cintura.

— Tenha cuidado — ela sussurrou. — Alguém ainda pode estar lá dentro.

Jasper rosnou baixinho e, sem aviso, disparou na frente de Frank, serpenteando pela estreita abertura da casa.

Com uma bala na câmara, Frank assumiu a postura de um atirador e empurrou a porta com o pé.

Ao examinar o cômodo, Frank não viu nada fora de ordem. Jasper estava farejando pela cozinha e voltou para a frente da casa abanando o rabo. Se o cão não percebia o perigo, isso era um bom sinal. Jasper tinha um pressentimento para essas coisas.

Mesmo assim, Frank manteve a postura de atirador ao passar por cada cômodo. Somente depois de ter percorrido toda a casa, ele guardou a arma no coldre e voltou para a porta da frente.

— Está tudo bem, Megan, pode entrar. Parece que alguém usou um pé de cabra ou algo assim para arrombar a porta, mas não tem ninguém aqui agora e não vejo nada faltando.

Megan entrou, carregando uma sacola de compras.

— Franklin, isso não importa. Ligue para o xerife.

Enquanto um policial do Condado de Lincoln procurava impressões digitais na porta da frente, outro conversava com Frank e Megan.

— Vocês têm certeza de que nada foi levado?

Frank assentiu.

— Demos uma olhada com cuidado. Não está faltando nada.

— Isso é muito estranho, sr. O'Reilly. — O oficial apontou para a TV antiga e depois para o armário de porcelana, que exibia algumas peças de porcelana da avó de Megan e talheres que eles nunca usavam. — Você tem coisas que um ladrão levaria em um piscar de olhos.

O relógio de Frank apitou, e Megan se aproximou por trás dele e passou os dedos por sua nuca.

— Querido — disse ela — quando você vai desligar esse alarme? Agora que os médicos o liberaram, você não precisa mais tomar o remédio.

Frank gemeu.

— Kathy programou essa porcaria para mim. Provavelmente é mais fácil usar meu velho relógio de pulso do que descobrir como desabilitar esse lembrete.

Megan olhou para a cozinha e o sorriso em seu rosto se desfez. Ela bateu nas costas de Frank e disse:

— Querido, para onde foi aquela caixa do Departamento de Veteranos? Ela não está em seu lugar habitual.

Frank se virou para a cozinha e olhou para o balcão, agora vazio, onde a caixa preta ficava.

— Filho da mãe. — Ele se voltou para a sala. — Parece que *tem* algo faltando.

Foi um longo dia e Frank estava exausto. Ele instalou a nova TV, levou a antiga para a lixeira e consertou o batente da porta da frente. Quando conseguiu se acomodar na cama, Megan já estava dormindo.

Enquanto olhava para o teto, ele pensou sobre o roubo. Por que alguém arrombaria a porta? O aparelho médico era valioso? O que ele faria se o Departamento de Veteranos pedisse o aparelho de volta??

Só que nenhum dos funcionários de lá jamais ligaria. Frank sabia disso. Era como se todos os envolvidos no teste clínico tivessem simplesmente desaparecido, deixando o resto do Departamento de Veteranos alheio à situação. Até agora, Frank não havia se preocupado muito com isso, ele havia melhorado e não estava disposto a reclamar, embora tudo aquilo fosse certamente suspeito.

O que poderia ser tão importante naquela caixa para que alguém invadisse a casa de um homem e a roubasse?

Frank se lembrou de como o médico e o ensaio clínico que ele participou tinham desaparecido. Tudo isso lhe pareceu suspeito.

Será que alguém poderia estar tentando esconder alguma coisa?

De repente, Frank teve um pensamento horrível.

Ele acendeu a luz, abriu a gaveta de cima da mesinha de cabeceira, tirou o cartão de visita que havia guardado ali e discou o número.

Uma voz cansada atendeu.

— *Carrington.* — O agente soou como se tivesse sido acordado de um sono profundo.

Frank estremeceu quando olhou para a hora.

— Agente Carrington, aqui é Frank O'Reilly, de Ash Springs. Desculpe-me, eu deveria ter esperado para ligar para você amanhã. Eu não estava pensando. — Megan se remexeu ao lado dele, mas não acordou.

— *Está tudo bem, sr. O'Reilly. O que posso fazer por você?*

— Bem, achei que você deveria saber algumas coisas. Primeiro, alguém entrou na minha casa hoje e roubou o dispositivo médico que recebi do Departamento de Veteranos para tratar meu câncer.

— *A caixa com o bico?* — Carrington de repente pareceu bem acordado.

— Essa mesma. E isso me fez lembrar de outra coisa que eu havia esquecido. Há algum tempo, uma de nossas novilhas prenhas ficou doente e eu não tinha certeza se ela teria de ser abatida. Então, deixei que ela tomasse um pouco do meu remédio, que era basicamente água, pois não havia nada de ruim nisso. Ela melhorou, embora eu não saiba se o remédio teve algo a ver com isso. E não sei se isso teve algo a ver com o que aconteceu depois. Mas estou pensando... não sei. O medicamento funcionou, mas há algo suspeito sobre esse ensaio clínico e tudo mais, e agora a caixa do Departamento de Veteranos foi roubada, então... pensei que você deveria saber. Desculpe-me por não ter me lembrado de nada disso antes.

— *Sr. O'Reilly, muito obrigado por compartilhar essas informações.*

Uma pergunta: após o arrombamento de hoje, a polícia foi até aí e tirou impressões digitais?

— Sim, senhor. Eles vieram.

— *Certo, vou entrar em contato com eles. Mais uma vez, obrigado, sr. O'Reilly. Foi muito útil.*

Frank desligou o telefone, apagou a luz e recostou a cabeça no travesseiro.

Megan rolou para o lado e colocou o braço sobre o peito dele.

— Era a Kathy?

— Não, querida. Volte a dormir.

Frank envolveu a esposa com os braços e fechou os olhos, esperando esquecer tudo por apenas algumas horas.

CAPÍTULO VINTE E UM

— Você está me dizendo que há cocaína nessa lama? — Juan perguntou, acenando com o relatório do analista. — E ureia? Há urina nela?

John Hendrickson, o analista do FBI designado para ajudá-lo nesse caso, assentiu.

— Fiz testes de cromatografia gasosa e uma análise de espectroscopia de infravermelho no material que você me enviou. Os resultados dos testes concordaram com a composição química geral do material. É uma mistura que provavelmente daria pesadelos às pessoas.

Sentado em um banco alto de metal, Juan se encostou na bancada do laboratório e folheou o restante do relatório.

— Então, parece que você detectou os principais componentes da cerveja e da urina animal, ambos ingredientes ácidos, mas o pH geral ainda é neutro?

Hendrickson assentiu enquanto folheava sua própria cópia do relatório.

— Vá para a página doze. Você verá que há uma série de compostos orgânicos que compensam a acidez.

Ao folhear o relatório de quarenta páginas, Juan fez uma pausa quando chegou à análise microbiológica.

— Então, esse material também está repleto de bactérias.

— Sim. E se pular para a página trinta e cinco, há também um monte de esporos bem pequenos. Ainda estamos processando-os, mas parecem ser os mesmos esporos que encontramos na amostra de água que você enviou. Não sei ao certo o que são, mas têm quatrocentos nanômetros de diâmetro e possuem filamentos estranhos saindo da capa proteica.

Juan olhou para a micrografia mostrada no relatório.

— Isso... isso é um capsídeo — exclamou ele. — O que diabos há nele? Talvez um virion? Se for, codificado para fazer o quê?

Com uma expressão confusa, o técnico de laboratório perguntou:

— Desculpe, dr. Gutierrez, mas virion? Capsídeo?

— Desculpe. Um capsídeo é um invólucro de proteína criado no ciclo de vida de um vírus, e um virion é basicamente um vírus completo com um invólucro de proteína ao redor. Nós os usamos em pesquisas genéticas, porque é uma maneira conveniente de introduzir material genético. Basicamente, se tivermos um vírus que desejamos que se funda com determinadas células-alvo por meio de um processo lisogênico, pegamos esse vírus e induzimos a automontagem do capsídeo de modo que ele fique envolto por um invólucro protetor de proteína. Em seguida, ele pode ser colocado na água para que as cobaias bebam o que, em essência, são esporos e, então, o ácido do estômago ajuda a ativar o agente viral, que buscará seu alvo e fundirá seu DNA na célula hospedeira. Isso é tudo o que há para fazer. Um conceito bem simples.

O técnico de laboratório bufou.

— Se você diz isso.

Juan deu um toque no relatório.

— Alguns de seus funcionários podem processar esses vírions e me dar um detalhamento da carga de DNA?

Hendrickson assentiu.

— Sim, mas provavelmente precisaremos de alguns dias para

descobrir como processar isso. Não é o tipo de coisa que fazemos no dia a dia, se é que você me entende.

— Entendido. — A mente de Juan se voltou para o laboratório de biocontenção onde ele mantinha amostras do dispensador de água e do lodo. — Ei, mesmo que as micrografias pareçam idênticas, por favor, faça testes separados nos vírions do lodo e da água. Quero saber se eles são realmente os mesmos.

O técnico recolheu seus papéis e, enquanto se dirigia para a saída, Hendrickson disse:

— Depois de amanhã. Então terei os resultados.

A banqueta fez um rangido irritante quando Juan se virou de modo a ficar de frente para o laboratório de biocontenção. Ele odiava vestir a roupa e desprezava o processo de limpeza na saída. Com um suspiro profundo, ele se levantou, caminhou até o local onde seu traje de pressão estava guardado e tentou se preparar psicologicamente.

— Os camundongos provavelmente não vão chegar perto dessa gosma fedorenta. Então, vamos experimentar a água e brincar um pouco de roleta genética.

Juan pegou seu traje azul no armário e disse:

— Bem, vamos ver o que acontece.

Como sempre, ele sentiu-se claustrofóbico ao sentar-se em seu traje de pressão dentro do laboratório de biocontenção de nível quatro. Ao lado dele estava Jennifer, uma das poucas técnicas de laboratório do FBI autorizadas a entrar, e juntos eles examinaram o relatório dela.

— Como você pode saber que a camundonga está grávida? — perguntou Juan. — Não achei que houvesse um teste confiável e não invasivo.

A voz dela ecoou pelo alto-falante da roupa de pressão dele.

— *Testes de gravidez baseados na urina não funcionam em camun-*

dongos, como você provavelmente sabe. Na verdade, é um desenvolvimento bastante recente que os testes fecais provaram nos dar um indicador bastante confiável. — Ela inclinou os papéis para que ele pudesse vê-los através do visor e disse: — *Nesse caso, os níveis de progesterona na matéria fecal são claros. Nossa garota está definitivamente grávida.*

— Você sabe em que estágio está?

Jennifer apontou para um dos gráficos que mostrava o início do pico de progesterona há pouco mais de duas semanas.

— *Cerca de dezessete dias.*

Juan estudou o camundongo, que estava em uma gaiola na cabine de biossegurança diante deles.

— Bom. Vamos ver se você está com sede.

Ele pegou o recipiente próximo com a água contendo esporos e o agitou. Com um conta-gotas, ele extraiu alguns mililitros da água e colocou o líquido no dispensador de água do camundongo. Usando pinças, deslizou o dispensador pela bancada do laboratório até a cabine de segurança biológica onde os camundongos estavam isolados.

— Como estamos tão perto do final do período de gestação de vinte dias, acho que precisamos começar a fazer turnos de doze horas. Devemos separar os dois camundongos em gaiolas adjacentes e ficar de olho. Além disso, temos alguma gaiola com tela de arame?

— *Acho que posso encontrar algo, mas por quê?*

— Apenas por precaução. Sei que os camundongos recém-nascidos não conseguem andar no início e, mesmo que conseguissem, provavelmente não conseguiriam se espremer através das barras desta gaiola. Mas, considerando com o que estamos lidando, não podemos fazer nenhuma suposição.

Ela assentiu.

— *Entendido, dr. Gutierrez. Vou buscar duas novas gaiolas imediatamente.* — Ela se virou para que ficassem de frente um para o outro e, com um tom preocupado, perguntou: — *Você realmente acha que vai acontecer algo dramático?*

Juan deu de ombros.

— Não sei. Os resultados que Hendrickson me deu sobre a composição genética do viriol são insanos. Deixei os computadores funcionando 24 horas por dia, 7 dias por semana, tentando rastrear o que os fabricantes do viriol fizeram. Vamos nos preparar para o pior. Monitoramento constante por meio de vigilância por vídeo. Se seguirmos os protocolos, não deve haver motivo para preocupação.

— *Eu entendo.*

Quando Jennifer saiu para o chuveiro de descontaminação, Juan se voltou para a cabine de biossegurança e observou o camundongo beber a água infectada.

— No que esse seu bebê vai se transformar?

Com os olhos turvos, Juan observou a fêmea do camundongo se arrumar meticulosamente. Ele olhou para o relógio de parede e suspirou. Cinco da manhã. Ainda faltavam duas horas para Jennifer chegar para aliviá-lo.

Uma campainha soou, indicando que alguém no laboratório queria sua atenção. Juan pressionou o botão de captação em seu traje de pressão.

— Dia dezenove, e tudo está bem — disse ele, com ar de zombaria.

— *Dr. Gutierrez, aqui é John Hendrickson. Vim aqui para deixar alguns relatórios para o senhor, mas vejo que uma de suas estações de trabalho está emitindo um bipe com uma mensagem dizendo* Correspondência encontrada. *Achei que você gostaria de saber.*

— Oh, ei, John. Estou preso aqui por mais duas horas até que a Jennifer me renda. Você pode apertar uma tecla e me dizer o que aparece.

— *Claro.* — Hendrickson parecia inquieto. — *Se tiver certeza de que não vou bagunçar nada. Sei que você está fazendo essas simulações há uma semana.*

Juan olhou para a parede de concreto que separava os homens e suspirou.

— Está tudo bem. Você não pode estragar tudo. Basta apertar qualquer tecla.

— *Certo...*

Juan contou os batimentos cardíacos enquanto esperava que o técnico dissesse alguma coisa. Um... dois... três...

— *Certo* — disse Hendrickson. — *Vou ler palavra por palavra. Essa anotação tem quatro dos nove íntrons confirmados por evidências de alinhamento. Noventa por cento da sequência anotada é confirmada por evidências de isoformas expressas. O comprimento total dessa anotação é de 1.533 bases...*

— Espere, espere — disse Juan. — Desculpe-me, você clicou em *page down* quando liberou o alerta? Não importa, clique em *page up* e vá para a parte do resumo na parte superior.

Outra pausa.

— *Certo, o resumo diz: pico de correspondências de padrão alcançado em 1.965 anotações. As correspondências começaram após 18.500 ciclos evolutivos e progrediram até a contagem máxima de correspondências de padrões em 201.023 ciclos evolutivos.* — Hendrickson perguntou: — *É isso que você estava procurando?*

Juan fez as contas em sua cabeça.

— Puxa vida. Três milhões de anos?

— *Doutor?*

Juan balançou a cabeça.

— Não importa, John. Obrigado por me informar sobre os resultados do computador. Vou dar uma olhada nos relatórios assim que sair daqui.

— *Certo, doutor, estou indo para casa. Meu turno deveria ter terminado há horas. Boa noite.*

O alto-falante ficou em silêncio.

Juan discou imediatamente para o agente Carrington.

A voz rouca de Nate veio pelos alto-falantes do capacete de Juan.

— *Juan? Está tudo bem?*

— Nate, acabamos de obter uma correspondência com o material que estava no bebedouro. Isso significa que está confirmado: eles usaram meu algoritmo. E fica pior. Eles criaram fragmentos genéticos que provavelmente não veremos em humanos por mais três milhões de anos.

— *Uau, você está me dizendo...*

— Sim. O que quer que eu tenha alimentado esse camundongo, foi para um experimento genético que está além de qualquer coisa que eu possa imaginar. Há quase dois mil genes diferentes envolvidos nessa mudança. Não consigo nem começar a expressar o quanto isso pode ser perigoso.

— *No entanto, eles estavam dando isso a pacientes com câncer.*

— Eles estavam *o quê?* — Juan questionou.

— *Droga, eu não deveria ter lhe contado isso. Mas sim, em ambos os locais dos incidentes, parece que um paciente com câncer estava bebendo de cada uma dessas unidades.*

— O que aconteceu com os pacientes com câncer? Eles sobreviveram?

— *Um deles morreu por ter sido exposto a um dos bezerros. O outro, acho que ainda está vivo.*

A mente de Juan se acelerou.

— Nate, não consigo nem começar a expressar o quanto estou preocupado com o que há naquele bebedouro. Provavelmente levarei alguns anos, com uma equipe completa me ajudando, para tentar descobrir o que essas mudanças no DNA farão...

Juan parou quando notou que a camundonga grávida estava se enfiando na cama da gaiola e lambendo a genitália. Ele se inclinou para mais perto, com o visor encostado na entrada do gabinete de biossegurança.

— *Juan?*

— Nate... a camundonga está dando à luz.

— *Agora?*

— Sim. Espere um pouco.

Enquanto Juan observava, uma pontada rosa apareceu. Quase que instantaneamente, a mãe parou de se lamber e caiu de lado.

Um bebê camundongo rosa e sem pelos se jogou na parte de baixo da gaiola.

Agarrando a borda da bancada do laboratório, Juan sentiu o sangue escorrer de seu rosto.

— Nate, temos um problema.

A mãe camundongo, com seus membros se contorcendo inutilmente, empurrou para fora um segundo bebê. De repente, o outro camundongo adulto, o pai, engaiolado do outro lado do gabinete, começou a mostrar sinais de angústia.

— *Juan, você ainda está aí?*

Juan ficou chocado com a visão. Os dois camundongos adultos estavam morrendo enquanto os bebês guinchavam em protesto cego.

Sentindo-se tonto, Juan ofegou para respirar, sem perceber que estava prendendo a respiração enquanto observava o que deveria ter sido impossível.

— *Juan, você ainda está aí?* — A voz de Nate foi transmitida em alto e bom som. — *Preciso chamar uma equipe de resgate?*

— Não — disse Juan, forçando-se a respirar fundo e com firmeza enquanto se afastava do gabinete de biossegurança. — Nate, eu sei o que aconteceu naqueles ranchos. E as pessoas que receberam isso podem ser um perigo para todos ao seu redor.

— *Estarei aí em dez minutos.*

Juan acenou para o copo de água gelada que lhe havia sido oferecido.

— Acho que você vai entender se eu estiver com um pouco de aversão à água neste momento. — Em vez disso, ele pegou uma garrafa de Coca-Cola Zero da mesa.

Ele estava sentado em uma sala de conferências na sede do FBI, junto com Nate e pelo menos uma dúzia de outros agentes e funcionários do FBI que ele nunca havia encontrado antes. Nate só teve tempo de apresentá-lo a uma pessoa: Jeff Binghamton, o diretor assistente do CID, antes que a porta se abrisse e a sala ficasse em silêncio quando um homem bem-vestido, na casa dos quarenta anos, entrou.

O homem foi direto até Juan e apertou sua mão.

— Dr. Gutierrez, presumo? — Ele tinha uma voz aveludada e suave e um aperto de mão firme. — Sou o diretor do FBI, Neil Wilson. Estou muito feliz que esteja nos ajudando nisso.

— Claro, senhor.

Todos se sentaram à mesa, e Binghamton começou a reunião resumindo tudo o que era conhecido até o momento. Embora Juan estivesse familiarizado com a maior parte do assunto, alguns detalhes eram novos para ele, como o fato de que os agentes estavam vasculhando os bancos de dados de hospitais em todo o mundo, tentando descobrir onde os tratamentos de câncer não autorizados estavam sendo realizados.

Quando Binghamton terminou, o diretor se voltou para Juan.

— Dr. Gutierrez, você pode me dar uma visão leiga do que acha que está acontecendo? Com o que exatamente estamos lidando? Entendo que se trata de algum tipo de mutação genética por meio de um vírus que está sendo usado em pacientes com câncer?

Juan abriu a Coca-Cola Zero e deu um longo gole, tentando relaxar os nervos.

— Senhor, não é realmente uma mutação. Esses vírus são diferentes dos vírus normais que causam resfriado. Esses são os tipos de vírus que usamos para terapia gênica. Eles têm como alvo as células e modificam o material genético dentro delas para eliminar o que está afetando um determinado paciente. Infelizmente, com esses vírus... não posso dizer realmente o que eles estão fazendo. Quase dois mil genes estão sendo modificados de uma só vez, e isso vai causar efeitos em cascata.

— Um gole dessa água significaria que você está infectado?

— Ainda não posso dizer com certeza. Pode ser que sim. Mas suspeito que você teria de receber uma infusão regular desses vírus e, com o passar do tempo, cada vez mais suas células seriam modificadas.

O diretor assentiu.

— É semelhante à quimioterapia, em que se injeta um tipo de veneno direcionado que tenta eliminar o câncer do corpo.

— Sim, é exatamente isso. — Juan ficou impressionado com a analogia adequada. Esse homem não era idiota.

— E como o que você viu hoje de manhã se relaciona com isso? De acordo com o meu estudo, os camundongos adultos não foram afetados pelo vírus, apenas os bebês. Você tem alguma teoria sobre isso?

— Tenho. Tradicionalmente, a terapia gênica tem se limitado a células somáticas, o que significa que as modificações genéticas não são herdadas pela criança. Mas é evidente que *esse* vírus tem alguma modificação na linha germinativa, o que significa que ele afeta o esperma e o óvulo. Dito isso, não observamos nenhum efeito nos adultos que ingeriram o vírus, a não ser uma febre leve. No entanto, claramente algo dramático aconteceu com os bebês. Assim que esses bebês estavam ao ar livre, a mãe começou a ter convulsões. Apenas alguns segundos depois, o pai, que estava a cerca de trinta centímetros de distância, em uma gaiola separada, também começou a ter convulsões.

— Como isso é possível? — perguntou um dos homens sentados à frente de Juan.

Juan deu de ombros.

— Prefiro ser cauteloso ao expressar minha opinião, mas tenho uma hipótese. Sempre que você sente o cheiro de algo, isso significa que você ingeriu partículas que estão flutuando no ar. Quando você entra em um banheiro masculino e sente um cheiro desagradável, isso significa que você está inalando partículas que estão flutuando no ar. Essas partículas são voláteis e entram no seu sistema ao serem inaladas..

As expressões nos rostos diziam a Juan que ele havia chegado a uma analogia que as pessoas entendiam.

— Portanto, minha hipótese é que os camundongos bebês e os bezerros exalaram um odor, ou seja, enviaram partículas pelo ar, que causou uma reação severa em qualquer pessoa ao redor deles. Ainda não fizemos a autópsia dos camundongos mortos, mas *já fizemos* a autópsia das vítimas humanas dos ranchos e todas parecem ter entrado em choque anafilático, o que "está de acordo com a minha hipótese".

Nate se manifestou.

— Mas os camundongos não tiveram nenhuma reação às amostras que coletei dos bezerros. Você não acharia que um cheiro tão forte permaneceria?

Juan bateu com os polegares na mesa da sala de reuniões.

— Eu acharia. Por enquanto é apenas uma hipótese, que precisa ser estudada. Mas vou dizer o seguinte. Quem fez isso parece estar usando um modelo de fragmentos de DNA altamente evoluídos, de um futuro muito distante. E é possível que, nessa época, nesse caminho evolutivo previsto, todas as criaturas tenham desenvolvido sistemas imunológicos tão agressivos que não esperam que uma infecção penetre no corpo; em vez disso, procuram coisas para destruir. Coisas fora do corpo. Se esse for o caso, faria sentido que as amostras de bezerros não tivessem efeito. Porque quando o bezerro morreu, seu sistema imunológico teria se desligado.

O silêncio na sala foi longo... e enervante.

Por fim, o diretor disse:

— Muito bem, pessoal, acho que isso é tudo de que preciso. Vou me reunir com o presidente ainda hoje. Quero que vocês continuem a rastrear esses vírus. Temos que acabar com isso antes que se torne um pesadelo absoluto. Não queremos que esses vírus entrem no abastecimento de água de uma grande cidade.

Quando a reunião foi encerrada, Juan chamou Nate de lado.

— Nate... isso se tornou maior do que eu esperava. Jennifer e eu não somos suficientes para lidar com isso. Já estou exausto, e...

Binghamton, que estava por perto, interrompeu.

— Na verdade, dr. Gutierrez, já obtive permissão para aumentar sua equipe, com efeito imediato. Vá para casa e descanse um pouco. Quando você chegar amanhã, eles já estarão esperando. Alguns deles estarão lá esta noite.

— Obrigado — disse Juan.

Nate colocou a mão no ombro de Juan.

— Seu carro ainda está no laboratório, certo? Posso levá-lo até sua casa e podemos combinar para que alguém o busque mais tarde. Só me dê um minuto para falar com Jeff.

Juan suspirou e assentiu. Ele estava tão exausto que teria concordado com qualquer coisa.

Pior ainda, ele estava preocupado. Esse material genético já estava lá fora, na natureza. Ele poderia analisá-lo, com certeza; talvez até entendê-lo. Mas o que poderia ser feito com ele? Mas o que poderia ser feito para impedi-lo?

Estamos ferrados.

CAPÍTULO VINTE E DOIS

Nate seguiu o supervisor até um SCIF, uma das várias salas seguras do prédio destinadas ao manuseio de informações confidenciais. Assim que a porta se fechou atrás deles, Nate perguntou:

— O que está acontecendo? Por que a necessidade de um SCIF?

Jeff rosnou:

— Por causa disso! — Jeff disse, entregando um envelope a Nate. — Já procurei impressões digitais. Não há nada.

Nate abriu o envelope, retirou uma única folha de papel e a leu.

Dois agentes da inteligência alemã entraram no IC. Eles têm ordens para recuperar um ativo de inteligência associado ao compartimento da DRWN. Deidrick Müller e Hans Reinhardt são duas pessoas de interesse. Não sei ao certo quantos recursos eles controlam.

A pulsação de Nate acelerou.

— De onde veio isso?

Jeff passou as mãos pelos cabelos e andou de um lado para o outro na pequena sala.

— Não faço ideia. Encontrei esse envelope no painel do meu carro, que estava estacionado na garagem de *casa*!

Nate nunca tinha visto o homem tão agitado.

— Eles invadiram sua garagem só para deixar isso? Sabemos se é legítimo? Não temos nenhuma inteligência de sinais sobre isso, temos?

— Não sabemos em que acreditar neste momento.

— Espere. — Nate bateu o pé quando algo lhe pareceu familiar naquela mensagem. Os nomes na nota... — Ah, merda. Esses nomes estavam no relatório que recebi daquela estudante de Georgetown. A que foi resgatada na ilha.

— Nesse caso, suspeito que o *ativo* de que estão falando seja Gutierrez.

— Você acha que devemos envolver o Serviço Secreto?

— uma reunião com a vice-diretora hoje. Discutiremos isso. Até lá, é imperativo garantir a segurança de Gutierrez. Já ordenei que alguém fique do lado de fora de seu quarto de hotel 24 horas por dia. Vou dobrar esse número e garantir que ele tenha uma escolta de dois carros para onde quer que vá. E não quero que ele vá a lugar algum sem um agente. Todos nós estaremos em risco se algo acontecer a esse cara.

— E os dois agentes da inteligência alemã? Vamos fazer alguma coisa com relação a eles?

Jeff assentiu com a cabeça.

— Ah, sim. Precisamos encontrar esses dois palhaços e quem mais estiver com eles. Provavelmente foram eles que *visitaram* Gutierrez em seu apartamento em Arlington. Assim que soubermos onde eles estão, vou precisar que prepare uma equipe. Precisamos levá-los para interrogatório, e talvez eles não venham de bom grado.

Um plano começou a se formar na mente de Nate.

— Posso examinar os bancos de dados para ver se algum desses nomes aparece como tendo entrado no país e, se for o caso, talvez possamos obter imagens da área de entrada da alfândega e conseguir uma identificação verificada.

— Ótimo. E vamos manter o Dr. Gutierrez fora disso por enquanto. Ele já tem o suficiente com que se preocupar. Eu lhe direi que estou sendo apenas excessivamente cauteloso com a segurança dele.

Nate colocou o bilhete de volta no envelope e o enfiou no bolso do terno.

— Reunirei as recomendações da minha equipe e as enviarei ainda hoje.

— Esta tarde. Precisamos agir antes que eles façam um movimento desesperado.

O cansaço que Nate estava sentindo se dissipou quando uma emoção elétrica o percorreu. Ele deu um sorriso frio para seu supervisor.

—Entendido. Nós os pegaremos.

Nate diminuiu a velocidade de sua corrida para uma caminhada quando se aproximou do túmulo de Madison.

Já haviam se passado dois dias desde sua última conversa com Jeff. A equipe havia sido montada, quase todos ex-militares, operações especiais, e dois deles já estavam seguindo pistas sobre os suspeitos. Nate podia sentir a eletricidade no ar, quase como se soubesse que receberia uma ligação a qualquer momento informando que um dos suspeitos havia sido localizado.

Ele piscou para afastar a chuva enquanto se ajoelhava no túmulo de Madison.

— Maddie, às vezes eu gostaria de estar com você. O trabalho tem sido um pesadelo. Pessoas morreram e não sabemos quem é o responsável. Há um médico cheio de culpa que está literalmente trabalhando 24 horas por dia tentando salvar pessoas porque alguém está usando seu trabalho contra os outros.

O sol tinha acabado de aparecer no horizonte e o cemitério estava em silêncio, exceto pelos sons da chuva suave e do chilrear dos pássaros que comemoravam a primeira luz de um novo dia. Nate inclinou a cabeça para cima, pegou algumas gotas de chuva na boca e tentou relaxar. O estresse dos últimos dias estava aumentando. Ele precisava dessa visita a Madison. Ele precisava desabafar.

— A medicina evoluiu tanto, Maddie. Você não acreditaria no que esse médico está fazendo. Antes de esse pesadelo começar, ele estava trabalhando na cura do câncer. — A garganta de Nate engrossou. — Talvez, se você tivesse ficado doente hoje, com os avanços atuais, ele poderia ter te curado.

A chuva começou a cair um pouco mais forte e, com ela, veio o som de pneus no asfalto molhado, diminuindo a velocidade até parar.

Nate bloqueou o mundo enquanto se ajoelhava diante da esposa, e uma calma o invadiu. Talvez essa fosse a maneira de Madison ajudá-lo a superar os momentos difíceis; talvez fosse simplesmente uma forma de meditação que ele havia aprendido ao longo dos anos. Isso realmente não importava. Ele sempre se sentia melhor depois de vir para cá.

Quando ouviu o som de um passo irregular se aproximando, não precisou abrir os olhos para saber quem era.

— Bom dia, Sra. Jacobsen.

— Bom dia, querido menino. Trouxe mais margaridas para sua Madison.

Nate abriu os olhos e ficou surpreso com o quanto o dia já estava mais claro. A sra. Jacobsen estava vestindo seu costume preto e segurando um punhado de margaridas esfarrapadas em suas mãos inchadas e artríticas.

Ele pegou as margaridas e as colocou no túmulo de Madison.

— Obrigada.

A sra. Jacobsen começou a procurar em sua bolsa.

— E um jovem me pediu para entregar isso a você..

Os sentidos de Nate ficaram em alerta máximo.

— Um jovem?

— Sim, ele foi até a casa de repouso e disse que vocês eram amigos. Ele disse que estava partindo para... bem, agora que penso nisso, não me lembro para onde ele disse que estava indo. Disse que isso resolveria uma dívida.

O som de moedas soltas na bolsa foi interrompido por sua exclamação.

— Ah, aqui está. — Ela retirou um pen drive e o entregou a Nate. Ele olhou para ele, perplexo.

— Você sabe o que é isso?

— Não, de jeito nenhum.

— Sra. Jacobsen, a senhora pode descrever quem foi que lhe deu isso? Ele deu um nome? Como ele sabia que a senhora estava vindo me ver?

— Bem... estava com óculos escuros e vestido como se fosse para uma viagem de férias, usando uma bermuda elegante. — Suas rugas se aprofundaram enquanto ela enrugava o rosto em concentração. — Oh, eu devo estar ficando senil, ou talvez eu seja apenas uma velha pateta. Acho que ele não me disse o nome. Mas ele com certeza sabia quem você era. Ele o descreveu perfeitamente. E ele sabia que você estaria ao lado da Madison esta manhã. Deus me abençoe, mas isso não é tão difícil de prever, não é mesmo? — Ela sorriu. — Que coisa é essa que é tão importante? Ele até me deu vinte dólares para ter certeza de que eu a entregaria. Eu tentei dizer não, é claro, mas ele insistiu.

Nate forçou um sorriso.

— Bem, estou feliz que ele tenha me devolvido. Obrigado por entregá-lo. Como está se sentindo esta manhã?

Ela fungou e arqueou uma sobrancelha.

— Não pense que não percebo que você está tentando mudar de assunto comigo, meu jovem. Mas isso não é da minha conta. — Ela suspirou. — Acho que estou me sentindo tão bem quanto esses ossos de oitenta e seis anos deveriam estar se sentindo. O que me preocupa é a minha mente. Como tive que me preocupar em lembrar de entregar essa coisa para você, esqueci de trazer meu pedido especial para Warren.

— Sinto muito em ouvir isso. Há algo que eu possa fazer por você?

— Oh, eu vou ficar bem. O Warren vai entender. — A mulher idosa e experiente deu um sorriso, um tapinha na bochecha dele, depois se virou e foi mancando até o túmulo do marido.

Nate examinou a área, procurando por sinais de qualquer observador nas proximidades. Além da sra. Jacobsen e do motorista de aparência entediada que estava lendo uma revista, não havia mais ninguém ao alcance visual.

Ele olhou para o pen drive em sua mão. Sob a tampa de plástico havia um leitor de impressões digitais.

Nate olhou para a mulher idosa a quarenta metros de distância e balançou a cabeça. Quem daria a uma velha louca um dispositivo de armazenamento criptografado biometricamente?

Mais uma vez, ele passou o olhar pelo cemitério, com os sentidos em alerta máximo.

Quem enviou isso tem acesso aos meus dados biométricos e está observando meus movimentos.

Quando o último membro da equipe de inteligência se reuniu, Nate conectou seu laptop ao cabo do projetor e abriu sua apresentação em PowerPoint. Um dos agentes acionou um interruptor na parede e as janelas ficaram opacas.

Jeff deu início à apresentação.

— Esta manhã, um dispositivo de armazenamento criptografado, com informações sobre a operação que estamos investigando, foi entregue ao agente Carrington por meio de um terceiro não envolvido. Esse dispositivo foi programado para ser acessado apenas com a impressão digital de Nate. Somente alguém com acesso aos nossos registros de RH poderia ter feito isso.

— Você acha que foi alguém do IC? Alguém de alto escalão? — perguntou a vice-diretora, Sheila Franks. Ela era a número dois do FBI, logo atrás do próprio diretor. Ela tinha a reputação de ser brilhante, intensa e sem papas na língua.

Jeff assentiu.

— Tem que ser. Mas também parece ser uma operação secreta. Há meses que estou procurando quem está comandando a operação e sempre chego a um beco sem saída.

— Você verificou com a Firma? — perguntou ela.

— Consultamos a inteligência britânica e nada foi encontrado. Nossas tentativas de coletar informações através de vazamentos para a INTERPOL também não renderam frutos. Até hoje. Graças ao número de telefone fornecido ao agente Carrington, agora temos muito mais com o que trabalhar. Mas vou deixar que Carrington cuide disso a partir de agora.

Jeff se sentou e Nate pigarreou. Ele sentiu a diretora adjunta olhando intensamente para ele.

Ele projetou a primeira página de sua apresentação.

— Os registros no dispositivo nos permitiram montar um histórico básico da operação, que recebeu o código de compartimento DRWN. O Projeto DRWN representa um esforço prolongado e altamente confidencial focado em explorar aplicações da engenharia genética em contextos de combate específicos.

Ele continuou:

— Estrategicamente, indivíduos com a formação necessária foram incorporados em empresas líderes de pesquisa biomédica, com o objetivo de transferir secretamente avanços do setor privado para aplicações militares.. A pesquisa da AgriMed sobre simulações genéticas evolutivas estava entre os alvos da DRWN - e quando a DRWN conseguiu extrair dados suficientes da AgriMed para poder duplicar essa pesquisa por conta própria, foi quando vários experimentos do mundo real começaram a chamar nossa atenção.

"Inicialmente, o projeto focou em modificar geneticamente cães para atuar como combatentes auxiliares ao lado de soldados, utilizando a pesquisa mais avançada disponível. Essa fase do projeto foi cancelada devido a problemas associados à incapacidade de controlar as cobaias.

"A próxima fase envolveu pesquisas avançadas para modificar geneticamente espécies de aves para criar comportamentos agressivos e permitir a impressão de um alvo inimigo para ataques controlados."

— Quem autoriza esse tipo de absurdo? — Franks retrucou. — Desculpe, continue.

Nate pressionou a barra de espaço e falou para os pontos com marcadores na página.

— Essa fase foi desativada quando ocorreu um acidente. — Ele apontou para a tela. — Fui chamado pessoalmente para investigar as consequências da pesquisa com aves. Alguns civis se depararam com a ilha remota onde a pesquisa estava sendo feita. E, em vez de correr o risco de se expor, quem quer que estivesse comandando esse show simplesmente espalhou napalm na ilha inteira. Minha investigação do incidente sugeriu que pode haver envolvimento tanto da CIA quanto da inteligência alemã.

— Senhora Diretora — disse Jeff —, devo observar que investigamos esses dois caminhos minuciosamente. Não chegamos a lugar algum com a CIA... houve negações em toda a linha. Quanto à inteligência alemã, apresentei um pedido de vigilância ao tribunal da FISA e foi negado.

Franks assentiu.

— Entendido. — Ela fez sinal para que Nate continuasse.

Ele passou para o próximo slide.

— Os registros indicam que, após o incidente com as aves, houve esforços para encerrar todo o projeto DRWN, mas, nessa época, parece que alguns dos envolvidos já haviam se desviado em busca dos chamados fins *humanitários*. Ou seja, elementos dessa pesquisa genética chegaram a ser testados em humanos. Para piorar a situação, o Departamento de Veteranos foi uma das principais vias domésticas para os testes clínicos não autorizados.

A vice-diretora fechou os olhos e seu rosto ficou um pouco vermelho.

— Continue, Carrington, estou ouvindo. Só estou tentando imaginar que tipo de criatura faria experimentos em nossos veteranos. — Nate havia se perguntado a mesma coisa.

— Sim, senhora. — Nate avançou o slide. — Os testes em humanos foram realizados apenas em pacientes terminais. Embora seja um consolo modesto, alguns desses experimentos de fato beneficiaram os participantes. Depois disso, os testes se expandiram para além de nossas fronteiras. Sabemos de três locais de tratamento na América do Sul e um em Londres.

"Infelizmente, os protocolos clínicos mostraram lapsos significativos de controle e vigilância. Em dois locais, um em Nevada e outro na Argentina, houve acidentes que resultaram na morte de humanos e animais. Fui chamado aos dois locais e minha equipe coletou dados forenses.

"Para entender melhor o que aconteceu, recrutamos o médico responsável pela pesquisa inicial da AgriMed que havia sido roubada. Ele nos ajudou a fazer a triagem do que estávamos enfrentando. E, lamento dizer, é terrível."

Nate avançou o slide. O próximo mostrava uma foto da devastação em Buenos Aires.

— Nos testes, o medicamento foi diluído em água potável, consumida pelos participantes várias vezes ao dia. Em ambos os incidentes fatais, essa água tratada foi dada a alguns animais prenhes, evidentemente porque estavam doentes. Embora os animais gestantes não tenham exibido efeitos adversos imediatos ao medicamento, os bezerros que nasceram foram, surpreendentemente, tóxicos.

— Tóxicos? O que você quer dizer com isso? — perguntou Sheila.

Seus lábios estavam pressionados com tanta força que pareciam duas linhas horizontais.

— Bem, assim que nasceram, todos os seres vivos próximos caíram e morreram. Em Nevada, quase cem cabeças de gado pereceram, junto com um veterinário e dois socorristas. Na Argentina, mais de uma dúzia de homens morreram, além de mais de mil animais. A Polícia Federal Argentina solicitou assistência por meio dos canais militares e uma equipe da SF foi enviada para ajudar na eliminação. Eu liderei uma pequena equipe para fazer a análise forense.

Franks bateu as unhas na mesa da sala de conferências.

— Então, se uma vaca grávida bebe essa água e dá à luz a um monstro que mata tudo ao seu redor, o que acontece se uma mulher grávida beber a mesma água?

— Essa é a grande preocupação, senhora — disse Jeff. — E é uma preocupação real que precisamos acompanhar. Graças a essa unidade criptografada, o agente Carrington conseguiu compilar uma lista de cento e quarenta e três pacientes que foram tratados com esse medicamento. Nomes e endereços. Quarenta e cinco deles estão nos EUA. Os demais estão na América do Sul ou no Reino Unido.

Franks bateu com a mão na mesa e balançou a cabeça.

— Isso é um pesadelo. Vou falar com o diretor, mas provavelmente teremos de levar isso à atenção do presidente. — Ela se virou para Jeff e disse: — Podemos acabar tendo que colocar cidadãos americanos e estrangeiros em quarentena por algo pelo qual o IC é responsável. Revise os procedimentos e expanda essa lista para incluir as famílias dos pacientes, no mínimo, para prevenir contágios adicionais com esse suposto *medicamento*.

— Entendido, senhora — disse Jeff. — Minha equipe vai planejar a logística. Estaremos prontos para agir quando você disser.

Sheila Franks balançou a cabeça ao se levantar e se dirigir à porta.

— A decisão de seguir adiante não virá de mim ou do diretor. Se formos agir, será uma decisão presidencial. Estamos entendidos?

— Claro, senhora.

Quando a reunião foi encerrada, Nate chamou Jeff de lado.

— Isso vai ficar feio, não vai?

— Mais do que você imagina. Não tive a chance de falar com você antes da reunião, mas fiz uma verificação cruzada da lista de pacientes. Uma boa meia dúzia deles foi morta por veneno nos últimos meses.

— Alemães? — Nate perguntou.

— É isso que eu preciso que você descubra.

Megan estava lavando a louça quando uma batida soou na porta.

— Eu atendo — Frank respondeu da sala de estar.

Ela terminou de lavar a panela que tinha nas mãos, depois fechou a torneira e foi ver quem havia chegado. O que ela encontrou foram dois homens do departamento do xerife em sua sala de estar, além de dois homens com blusões do FBI.

Frank ergueu os braços enquanto um dos policiais tirava a arma do coldre.

— Frank — disse ela, em pânico —, o que está acontecendo?

— Não é nada, querida. — A voz de Frank estava calma. — É algo sobre o tratamento de câncer do Departamento de Veteranos, só isso.

— Você disse a eles que aquela caixa foi roubada ?— O coração de Megan bateu forte em seu peito.

— Querida, não creio que seja sobre isso.

Um dos agentes do FBI passou um instrumento na testa de Frank.

— Trinta e oito ponto oito. — Ele então se aproximou de Megan. — Sra. O'Reilly, precisamos medir sua temperatura também. Não se preocupe, isso é apenas rotina. — Sem aguardar permissão, ele passou o instrumento pela testa dela. — Trinta e sete graus.

Megan se aproximou de Frank e segurou seu braço. Ela não gostou nem um pouco disso.

— Por que está medindo nossa temperatura? O que está acontecendo?

O outro agente do FBI lhe deu um cartão de visita.

— Sr. e Sra. O'Reilly, estamos aqui para conduzir todos os pacientes do ensaio clínico do qual o Sr. O'Reilly participou a uma instalação de observação. — A respiração de Megan ficou presa em seu peito.

Frank esfregou suas costas de forma tranquilizadora.

— Presumo que seja uma coisa para a noite toda?

Ele passou para o próximo slide.

— Sim, senhor. Você deve fazer uma mala. Nós o levaremos para uma instalação de observação não muito distante daqui.

— Mas, Frank...

— Shh, está tudo bem, querida. Você pode me ajudar com a mala?

Megan se voltou para os agentes.

— Para quantos dias ele deve fazer as malas?

Os agentes se entreolharam.

— Três dias inicialmente. Ainda estão definindo os detalhes.

— E se ele precisar de mais roupas, eu poderei visitá-lo? — Megan perguntou.

— Infelizmente, senhora, ainda não temos todas as informações. A situação foi comunicada a nós há apenas algumas horas. Por favor, ligue para mim amanhã no número que está no cartão que lhe dei. Devo saber mais até lá.

Frank a orientou em direção ao quarto deles.

— Vamos resolver isso logo, querida.

Megan observou o rosto dele. Ele estava preocupado, mas tentando não deixar que ela percebesse. Ela o puxou para um beijo rápido.

— Tudo vai ficar bem, e quando você voltar, prepararei algo especial para nós.

Frank a beijou no topo da cabeça, como sempre fazia quando tentava fazê-la se sentir melhor.

Segurando-o pelo braço, Megan conduziu Frank ao quarto dos fundos, determinada.

— Vamos arrumar sua mala agora.

Megan percebeu a presença de um dos agentes do FBI seguindo-os pelo corredor. Ele observava cada movimento deles em silêncio, aumentando a tensão enquanto ela arrumava a mala de Frank.

Quando os outros alunos da Biblioteca de Ciências Blommer começaram a se dirigir para a saída, Kathy colocou o laptop na mochila, pendurou-o no ombro e os seguiu pelas escadas. Eram oito horas da noite e ela havia estudado quase o dia inteiro.

Assim que ela saiu do prédio, duas pessoas com blusões do FBI entraram em seu caminho.

— Katherine O'Reilly?

— Sim? — Ela fez uma pausa e de repente reconheceu os agentes que meses atrás a haviam parado do lado de fora de seu dormitório.
— Agentes Carrington e Ragheb? Precisam de alguma coisa?

Carrington apontou para o prédio de onde Kathy tinha acabado de sair.

— Se importa se entrarmos? Seria melhor se conversássemos em particular.

— Claro. — Kathy passou seu crachá na entrada do Reiss Science Building e guiou os agentes para uma sala de estudos disponível. Ao se acomodar, Kathy notou o desconforto evidente nas expressões tensas dos dois agentes.

O agente Carrington começou.

— Estamos aqui porque... bem, precisamos medir sua temperatura.

Kathy deu de ombros.

— Tudo bem... acho que não me importo com isso.

Ragheb passou um termômetro digital na testa dela.

— Trinta e oito ponto cinquenta e cinco.

— Droga — murmurou Carrington.

Kathy não gostou de ouvir isso.

— Não precisam se preocupar comigo. Sei que estou com febre, mas estou me sentindo bem. Do que se trata?

O agente Carrington se sentou em frente a ela. Ele se inclinou para a frente com os cotovelos sobre os joelhos e falou calmamente.

— Estamos aqui por causa do tratamento que seu pai recebeu no Departamento de Veteranos. Estamos preocupados com quem possa ter sido exposto acidentalmente. Receio que tenhamos de pedir que você fique em observação.

— Mas não recebi nenhum tratamento — disse Kathy. — Apenas meu pai.

— Um dos indicativos de exposição é febre leve. Por acaso, você chegou a beber algo destinado ao seu pai? Pergunto por que o medicamento é indistinguível da água e seria um equívoco compreensível.

Kathy se lembrou daquela tarde em que bebeu um copo de água que deveria ser para seu pai.

— Eu... talvez tenha bebido, por puro acidente. Espere... você conversou com meu pai sobre isso? Está observando-o também? E o que isso significa, observação? Já tenho passagens de avião para voltar a Nevada daqui a dois dias, quando começam as férias de primavera.

— Kathy, sei que isso é uma surpresa indesejada. — A voz de Carrington era calma, tranquilizadora. — Temos um local preparado onde você e seu pai podem ser observados. Vocês ficarão juntos. Só queremos ficar de olho em sua saúde.

Kathy sentiu que não tinha escolha.

— Entendi... Então, como devemos proceder? Posso ir ao meu dormitório para arrumar minhas coisas?

O agente Ragheb sorriu.

— Claro que sim. Vou com você até seu dormitório enquanto o Agente Carrington pega o carro.

Kathy se levantou e, de repente, teve uma sensação de desconforto no estômago. Ela não conseguia entender o que estava acontecendo. Será que algo estava errado com ela, ou com seu pai?

— Agente Ragheb, vocês estão realmente sendo honestos? — perguntou Kathy, com a voz trêmula, enquanto lutava para conter as lágrimas piscando repetidamente.

Ragheb se aproximou e lhe deu um abraço.

— Você vai ficar bem, eu prometo. É só uma precaução.

Mas, no fundo, Kathy sabia que era muito mais do que uma precaução.

Nate acordou com o toque de seu telefone. Ele o pegou na mesa de cabeceira.

— Carrington.

Era Jeff.

— *Nate, estamos em uma situação crítica. Preciso que você chame o Dr. Gutierrez imediatamente.*

— Jeff, do que você está falando? É sobre a carta que você recebeu? O que está acontecendo?

— *Não, é totalmente diferente. Houve um incidente grave em um hospital rural na Virgínia Ocidental. Permita-me ler diretamente o relatório recebido do Departamento do Xerife do Condado de McDowell:*

"A central de emergência 911 recebeu uma ligação do Welch Community Hospital. Seis mortos, um médico, três enfermeiras e outros dois indivíduos. O departamento do xerife enviou três veículos de patrulha para investigar e concluir. Relato de um bebê recém-nascido na sala de cirurgia, vivo, mas acredita-se que os dois socorristas estejam mortos por causas desconhecidas.

"Agentes do FBI de Beckley responderam ao alerta de emergência relatado, e foi providenciado o transporte de emergência do recém-nascido para a unidade de biocontenção de nível 4 do NIH em Bethesda.

"O relatório final lista sete homens e uma mulher adultos mortos.

Todos os corpos foram colocados em quarentena estrita no campus principal do NIH, onde também está sendo mantido o recém-nascido.

Jeff fez uma pausa.

— *Pronto para ouvir a ironia cruel disso tudo?*

Uma onda de vazio inundou Nate, e sua voz saiu robótica e distante:

— Claro, por que não?

— *Um dos homens que morreram estava na nossa lista de monitoramento. Ele foi tratado de câncer no Departamento de Veteranos em Martinsburg, West Virginia. Haviam programado de buscá-lo para a quarentena amanhã.*

— Então é isso. Está aí fora. Já está fora do nosso controle.

— *Não vamos tirar conclusões precipitadas. Vamos ver. Chame o Gutierrez. Vou continuar a garantir que todas as pessoas da lista sejam reunidas, mas preciso que você trabalhe com o médico para descobrir o que fazer com elas quando as tivermos.*

Nate olhou para o relógio em sua mesa de cabeceira e gemeu. Eram três e meia da manhã.

— Vou cuidar disso.

— *Mantenha-me informado.*

CAPÍTULO VINTE E TRÊS

Quando o primeiro sinal de luz entrou pela janela de seu quarto de paredes de concreto, Frank piscou. Ele estava preocupado com Megan, mas não podia nem mesmo falar com ela. Os militares que cuidavam do centro de observação afirmaram que não havia telefones aqui. Isso lhe pareceu uma grande besteira. Como chamar esse lugar de "centro". Frank reconhecia um campo de prisioneiros militares quando o via. Balançando as pernas para fora da cama, ele esfregou os olhos e estudou o ambiente.

Seu quarto era um cômodo de oito por dez com paredes de concreto. Os únicos itens de mobília eram a cama e um baú no qual ele havia colocado o conteúdo de sua mala. Todos os seus outros itens pessoais, como o canivete que sempre carregava, foram levados por um guarda para um depósito externo.

Pelo menos não o trancaram nessa cela minúscula. Ainda não.

Piscando os olhos sonolentos, ele se levantou da cama e saiu do quarto. A saída do prédio semelhante a um quartel ficava em um corredor indefinido, passando por uma dúzia de portas fechadas. Do lado de fora, o cheiro persistente de cinzas pairava no ar. Isso, juntamente com a aparência queimada do solo rochoso, disse a Frank que devia ter havido um incêndio aqui recentemente.

Ele se dirigiu ao banheiro, que era apenas uma fileira de vasos sanitários perto da linha da cerca. A cerca em si tinha 3 metros de altura e arame farpado em toda a parte superior.

Sim, este definitivamente não era um "centro de observação" clínico.

Ao abrir a porta do banheiro mais próximo, que felizmente estava bem conservado, Frank teve certeza de uma coisa. Aquilo era uma prisão.

Quando Kathy aterrissou em Las Vegas, um agente do FBI a encontrou no portão e a acompanhou até a área de embarque.

— Não precisamos ir até a área de retirada de bagagens? — perguntou Kathy. — Trouxe uma mala com todas as minhas coisas.

Os olhos do homem permaneceram ocultos por trás de um par de óculos escuros e seu rosto não demonstrava expressão.

— Cuidaremos de sua mala, senhora. Ela foi marcada e estará com o primeiro conjunto de malas do avião, e alguém a colocará no ônibus antes de partirmos.

Eles esperaram pelo ônibus do lado de fora do terminal principal do aeroporto McCarran. Com o agente parado a um passo de distância, a proximidade forçada apenas ampliava a ansiedade de Kathy. Enquanto estava no ar quente e seco, tentou ligar para casa, mas não conseguiu sinal. Isso a preocupou, embora provavelmente não fosse nada.

Um ônibus parou na frente deles, e o agente disse:

— Este é para você. — Não tinha nenhuma marca, as janelas estavam todas escurecidas e a placa do carro era do governo. Nada disso aliviou suas preocupações.

A porta se abriu e o agente a conduziu a bordo. Sua pele ficou arrepiada com o frio do ar-condicionado. Dois homens já estava a bordo, e Kathy sentiu um sentimento geral de perplexidade entre elas.

Ela se sentou sozinha, e o ônibus começou a andar.

Por um longo tempo, o único som era o zumbido do motor enquanto o ônibus seguia em frente. Com as janelas pintadas de preto, ela não tinha ideia de para onde estava indo, e seu telefone continuava sem sinal.

Ela não estava gostando disso. Nem um pouco.

Depois de uma longa viagem, Kathy não sabia ao certo quanto tempo, pois havia adormecido, o ônibus parou. A porta da frente se abriu com um assobio e os passageiros saíram. Alguns deles sussurraram entre si em espanhol, o que apenas intensificou a sensação de isolamento de Kathy. Ela não apenas não entendia o que eles estavam dizendo, mas essas duas pessoas tinham uma à outra para conversar. Ela não tinha ninguém.

Do lado de fora do ônibus, o sol brilhava intensamente em um mundo marrom e monótono de cercas de arame farpado, soldados com armas na cintura e prédios de concreto em blocos.

Parecia um campo de refugiados.

Cercada por cercas altas, ela ficou na fila, esperando. As pessoas à sua frente estavam sendo entrevistadas por alguns soldados que falavam espanhol e usavam uniforme, quando um soldado fez um sinal para chamar sua atenção.

— Posso saber seu nome?

Ela se aproximou do soldado, que estava empunhando uma prancheta e um lápis.

— Katherine O'Reilly.

O soldado olhou para a prancheta.

— Está bem aqui. Srta. O'Reilly, bem-vinda ao Camp X-Ray. — Ele estendeu uma pequena lixeira de plástico. — Por favor, coloque seus pertences pessoais aqui. Nós os devolveremos quando você sair.

— Posso ficar com meu celular, certo?

— Receio que não — disse o soldado com um tom compreensivo. — Mas não se preocupe. Você receberá tudo o que precisar.

Com uma respiração profunda e trêmula, Kathy colocou o telefone, sua última conexão com a civilização, na lixeira, junto com a bolsa, que continha sua escova de cabelo, desodorante e todos os tipos de outras coisas que ela lamentaria não ter.

— Sabe quanto tempo vamos ficar aqui? — perguntou ela.

O soldado deu de ombros.

— Sinto muito, senhora. Não sei. Estou aqui apenas para registrá-la e designá-la para um beliche, e você está... — Ele passou o dedo em sua prancheta. — ...no quarto quatorze do alojamento feminino. — Ele lhe entregou uma chave pendurada em uma corrente semelhante a um colar.

O quartel feminino. Isso significava que ela não veria seu pai? Olhou ao redor da área cercada e, embora visse outras pessoas vestidas com roupas civis aqui e ali, não o viu. Enquanto estava no meio desse campo desolado, precisou de todo o seu controle apenas para respirar normalmente.

Ela foi encaminhada para outro soldado, uma mulher que mediu sua temperatura. Enquanto passava a mão na testa, Kathy viu um carrinho cheio de malas sendo levado para longe.

— Desculpe-me, senhora, mas minha mala está naquele carrinho.

— Está tudo bem — a soldado a tranquilizou. — Recebemos suas designações de acomodações e colocaremos suas coisas no seu quarto. Bem-vinda ao Camp X-Ray.

A soldado terminou com ela, e Kathy se viu sozinha. Ela nem sequer foi informada sobre qual prédio de blocos era o alojamento feminino. Enquanto olhava ao redor, confusa, uma voz gritou:

— Gatinha!

Seus olhos imediatamente se encheram de lágrimas.

— Papai!

Ela correu até ele, abraçou-o e chorou em seu ombro.

Ele a abraçou com força.

— Meu Deus, querida, por que a trouxeram para cá? Foi... ah, querida. — Ele a segurou pelo braço, com lágrimas escorrendo pelo rosto. — Foi por causa daquela vez em que você bebeu minha água sem querer.

A garganta de Kathy ficou apertada e ela só conseguiu assentir.

Ele a apertou com força mais uma vez.

— Sinto muito. Nunca quis que nada disso afetasse você.

Quando Juan entrou no laboratório, pelo menos oito técnicos trabalhavam intensamente em suas estações. A nova equipe havia começado a trabalhar rapidamente, e Juan estava aliviado. Ele havia lhes dado muito trabalho para fazer.

Ele se aproximou de um dos novos membros da equipe.

— Bom dia, Kevin. Como estão indo as coisas?

— Bom dia, dr. Gutierrez. Acabamos de concluir os painéis metabólicos e temos alguns resultados.

Juan sentou-se em um banquinho.

— Kevin, primeiro me lembre do que estamos testando e depois me dê os resultados.

— Sim, senhor. Estamos monitorando cento e trinta camundongos de laboratório em nossa série de testes controlados. Quinze receberam a dosagem mínima apenas uma vez; outros quinze receberam a dosagem máxima apenas uma vez. Os cem restantes foram divididos em cinco grupos de vinte, cada um dos quais recebeu dosagens diárias do agente viral nos últimos sete dias. Cada grupo em um nível diferente. — Juan acenou com a cabeça para que ele continuasse.

— Realizamos exames bioquímicos detalhados no sangue de todos os camundongos, antes e após a administração inicial, e subsequente monitoramento a cada três dias. As taxas metabólicas basais aumentaram, mas, fora isso, não vimos nada fora do comum. Ferro, bilirrubina, proteína, tireoide, glicose, potássio, albumina, cálcio, BUN, creatinina, níveis de eletrólitos... tudo está normal.

— E sobre as variações na temperatura corporal? Houve algum padrão atípico após a administração inicial? — perguntou Juan.

— As temperaturas aumentaram após o primeiro dia, como você sabe, mas permaneceram estáveis desde então.

— Conseguimos detectar algum antígeno na corrente sanguínea? E sobre os anticorpos? Há alguma reação linfocítica significativa?

— Não, senhor. O que é estranho, especialmente nos que estão recebendo doses diárias.

Juan suspirou e assentiu.

— Acho que esperava ver mais do que apenas febre... isso por si só não justifica manter alguém em quarentena. — Batendo com os dedos na bancada do laboratório, ele pensou um pouco, imaginando o que mais poderia procurar. E, de repente, se deu conta. — É claro!

— Senhor?

Juan voltou a se sentar e sorriu.

— Níveis de oxigênio. É isso que precisamos examinar. No meu laboratório na AgriMed, vi variações na absorção de oxigênio. E se colocarmos nossos pequeninos em câmaras para ver se conseguimos detectar algo diferente em suas exalações?

— Que tal câmaras de pletismografia? — Kevin lhe deu um sorriso torto. — Conheço um departamento que acabou de receber uma paleta dessas. Eles vão configurá-las para medir o metabolismo do etanol.

Juan riu.

— Agora eu já ouvi de tudo. O FBI tem bafômetros de rato. Mas sim, podemos usar algo exatamente como isso.

— Então, com sua permissão, vou pegá-los antes que eles percebam o que está acontecendo.

— Vá em frente e pegue. Se alguém questionar, explique que foi uma requisição minha e sugira que entrem em contato com o vice-diretor para mais esclarecimentos. — Juan deu de ombros. — Qual é a pior coisa que eles podem fazer, me demitir?

Kathy se sentou ao lado do pai, de costas para a cerca, com as pernas esticadas à sua frente. Os dois observaram quando outro ônibus chegou.

— Pai, há quanto tempo você está aqui?

— Já faz três dias. Está vendo aquele? — Papai apontou para o ônibus sem identificação. — Mais um grupo de pessoas que fizeram parte desse teste médico esquecido por Deus.

— Pai, não foi esquecido por Deus. Você está curado, não está?

— Acho que sim. Mas a que custo?

— Mamãe sabe onde estamos?

O pai suspirou profundamente e deu um tapinha na perna de Kathy.

— Gatinha, não sei. Só rezo para que ela não esteja dando um piti. Você sabe como ela pode ficar quando não consegue o que quer.

Kathy bateu levemente a parte de trás da cabeça contra a cerca de arame e franziu a testa enquanto quase uma dúzia de pessoas desceu do ônibus. Uma delas estava carregando um bebê.

— Meu Deus — disse Kathy. — Parece uma família inteira.

Seu pai acenou com a cabeça.

— Pelo menos eles estão juntos.

Ela sabia que ele estava pensando em sua mãe. Ele disse que não teve contato com ela desde que chegou aqui.

— De onde será que todos eles estão vindo?

Seu pai suspirou.

— Argentina e Brasil, principalmente. Há alguns que conheci da Califórnia e um cara da área de Washington.

Kathy passou os braços em volta dos joelhos.

— Alguém lhe disse o que há de errado com o tratamento? Por que estamos realmente aqui?

— Não tenho certeza do motivo de estarmos aqui. Até agora, tudo o que alguém fez foi passar a mão na minha testa para verificar minha temperatura. E, sinceramente, acho que essas pessoas nem sabem. Acredite, eu já perguntei. No mínimo, me parece que esse pessoal da Força Aérea está apenas tentando tirar o melhor proveito de uma situação ruim. A comida é boa, certamente não é como a da sua mãe, mas é melhor do que qualquer porcaria que me deram no Exército. Mas... — disse ele — acho que sei *onde* estamos.

Ele apontou para o norte.

— Está vendo aquela grande extensão de branco?

Kathy colocou a mão sobre os olhos para protegê-los do sol.

— Aquilo é um grande lago salgado?

— É. E tenho quase certeza de que a montanha atrás dela é a Bald Mountain. Nós caminhamos até lá uma vez quando você era criança. Você se lembra disso?

— Acho que sim... mais ou menos.

— De qualquer forma, isso significa que é Groom Lake e, nesse caso, estamos a apenas uma ou duas horas de casa. — Ele deu uma risadinha.

— Pai, qual é a graça?

— Bem, quando eu era criança, havia rumores sobre essa área... que ela abrigava uma base secreta da Força Aérea que escondia alienígenas. Bem, eu não vi nenhum, mas acho que confirmamos a parte sobre a base secreta da Força Aérea.

Uma base secreta da Força Aérea. Onde ninguém os encontraria. Cercados por arame farpado, sem nenhuma explicação do porquê e sem ideia do que essas pessoas tinham planejado para eles.

Kathy encostou a cabeça no ombro do pai.

— Deus, espero que tudo isso acabe logo.

Juan havia designado Jennifer Green para ser a principal técnica do laboratório de biocontenção. Ela adorava esse trabalho e, ao contrário dele, não se importava com os inconvenientes envolvidos em todos os equipamentos de segurança.

Infelizmente, ele não podia evitar totalmente o laboratório de biocontenção. Hoje ele esteve lá para instalar câmeras de imagem térmica e agora ele e Jennifer estavam estudando os resultados.

— Está vendo isso? — ele perguntou. — Os camundongos tóxicos na cabine de segurança biológica estão mais ou menos na mesma temperatura que os que receberam a dose, mas você vê como o calor se projeta mais longe deles?

Jennifer se aproximou dele em seu traje pressurizado e estudou as telas da câmera. Sua voz veio pelo alto-falante do traje de Juan.

— *Isso é estranho. Os camundongos infectados têm um perfil térmico comum, com febre, mas aqui o gradiente de temperatura se estende anormalmente. As ondas de calor estão saindo desses tipos tóxicos.*

— Os níveis de consumo calórico deles estão fora dos padrões esperados. Acho que toda essa energia tem que ser gasta de alguma forma. Já tentamos colocar uma placa de Petri esterilizada lá dentro com um pouco de ágar para ver o que conseguimos?

— *Não, mas não conseguiríamos cultivar nenhum vírus que pegássemos fora de um hospedeiro...*

— Essa é a questão. Não sabemos o que essas coisas estão liberando. É algum tipo de vírus? Uma bactéria? Algum composto químico que se dissipa quando o animal morre?

— *Há uma maneira de descobrir.* — Jennifer se virou para um armário de suprimentos e retirou uma pilha de placas de Petri lacradas. Cada uma continha uma fina camada de ágar translúcido.

— Ótimo. Abra uma delas na cabine de biossegurança perto dos camundongos tóxicos. Deixe-a lá por um ou dois minutos e depois, observaremos ao microscópio para ver se capturamos algo.

Jennifer usou garras remotas para empurrar a placa de Petri para dentro da cabine de segurança, abrir o lacre e levantar a tampa. Ela estava apenas começando a aproximá-la dos camundongos tóxicos quando ofegou.

O meio de ágar já começou a reagir.

— *Oh, meu Deus.* — Jennifer ofegou.

Juan sentiu um calafrio percorrê-lo.

— Está vendo a rapidez com que a descoloração está acontecendo? Afaste-a e coloque a tampa de volta. Quero ver o que acabou de acontecer.

Juan ouviu a respiração de Jennifer pelo alto-falante e deu um tapinha nas costas dela.

— Respire fundo, não preciso que você desmaie em cima de mim. Basta usar as ferramentas remotas como você tem feito e tudo ficará bem.

Jennifer puxou o prato de volta e usou uma pinça para colocá-lo na platina do microscópio de alta potência. Ela ligou o monitor para que ambos pudessem ver os resultados e, em seguida, deu um zoom em um dos pontos escurecidos.

— *Parece mofo.*

Juan balançou a cabeça.

— Muito rápido para mofo. Mas estou disposto a acreditar em praticamente qualquer coisa neste estágio.

Jennifer ajustou a lente objetiva para uma resolução mais alta e depois ajustou o foco.

— *O ágar derreteu? Mas não há muito calor envolvido. Acabamos de verificar isso.*

— Pode ser uma reação química. Aproxime mais o zoom.

— *Está bem, vou aumentar o zoom ao máximo. A resolução alcança até um micrômetro. Espere um pouco. A focalização está ficando complicada.* — Ela mexeu nos controles do microscópio. — *Pronto. Definitivamente, não estamos olhando para algas.*

Juan olhou fixamente para a célula circular que Jennifer havia conseguido ampliar.

— Parece quase um linfócito. Mas o que são essas protuberâncias semelhantes a cordas?

— *Um dos fios se moveu!* — Jennifer gritou.

Juan olhou para a câmera no teto.

— Espero que vocês estejam entendendo isso!

Eles continuaram a monitorar a célula atípica por mais 25 minutos. Mais duas vezes, uma das protuberâncias se mexeu.

— *O que você acha?* — perguntou Jennifer, quebrando finalmente o silêncio.

— Acho que é melhor você não saber — disse Juan. — Vamos apenas dizer que, se isso é o que eu acho que é, temos um animal com um sistema imunológico que não apenas defende, mas ataca. O que também explicaria por que não foi detectada nenhuma toxicidade química depois que o hospedeiro morreu.

Ele estremeceu ao pensar em um sistema imunológico que pudesse atacar em nível celular.

— Provavelmente pareceria um caso de choque anafilático — disse ele calmamente. — E essa é uma batalha que nossos corpos não estão treinados para vencer.

Enquanto Juan caminhava para o carro - depois de mais um dia de dezesseis horas - Paul Hutchison correu do estacionamento em sua direção e acenou.

— Dr. Gutierrez! Juan!

Juan parou.

— Paul?

Apesar de estar na casa dos sessenta anos, o chefe de segurança da AgriMed correu confortavelmente em sua direção e só parou quando chegou a menos de três metros.

— Dr. Gutierrez, vamos conversar.

Hutchison falou com um tom casual, mas algo em sua linguagem corporal deixou Juan em alerta.

— O que está acontecendo? Há...?

Hutchison levou o dedo aos lábios e fez sinal para que Juan o seguisse para fora do prédio.

Um forte pressentimento pesou sobre Juan enquanto eles se afastavam das calçadas e dos estacionamentos que contornavam os prédios do FBI.

Quando chegaram a uma distância segura, longe de ouvidos curiosos, Hutchison parou, fazendo sinal para que Juan se aproximasse.

Juan se aproximou até que eles estivessem praticamente respirando o ar um do outro.

Hutchison retirou um pequeno dispositivo eletrônico do bolso com um ar sombrio.

— Juan, tenho algo que você precisa ouvir. Mas antes, você precisa entender uma coisa. Não pergunte onde consegui isso, e nunca mencione a ninguém. Porque posso lhe garantir que a culpa será sua, não minha.

— Espere um minuto, talvez eu não queira ouvir. — Juan ficou tenso e ansioso. O que poderia ser tão importante em comparação com o que ele já estava lidando?

— Você realmente não tem muita escolha. Isso é algo que depende do que você está fazendo, e eles não estão lhe contando tudo.

—Eles? Eles? Quem? Você está se referindo ao FBI?

—Eles. Estou me referindo a *eles*. Ouça, e você entenderá.

Hutchison pressionou um botão no dispositivo e uma gravação foi reproduzida.

— *Qual é a nossa situação? Todos estão reunidos?*

A voz do homem era familiar, mas Juan não conseguiu identificá-la.

— *Quase* — disse uma segunda voz, também de um homem. — *Reunimos quase todos da América do Sul e os britânicos concordaram em enviar os deles também. Esperamos que todos estejam aqui até o final da próxima semana. Temos alguns retardatários que estamos rastreando na Costa Oeste, mas o local de quarentena em Nevada deve ser capaz de abrigá-los sem muitos problemas.*

— *Problemas.* — O primeiro homem riu. — *Você não sabe nada sobre problemas. Eu destruí o projeto com os alemães e agora tenho um monte de pessoas carregando um vírus mortal que seu pessoal me garantiu que não sairia do controle. Mas agora, veja o que estou enfrentando.*

— *Eu entendo, sr. Presidente.*

Os olhos de Juan se arregalaram. Por isso a voz lhe era familiar.

— *Nós os colocaremos em instalações seguras* — continuou o segundo homem. — *Ninguém vai saber.*

— *Você é burro? Temos famílias nesses centros de quarentena, certo? Crianças. Mulheres. Homens. E se um deles quiser se divertir? Você vai me garantir que conseguiremos controlar essas pontas soltas para sempre?*

"Tente separar uma família. Tente impedir que algum tarado se ocupe com uma das gostosas. E se uma delas engravidar, você acha que vai poder forçar um aborto? Droga, quem sabe se conseguiremos abortar essas monstruosidades? Talvez seja preciso acabar com ela ali mesmo, e depois? E você está me dizendo que vai conseguir manter isso em segredo?"

O estômago de Juan roncou e ele começou a suar frio.

O segundo homem suspirou.

— *Acho que você tem razão.*

— *É claro que tenho, idiota.*

— *Então, o que sugere, senhor?*

— *Eu realmente tenho que soletrar as coisas para você?* — O presidente fez um som de cuspe. — *Quando você finalmente colocar todos em uma instalação segura, precisamos que ocorra um acidente. Um grande e certeiro. Está me entendendo, soldado?* — Juan se inclinou e vomitou.

— *Sim, Sr. Presidente. Isso é uma ordem?*

— *Um acidente. Isso significa que não há como rastrear. E sim, isso é uma ordem.*

Hutchison parou a reprodução.

— Agora você sabe o que está em jogo.

— Mas, eu...

— Não se trata de você, dr. Gutierrez.

As mãos de Juan tremiam enquanto ele enxugava o rosto.

— O que você quer que eu faça?

Os olhos azuis-gelo de Hutchison eram frios; ele parecia não se incomodar com o que tinham acabado de ouvir.

— Quero que você perceba que não se trata de curiosidade, nem de sua pesquisa. Trata-se de deter esse vírus. Vidas estão em jogo. Eu estimaria que não levará mais de dez dias até que todas essas pessoas possam ser reunidas em um só lugar. E quando isso acontecer, ocorrerá o grande acidente e o mundo esquecerá que essas pessoas existiram.

As palavras de Hutchison ecoaram na mente de Juan. Ele estava trabalhando praticamente sem parar - e ainda não era rápido o suficiente. Precisava reverter os efeitos desse vírus e tinha que fazer isso agora. Ou todas aquelas pessoas morreriam.

Hutchison bateu com a mão no ombro de Juan e, por um momento, o homem mais velho fez uma expressão de simpatia.

— Ouça, doutor. Se não conseguir encontrar a cura... o plano do presidente pode ser a melhor opção. Se esse vírus se espalhar, descontrolado... pense nisso. Sem uma maneira de realmente detectar a infecção. A humanidade poderia ser exterminada na próxima geração.

Juan soltou um suspiro trêmulo.

— Acho que sei o que precisa ser feito.

— Então faça. Já fiz tudo o que podia. O resto é com o senhor, dr. Gutierrez.

CAPÍTULO VINTE E QUATRO

A conversa com Hutchison deu a Juan um foco singular. Ele só tinha dez dias para resolver o problema, ou não teria mais importância. Tinha que direcionar seus esforços para o que poderia ser feito nesse tempo.

E a verdade era que encontrar uma *cura* em um prazo tão curto era praticamente impossível. As alterações no DNA eram enormes. O melhor que ele poderia esperar era salvar algumas dessas pessoas, as que não estavam infectadas, descobrindo um método confiável de triagem. Ele imaginou crianças, esposas, famílias inteiras presas simplesmente porque tinham estado perto de um dos pacientes com câncer e depois desenvolveram algum tipo de febre inofensiva... de uma gripe ou alguma outra doença comum.

Ele não podia salvar todo mundo. Mas talvez pudesse salvá-los.

Ao entrar no laboratório na manhã seguinte, onde seus técnicos estavam monitorando dezenas de experimentos, sentiu um pesado fardo de culpa. Em alguns dias, provavelmente centenas de pessoas morreriam. E tudo isso por causa de sua pesquisa.

Como sempre fazia, foi primeiro falar com Kevin, que havia se tornado seu homem de confiança.

— Kevin. Como estão indo as coisas?

Kevin colocou os óculos sobre a ponte do nariz.

— Estão indo bem. — Kevin apontou para uma unidade transparente e selada, não muito maior do que uma gaiola. — Na verdade, as unidades eram um pouco pequenas para a espécie de camundongo que estamos testando. Suspeito que tenham sido construídas para ratos. Mas funciona, e eu criei um circulador de ar com apenas algumas peças. Os detectores de oxigênio e de dióxido de carbono estão coletando amostras do ar que sai da câmara.

Juan passou o dedo ao longo do tubo que conectava o compartimento transparente que continha o camundongo a uma caixa com uma leitura digital que media as porcentagens de $_{O2}$ e $_{CO2}$ e perguntou:

— Essas unidades são seladas, certo?

— Sim, mas se estiver procurando por porcentagens de exalação especialmente precisas, isso não vai funcionar. Para obter uma precisão significativa, precisaríamos ensinar esses camundongo a soprar com força nas pipetas ou medi-las sob sedação.

Juan balançou a cabeça.

— Não, isso é loucura. Não precisamos de números exatos. Vamos reunir todos os dados e ver se há alguma diferença entre os grupos de amostras.

Kevin pegou um bloco de papel.

— Dê-me alguns minutos e vou juntar tudo.

Assim que Kevin saiu para registrar as leituras das dezenas de estações espalhadas pelo laboratório, Nate entrou. Juan se perguntou se o agente sabia o que estava planejado para os locais em quarentena.

— Como está indo, Juan?

— Indo. — Juan acenou com a cabeça para Kevin. — Ele está tabulando alguns dados para mim agora.

— Você acha que pode ter uma descoberta? — Nate perguntou, parecendo esperançoso.

— Não, não é bem isso. Estamos apenas tentando encontrar uma maneira mais segura de saber se alguém recebeu essa forma de terapia gênica.

— É realmente tão difícil assim? — perguntou Nate. — Não sou médico, mas se essas pessoas estão sofrendo de um vírus, não é apenas uma questão de identificar os anticorpos que o corpo produz?

— Infelizmente, não nesse caso. Com um vírus normal, você estaria correto. Um vírus comum, como, por exemplo, um vírus da gripe, invade as células, utiliza o DNA da célula hospedeira para replicar seu próprio material genético. Como um touro em uma loja de porcelana. O corpo vê esses vírus como invasores estranhos e responde produzindo anticorpos específicos para esse vírus.

"Mas esse vírus é diferente. Quando invade uma célula, ele funde seu código genético com a célula infectada. Mais tarde, quando a célula se divide naturalmente, o conteúdo se replica. O corpo não cria um anticorpo, porque não vê um invasor, apenas a divisão celular natural.

Nate franziu a testa.

— Nesse caso, por que todo mundo que está infectado tem febre? Juan fez um aceno de aprovação para Nate.

— Essa é exatamente a pergunta que eu tenho feito a mim mesmo.

— Dr. Gutierrez — disse Kevin, apressando-se. — Reuni os dados e tenho as médias em nível de grupo. — Ele esfregou a nuca e estendeu o bloco de notas à distância de um braço. — Quase não há diferença entre as exalações dos animais que receberam a dose. No entanto, os que não receberam a dose tinham um nível mais baixo de CO_2 e mais alto de O_2 do que os que receberam a dose.

Os olhos de Juan se estreitaram.

— Qual é o tamanho da diferença?

— Os camundongos que receberam a dose estão emitindo o dobro de CO_2 e cerca de um quarto a menos de O_2.

— Isso é ótimo! — exclamou Juan. Ele se virou para Nate. — Isso pode nos dar uma maneira confiável de saber se alguém tem o vírus.

— Poderia ou pode? — Nate perguntou.

— Bem, não posso ter certeza até testá-lo em pessoas que sabidamente têm o vírus. — A advertência de Hutchison sobre ter apenas dez dias ecoava em sua mente. — Se eu montar um equipamento de teste, você acha que poderia ser levado para um dos locais de quarentena?

Nate deu de ombros.

— Terei que verificar com meu supervisor. Para ser sincero, nem sei onde ficam os locais. Quando você gostaria de ir?

— Isso depende. — Juan se voltou para Kevin. — Kevin, por favor, me diga que temos máquinas portáteis de capnografia que medem O_2 e CO_2 exalados.

— Você quer dizer para uso em humanos, certo? — perguntou Kevin.

Juan respondeu rapidamente, escondendo sua frustração.

— Claro, humanos.

— Há alguns dispositivos de medição de gás duplo em nosso depósito de suprimentos. É do tipo que você sopra com força, como se fosse um espirômetro, mas ele mede as porcentagens de gás. Vou ter que procurar, mas provavelmente posso voltar aqui com um em... quinze ou vinte minutos.

Juan se voltou para Nate.

— Eu gostaria de sair em cerca de quinze ou vinte minutos.

Os olhos de Nate se arregalaram e ele pegou o celular.

— Então, acho melhor eu fazer algumas ligações.

Enquanto Nate se afastava, falando em sussurros abafados em seu telefone, Juan sentiu uma pequena sensação de realização. Talvez conseguisse tirar algumas pessoas da quarentena e, assim, salvar suas vidas.

Fechando os olhos, ele se debateu, tentando imaginar se havia algo que pudesse fazer pelas pessoas infectadas.

Ao se concentrar na natureza desesperadora do que estava enfrentando, seus ombros caíram. A desesperança tomou conta dele.

Faltando apenas nove dias, Juan sabia que... não havia como desfazer o que já havia sido feito.

Kathy sentou-se com o pai no refeitório do Campo X-Ray. Enquanto ele conversava com alguns dos outros "internos", como ela os considerava, ela tentava engolir outra tigela morna de ensopado de carne.

— Todos vocês também tiveram câncer? — perguntou um homem magro de meia-idade com forte sotaque espanhol, enquanto comia pão de milho.

Todos na mesa assentiram e um homem disse:

— Sim, mas graças a Deus, já se foi.

O pai dela perguntou:

— Isso vale para todos vocês? Todos estão curados? — Outra rodada de acenos de cabeça.

— É um verdadeiro milagre — exclamou uma mulher do outro lado da mesa.

Uma mulher sentada em uma mesa atrás de Kathy anunciou:

— Fez mais do que isso. Pela primeira vez em minha vida, minha psoríase desapareceu totalmente, e isso já faz mais de seis meses.

Um homem mais velho disse:

— De fato, somos abençoados por ainda estarmos vivos. Conheço alguém que passou pelo mesmo tratamento que nós, mas infelizmente faleceu; sua esclerose múltipla complicou as coisas.

— Ouvi a mesma coisa — disse outra pessoa.

Sentindo uma onda de emoção, Kathy encostou a bochecha no ombro do pai e sussurrou:

— Somos abençoados, você sabe. Estou muito feliz por você ainda estar comigo e com a mamãe.

Um homem com uma espessa barba castanha perguntou:

— Ei, alguém mais notou que não está usando tanto desodorante? Juro por Deus, ou meu farejador está quebrado ou eu simplesmente não estou fedendo como antes.

— Não, eu notei a mesma coisa...

— Eu também! Estranho, não é?

Kathy pegou o pai cheirando as axilas. Ela deu uma risadinha.

— Eu teria lhe dito se você estivesse fedendo.

Outro homem entrou na conversa com uma voz anasalada.

— Esqueça o desodorante. O tratamento ressuscitou minha vida sexual. Eu tinha herpes, mas os médicos me liberaram. Sem câncer. Sem herpes. E sou solteiro e estou querendo me relacionar. — Todos riram.

— Mas vocês ouviram os guardas — disse o homem barbudo. — Não pode haver *namoro* enquanto estivermos aqui. É por isso que eles estão vigiando as barracas, para que ninguém tenha ideias.

— Ah, eu não sei. — O homem sorriu de forma lasciva. — Alguns podem dizer que este é um ambiente rico em alvos. E, além disso, quem precisa de um quartel quando os banheiros públicos podem lhe dar privacidade?

— Isso é nojento — advertiu a mulher mais velha.

O pai virou-se para Kathy e sussurrou:

— Acho que seria melhor se você pedisse a mim, ou a um guarda, para acompanhá-la sempre que for ao banheiro. Entendeu?

Kathy assentiu. A verdade é que ela não sabia nada sobre essas pessoas. Dentro desse grupo de ex-pacientes de câncer, poderia haver criminosos. Criminosos que agora estavam, efetivamente, em uma prisão. E ela era tão prisioneira quanto todos os outros.

Na fronteira externa da instalação da Força Aérea conhecida como Camp X-Ray, Nate se inclinou para fora da janela do lado do motorista e entregou as identidades dele e de Juan ao sargento de plantão.

— Agente Carrington e dr. Gutierrez. Vocês devem estar nos esperando. — Ele apontou com o polegar para os dois utilitários esportivos atrás deles. — Esses caras só estão aqui como parte da segurança do médico. Eles vão esperar aqui fora.

O vento soprou uma nuvem de sujeira marrom pelo caminho não

pavimentado à frente enquanto o soldado estudava a identificação. O sargento manteve as duas identidades à distância de um braço, olhando para trás e para frente, dos crachás para os dois homens, seguindo o protocolo de segurança padrão da instalação.

— Por favor, abaixe os vidros traseiros e abra o porta-malas.

Nate suspirou enquanto abaixava os vidros escurecidos do GMC Yukon que ele havia retirado do escritório do FBI em Las Vegas. Ao examinar o painel, ele procurou e finalmente encontrou o botão que abria o porta-malas.

Um soldado olhou para os assentos traseiros enquanto outro vasculhava o porta-malas.

Juan colocou a cabeça para fora da janela do lado do passageiro.

— Vocês podem ter cuidado? Parte disso é equipamento médico eletrônico. É frágil.

Depois de mais um minuto, os soldados terminaram a verificação e o sargento devolveu as identificações de Nate e Juan. Ele apontou para frente.

— Subam a trilha, passem pela elevação e virem à esquerda. Não tem como errar. Vou ligar e avisar que vocês estão a caminho.

— Obrigado, sargento — disse Nate enquanto abria as janelas, colocava o carro em marcha e começava a percorrer a trilha rochosa.

— Isso vai ser uma droga — murmurou Juan.

Em instantes, Nate e Juan estavam novamente a caminho do acampamento. E Nate não pôde deixar de notar que o médico parecia especialmente nervoso quando se aproximaram da cerca de arame farpado que cercava o acampamento em quarentena.

— Seu objetivo é tentar eliminar os falsos positivos, certo?

— É.

— Então, concentre-se apenas nisso — aconselhou Nate. — Vamos entrar e sair. Não se esqueça de que esses pacientes não sabem realmente por que estão aqui, e é melhor que continue assim. O pessoal da Força Aérea foi instruído a manter estrita separação entre homens e mulheres..

Nate acrescentou com o tom mais agradável que conseguiu reunir:

— Lembre-se de que, ao se envolver, você está salvando vidas. Além disso, essas pessoas não vão a lugar algum. Independentemente do quanto possa ser difícil, você provavelmente encontrará alguma cura com o tempo.

Nate sentiu o olhar do médico se voltar para ele enquanto levava o grande SUV até a entrada do campo de quarentena.

O portão de metal pesado se abriu quando um dos soldados acenou para que entrassem.

Passando por um grande ônibus sem identificação, Nate dirigiu em direção a outra entrada fechada que também havia sido aberta. Dois aviadores cansados acenaram para eles em direção a um prédio com uma grande cruz vermelha pintada.

Outro soldado estava esperando por eles lá.

— Agente Carrington, dr. Gutierrez. Se puderem me seguir, mostrarei as instalações da clínica onde serão realizados os testes.

Juan apontou para a parte de trás do utilitário esportivo.

— Espere um momento, preciso pegar alguns equipamentos. — Ele se virou, olhou para Nate através da porta do passageiro ainda aberta e perguntou: — Você vem?

Nate desligou a ignição, guardou as chaves no bolso e desceu do veículo.

— Claro, deixe-me ajudá-lo com essa caixa.

Nate se sentou em uma cadeira dobrável de encosto duro em uma sala de blocos de concreto sem janelas e com uma forte iluminação fluorescente. Lembrava uma sala de interrogatório e tinha um forte cheiro de produtos de limpeza. A única mobília era uma única mesa e algumas cadeiras.

O médico montou seu equipamento sobre a mesa e estava

testando suas diversas conexões. O dispositivo era mais ou menos do tamanho de um computador. Consistia basicamente em uma caixa com vários botões, um visor de LED e um longo tubo flexível com uma pipeta na extremidade. Nate percebeu que Juan havia deixado de lado o que o incomodava antes, concentrando-se no trabalho.

— Se importa se eu testar isso em você? — perguntou Juan. — Só para ter certeza de que as coisas estão funcionando?

Movendo sua cadeira para mais perto da mesa, Nate encolheu os ombros.

— Claro. O que eu preciso fazer?

Usando luvas brancas de látex, Juan pegou o tubo longo e ofereceu a extremidade com a pipeta para ele.

— Basta segurar isso por um segundo.

Enquanto Nate segurava o pequeno objeto que lhe lembrava uma piteira de plástico, Juan ajustou mais alguns botões sob a tela de LED e disse:

— Esta é uma unidade de capnografia de gás duplo. Ela medirá os níveis de oxigênio e dióxido de carbono que você expira. Basta respirar fundo, colocar a extremidade da pipeta na boca, fechar os lábios ao redor da extremidade e soprar com força até ficar sem fôlego. Vou pedir que você faça isso três vezes. Pronto?

— Pronto.

Juan apertou um botão, e a caixa emitiu um bipe.

— Certo, respire fundo e sopre com força.

Nate fez o que lhe foi pedido, esvaziando os pulmões. Depois de três rodadas em rápida sucessão, ele se sentiu um pouco tonto.

Juan retirou a pipeta usada e analisou os dados na tela de LED.

— A exalação média de O_2 foi de 15,87%, com exalação de CO_2 de 4.15%. Bom. Mais ou menos o que eu esperava.

— Então a máquina está funcionando? — perguntou Nate.

— Está.— Juan sorriu. — E você ficará feliz em saber que não tem o vírus.

A porta da sala se abriu e o mesmo soldado que os recebeu do lado de fora do prédio entrou com uma prancheta.

— Dr. Gutierrez, temos todos aqui listados por número. Para cada um, você encontrará as temperaturas registradas e se eles foram ou não os principais beneficiários do tratamento. Está pronto para recebê-los?

— Sim, obrigado. Traga-os um de cada vez. Farei um exame físico básico, verificarei como estão e depois passarei para uma triagem mais detalhada.

— É claro, senhor. Voltarei com o primeiro paciente e um tradutor.

— Tradutor? — perguntou Juan.

— Sim, senhor. Uma boa parte dessas pessoas é da América do Sul.

— Sargento, eu sei falar espanhol.

O sargento acenou com a cabeça.

— É claro, senhor. E quanto ao português?

Juan fez uma pausa.

— Ah. Sim, é melhor você mandar o tradutor.

Enquanto esperavam a chegada do primeiro paciente, Juan vestiu o jaleco branco que havia trazido. Ele sorriu para Nate.

— Raramente trabalhei com pacientes humanos, então é melhor que eu tenha uma boa aparência.

Logo, uma mulher baixa de meia-idade entrou e apertou a mão de Juan. Ele então se comunicou por meio do tradutor:

— Por favor, sente-se. Então, como está se sentindo?

Nate observou enquanto Juan ouvia o coração, media a pressão arterial da mulher e fazia perguntas gerais sobre seu bem-estar.

Depois de algumas idas e vindas com o tradutor, Juan pediu que a mulher, que falava português, soprasse através da pipeta.

Nate olhou para os resultados por cima do ombro do médico. O nível de oxigênio dessa mulher estava mais baixo do que o dele e o CO_2 era quase o dobro do que ele havia soprado. Ele sabia o que isso significava.

Juan rabiscou algo, agradeceu à mulher e ela saiu.

— Positivo? — perguntou Nate.

A expressão de Juan era sombria.

— Receio que sim. Ela recebeu o tratamento viral.

Enquanto Nate observava Juan lidar com paciente após paciente, ele desenvolveu uma noção melhor de quem era o médico. O homem parecia se importar genuinamente com cada uma das pessoas que examinava. Ele ouvia suas queixas com atenção e, por fim, assegurava-lhes que tudo ficaria bem.

É claro que, na maioria dos casos, não ficaria. Dos quarenta primeiros pacientes, Juan eliminou apenas dois. Em ambos os casos, ele disse a Nate depois que saíram, ele provavelmente nem precisava do aparelho para eliminá-los. Ambos os pacientes estavam com febre quando foram trazidos, mas tinham leituras de temperatura normais desde então.

Quando o próximo paciente entrou, o médico se enrijeceu e arregalou os olhos. A paciente parou e o encarou com uma expressão de surpresa. Um olhar óbvio de reconhecimento surgiu entre os dois.

— Juan! — disse a mulher, com a voz trêmula. — Como você sabia que eu estava aqui?

Nate também reconheceu a mulher. Ela tinha vinte e poucos anos e era bonita. Seu cabelo ruivo e sua pele clara fizeram Nate pensar em um palito de fósforo. Era a garota O'Reilly, a mesma que ele havia buscado em Georgetown.

Mas como ela conhecia o médico?

— Eu não sabia — gaguejou Juan. Ele estava claramente tão chocado ao vê-la quanto ela estava ao vê-lo. — Oh, meu Deus. Kathy... como você veio parar aqui?

Os olhos de Kathy se encheram de lágrimas.

— Por causa do teste, Juan. Eu bebi acidentalmente um pouco do remédio do meu pai e eu... — Sua voz se embargou e ela soluçou.

O rosto de Juan ficou vermelho.

— Sinto muito. Eu não tinha a menor ideia... — Ele fechou a boca e olhou para Nate com nervosismo. Depois, ele se recompôs, examinou-a como havia feito com os outros pacientes e, finalmente, entregou-lhe a pipeta.

Ela soprou nela. Nate e Juan observaram atentamente enquanto o LED brilhava com os resultados.

O teste foi positivo.

Enquanto Juan anotava os resultados, seu rosto era uma tempestade de emoções. Ficou claro para Nate que o médico não apenas conhecia a jovem, mas também sentia algo por ela.

Assim que ela saiu, Nate pediu ao soldado que estava do lado de fora da porta que lhes desse alguns minutos. Depois, ele se voltou para Juan.

— Como você a conhece?

Os olhos de Juan estavam injetados de sangue. Ele estava visivelmente chateado.

— É complicado. Acho que a conheci principalmente em uma palestra. E depois nos vimos em Georgetown. — Ele respirou fundo. — E é minha culpa que ela esteja aqui. O pai dela estava morrendo de câncer e eu lhe contei sobre um teste. Se eu não tivesse passado informações sobre esse teste do qual eu não sabia nada, ela não estaria aqui. Não estaria infectada!

Nate colocou a mão no ombro de Juan, oferecendo-lhe um gesto de conforto.

— Sinto muito, doutor. Sei que isso deve ser um verdadeiro soco no estômago para você. Precisa de uma pausa?

Juan soltou um longo suspiro e balançou a cabeça.

— Não. Não, vamos acabar logo com isso.

— Tem certeza de que está bem?

Juan olhou fixamente para Nate.

— Mesmo que eu não esteja, não importa. Estamos ficando sem tempo.

Quando o último paciente do dia saiu, Juan fez mais uma anotação na lista de pacientes e balançou a cabeça. Ele se sentiu nauseado com os resultados.

— Cinco — disse ele. — De quase duzentos pacientes, apenas cinco não testaram positivo para o tratamento. Apenas cinco! — E Kathy. Kathy também tinha resultado positivo.

E ela provavelmente estaria morta em alguns dias.

— Sei que não era isso que você esperava — disse Nate. — Mas ainda assim são cinco vidas. Cinco pessoas que poderão voltar para casa por causa do que você fez hoje.

O agente havia observado em silêncio o dia todo. Juan se perguntou o quanto ele sabia. Será que ele sabia dos testes humanos ilegais de Steve? E o que mais ele poderia estar escondendo?

Os pensamentos de Juan se voltaram para Steve, seu antigo amigo, e uma sensação assassina de raiva impotente o invadiu. Ele havia encaminhado o pai de Kathy para o programa daquele monstro sem a menor preocupação. E, embora um milagre tivesse sido realizado com seu pai, Kathy agora estava infectada.

A garganta de Juan ficou apertada ao pensar nela. A ideia de que ela seria morta em menos de nove dias era demais para ele. Sua visão ficou turva e ele enxugou os olhos com raiva.

— Eu precisava fazer mais.

— Você ainda pode. Foi por isso que o trouxemos aqui. Para nos ajudar a parar essa coisa.

— Não temos tempo suficiente! — Juan deixou escapar... e imediatamente se arrependeu. Nate talvez não soubesse do plano do presidente.

E mesmo que ele *soubesse*... bem, Juan não deveria saber.

— Do que você está falando? — Nate perguntou.

Juan mordeu o lábio inferior.

— Eu só... não sei quanto tempo meu trabalho pode levar, ou o que pode acontecer com essas pessoas nesse meio tempo. Todos estão bem de saúde agora, mas não sabemos quanto tempo isso vai durar. E eu preciso ajudar essas pessoas *agora*.

— Ouça-me, Juan. — A voz de Nate era suave, mas firme. — Posso não ter a menor ideia do que está acontecendo em um nível técnico, mas sou muito bom na solução de problemas em geral. Ajudaria se conversássemos sobre o assunto? Talvez a perspectiva de um leigo possa lhe dar uma nova visão das coisas.

Juan respirou fundo e estremeceu. Não era a pior ideia.

— Acho que estou aberto a isso.

— Ótimo. — Nate girou sua cadeira de modo a ficar de frente para Juan. — Certo, você quer criar uma cura para esse vírus. Explique-me por que isso é tão difícil. — Ele deu um sorriso torto. — E tente usar uma linguagem que eu possa entender.

Juan deu de ombros.

— É uma questão extremamente complicada. Não tenho certeza por onde começar.

— Tudo bem, então, deixe-me começar. Diga-me uma coisa: por que você não pode simplesmente dar uma vacina às pessoas? Eles fazem isso para a gripe e outras coisas, certo?

— Sim — disse Juan. — Mas as inoculações não são curas, são uma medida preventiva. Uma inoculação injeta em você um vírus inativado ou enfraquecido, o que faz com que seu corpo crie uma imunidade embutida, para que você possa combater o vírus mais forte se entrar em contato com ele. Isso é bom por um curto período de tempo, talvez até por alguns anos, mas não ajuda se você já estiver infectado. Você não recebe uma vacina contra a gripe se já estiver gripado.

— Entendi — respondeu Nate. — Então, sei que os antibióticos não funcionam contra coisas como a gripe. Isso se deve ao fato de ser um vírus e não uma infecção bacteriana, certo?

— Sim.

— Então, quando você pega gripe, geralmente fica preso a ela por uma ou duas semanas. Agora que essas pessoas não estão se dosando com mais vírus, elas não deveriam estar melhorando?

— Não, não é assim que esse tipo de vírus funciona. — Juan passou a mão no cabelo. — Como posso dizer isso... quando a gripe ou a maioria dos outros vírus infectam você, eles normalmente invadem uma célula, assumem os recursos da célula para se reproduzir e, em seguida, explodem a célula, com muitas cópias do vírus se espalhando para infectar outras células do corpo. Por fim, o corpo reconhece os invasores e começa a revidar. Mas com esse vírus, o processo é diferente. Esse tipo de vírus usado na terapia gênica invade uma célula. — Juan abriu os dedos de ambas as mãos e os entrelaçou para ilustrar enquanto explicava: — Quando o vírus invade, os pedaços de DNA que ele carrega se fundem com o DNA da célula. A célula não é danificada de outra forma, ela é modificada. O resultado é uma versão atualizada da célula. Quando ela se divide, o DNA mesclado se divide e você tem duas cópias da célula infectada. O corpo nunca sabe o que é diferente.

Nate cruzou as pernas e bateu com os dedos no joelho.

— Certo, então isso significa que o vírus está introduzindo um novo DNA no corpo. E, uma vez que esse sino é tocado, você não sabe como desatá-lo, certo?

Juan assentiu com a cabeça.

— Infelizmente, é exatamente isso. Se eu entendesse todas as alterações e adições que esse vírus fez, *talvez* eu conseguisse descobrir como eliminar as alterações, mas o volume de alterações é enorme.

— O vírus lhe diz o que ele mudou? Como ele mudou?

— Diz — disse Juan, sentindo-se irritado. Esse exercício estava se mostrando infrutífero. — Mas não tenho a menor ideia do que isso significa. Não posso simplesmente desfazer o que ele fez.

— Por que não?

— Porque... — Juan fez uma pausa, lutando para responder à pergunta do agente. — Porque...

E, de repente, ele pensou em algo que nunca havia considerado.

Ele ficou olhando fixamente por um momento, então uma emoção elétrica o percorreu.

Ele se levantou de um salto.

— Puta merda! Eu acho... não... sim, acho que posso fazer isso. Só preciso do DNA antigo deles, de antes da infecção! Se eu pudesse conseguir um, como teste...

Os olhos de Nate brilharam na luz fluorescente e ele sorriu.

— Aposto que a mãe de Katherine O'Reilly tem uma escova de cabelo velha ou algo assim. A casa dela fica a apenas uma hora de distância.

— Como você sabe disso? Não, não importa, sim, isso vai funcionar para um caso de teste. — A mente de Juan estava a mil.

— Ótimo. Enquanto você faz isso, vou até o escritório de Vegas procurar amostras de sangue, ou qualquer outra amostra de DNA que eu possa encontrar, para todos os outros. Todas essas pessoas eram pacientes com câncer admitidos em um ensaio clínico, portanto, é bem provável que tenham feito muitos exames.

Juan olhou para o relógio. Seu coração estava ameaçando sair do peito.

— Certo, vou pegar a amostra de DNA para a Kathy e depois preciso voltar para o laboratório o mais rápido possível. Tenho muito pouco tempo.

Nate inclinou a cabeça e disse:

— Vou tentar reservar um voo para a Base Aérea de Nellis. Tenho certeza de que, com o que está acontecendo, conseguirei a aprovação de um transporte militar para Andrews para que você possa voltar sem atrasos. — Ele foi em direção à saída e sinalizou para que Juan o seguisse. — Venha. Vamos conseguir uma carona para Ash Springs. Confie em mim, nós temos o endereço da Sra. O'Reilly.

CAPÍTULO VINTE E CINCO

Duas horas depois, ele estava em uma estrada de terra no meio de um comboio de três utilitários. Ele nunca tinha visto tanto nada em um só lugar. Estava se aproximando o pôr do sol e, no horizonte, não havia nada além de vegetação rasteira verde e marrom mosqueada, sem sinal de existência humana.

Mas, finalmente, uma casa em estilo rancho apareceu. E quando os SUVs pararam em frente a uma casa térrea bem conservada, ele viu o primeiro sinal de vida humana: uma mulher mais velha que saiu para a varanda com uma expressão severa no rosto e uma espingarda no quadril. Ao lado dela estava um cachorro marrom-escuro do tamanho de um dinamarquês, mas de constituição maior.

Juan baixou a janela.

— Sra. O'Reilly?

— Sou Megan O'Reilly — disse a mulher, com os olhos estreitos e desconfiados.

— Sra. O'Reilly, acabei de ver a Kathy...

— Besteira! Ela não está disponível para você...

— Sra. O'Reilly, meu nome é dr. Gutierrez. Acabei de fazer um check-up na Kathy. Também vi seu marido.

O cachorro começou a se aproximar do carro com o rabo abanando.

— Jasper, se afaste — ordenou Megan.

O cão parou, permanecendo na varanda enquanto ela se aproximava.

A mãe de Kathy baixou a arma quando não estava a mais de três metros de distância. Ela olhou para os outros utilitários esportivos quando eles pararam atrás do carro de Juan.

— Você tem alguma identificação?

Juan tirou da bolsa seu crachá de prestador de serviço do FBI e seu cartão de visita da AgriMed. Megan se adiantou, pegou ambos e os estudou com o cenho franzido.

Ela ergueu o cartão da AgriMed.

— Minha filha tinha um desses cartões com ela quando a visitou pela última vez. — Ela levantou uma sobrancelha e depois sorriu. — Ela me falou sobre você e, sabe de uma coisa, acho que reconheci sua voz. Você ligou para cá algumas vezes.

— Sim, senhora, eu liguei. E agora estou aqui para tentar ajudar Kathy e seu marido.

Megan se virou de volta para a casa e disse por cima do ombro:

— Bem, não fique aqui fora na sujeira. Entre. Vou lhe servir uma limonada e podemos conversar. — Ela apontou para os agentes que haviam saído de seus veículos. — Eles também. Tenho limonada suficiente para todos.

Um dos agentes com cara de pedra se inclinou para o carro de Juan e disse:

— Vamos dar uma olhada rápida primeiro e depois esperamos aqui fora por você.

Juan olhou para a mulher, que em um piscar de olhos passou de apontar uma espingarda para ele a convidá-lo e a um grupo de agentes do FBI para uma limonada.

Essas mulheres O'Reilly eram um grupo imprevisível.

Os agentes decidiram ficar do lado de fora, o que provavelmente era melhor. Juan precisava conversar com Megan sobre sua família, e era melhor fazer isso sem que um grupo de homens tomasse conta da sala de estar.

Ela lhes serviu dois copos de limonada gelada e eles se sentaram à mesa da sala de jantar.

Juan tomou um gole e fez careta.

Megan sorriu com a reação dele.

— Não gosto dela muito doce, sabe?

— Tudo bem, eu gosto assim.

— Mentiroso. — Ela riu e balançou a cabeça. — Assim como o meu Frank. Posso dizer quando ele está mentindo. — Ela tomou um longo gole de sua própria limonada e colocou o copo suado de lado. — Agora me diga o que está acontecendo. Aqueles homens vieram e levaram meu Frank, e depois meu bebê, e ninguém me disse nada!

— Sinto muito por isso, sra. O'Reilly, eu...

— Me chame de Megan.

— Megan... receio que eu seja a razão de tudo isso. Porque contei à Kathy sobre aquele teste clínico. O medicamento que seu marido tomou era... experimental. E causou algumas preocupações.

— Preocupações? — Megan parecia em pânico.

— Não quero alarmá-la, sra. O'... quero dizer, Megan. Infelizmente, não posso entrar em detalhes. Mas posso lhe garantir que estou fazendo tudo o que posso para ajudar. E, para isso, preciso do DNA deles antes de tomarem o medicamento. Um fio de cabelo. Uma escova de dentes que não tenha sido usada há muito tempo. Mas, novamente, tem que ser de antes de eles tomarem o medicamento.

— Mas por que Kathy? Ela não tomou o remédio.

— Parece que ela pode ter bebido um pouco por acidente.

— Ela bebeu — disse a sra. O'Reilly. — Eu me lembro exatamente quando isso aconteceu, mas acho que foi apenas uma vez.

— Parece que foi só isso que precisou. O problema é que estou tentando o melhor que posso para ver se consigo fazer algo para ajudá-la. Para fazer isso, preciso de algum DNA da época anterior ao tratamento.

Megan respirou fundo. Depois se levantou.

— Venha comigo, dr. Gutierrez.

Ele sorriu.

— Me chame de Juan.

Ela o conduziu a um quarto que estava claramente sendo usado apenas para armazenamento. Estava cheio de caixas e caixotes. Algumas estavam abertas e Juan viu facas, armas antigas, álbuns de fotos, figuras esculpidas em madeira e muito mais.

— Desculpe a bagunça. É aqui que guardo muitas das minhas bugigangas e coisas do gênero — disse Megan enquanto vasculhava as caixas.

Depois de um momento, ela bufou de frustração, olhou para uma das prateleiras e apontou para uma caixa de papelão com aproximadamente quatro vezes o tamanho de um álbum de fotos que estava fora de seu alcance.

— Você pode ser bonzinho e pegar aquela caixa? Acho que tenho algumas coisas de bebê da Kathy lá dentro.

Alcançando a prateleira de cima, Juan pegou a caixa cuidadosamente e a entregou a Megan.

Ela se sentou no chão, cruzando as pernas, e abriu a parte de cima da caixa de papelão. Ela vasculhou a caixa e, subitamente, sorriu ao encontrar um pequeno saco Ziploc que continha uma pequena mecha de cabelo vermelho amarrada com um laço rosa.

— Ah, isso é do primeiro corte de cabelo do meu bebê. — Ela virou-se para Juan e perguntou: — Isso serviria?

Juan estudou a amostra.

— Infelizmente, não. O material de que preciso só vai estar na raiz do cabelo. Sabe quando um cabelo é arrancado acidentalmente e você consegue ver a raiz esbranquiçada na ponta? Talvez se você tiver uma escova de cabelo antiga da Kathy?

— Bem, eu não teria guardado uma escova de cabelo velha. Alguma outra coisa serviria? E os dentes de leite dela?

Os olhos de Juan se arregalaram.

— Sim! Isso seria perfeito!

Ela vasculhou a caixa e retirou outro Ziploc, este cheio de dentes.

— Vou receber isso de volta? Sei que é bobagem, mas eu me lembro do momento em que cada um desses dentes saiu.

— Sim, acho que sim. Mas talvez eu precise ficar com um ou dois. O que eu preciso obter está enterrado dentro dos dentes.

— Tudo bem, se isso ajudar a Kathy e o Frank.

— Ajudará.

— E você quer algo do Frank também?

— Se você tiver.

— Bem, não tenho nenhum de seus cabelos ou dentes antigos, obviamente. Mas eu estava pensando, tenho um pouco de sangue. Ele se feriu em um prego por volta desta época no ano passado, abrindo um grande buraco em sua camisa de flanela e a sujou de sangue. Era inútil costurá-la, então ia cortar e usar como trapo, mas nunca cheguei a fazer isso. Isso serviria?

— Desde que não tenha sido lavada.

— Posso garantir que, se eu não a lavei, ela não foi lavada. Vamos pegar essa camisa então.

Em minutos, Juan tinha as duas amostras de DNA de que precisava, embaladas separadamente.

— Obrigado por tudo, sra. O'Reilly. Prometo que estou trabalhando dia e noite para ajudar sua família.

— É Megan, e sei que você está. — Megan inclinou a cabeça e seus olhos verdes, o mesmo verde dos de Kathy, brilharam intensamente. — E antes que você vá embora... bem, Kathy ficaria furiosa comigo por dizer isso, mas acho que você deveria saber. Eu lhe disse que ela mencionou você uma ou duas vezes? A verdade é que foi um pouco mais do que isso.

Juan sentiu um rubor subir às suas bochechas.

— E você sabe — continuou Megan, — que ela nunca falava sobre garotos. Mesmo quando estava no ensino médio e eu sabia que ela estava saindo com Johnny Pilmachek, ela nunca falou sobre ele. E com certeza não falou sobre eles depois que se mudou. Mas falava de você. Isso é algo realmente importante. — Ela sorriu. — Estou feliz por conhecê-lo, Juan.

Usando binóculos de visão noturna de alta potência, Nate olhou pela janela do segundo andar. Eram quase onze da noite e eles estavam aqui há duas horas sem nenhum sinal de movimento no armazém do outro lado da rua.

— Tem certeza de que eles estão lá?

— Cem por cento — disse um dos outros agentes da equipe. — Temos sete alvos exibidos na térmica, e as informações indicam que um deles é Müller. O desgraçado tem imunidade diplomática, mas desde que tenhamos o aval dos chefes, que se dane essa merda de imunidade.

Outro agente, um ex-espião que usava fones de ouvido, os interrompeu.

— Pessoal, temos um refém.

Nate voltou sua atenção para os binóculos. Ele ainda não via nada, mas o agente com fones de ouvido não precisava ver. O homem estava captando o som do armazém usando um laser infravermelho, detectando as vibrações de áudio na claraboia.

— O que está ouvindo? Sabe quem é?

O homem balançou a cabeça.

— É uma mulher. Ela está chorando. Estão lhe perguntando sobre Gutierrez e no que eles estão trabalhando.

— Droga. — Nate sentiu os músculos de seu pescoço se contraí-rem. — Troque seus carregadores pelos que eu trouxe com munição frangível. Se houver tiroteio, faça cada tiro valer, mas não atire na refém.

Nate se voltou para o ex-espião.

— Ears, você tem uma localização?

— Merda, chefe. Ela acabou de dizer a eles uma besteira sobre Gutierrez ter ido visitar a mãe dele, e acho que eles sabem que ela está mentindo, porque agora um deles está gritando em alemão. Ele está falando em matá-la.

— Puta merda — Nate se virou para o atirador da missão. — Fique com o Barrett; fique de olho. Pegue qualquer um que sair sem um de nós.

— Sim, senhor. — O homem levantou a arma de calibre .cinquenta em seu tripé e olhou pela mira de visão noturna.

Nate fez um movimento circular com a mão, conduzindo os outros quatro agentes para o andar de baixo e atravessando a rua.

Em outras circunstâncias, teria sido uma noite linda. O ar tinha o cheiro do oceano; a Baía de Chesapeake ficava a apenas cem metros de distância. Mas quando eles se aproximaram da porta do depósito, tudo estava estranhamente silencioso. Não havia som de gaivotas, nem da água, nem de vozes.

Um dos homens encostou o ouvido na porta enquanto outro trabalhava na fechadura. Usando sinais manuais, Nate perguntou se havia algum som vindo da porta. O agente balançou a cabeça.

O estalido da trava anunciou que a porta estava destrancada. Nate sacou sua Glock, abriu a porta e tomou a dianteira.

O depósito era enorme, e estava vazio e escuro. Uma luz refletida surgia cerca de quarenta metros à frente. Nate fez sinal para a luz refletida. Seus homens se espalharam, mantendo-se à vista uns dos outros, e avançaram lentamente.

Vozes à frente.

Nate fez sinal novamente. *Inimigo.*

Ainda nas sombras, ele se moveu em torno de uma obstrução e teve sua primeira visão dos alvos. A mulher estava em uma cadeira de metal, com uma mordaça na boca. Sua cabeça estava caída como se ela já estivesse morta. Nate observou até ver o peito dela subir e descer.

Ainda estava viva.

A três metros de distância estava o grupo de alemães. Um deles tinha uma pistola sacada, pendurada frouxamente ao seu lado. Mas eram apenas cinco.

Mais uma vez, ele usou sinais manuais para se comunicar com sua equipe. *Cinco inimigos. Faltava um.*

Os alemães estavam discutindo entre si, mas Nate não tinha ideia do que eles estavam dizendo. Desejava ter estudado alemão.

Então, o homem com a pistola puxou o *slide* para trás, colocando uma bala na câmara.

O pulso de Nate acelerou. Agora era a hora. Ele tinha que fazer a chamada.

Ele fez sinal novamente para a equipe. *Pistola. Eu. Atirador de elite.*

Os homens sabiam o que fazer. Foi por isso que ele os escolheu.

Acalmando a respiração, Nate apontou a arma.

Sentindo o pulso em seu dedo no gatilho, ele se forçou a mirar pelo cano, imaginando o trajeto da bala enquanto ela percorria quatrocentos e vinte e sete metros por segundo.

Entre as batidas do coração, ele puxou o gatilho.

Quase no mesmo instante em que Nate sentiu o recuo, o homem armado desabou com uma bala cravada em sua cabeça.

A equipe de Nate imediatamente gritou:

— FBI, levante as mãos!

Um dos alemães começou a levantar os braços, mas girou de repente em direção à equipe e foi abatido imediatamente. Dois tiros no peito de dois agentes diferentes. Uma arma caiu no chão e os agentes atacaram o resto dos alemães.

Os sons dos gritos de seus homens ecoaram pelos grandes contêineres de carga enquanto Nate corria em direção à refém, de olhos arregalados. Mas, assim que ele a alcançou, um clarão ofuscante seguido por uma explosão ensurdecedora abalou seus sentidos. Uma granada de luz e som. Antes que pudesse se recuperar, alguém se chocou contra ele, derrubando-o.

Ainda cego pelo clarão, Nate desferiu socos desordenados em seu agressor. Seu punho acertou carne, uma arma disparou, e ele sentiu uma faca serrilhada cravar na parte de trás de sua perna.

Ele gritou.

Ao ver apenas o borrão de um rosto à sua frente, ele apontou os polegares para os olhos do homem. Agora era o agressor que gritava.

A visão de Nate estava voltando lentamente e ele viu uma longa cicatriz na bochecha do homem.

Outro tiro foi disparado, e o agressor se afastou e desapareceu.

Com a faca ainda enterrada na parte de trás da perna, Nate afastou as lágrimas dos olhos enquanto se esforçava para ter uma imagem clara do ambiente ao seu redor. Ele se agarrou a uma viga de suporte próxima e se levantou.

— Três abatidos, dois sob custódia — gritou um dos agentes.

— Onde está aquele cara de cicatriz? — Nate gritou de volta.

— Senhor?

— O cara que jogou aquela granada de luz. Grande cicatriz na bochecha. O desgraçado que me esfaqueou!

Uma porta de metal bateu atrás deles, e dois dos agentes saíram em perseguição.

Nate voltou sua atenção para a refém. Seu cabelo escuro emoldurava um rosto machucado e inchado. Ela parecia assustada... derrotada. Ele tirou a mordaça da boca da mulher.

— Eles iam me matar! — ela soluçou.

— Senhora, somos do FBI. A senhora está segura agora.

Um dos agentes voltou correndo.

— Senhor, nós o perdemos. O desgraçado detonou uma granada de fumaça e desapareceu. Não há como encontrá-lo antes que ele esteja em Timbuktu.

Nate olhou para os outros alemães, que já estavam presos a essa altura.

— Nesse caso, vamos levar esse lixo para fora e levar a senhora para um hospital.

Um dos homens bateu com a mão no ombro de Nate.

— Sabe que tem uma faca enorme saindo da sua perna?

Nate fez uma careta.

— Sim, devo dizer que estou bem ciente disso.

Mas sabia que não deveria puxá-la. Ele poderia causar mais danos ao tirar a faca.

O homem tirou um telefone de seu uniforme totalmente preto.

— Vou chamar duas ambulâncias.

Um agente arrastou uma cadeira e disse:

— Nate, quer se sentar?

Nate balançou a cabeça.

— Acho que estou bem encostado neste poste por enquanto.

Embora sentisse como se alguém tivesse enfiado um carvão quente na parte de trás de sua perna direita, a dor ficou em segundo plano em relação à sua raiva pelo cara que fugiu. Quem eram essas pessoas? O que eles queriam com essa mulher? Com Juan?

Ele tinha a sensação de que acabara de colocar Juan em um perigo ainda maior.

Frank estava sentado no refeitório, comendo ovos mexidos. Ou o que eles chamavam de *ovos mexidos*. O gosto era de... nada. Mesmo com todo o molho picante que ele havia colocado.

Kathy sentou-se em frente a ele na longa mesa de piquenique, comendo uma maçã verde e olhando para o espaço, com a mente em outro lugar.

A visita do médico da Costa Leste, dr. Gutierrez, deixou todos esperançosos. Isso os fez pensar que talvez fossem sair daqui. Isso realmente animou a perspectiva de Kathy. E quando o médico disse a Frank que iria visitar Megan e informá-la de que estava tudo bem, isso aliviou muito a ansiedade de Frank. O pai de Kathy não se importava com o que aconteceria com ele; só queria que a filha e a esposa estivessem seguras.

Mas isso foi há uma semana. E eles não ouviram nada desde então.

— Sua mãe provavelmente está enlouquecendo.

Kathy assentiu e suspirou.

— Juan prometeu que iria falar com ela.

Frank deu outra facada em um pedaço de ovo emborrachado.

— Você confia nesse médico?

— Acho que sim — disse Kathy. — Mas, por outro lado, eu realmente não sei. Eu lhe disse que ele e eu fomos jantar uma vez, e foi muito bom. Ele foi muito gentil.

— Gentil tipo um namorado? — perguntou Frank, arqueando uma sobrancelha.

— Não sei. — Ela balançou a cabeça e mordeu o lábio inferior. — Não sei de muita coisa agora. Mas acho que ele cumpriu sua promessa de dizer à mamãe que estamos bem.

— Eu gostaria de poder falar com ela também — disse Frank. — Só espero que isso acabe logo. A ideia de ver sua mãe sozinha, sua vida sendo perturbada e, Deus, eu nem quero pensar no rancho e no que está acontecendo lá.

Kathy segurou e apertou a mão do pai.

— Ah, você conhece a mamãe... ela provavelmente está enlouquecendo o Buck e os outros caras, fazendo com que todos passem por um momento difícil.

Frank riu.

— Você provavelmente tem razão. Espero que sim. Isso a ajudará a não ficar louca.

Uma mulher de uniforme chamou da porta do refeitório.

— Franklin e Katherine O'Reilly, vocês estão aqui?

Frank acenou e a mulher fez sinal para que eles se juntassem a ela. Kathy segurou o braço do pai enquanto eles atravessavam o refeitório.

— Um médico acabou de chegar à clínica — disse a mulher. — Ele precisa de vocês dois imediatamente.

Frank e Kathy se entreolharam e, sem dizer uma palavra, começaram a correr em direção à clínica.

Juan se sentia pior do que há muito tempo não se sentia. Sua garganta estava seca e sua cabeça latejava. A última semana foi pura tortura.

Ele não saiu do laboratório do FBI uma única vez em sete dias. E durante esse tempo, trabalhou quase sem parar. É claro que ele dormia uns quinze minutos aqui e ali entre as sessões de reação em cadeia da polimerase do DNA, Depois acordava e voltava ao trabalho. Havia muito a ser feito e muita coisa dependia de ser feita rapidamente.

Ele e sua equipe começaram cultivando muito mais do DNA original e não modificado de Kathy e Frank. Depois, cortaram cuidadosamente segmentos desse DNA e os usaram para substituir as partes problemáticas nas sequências experimentais.

Com turnos de assistentes de confiança trabalhando dia e noite ao lado de Juan, quase meio ano de trabalho de laboratório foi concluído no período de uma semana.

E eles conseguiram. Eles desenvolveram um novo vírus de terapia gênica.

Ou, pelo menos, assim Juan esperava. Não houve tempo para realizar nenhum experimento clínico. Ele quebrou todas as regras imagináveis para fazer as coisas tão rapidamente. Ele não tinha muita escolha. Tinham no máximo mais um ou dois dias antes que um *acidente* acontecesse. Pegou os resultados do laboratório e embarcou no primeiro voo para Las Vegas.

Agora ele estava sentado na mesma sala desolada que usou na última vez em que esteve no Camp X-Ray. À sua frente, havia uma caixa isolada cheia de seringas marcadas, cada uma contendo um líquido amarelado.

O produto de seu trabalho exaustivo.

A porta se abriu e Kathy entrou, com seu pai logo atrás dela. A garganta de Juan se apertou enquanto fazia sinal para que entrassem.

Ao vê-lo, a expressão de Kathy se transformou em preocupação.

— Meu Deus, Juan, você está horrível.

Apesar de sua exaustão, Juan sorriu.

— Puxa, obrigado.

— Não, quero dizer, você está com bolsas enormes sob os olhos e parece que perdeu muito peso. Sério, você está bem?

— Estou. — Juan pegou dois cotonetes com álcool da sacola e disse: — Estou fazendo hora extra com isso. — Ele apontou para as duas cadeiras dobráveis. — Por favor, sentem-se e eu lhes explicarei o que está acontecendo.

Juan deu a volta na mesa e se sentou de frente para os dois.

— Vou lhes dar uma injeção que criamos usando o DNA que obtive da Megan.

— Você tem o DNA da Megan? — perguntou Frank.

Juan esfregou o rosto com as palmas das mãos. Sua cabeça estava zumbindo devido à falta de sono.

— Não, desculpe, vou reformular a frase. Kathy, visitei sua mãe e disse a ela que vocês dois estão bem. Ela também está se saindo bem; parece ser uma mulher muito forte. E ela me deu um pouco do seu DNA... seus dentes de leite. — Ele se virou para Frank. — E eu obtive seu DNA de uma camisa velha com sangue não lavado.

— Por que você precisou do nosso DNA? — perguntou Kathy. — E por que pegá-lo com a mamãe? Por que não tirar colher de nós?

— Eu precisava de uma amostra do seu DNA de antes de vocês tomarem o remédio para câncer. — Juan contornou as coisas que ele sabia que não podia dizer. — Veja bem, o tratamento contra o câncer era uma forma de terapia genética. Ele fez alterações nas suas células, ajudando a combater o seu câncer, sr. O'Reilly. Infelizmente, ele também teve alguns efeitos colaterais graves.

— Que tipo de efeitos colaterais? — perguntou Frank.

Juan franziu a testa.

— Sinto muito, mas não posso entrar em detalhes. Vamos apenas dizer que os efeitos colaterais podem ser perigosos. Mas — ele acrescentou rapidamente — nenhum de vocês está sofrendo com esses efeitos colaterais agora. Ninguém no acampamento está. Só que existe o risco de que vocês possam vir a sofrer com eles.

Ele apontou para as seringas sobre a mesa à frente deles.

— A boa notícia é que usamos seu DNA original para encontrar uma maneira de reverter o que foi feito em seu organismo. Uma série de injeções que precisarei administrar a cada doze horas. Efetivamente... isso fará com que vocês voltem a ser o que era antes. Assim, vocês nunca mais sofrerão com esses efeitos colaterais.

— Espere um minuto — disse Kathy. — Isso significa que o papai vai voltar a ter câncer depois que você der a injeção?

Juan já esperava por essa pergunta... e odiava a resposta.

— O fato é que eu não sei. Ninguém sabe. Estamos em um território desconhecido. Meu melhor palpite é que se o câncer entrou em remissão total, o que significa que todas as células cancerosas foram eliminadas - então essa injeção não deve reverter nada disso. Mas não posso prometer, porque nunca fizemos isso antes. Não posso prometer que o câncer não voltará.

Frank colocou a mão no ombro da filha.

— Você disse que confia nesse médico. Vamos fazer o que ele aconselha. Eu só quero levá-la de volta para casa, para sua mãe. Nós cuidaremos do que vier depois disso.

Kathy ainda parecia incerta, mas assentiu.

— Está bem.

— Espere, mais uma coisa. — Kathy inclinou o polegar em direção à mesa e disse: — Como saberemos se as injeções funcionaram?

— Bem, acredito que a temperatura elevada é parte integrante das alterações genéticas que vocês dois receberam. Meu palpite é que veremos a febre baixar. Esse será o primeiro sinal. Temos outros testes genéticos bastante abrangentes que podemos fazer, mas eles levarão tempo. — Juan pegou duas seringas, cada uma marcada com um de seus nomes. — Esta é uma dose bastante alta do vírus recém-modificado com seu DNA original, pelo menos em comparação com o que vocês tomaram naqueles copos de água. Tenho mais duas doses que gostaria que vocês tomassem, cada uma com doze horas de intervalo. Então, se estiverem prontos, só preciso de seus braços.

Frank começou a tirar a camisa enquanto Kathy tirava a camiseta externa, revelando uma regata que estava usando por baixo. Ela virou o ombro direito para Juan e se encolheu ligeiramente.

— Por favor, seja gentil. Odeio injeções.

Juan limpou o braço de Kathy com álcool, abriu a tampa da seringa e disse:

— No três. Um... dois... — Ele inseriu a agulha no braço dela e pressionou o êmbolo. — Três.

— Ai! — Kathy esfregou o local da injeção. — Não é assim que se deve fazer isso.

Ele sorriu.

— Ops.

Ela fez beicinho enquanto ele colocava um curativo em seu braço.

— Obrigada.

Juan pegou a próxima seringa e lhe deu um sorriso fraco.

— Não há nada pelo que me agradecer ainda. Ainda não sabemos se isso vai funcionar.

— De qualquer forma, tenho muito a lhe agradecer — disse Kathy, com as bochechas coradas.

Juan limpou a parte superior do braço de Frank com a compressa com álcool e disse:

— Vamos esperar para ver. Estarei aqui durante a noite e até amanhã. Lembrem-se de aplicar as injeções a cada doze horas.

Ao completar mais doze horas, Kathy recebeu a segunda injeção. Ela estremeceu quando a agulha perfurou sua pele, mas conseguiu conter um grito desta vez.

Juan olhou para o relógio e disse:

— Certo, essa é a segunda dose às nove da noite. Você pode encontrar seu pai e trazê-lo para tomar a segunda dose também?

Kathy se levantou, esfregando o local onde acabara de tomar uma injeção.

— Eu vou, mas... — Ela colocou as mãos nas bochechas de Juan. — Você precisa ir para a cama. Durma um pouco. Você está se matando.

Quando Juan olhou para os olhos verdes de Kathy, sentiu como se o tempo tivesse parado. Poderia olhar para aqueles olhos para sempre.

Ele segurou as mãos dela gentilmente, abaixando-as e apertando-as levemente.

— Eu vou ficar bem. Confie em mim, não preciso de uma cama. Estou exausto o suficiente para que, só de colocar minha cabeça sobre a mesa, eu fique inconsciente instantaneamente.

— Sabe — disse Kathy —, você poderia dormir na casa dos meus pais. Minha mãe adoraria ter alguém para cuidar dela e ela cozinha muito bem.

Juan riu.

— Não, já é tarde e, além disso, da última vez que estive lá, sua mãe me recebeu com uma espingarda e o maior cachorro que já vi na vida.

Kathy sorriu.

— Bem, você deve ter conseguido passar pelo crivo dela se conseguiu levar algumas das minhas coisas de bebê. E Jasper é apenas um filhote grande demais. Se ele estiver abanando o rabo, você sabe que está bem. — Ela se aproximou um pouco mais. Muito perto. — Sério, você deveria ir para lá e descansar um pouco.

Juan balançou a cabeça.

— Não, vou ficar aqui. Quero estar aqui se algo acontecer. Se você ou seu pai tiverem um resfriado, se a febre baixar, o que for, não quero ficar a uma hora ou mais de distância.

Ele não podia lhe contar seu verdadeiro medo. Que se ele a deixasse sozinha aqui, um *acidente* aconteceria. Um calafrio o percorreu ao pensar nisso.

Sem aviso, Kathy o abraçou e enterrou o rosto em seu peito. A surpresa – e a alegria – de Juan baniu sua exaustão. Seu coração ameaçou sair do peito quando ele a envolveu com os braços e retribuiu o abraço. Naquele momento, ele se sentiu mais próximo dela do que de qualquer outra garota com quem já estivera. E eles nem sequer haviam se beijado.

O corpo de Kathy tremeu e ela apertou o abraço. Com a voz embargada, ela disse:

— Nunca me esquecerei do que você fez por nós.

Juan beijou o topo da cabeça dela e fechou os olhos. Ele não queria que o momento acabasse.

Mas ela se afastou e enxugou os olhos.

— Bem — disse ela, pigarreando — vou lhe arrumar um colchão, pelo menos. Mesmo que eu tenha que arrastar um de debaixo de um daqueles guardas..

Com um sorriso, ela se virou e saiu pela porta.

Enquanto a observava sair, Juan só conseguia pensar em uma coisa. *E se esse tratamento não funcionar?*

Ao ouvir o som da porta se abrir, Juan se levantou da cama. Nate havia entrado na sala de exames, carregando uma sacola.

Juan olhou para o relógio. Seis da manhã.

— Nate? Quando você chegou aqui?

— Acabei de aterrissar há cerca de dez minutos. Vim vê-lo logo de manhã. — Nate mancou até uma cadeira e colocou a mochila sobre a mesa.

— O que há de errado com sua perna?

Nate acenou com desdém.

— Nada, é só uma entorse. Então, na verdade, estou a caminho de uma reunião com os chefões. Mas eles me pediram para passar aqui primeiro e ver como a vacina está funcionando.

Juan engoliu em seco, sentindo-se nauseado de preocupação enquanto esfregava os olhos ardentes.

— Não é uma vacina, é... não importa. Como eu lhe disse antes, esta será nossa primeira tentativa de procedimento de reversão de terapia de DNA, mas chame-a de vacina se quiser. E ainda não sei se está funcionando. Dei a segunda dose há cerca de nove horas. Ainda estou esperando para ver os resultados. A próxima dose será em três horas. Por falar nisso...

Nate deu um tapinha na mochila.

— Tenho o material bem aqui. Sua equipe tem estado ocupada. Tenho mais quatro doses prontas para cada um dos O'Reillys. Ah, e conseguimos rastrear amostras de sangue de cerca de 80% dos outros. Ainda estamos trabalhando nos últimos vinte por cento. — Ele lançou um olhar de soslaio para Juan. — Ei... você sabe que está uma merda, não sabe?

Juan fez uma careta.

— Foi o que ouvi dizer.

Juan sentiu uma dor na lateral do corpo, como se algo estivesse se enterrando nele. E a dor estava ficando mais intensa.

Ele abriu os olhos. Havia adormecido sobre telefone via satélite e o objeto vibratório estava contra suas costelas. Ele se virou e atendeu a chamada.

—Alô?

— *Os planos de eliminação estão em andamento. Juan, você precisa sair daí.* — A voz ríspida de Paul Hutchison era objetiva.

Juan sentiu uma onda de pânico. Ele deu uma olhada no relógio. Mostrava que era apenas seis e quarenta e cinco da manhã.

— Não entendo. Achei que tínhamos mais tempo...

A porta se abriu com força e Kathy entrou na sala de exames, com lágrimas escorrendo pelo rosto.

—Juan!

Seu coração afundou no estômago.

— Kathy? O que foi?

— Eles mediram minha temperatura quando me levantei e estava normal!

Um turbilhão de emoções o envolveu, e ele piscou para afastar as lágrimas.

— Tem certeza?

Ela fungou e assentiu.

— Verificaram duas vezes. Não estou com febre.

Juan ergueu o dedo indicador e colocou o telefone no ouvido novamente.

— Hutchison...

— *Eu ouvi. Essa é uma ótima notícia. Mas é um problema esperar até o último segundo. Vou entrar em contato e espalhar a notícia. Conclua essas descobertas e verifique o pai da garota. Eu lhe darei algum tempo enquanto você conclui as coisas.*

A linha foi desconectada e o pai de Kathy entrou na sala de exames com um sorriso de canto de boca.

— Bem, parece um pouco cedo para uma comemoração, mas, doutor, achei que o senhor gostaria de saber. Acabaram de me examinar e a febre baixou. Está quase normal.

Steve Chalmers sentou-se em uma espreguiçadeira para duas pessoas com Olivia aninhada em seus braços. O sol pairava pouco acima da linha das árvores distantes e os estorninhos faziam barulho entre os dois comedouros de pássaros que ele havia instalado ontem. Fazia vinte e um graus, quente para uma primavera em Wiesbaden, ou pelo menos era o que diziam as pessoas no mercado local, e uma brisa suave trazia consigo o cheiro de grama recém-cortada e de pinheiros perfumados dos bosques próximos.

— Ainda não consigo acreditar que conseguimos este lugar — Olivia murmurou ao encostar a bochecha no peito dele. — Como você convenceu os Mueller a vender?

Steve colocou a mão sobre o leve inchaço da barriga dela.

— Consegui alguns favores. Ajuda quando o pai do prefeito é seu paciente.

Olivia levantou a cabeça e o encarou com um olhar acusador.

— O que você fez?

Steve levantou as mãos e balançou a cabeça.

— Nada, eu juro. Eu apenas disse ao prefeito que eu queria uma propriedade com jardim. E talvez eu tenha mencionado que queria que os proprietários deste lugar aceitassem minha oferta. De qualquer forma, quando dei por mim, nossa oferta foi aceita.

Olivia franziu a testa.

— Acho que vale a pena ser um herói para um grupo de pessoas no governo alemão.

— Não. Eu não sou herói. — Steve pensou em Juan, na AgriMed e na vida que ele havia deixado para trás. — Apenas uma pessoa tentando ajudar a humanidade.

— Quem mais, além de um herói, conseguiria a cidadania alemã sem ter que morar aqui por oito anos? — Olivia o cutucou de brincadeira no peito. — Você mal fala alemão.

Antes que Steve pudesse responder, ele avistou uma grande Mercedes preta subindo a longa entrada da garagem.

— Quem será que é?

— Parece um carro do governo. — Ela o cutucou novamente. — Talvez estejam aqui para lhe dar outra homenagem.

— Como você sabe que é um carro do governo?

— Aquele símbolo preto e amarelo na placa do carro, que parece um pássaro, é o selo da Bundesrepublik Deutschland. A República Federal da Alemanha.

Steve tirou os pés da espreguiçadeira e ficou de pé enquanto o carro diminuía a velocidade e parava a apenas trinta metros da casa.

Um homem de terno preto saiu do luxuoso sedã. Ele era alto, com um corpo musculoso, e seus óculos escuros e expressão suave não revelavam nada. Uma cicatriz corria ao longo da bochecha direita do homem.

Steve deu um passo à frente.

— Posso ajudá-lo? — perguntou ele em um alemão ruim.

O homem foi até a varanda, mas em vez de se dirigir a Steve, ele encarou Olivia.

— Srta. Olivia Cooper, ex-moradora de Londres, no Reino Unido? — ele falou em inglês, mas com um forte sotaque alemão.

Steve olhou para Olivia, que deu de ombros. Ela estava tão confusa quanto ele.

— Sim. Posso ajudar?

Um tiro foi disparado. Olivia enrijeceu, e o sangue brotou na barriga de sua camisa.

Parecia que o tempo havia desacelerado.

Um segundo tiro foi disparado. Esse atingiu Olivia no peito. Seus olhos se arregalaram de medo.

Steve viu o momento em que a luz atrás deles diminuiu e desapareceu.

Ao som do terceiro tiro, Steve sentiu como se tivesse sido atingido por uma marreta. O mundo se inclinou, suas pernas se dobraram e ele caiu sobre as ripas de madeira da varanda. O sangue se acumulou em sua garganta, e o dia quente de repente ficou muito mais frio do que antes.

Quando sua visão começou a escurecer, ele ouviu a voz do homem, como se viesse de uma grande distância.

— Você não pode fugir de suas responsabilidades... nem mesmo na Alemanha.

CAPÍTULO VINTE E SEIS

Três meses depois

Quando o Serviço Secreto fez Juan passar pelo portão de segurança, seu telefone tocou. O painel exibia um número familiar e ele sorriu ao tocar no ícone *atender*.

A voz de Miguel veio pelos alto-falantes do carro.

— *Ei, mano, não tenho notícias suas há muito tempo. O primeiro ano da faculdade de medicina já está no papo, dá para acreditar? Como estão as coisas? Você tem feito alguma coisa interessante?*

Juan sorriu enquanto pensava na melhor maneira de responder à pergunta do irmão. Kathy se aproximou e segurou a mão dele, com o anel de noivado brilhando ao sol.

— Bem, eu deveria colocá-lo a par de algumas coisas, mas estou prestes a perder o sinal. O que você vai fazer nas próximas férias de inverno?

Miguel riu.

— *Desculpe, não planejo com tanta antecedência.*

— Bem, você precisa abrir uma exceção. Vou me casar e quero que você seja meu padrinho. Será no dia dezesseis de dezembro. Marque isso na agenda.

A ligação foi interrompida quando eles passaram sob a cobertura, uma das entradas privativas da Casa Branca.

Juan deu uma risadinha.

— Bem, eu disse a ele.

Kathy meneou a cabeça.

— Você é terrível. O pobre rapaz provavelmente vai ficar louco por falta de detalhes.

Juan sorriu para sua futura esposa. Como sempre, ele se sentia hipnotizado pela presença dela. Ela usava um vestido verde modesto, e o batom combinava perfeitamente com o cabelo, que caía luxuosamente sobre suas costas.

Eles foram recebidos por dois agentes do Serviço Secreto.

— Bem-vindos à Casa Branca, dr. Gutierrez e srta. O'Reilly. Por favor, sigam-nos.

Ao serem conduzidos por uma entrada privativa para a Ala Oeste, Kathy estendeu a mão, segurou a de Juan e a apertou. Isso foi reconfortante, mas não o suficiente para conter a agitação nauseante em seu estômago.

Tudo o que lhe disseram foi que ele receberia algum tipo de prêmio na Casa Branca. O convite foi entregue a ele diretamente por um membro do Serviço Secreto e, até onde ele sabia, ninguém mais sabia do que se tratava.

Até mesmo Paul Hutchison, que parecia saber de tudo o que acontecia em Washington, estava fora do circuito.

Um labirinto de corredores os levou a uma grande sala dominada por uma longa mesa de conferência. Ninguém estava sentado ainda, mas várias pessoas estavam reunidas conversando e, quando Juan e Kathy entraram, um homem que parecia vagamente familiar se aproximou e apertou suas mãos.

— Dr. Gutierrez, é muito bom vê-lo novamente. — O homem se voltou para Kathy. — E esta deve ser a adorável senhorita O'Reilly.

Sou Neil Wilson. Ouvi dizer que parabéns estão em ordem. Quando será o casamento?

Eles trocaram algumas palavras agradáveis e, em seguida, Juan e Kathy ficaram sozinhos mais uma vez. Kathy sussurrou:

— Quem era aquele?

Juan se aproximou.

— Era o diretor do FBI.

Os olhos de Kathy se arregalaram.

— Meu Deus, com quem eu me envolvi? Nunca em minha vida esperei visitar a Casa Branca ou conhecer alguém importante do FBI.

O burburinho na sala se acalmou quando uma porta na extremidade mais distante se abriu e o presidente entrou. Todos se aproximaram para apertar sua mão, mas ele atravessou a sala em direção a Juan.

Juan engoliu com força contra a bile que subiu em sua garganta. Ele nunca esqueceria o que aquele homem havia dito e planejado. E que quase foi realizado.

O presidente apertou a mão de Juan com firmeza e depois se voltou para Kathy.

— Minha querida srta. O'Reilly, sua presença ilumina esta sala que, de outra forma, seria monótona. — Ele deu um tapinha no ombro de Juan. — Por favor, cuide desse homem. Este país tem uma grande dívida com ele.

Os outros se reuniram e o presidente olhou para Juan com um olhar fixo.

— Dr. Gutierrez, esta nação – não, o mundo – tem uma grande dívida com o senhor. Todos nós apreciamos o trabalho que você realizou e os avanços indescritíveis que fez nas ciências. Mas, acima de tudo, somos gratos porque, quando solicitado pelo seu governo para atender a uma necessidade urgente dos cidadãos, você respondeu.

O homem que estava ao lado do presidente segurou uma caixa azul revestida de veludo. O presidente abriu e retirou uma medalha presa a uma longa fita. O homem fez sinal para que Juan se virasse, o que Juan fez.

— Dr. Juan Gutierrez, em reconhecimento à sua meritória contribuição para a segurança e os interesses nacionais dos Estados Unidos, estou lhe concedendo a mais alta honraria civil desta nação, a Medalha Presidencial da Liberdade.

O presidente colocou a medalha sobre sua cabeça. Juan mal controlou seu estremecimento de aversão quando o homem alisou a fita de modo que ela ficasse bem em volta de seu pescoço.

Ele se virou e apertou a mão do presidente, e a sala explodiu em aplausos.

Enquanto Kathy sorria para Juan, ele se perguntava se algum dia seria capaz de dizer a ela por que esse homem e esse prêmio causavam arrepios de repulsa em todo o seu ser.

Nate e seu supervisor estavam sentados em espreguiçadeiras no final do píer atrás da casa de Jeff. O píer dava para um riacho, e o som suave da água batendo na água proporcionava um cenário tranquilo para o final de alguns meses exigentes.

O caso Darwin estava agora oficialmente encerrado.

— Não consigo acreditar que ninguém no departamento tenha conseguido alguma pista sobre quem estava envolvido — disse Nate.

Jeff tomou um gole de sua bebida, e deu de ombros.

— Sim, é uma droga. Às vezes, as cartas estão contra nós.

— O diretor Wilson o pressionou a encerrar o caso? — perguntou Nate.

— Sabe que não posso responder a isso.

Nate odiava a ideia de que um nomeado político tivesse sido colocado no comando do bureau. Nate deu sua vida aos ideais defendidos pelo lema da agência - *Fidelidade, Bravura, Integridade* - e duvidava que o atual diretor seguisse os mesmos padrões. Algo em Neil

Wilson lhe parecia estranho. Mas é claro que ele nunca seria capaz de verificar isso. Tampouco se justificaria fazer isso.

Ele franziu o lábio em desgosto.

— Tantas pessoas poderiam ter morrido. Tantas realmente *morreram*. Aquele fuzileiro naval que morreu perto de Las Vegas. Nunca descobrimos realmente o que aconteceu lá.

Jeff balançou o dedo.

— O que você quer dizer com isso? Ficamos sabendo do programa canino e o fuzileiro morreu ao ser atacado por um desses cães.

— Isso é especulação — rebateu Nate. — E nunca soubemos o que aconteceu com esses animais.

— Eu arriscaria um palpite de que eles foram descartados.

— Mais mortes. — Nate balançou a cabeça. — E aquela criança nascida na Virgínia Ocidental? Aquela como os bezerros, que matou tudo ao seu redor até que a colocaram em uma cela de quarentena nas entranhas do NIH. O que vai acontecer com ela?

Jeff tomou o resto de sua bebida, fazendo uma careta.

— Eu não vou dizer o que aconteceu.

— Eles a mataram?

— Eu lhe disse: não vou dizer. — No entanto, Jeff assentiu de leve enquanto falava.

— Merda. — Nate tomou seu drinque e fez sinal para que o servissem novamente.

Enquanto Jeff servia outro copo, Nate disse:

— Já tive o suficiente de morte, quase morte, mentirosos, impostores... há tanta coisa feia neste mundo. Preciso de mais beleza e vida na minha.

O rosto de Madison surgiu em sua mente, e ele quase podia sentir a presença dela ao seu lado. Ele sentiu uma calma repentina. Sabia o que precisava fazer.

— Sabe, depois que os pais de Madison morreram, logo após nos casarmos, eles deixaram uma fazenda para ela na Carolina do Norte.

Não sei por que a mantive; tive de pagar impostos da propriedade desde então. Mas agora, acho que sei...

Ele olhou Jeff nos olhos.

— Jeff, acho que estou pronto para terminar. Madison e eu sempre conversamos sobre transformar aquela terra em uma fazenda e ter uma vida simples. Naquela época, nós íamos fazer isso quando eu terminasse de trabalhar nas Forças Especiais. E então... as coisas mudaram. Mas agora chegou a hora.

Jeff entregou-lhe um copo novo e perguntou:

— Tem certeza? Se você tiver, estou morrendo de inveja. Acho que eu não teria coragem de puxar a corda desse jeito.

Nate assentiu.

— Vou deixar meus documentos de aposentadoria em sua mesa pela manhã. Foi um prazer trabalhar com você. Espero que você entenda.

Com um profundo suspiro, Jeff se recostou em sua cadeira.

— Entendo perfeitamente. Lembre-se de que o mundo não é perfeito, e sempre haverá pessoas ruins para levar à justiça. Precisamos de mais pessoas como você, Nate.

— E sempre *haverá* pessoas como eu. Não estou preocupado com isso. Acho que o que mais me arrependerei é saber que algumas pessoas nunca serão levadas à justiça.

Ele suspirou.

— Isso é o que realmente me irrita.

Juan se sentiu melhor do que se sentia há muito tempo. Ele entregou seu distintivo de colaborador do FBI e estava andando pelos corredores da AgriMed mais uma vez.

Um civil. Um pesquisador.

Juan bateu na porta do escritório de Winslow.

— Entre, Juan.

Juan entrou e sentou-se em sua cadeira habitual. A mesma em que ele havia se sentado pela primeira vez há quatro anos, quando estava preocupado em perder o emprego. Não pôde deixar de sorrir ao perceber como aqueles problemas eram pequenos em comparação com o que viveu desde então. Parecia uma vida inteira atrás.

— Juan, aposto que você está feliz por estar de volta.

Ele riu.

— Francamente, é um alívio. Embora o FBI tenha alguns técnicos de laboratório incríveis. Eu poderia lhe indicar algumas pessoas que faríamos bem em contratar. Foi por causa deles que o meu trabalho foi um sucesso.

Winslow sorriu.

— É necessário um gerente eficiente para identificar e trabalhar com pessoas de qualidade. Tenho certeza de que agora você pode entender melhor isso. Não se trata apenas de dizer: *vá fazer isso* e o trabalho será feito. O que importa é a equipe que você forma e como você a gerencia e desenvolve.

— Sim, senhor.

— Bem — disse Winslow. — Não o convidei para vir aqui só para bater papo. Juan, planejo me aposentar no final do ano. Já informei a diretoria.

— Parabéns, senhor. — Juan se sentiu genuinamente feliz pelo homem que o havia contratado para seu primeiro emprego na indústria privada.

— Isso não é tudo. — Winslow deu a volta em sua mesa e sentou-se de frente para Juan. — Eu indiquei seu nome como meu substituto.

— Você fez o quê? — Juan piscou os olhos com espanto. — Mas e os outros chefes de...

Winslow afastou sua pergunta.

— Você é o único. Por todas as razões pelas quais você teve sucesso em ajudar o FBI. Admito que, devido às autorizações, provavelmente só sei metade do que aconteceu, mas com base na metade que sei... acho que eu não teria conseguido me manter tão bem quanto você.

Ele bateu palmas.

— Então, a diretoria aceitou minha recomendação. O cargo é seu, supondo que você o aceite.

A mente de Juan se acelerou e ele sentiu uma súbita falta de ar.

— Não sei... ainda quero poder fazer minha própria pesquisa...

— Juan, vou lhe mostrar como você pode fazer as duas coisas. E, como acabamos de discutir, agora você sabe como trabalhar com outras pessoas. Confie em mim, eu não teria colocado seu nome se não tivesse cem por cento de certeza de que você poderia fazer isso. — Winslow sorriu. — E, além disso, o salário não é ruim.

Juan considerou a liberdade de conduzir qualquer pesquisa que achasse necessária e que ajudasse os outros, sem o incômodo constante da gerência. Ele murmurou:

— Eu seria um idiota se dissesse não.

— Seria. Então, isso é um sim?

Juan não conseguia acreditar em tudo o que havia acontecido com ele recentemente. Ele ajudou a desfazer o que poderia ter sido um desastre para toda a humanidade. Recebeu prêmios e elogios do FBI e da Casa Branca. O mais importante é que ele ficou noivo da mulher mais gentil e forte que já conheceu. E agora, ele recebeu a oferta de um cargo executivo de alto nível na AgriMed. Ele sorriu.

— Vou fazer isso.

Frank se sentia perfeitamente em paz enquanto estava deitado no sofá com Megan aninhada em seus braços. A TV nova estava passando algum programa de jogos maluco, que ambos estavam ignorando.

Ela inclinou a cabeça para trás e deu um beijo nos lábios de Frank.

— Para que foi isso? — Frank perguntou.

— Por não ter discutido comigo sobre fazer um segundo check-up na clínica de câncer.

Ele a apertou.

— Eu lhe disse que estava bem.

Ela aninhou a cabeça na curva do braço dele.

— Disse, mas eu precisava ouvir isso de novo. Franklin O'Reilly, preciso de você por perto para me frustrar por muitos anos. Entendeu?

— Sim, senhora. Farei o melhor que puder.

Megan passou os dedos sobre o peito dele.

— As coisas estão indo muito bem agora, e estou realmente ansiosa pelo futuro. Quero dizer, depois de todos os meus anos de preocupação e aflição com as más escolhas que Kathy estava fazendo, não posso acreditar que ela acabou com alguém como Juan. Ele é tão gentil, inteligente e nada parecido com o tipo de rufião com quem ela costumava ficar. Estou feliz por ela ter encontrado alguém que pode finalmente fazê-la feliz.

Frank beijou o topo da cabeça de Megan e esfregou suas costas.

— Ele é um bom rapaz. Embora eu não esperasse que ela fosse acabar com um cara da cidade.

— Frank, você está falando sério? Você sabe que ela nunca suportou a pecuária. Ela precisava se afastar.

— Eu sempre achei que era uma fase. Então, eles já decidiram quando vão se casar? E se vão fazer isso aqui?

— Eles estão falando sobre dezembro deste ano. Uma grande festa perto de onde moram.

Frank gemeu.

— Eu preciso de um terno, não é?

Ela bateu em seu peito.

— Sim. E nada de botas, está me ouvindo?

— Sim, senhora. Alguma notícia sobre os netos?

— Frank! Eles ainda nem se casaram! Dê-lhes tempo. Tenho certeza de que isso acontecerá. E por falar em amor e bebês... —

Megan olhou para Jasper, que estava enrolado na poltrona reclinável.

— E o nosso Jasper?

O enorme labrador chocolate, deitado na poltrona, abriu um de seus olhos.

— O que tem ele?

— Jasper — disse Megan —, você precisa de uma namorada? Gostaria de ter uma? — Ela deu um beijo em Jasper e olhou para Frank. — Sabe, acho que poderíamos ter um segundo cachorro. Você consegue imaginar que tipo de filhotes o Jasper teria? Ele é tão grande e inteligente. Eles seriam adoráveis!

Frank balançou a cabeça e suspirou. Quando Megan se propunha a fazer algo, não havia como pará-la.

NOTA DO AUTOR

Bem, chegamos ao fim de *O Código de Darwin*, e espero sinceramente que você tenha gostado.

Se este é o meu primeiro livro que você leu, me deixe me apresentar e contar como comecei toda essa história de escrita.

Sou um dos romancistas mais improváveis que você encontrará. Sou engenheiro/pesquisador atuante, em primeiro lugar, e há bastante tempo. Minha formação é em ciências, com foco tanto em ciências biológicas quanto em física.

Comecei a escrever ficção quando meus filhos eram grandes o suficiente para apreciar histórias na hora de dormir. E as histórias que eles gostavam eram quase sempre de fantasia épica. Quanto mais goblins, dragões e ogros, melhor. No entanto, nunca foi algo que levei muito a sério. Eu fazia isso porque os fazia felizes.

Mas algo inesperado aconteceu depois de alguns anos.

Eu peguei o vírus da escrita.

Neste ponto, já escrevia há alguns anos e fiz amizade com alguns autores bastante conhecidos. Quando falei sobre talvez levar a escrita mais a sério, vários deles me deram o mesmo conselho: "Escreva sobre o que você conhece".

Escrever sobre o que eu conheço? Comecei a pensar em Michael Crichton. Ele era médico não praticante e começou com um thriller médico. John Grisham foi advogado por uma década antes de escrever uma série de thrillers jurídicos. Talvez esse conselho seja realmente bom?

Comecei a ponderar: "O que eu conheço?" E então me ocorreu.

Eu conheço ciência. É o que faço para viver e o que gosto. Na verdade, um dos meus hobbies é ler artigos formais abrangendo muitas disciplinas científicas. Meus interesses variam desde física de partículas, informática, ciências militares (sabe, a ciência por trás do que faz as coisas explodirem) e medicina. Admito que sou um pouco nerd nesse sentido. Também viajei bastante durante a vida e sou um estudante informal de línguas estrangeiras e culturas.

Com o apoio de autores best-sellers do New York Times, mergulhei de cabeça na escrita de *thrillers mainstream* com configurações internacionais, que sempre me interessaram. Embora meu histórico pudesse me levar naturalmente à ficção científica, foi esse gênero que realmente me cativou.

Verdade seja dita, eu não pretendia mergulhar na auto publicação da maneira que fiz. Minha intenção era enviar meu trabalho para publicação tradicional. Afinal, recebi muitos elogios de autores tradicionalmente publicados que leram meus manuscritos. Todos foram muito gentis e uma grande fonte de encorajamento.

Antes de entrar na publicação independente, submeti histórias para editores adquirentes em grandes editoras. Apesar de algum interesse inicial, no final, todos concluíram que meu trabalho não era adequado para seus públicos naquele momento. Em retrospecto, é muito difícil para um autor desconhecido "entrar" na publicação tradicional, e para os editores adquirentes, é um grande risco apostar em um autor desconhecido. São coisas que entendo totalmente.

Diante disso, tive que escolher entre guardar as histórias na gaveta e seguir em frente com minha vida, ou arriscar e tentar encontrar um público para elas.

Obviamente, sou teimoso e escolhi a última opção.

E, desde que meu primeiro livro, *Primordial Threat*, foi publicado e se tornou best-seller do USA Today, acho que fico feliz por ter me arriscado.

Suponho que, se você chegou até aqui, é porque leu este romance inteiro, e espero que tenha se mantido entretido. Se sim, isso significa que te encontrei! Você é o famoso "público" que os editores disseram não saber como alcançar.

Uhu!

Se eu puder pedir algo a você, querido leitor, seria para compartilhar seus pensamentos/avaliações sobre a história na Amazon e com seus amigos. É através de suas avaliações e do boca a boca que esta história poderá alcançar outros leitores. Espero que O Código de Darwin (e meus outros livros) encontre um público cada vez mais amplo em seu país.

Mais uma vez, agradeço por dar uma chance a um autor ainda pouco conhecido e por ler o que espero ser o início de uma longa série de techno-thrillers.

Pretendo lançar outros livros em português. Se você estiver interessado em receber atualizações sobre meu trabalho mais recente, junte-se à minha lista de e-mails em:

https://mailinglist.michaelarothman.com/new-reader

Se você me permitir, abaixo tem uma breve descrição do livro um de *Perímetro*, minha série best-seller do USA Today sobre um anjo em pele de lobo, que você pode ler em português:

Levi Yoder é membro da máfia e solucionador de problemas das pessoas.

Infelizmente, ele não pode resolver o problema que está enfrentando.

Diagnosticado com um caso de câncer terminal, Levi se prepara para a morte, mas o que ele não esperava era acordar uma manhã e descobrir que está em remissão completa.

PERÍMETRO é a história de um homem lançado de volta a uma vida que ele assumiu como terminada.

Quando descobre que ele e o resto de sua família são alvos do que a CIA alega serem elementos da máfia russa, Levi concorda em ajudar da maneira que puder.

À medida que ele se imerge no submundo sórdido do crime organizado internacional e da política, ele descobre que está sendo visado por algo que sua agora falecida esposa fez.

Rapidamente fica evidente que as pessoas que ele conhece podem não ser confiáveis e os problemas que ele precisa resolver podem estar além de suas habilidades consideráveis.

ADENDO

Muitas vezes, quando as pessoas pensam em histórias que contêm elementos de ciência e tecnologia, elas associam-nas à ficção científica. No entanto, acredito que a ficção científica é frequentemente estereotipada, por muitas pessoas, como apenas naves espaciais e raios laser, o que é um equívoco.

Devo ressaltar que em *O Código de Darwin*, apesar de não haver naves espaciais ou raios laser, seria difícil negar que o romance está repleto de tópicos científicos e tecnologia.

Também seria difícil negar que romances como *Jurassic Park* ou *A Ameaça de Andrômeda*, apesar de serem tecnicamente ficções científicas, foram comercializados como thrillers, que de fato também são.

Daí nasceu um novo gênero: o *technothriller*.

Os romances que escrevo frequentemente incorporam elementos de ciência. Para alguns, os componentes das minhas histórias podem parecer fantásticos ou impossíveis, mas meu objetivo é sempre fundamentá-los na ciência atual ou em teorias científicas.

Costumo dizer que tendo a escrever dois tipos de romances: um que se enquadra claramente no gênero *technothriller* e o outro sendo mais um *thriller* convencional (por exemplo, como a série Levi Yoder).

Seria razoável perguntar, dado o que já escrevi acima, *se você sempre tece ciência ou tecnologia em suas histórias, por que fazer uma distinção entre technothriller e thriller convencional?*

A resposta é simples:

Para mim, o que diferencia um *technothriller* de um *thriller* convencional é que no primeiro, a ciência não é apenas um ingrediente da história, mas uma parte chave dela. Assim como em *O Código de Darwin*, você não teria muita história sem o código (a modificação de DNA).

Contudo, em minha opinião, isso não significa que sejam necessários diplomas avançados para compreender o que ocorre em meus *technothrillers*. Tudo o que você deve precisar é de amor por boas histórias que contenham ciência e tecnologia. Cabe ao autor tornar a parte científica acessível a todos que a leem.

Neste romance, me esforcei para manter um alto nível de precisão científica. Certamente, haverá elementos em qualquer conto de ficção que são impossibilidades hoje. No entanto, com base em uma fundação sólida de ciência, tento avançar com previsões do que poderia ser possível, buscando criar uma narrativa que seja tanto divertida quanto esclarecedora.

Neste adendo, destaco aspectos utilizados nesta história para mostrar como certos elementos científicos podem se relacionar ou inspirar. Por exemplo, discuti extensivamente aspectos da modificação genética neste romance. Quase tudo o que descrevi é real.

Há muitos equívocos e debates em torno deste tema, o que é completamente compreensível. Frequentemente, quem afirma que a ciência de algo está definitivamente resolvida está induzindo você ao erro.

Sempre questione. Sempre duvide. Sempre verifique.

Neste adendo, fornecerei breves explicações sobre conceitos que podem ser bastante complexos. Minha intenção é apenas deixar você com informações suficientes para fornecer um entendimento rudimentar do assunto.

Além disso, para aqueles que desejam aprofundar-se, deixarei palavras-chave suficientes para permitir que iniciem suas próprias pesquisas e obtenham um entendimento mais completo dos tópicos discutidos. Isso também deve dar uma ideia de algumas coisas que influenciaram minha escrita desta história e talvez faça você começar a se perguntar o que todos os autores inevitavelmente se perguntam: "E se?"

OGM (Organismo Geneticamente Modificado):

Nota: Como há muitas emoções ligadas a este tópico, quero deixar uma coisa clara. Não estou defendendo ou me opondo aos OGMs, apenas quero apresentar os fatos, as motivações implícitas e as preocupações. Não prego sobre ciência, mas acredito firmemente em fornecer fatos para que as pessoas possam formar suas próprias conclusões. Uma opinião informada é valiosa.

Na consciência dominante de nossa sociedade, não há muitos bichos-papões tão temidos quanto os OGMs.

Em *O Código de Darwin*, falo sobre OGMs e até usei alguns exemplos onde o dr. Juan Gutierrez explica os benefícios pelo seu ponto de vista.

Antes de detalhar, vamos discutir brevemente as motivações dos cientistas para a modificação genética. Claramente, a modificação genética não é feita ao acaso; há sempre um objetivo definido.

Por exemplo, suponhamos que o objetivo seja combater a desnutrição, especificamente a deficiência de vitamina A, em algumas regiões do mundo.

Quais seriam, então, os passos de alto nível seguidos por um cientista no processo de modificação genética?

1. Um cientista identificará uma característica desejada
   exibida em alguma forma de vida, seja planta ou animal.

2. O(s) gene(s) que fornece(m) essa característica desejável são identificados e uma cópia é feita.

3. Esse gene copiado é então inserido no organismo-alvo, visando reproduzir o mesmo efeito desejável.

4. Por fim, uma série extensiva de testes é realizada..

Simplificando, os cientistas têm o objetivo de melhorar um organismo alvo, seja planta ou animal, editando o código genético ou adicionando código genético de outro lugar.

A seção seguinte entrará em detalhes técnicos associados a um caso bem documentado de modificação genética.

Arroz Dourado (abordando a deficiência de vitamina A):

O que realmente significa modificar a genética de algo? Para responder, vamos primeiro contextualizar o tópico antes de entrar nos detalhes.

Muitos de vocês estão familiarizados com o conceito de DNA. É o projeto de quem somos e como somos feitos. Mas você já considerou do que o DNA é realmente feito?

Bem, o DNA é composto por uma coleção de genes. Cada um desses genes é "codificado" para expressar uma certa função. Pense em um gene como uma das características que fazem você ser quem é.

Os humanos têm aproximadamente 20.000 genes.

Então, o que é um gene? Um gene é composto por uma série de pares de nucleotídeos, também conhecidos como pares de bases. Eles são chamados assim porque formam os blocos de construção básicos do DNA. Para muitos, pares de bases podem parecer um monte de jargão. Portanto, para explicar melhor o que é um gene, vou usar duas analogias:

1. Se você é um programador de computador, pode pensar em um gene como uma série de instruções. Códigos, por

assim dizer. Mais especificamente, imagine que cada par de bases funcione como um opcode. Cada opcode representa uma instrução independente que culmina em uma sequência lógica de operações. Podemos pensar nesta lista de opcodes como uma sub-rotina útil. Note que cada sub-rotina tem de vinte mil a dois milhões de linhas de código (*pares de bases*). Com suficientes dessas sub-rotinas, eventualmente se constrói um programa que se assemelha ao seu código genético.

2. Se você é cozinheiro, pode pensar em um gene como um ingrediente em uma receita para a humanidade. Cada ingrediente vem com uma longa série de etapas para sua preparação. Descascar, lavar, cozinhar parcialmente, cortar em cubos, etc. Pense nos *pares de bases* como uma das instruções sobre como preparar esse ingrediente. O único desafio é que os ingredientes são bastante complicados de preparar. Não é apenas jogá-los em uma panela como estão. Cada ingrediente tem entre vinte mil e dois milhões de passos (*pares de bases*) para prepará-lo. Obviamente, alguns ingredientes (*genes*) são mais complicados de preparar do que outros. E, considerando que o corpo humano possui aproximadamente vinte mil desses ingredientes (*genes*), percebe-se a magnitude do trabalho envolvido

Agora que você tem uma ideia vaga do que é um par de bases, vamos falar sobre arroz e modificação genética. Se você ainda está comigo, aplaudo sua persistência.

Oryza sativa é o nome latino para a espécie de grama que produz o que comumente chamamos de arroz asiático. Seu DNA é composto por mais de 400 milhões de pares de bases.

Nos anos 1990, iniciaram-se trabalhos no DNA do arroz, copiando o gene da fitoeno sintase de um narciso e o gene da fitoeno desaturase de uma bactéria do solo. Eles inseriram esses genes na estrutura genética do arroz. Isso acabou criando uma forma de arroz que fornecia betacaroteno, uma fonte de vitamina A dietética.

Mais tarde, em 2005, essa fórmula foi melhorada com a fonte de fitoeno sintase do milho, produzindo assim uma quantidade significativamente maior de betacaroteno do que o esforço anterior.

Por que fazer isso?

Em muitas partes do mundo, o arroz é um alimento básico, muitas vezes consumido com exclusão de outros alimentos. Nem todos têm acesso imediato à diversidade alimentar que muitos de nós damos como garantida.

Dado que o arroz não contém naturalmente vitamina A, descobriu-se que a deficiência desta vitamina atingia níveis epidêmicos em certas regiões.

Estimava-se que, em 2005, 190 milhões de crianças e 19 milhões de mulheres grávidas em 122 países sofriam de deficiência de vitamina A. Anualmente, a deficiência de vitamina A é responsável por 1 a 2 milhões de mortes e 500.000 casos de cegueira irreversível.

Com o advento do arroz dourado, um produto OGM, apenas cinco gramas deste arroz são suficientes para fornecer a cota diária completa de vitamina A para um adulto.

Assim, em maio de 2018, a FDA aprovou o arroz dourado para consumo humano, reconhecendo seus benefícios nutricionais.

Quais são outros usos para OGM?

Os esforços associados à criação do arroz dourado deixam bem claro o caso para aumentar o valor nutricional do produto final, mas produtos OGM foram feitos por uma série de razões.

Algumas dessas características incluem: tolerância à seca, maçãs que não escurecem quando expostas ao ar, tolerância a fungos em muitas cultivares, aumento da produtividade das colheitas e redução dos custos dos alimentos.

Há motivo para temer os OGMs?

Nota: é uma posição amplamente aceita por muitos cientistas de que não há nada a temer dos OGMs. De fato, em junho de 2016, 107 laureados com o Nobel, a maioria tendo recebido o prêmio por medicina ou química, assinaram uma carta instando o Greenpeace e seus apoiadores a pararem de fazer campanha contra os OGMs. De fato, a carta chamava a oposição à agricultura de precisão (OGM) de "crime contra a humanidade". Vou resumir a visão dos oponentes dos OGM abaixo:

1. Há preocupações de que substâncias geneticamente modificadas permaneçam no corpo após o consumo e sejam suspeitas de causar efeitos nocivos.
2. Ao tornar algumas culturas OGM resistentes a herbicidas, isso facilita o uso intensivo desses produtos químicos, considerado perigoso por muitos.
3. Apesar dos testes, persiste o receio de efeitos colaterais imprevisíveis resultantes da transferência de genes entre espécies diferentes.
4. Há uma percepção generalizada de que a supervisão governamental sobre OGMs é insuficiente.
5. Prevalece a crença de que os OGMs têm impactos negativos sobre o meio ambiente.
6. Alguns contestam as evidências que sugerem benefícios potenciais dos OGMs.
7. Existem preocupações dietéticas específicas em algumas religiões que proíbem o uso de genes de animais considerados "impuros", e outras religiões rejeitam o consumo de qualquer coisa não encontrada na natureza.

Terapia genética:

Na seção anterior, discutimos os OGMs. A terapia genética não é muito diferente do que acontece na criação de um OGM, exceto que o alvo da manipulação genética é um animal. A terapia genética, aplicada a humanos, existe desde o final dos anos 1980. Ao contrário dos OGMs, onde muitas vezes o objetivo é melhorar o que a natureza forneceu, a terapia genética é usada para tentar corrigir um problema na sua fonte genética. Existem dois tipos de terapia genética que são empregados em animais (humanos inclusos).

1. SCGT – terapia genética de células somáticas: este é o método mais comum de terapia genética. É o que é usado para tentar corrigir doenças e é caracterizado por afetar todas as células do corpo, exceto aquelas que poderiam ser herdadas por gerações subsequentes.

2. GGT – terapia genética de linha germinativa: esta forma de terapia não é permitida em muitos países por razões éticas e técnicas. Uma das maiores diferenças é que as alterações genéticas são aplicadas diretamente às células espermáticas ou ovulares e resultarão em quaisquer mudanças sendo herdadas pela próxima geração.

Em *O Código de Darwin* focamos muito na terapia genética. A cura para o câncer que Juan persegue não é diferente das terapias que outros buscaram para várias doenças. Há pesquisas ativas sendo feitas para tratar uma grande variedade de doenças através da terapia genética. Um exemplo seria uma forma específica de leucemia. O FDA aprovou em 2017 um tratamento (tisagenlecleucel) para leucemia linfoblástica aguda. Ele usa as próprias células do paciente, modifica-as e depois as reintroduz no paciente.

Uma abordagem semelhante também foi aprovada pelo FDA para o tratamento do linfoma não-Hodgkin. Com avanços futuros em pesquisa e experimentação, é possível que algumas doenças se tornem coisa do passado. O futuro é muito promissor, mas a história em *O Código de Darwin* serve como um tipo de alerta. Estamos, de certa forma, explorando sem visão clara ao tentar interpretar o código genético que define todos nós. Nenhum cientista sensato afirmaria entender completamente como todo o material genético funciona, então, à medida que avançamos na exploração de nossa própria identidade genética, devemos proceder com cautela. Quem sabe o que se esconde nos recessos desconhecidos e nas combinações genéticas que são possíveis?

PRÉVIA DE PERÍMETRO

— Sr. Yoder, sinto muito ter de lhe dizer isso. — O dr. Cohen parecia preocupado e hesitante, mas falou rapidamente, como se quisesse acabar logo com isso. — O senhor tem câncer de pâncreas em estágio quatro.

Certamente não era assim que Levi esperava que fosse sua consulta de acompanhamento às nove da manhã. Um calafrio percorreu seu peito e causou um arrepio no meio de suas costas.

O médico de cabelos grisalhos sentou-se em frente à mesa de Levi e empurrou uma caixa de lenços de papel em sua direção.

Como se os lenços de papel pudessem ajudar em alguma coisa.

— Como eu posso ter câncer? — Levi cravou os dedos com força nos braços da cadeira de couro vermelho acolchoada enquanto se inclinava para frente. — Tenho apenas trinta anos e levo uma vida saudável. Não bebo álcool nem uso drogas. Tem certeza? — Ele percebeu que aquilo soava como negação.

O dr. Cohen se levantou, deu a volta em sua grande mesa de mogno e colocou uma mão enrugada no ombro de Levi.

— Filho, eu realmente sinto muito. — Ele suspirou, com hálito de chá de hortelã-pimenta. — Infelizmente, os estágios iniciais do câncer pancreático quase não apresentam sintomas. Enviei as amostras da biópsia para dois laboratórios diferentes e ambos apresentaram os mesmos resultados. Os exames radiológicos que fizemos na semana passada também confirmaram o nível de metástase. O câncer se espalhou para o seu sistema linfático.

Levi respirou fundo e soltou o ar lentamente. A tensão de seus músculos se dissipou à medida que um sentimento de resignação o dominou.

— Estágio quatro? O que isso significa? Como vamos tratar isso? Qual é o próximo passo?

Puxando uma cadeira para mais perto, o médico se sentou em frente a Levi, com os joelhos praticamente se tocando.

— O estágio quatro significa que o câncer se espalhou para outros órgãos. No seu caso, Detectamos o câncer no pâncreas, e ele já se espalhou para os nódulos linfáticos. Quanto ao tratamento, o Sloane-Kettering e alguns outros hospitais de pesquisa realizaram testes clínicos em 2005 que trataram desse tipo de câncer. Atualmente, há tratamentos experimentais de radiação que poderíamos tentar, juntamente com várias rodadas de quimioterapia, mas, no estágio atual da sua doença, receio que as chances não sejam boas. — Ele se inclinou para a frente e, com uma expressão solene, disse: — Minha melhor estimativa seria que, sem tratamento, você teria apenas de quatro a seis meses para colocar suas coisas em ordem. E mesmo com tratamento, serei franco: apenas 1% sobreviveu cinco anos. No entanto, já fiz algumas ligações e temos tratamentos de primeira linha que, com sorte, podem melhorar essas chances. Farei tudo o que estiver ao meu alcance para ajudá-lo a superar isso.

A mente de Levi disparou enquanto ele absorvia as palavras do médico.

Ele sempre foi conhecido por aqueles em sua linha de trabalho como um consertador. Ele cuidava de questões delicadas quando os chefes da máfia precisavam de alguém com uma mão hábil e não apenas músculos puros. Além disso, ele também resolvia questões que os policiais não podiam ou não queriam resolver.

Para isso, ele não tinha escolha.

No entanto, sabia que havia algumas coisas que precisava resolver imediatamente.

Ele se levantou e apertou a mão do médico.

— Dr. Cohen, sei que deve ser difícil dar esse tipo de notícia. Obrigado por ser honesto comigo. Voltarei em algumas semanas, depois de resolver meus assuntos, e conversaremos.

— Mas, sr. Yoder, o senhor realmente deve começar os tratamentos imediatamente. Liguei para o Sloane-Kettering e consegui colocá-lo em um dos programas de tratamento deles...

Levi acenou com determinação e se virou para a saída.

— Agradeço, mas voltarei.

Quando Levi abriu a porta e saiu do escritório particular do médico, ele só conseguia pensar em Mary.

Quando Levi entrou no quarto, Mary, já de roupas de dormir, deu-lhe um sorriso brilhante enquanto colocava um disco no toca-discos.

— Acabei de encontrar isso em uma loja de discos antigos. Você tem que ouvir.

O som de Nat King Cole, um dos favoritos de Mary, ecoou pelos alto-falantes.

Love me as though there were no tomorrow...

A letra da balada apertou-lhe a garganta.

Mary dançou em direção a ele com um sorriso sonhador no rosto, encantada com a música. Mas ao encontrar o olhar dele, ela paralisou no meio do passo.

Seu sorriso vacilou e a preocupação franziu sua testa.

Levi nunca foi capaz de esconder seus sentimentos dela.

Ele se aproximou, segurou o rosto da esposa e olhou fixamente para os belos olhos castanho-escuros dela. Seu rosto estava emoldurado por uma espessa massa de cabelos negros e ela estava tão bonita quanto no dia em que a conheceu.

Enquanto explicava o diagnóstico, sua mente retornou ao momento em que a viu pela primeira vez. Fazia apenas cinco anos que ela havia chegado aos Estados Unidos como Maryam Nassar, uma refugiada de vinte e dois anos do Irã. Ela falava um inglês aceitável e havia respondido a um dos anúncios de Levi para secretária pessoal. No momento em que ele a viu pela primeira vez, foi como se tivesse sido atingido por um raio. Sua pele formigou e ele mal conseguiu recuperar o fôlego.

Nove meses depois, estavam casados.

Seu peito se apertou quando uma tempestade de emoções se espalhou pelo rosto dela: descrença, mágoa, raiva. Seus olhos escuros brilharam com lágrimas e seu queixo tremeu quando ela exclamou em seu forte sotaque persa:

— Mas você prometeu...

Ela respirou fundo e estremeceu, e Levi a envolveu em seus braços.

— Querida, eu sei...

Ele a apertou contra o peito e esfregou suas costas enquanto ela soluçava. Mary era a única pessoa de sua família que havia escolhido o exílio após a revolução iraniana. Ninguém de sua família tinha convicções religiosas profundas, mas no momento em que ela deixou o Irã e se casou com um não muçulmano, selou seu destino. Ela não poderia voltar atrás. Mary não tinha mais ninguém neste mundo, e foi isso que tornou tão difícil contar a ela sobre o prognóstico dele.

Ela também não era o tipo de pessoa que deixava suas emoções transparecerem livremente... mas, agora ela tremia nos braços de Levi.

Sua garganta se apertou de arrependimento, enquanto imaginava os medos que deviam rondar a mente dela.

— Vou me certificar de que você nunca terá que se preocupar com nada pelo resto de sua vida — disse ele. — Essa sempre será sua casa, não importa o que aconteça. Você está me entendendo?

— Eu não preciso de *coisas*. Não preciso de Levi Yoder, o empresário. *Preciso do* meu *marido*. — Mary segurou os dois pulsos de Levi e o encarou com os olhos vermelhos. — Eu amo você.

Ele só a tinha ouvido dizer isso algumas vezes. Cada vez foi uma experiência eufórica. No entanto, dessa vez, ele sentiu dor ao ouvir isso.

Levi havia ajudado centenas de pessoas no passado. Mas dessa vez, quando era mais importante, quando a pessoa que precisava de ajuda era a única pessoa com quem ele se importava mais do que qualquer outra no mundo... ele não podia ajudar. Ele não podia fazer isso.

— Ficarei com você o máximo de tempo possível... isso eu prometo. — Ele enxugou as lágrimas do rosto de Mary com os polegares. — Eu a amo mais do que você jamais saberá.

Ela agarrou Levi com força em seu peito e eles se abraçaram em silêncio, sabendo que nenhuma palavra poderia explicar o que eles estavam passando.

A pele de Yousef Nassar se arrepiava de ansiedade enquanto ele observava os trabalhadores esvaziarem a antiga câmara funerária de um sacerdote do antigo Egito. Fazia apenas dois dias que Yousef descobrira a câmara, há muito esquecida, e ela já estava quase vazia.

Ladrões! Esses homens eram todos ladrões, e saber que ele estava, de alguma forma, possibilitando isso... a culpa corroía o estômago de Yousef.

Tentando ignorar os homens que estavam roubando artefatos insubstituíveis, ele se voltou para a parede com os hieróglifos desbotados e continuou a transcrevê-los em seu caderno. Com a mente concentrada na tarefa, o mundo ao seu redor desapareceu.

— Dr. Nassar?

Yousef se contraiu ao ouvir seu nome ser pronunciado em inglês, mas com um forte sotaque russo. Ele se virou para ver um dos homens de Vladimir. Apesar do calor na câmara subterrânea, o homem estava vestido da cabeça aos pés com um terno preto. Seu rosto esculpido e seus olhos cinza-pedra não demonstravam nenhuma emoção.

— Sim?

O homem grande se aproximou, e uma pequena conta de âmbar estalou sob seu pé. Ele apontou para o outro lado da tumba, em direção à estátua de Anúbis de 1,80 m com o braço estendido.

— Vladimir tinha instruções caso essa estátua fosse encontrada. O ankh foi embalado adequadamente?

O coração de Yousef acelerou enquanto ele se esforçava para manter o rosto neutro.

— Não vimos nada perto ou sobre a estátua.

Os músculos da mandíbula do homem se contraíram e relaxaram.

— Tem certeza disso?

— Tenho. — Yousef apontou o polegar para a parede. — Quando você falar com Vladimir, diga a ele que parte do que está escrito aqui precisa ser preservado.

— Eu informarei a Vladimir sobre o que foi encontrado.

O homem de ombros largos se virou, e os trabalhadores saíram de seu caminho enquanto ele se dirigia para a entrada da tumba.

Yousef pigarreou, e o som ecoou pelas paredes de pedra da câmara.

Apesar do calor opressivo, ele sentiu um arrepio percorrê-lo quando começou a desvendar o significado de algumas das imagens. As cenas retratadas nas mensagens pictográficas falavam de uma época em que o sul e o norte do Egito ainda não haviam sido unificados.

— Yousef — sussurrou uma voz de mulher. — Você já avançou na tradução?

Ele olhou por cima do ombro para Sara. Em farsi, ele perguntou:

— Você conseguiu...?

Ela assentiu com a cabeça.

Com um suspiro de alívio, ele deu um breve beijo na esposa e sorriu.

— Eu realmente acho que esta pode ser uma das tumbas mais antigas que já encontramos. É, sem dúvida, do início da Primeira Dinastia.

Sara olhou para o caderno em seu colo.

— O que você tem até agora?

Ele folheou uma página anterior e revisou suas anotações.

— Como você suspeitava, essa é definitivamente a tumba de um sacerdote antigo, mas não vejo as marcas de Atum, o deus do sol. É outra coisa. As mensagens falam de uma grande guerra com o sul. Aqui, ouça isso.

— *A terra está infestada de doenças e pestes.*

— *Um pedaço do sol desceu e era um homem...*

Yousef tocou o símbolo seguinte e franziu a testa, tentando encontrar uma tradução significativa.

— *Brilhando como muitas estrelas na noite, sua respiração era como a de um crocodilo.*

— O que isso quer dizer? — perguntou Sara.

Ele balançou a cabeça.

— Seu palpite é tão bom quanto o meu. Não faz sentido. Precisaremos pesquisar isso quando voltarmos para a universidade. Na verdade, as próximas passagens parecem sem sentido.

Yousef desviou o olhar para os símbolos restantes que ainda precisava transcrever. Ele ficou tenso ao reconhecer um dos hieróglifos.

— Meu Deus, o que *isso* pode significar?

Sara apontou para dois dos símbolos na parede desbotada.

— O gato e o cinzel... isso não representa Narmer?

Yousef assentiu com a cabeça enquanto tentava extrair o significado dos outros símbolos próximos.

— Sim, mas quase parece que a mensagem está dizendo que esse homem que era um pedaço do sol deu algo a Narmer.

Quando ele se inclinou para mais perto da parede, O som metálico ecoou atrás dele. Ele se virou para ver uma granada rolando sobre o chão coberto de areia, como um cacho de uvas escuras.

O grito de Yousef ficou preso na garganta quando a granada explodiu.

— Acho que hoje é um dia de banco para a família Yoder. Sua esposa esteve aqui há algumas horas.

Como nunca gostou de conversa fiada, Levi simplesmente assentiu e mostrou a chave ao homem.

O gerente do banco, bem-vestido e de cabelos grisalhos, olhou para a chave do cofre de Levi e acenou de volta com a cabeça.

— Siga-me, sr. Yoder.

O gerente se virou, entrou no cofre do banco e examinou a parede de metal. Ele se dirigiu à seção mais à direita e parou em frente ao compartimento correspondente ao número na chave de Levi..

O gerente retirou uma segunda chave do bolso do colete e a inseriu em uma das fechaduras do cofre de Levi.

Ele estendeu a mão.

— A chave, por favor, sr. Yoder.

Levi entregou a chave ao gerente do banco e o gerente a inseriu na outra fechadura. O gerente girou as duas chaves simultaneamente, e Levi ouviu o estalido da abertura. Sua caixa deslizou meio centímetro para fora da parede.

O gerente lhe devolveu a chave de Levi.

— Sr. Yoder, permita-me conduzi-lo a uma sala onde o senhor poderá examinar seus pertences em particular.

Levi puxou a alça de seu cofre de depósito. Ele deslizou suavemente para fora de sua alcova.

Momentos depois, Levi se viu em uma sala privada com um leve cheiro de polimento de madeira e couro. O gerente do banco fechou a porta atrás de si ao sair, deixando Levi sozinho.

Levi retirou um envelope volumoso do bolso do paletó e o depositou no recipiente de metal. Dentro do envelope havia vários documentos legais referentes à casa e aos seus bens. Quando morresse, tudo seria colocado em um fundo e Mary não precisaria se preocupar com nada dali em diante. A casa já estava paga, e as despesas mensais seriam automaticamente debitadas do fundo.

Ele sentiu certo conforto por ter feito tudo o que podia para atender às necessidades de Mary.

Colocando as mãos sobre o cofre, Levi abaixou a cabeça e suspirou. O tumor em sua axila, que ele havia descoberto recentemente, tinha aumentado nos últimos meses. Era o primeiro de muitos que haviam se espalhado por seu corpo, mas esse em particular era quente e latejava, acompanhando o ritmo de seus batimentos cardíacos.

Ele não teria muito mais tempo com Mary, e isso era o que ele mais lamentava.

Sua garganta ficou apertada por um breve momento e ele se permitiu sentir a tristeza que normalmente não ousava demonstrar em público. Havia superado muitas coisas na vida, mas esse seria o seu fim.

Levi enxugou os olhos com as costas das mãos e respirou fundo, estremecendo. Ele deu uma última olhada no conteúdo da caixa e, quando estava prestes a fechá-la, viu um pacote que não se lembrava de ter visto antes.

Ele o puxou para fora. Era um pouco maior do que sua mão e tinha quase a mesma espessura, mas era pesado para seu tamanho. Estava endereçado a Maryam Nassar, esse era o nome de solteira de Mary, mas o endereço no pacote era o local de residência atual deles. Estava coberto de marcas de postagem, indicando que havia vindo de muito longe, mas ainda estava lacrado.

— Mas que diabos?

Levi tirou a faca dobrável do bolso. Com o apertar de um botão, a lâmina se abriu. A caixa havia sido embrulhada com várias camadas de fita adesiva, e foi preciso algum esforço para romper o lacre.

Quando finalmente ele levantou a tampa, um bilhete rabiscado à mão estava dentro da caixa, em cima de algo embrulhado em um pano. Estava escrito em uma caligrafia emplumada comum a muitos idiomas do Oriente Médio, que ele não conseguia ler.

Ele colocou o bilhete de lado e abriu o embrulho de pano.

Seus olhos se arregalaram.

Aninhado na cama de tecido cinza havia um objeto dourado diferente de tudo que Levi já havia visto. Era quase do tamanho de sua mão estendida e se assemelhava a uma cruz, mas a parte superior, em vez de ser uma linha reta, tinha o formato de uma lágrima virada para cima. Quase como se fosse para ficar pendurada no laço excessivamente grande.

Parecia uma coisa muito estranha para Mary ter recebido. Afinal de contas, ela era ateia.

Levi franziu a testa.

— Por que alguém enviaria isso para ela? — perguntou-se em voz alta. — E por que ela não abriu?

Ele se recostou e ficou olhando para o objeto dourado. Em algum lugar no fundo de sua mente, se lembrava de ter visto uma coisa dessas quando estava na cidade. Estava em uma exposição em um museu egípcio. Como se chamava? Um ankh?

Provavelmente era apenas um truque de luz, mas, por um momento, o ankh dourado brilhou como se estivesse vivo.

Levi tirou o ankh e quase o deixou cair. O objeto tinha uma sensação gordurosa inesperada, tornando-o difícil de segurar. Ele o segurou com mais força. A peça ficou estranhamente quente ao toque.

— De que é feita essa coisa?

O mundo pareceu desacelerar enquanto o pescoço e o rosto de Levi se aqueciam. Seu coração começou a bater forte. Uma sensação de queimação subiu por seu braço e ele sentiu uma dor aguda na mão. Era como se a coisa estivesse tentando queimar a palma de sua mão.

De repente, Levi se deu conta: *largue essa coisa estúpida.*

Abriu a mão, deixando o objeto cair com um baque forte na mesa de madeira.

O peito de Levi estava apertado e ele se esforçou para respirar fundo. Ele estremeceu com a dor latejante que subia pelo braço e se espalhava pelo peito e pelo resto do corpo. Ainda não havia bolhas na palma da mão, mas ele sabia que logo surgiriam. A pele ali estava vermelha e irritada com o que quer que fosse que o ankh havia espalhado sobre ele.

Enquanto limpava a mão com um lenço, Levi começou a suar e perguntou em voz alta:

— Mary, por que alguém mandou isso para você?

Ele olhou de volta para o objeto onde o havia deixado cair sobre a mesa. Para seu choque, o ankh parecia diferente agora. A tonalidade dourada cintilante havia desaparecido, substituída por uma aparência de prata opaca.

Enquanto o calor da palma de sua mão pulsava de acordo com os batimentos cardíacos, Levi se perguntou se a coloração dourada teria sido algum tipo de veneno.

Ele bufou com tristeza e balançou a cabeça. *Que diferença isso faz a essa altura?*

Pegue-o, ele desafiou o objeto sem vida e sem brilho.

Usando seu lenço, Levi colocou cuidadosamente o ankh de volta em sua caixa e deslizou a tampa de volta para o contêiner.

Dirigir do banco para casa foi torturante. Seus olhos estavam lacrimejantes e começaram a arder, e sua boca estava seca. Ele precisava desesperadamente de um copo de água. Seu corpo doía; uma febre alta estava se instalando.

Ou ele estava com uma gripe terrível, ou esse era um sintoma inesperado do câncer que ninguém mencionou. Será que o ankh estava realmente coberto de veneno? Seja o que for, parecia determinado a deixá-lo o mais infeliz possível. Quando chegou ao seu bairro, Levi estava suando profusamente, com os olhos pesados.

As luzes cintilantes de um carro de polícia estacionado em frente à sua casa o tiraram de seu estupor.

Levi entrou na entrada da garagem e desceu do carro com dificuldade. Um policial parado na porta da frente se virou em sua direção.

O policial olhou para uma foto em sua mão e depois para Levi.

— Lazarus Yoder?

— Sim, policial. Sou eu. — O coração de Levi disparou enquanto ele enxugava o suor da testa. Lazarus era seu nome de batismo, mas desde que chegara a Nova York, ele usava Levi em seu lugar. — O que há de errado?

— Sr. Yoder, podemos conversar em particular? Receio que tenha havido um incidente.

Levi olhou para a garagem; ela estava vazia. Não conseguia imaginar para onde Mary poderia ter ido. Ela era diabética e sempre voltava para casa a essa hora do dia para tomar sua injeção de insulina. Os músculos ao redor do peito de Levi se contraíram como faixas de ferro, e ele sentiu falta de ar. O mundo começou a girar.

O policial de rosto sombrio apoiou a mão no ombro de Levi.

— Sr. Yoder, o senhor não está com boa aparência. Acho que o senhor vai querer se sentar para isso.

Levi olhou para a foto na mão do oficial e o sangue em suas veias se transformou em gelo. A foto estava manchada de sangue e rasgada, mas ele a reconheceu. Era a foto de seu casamento.

A mesmo que Mary carregava em sua bolsa.

Fazia uma semana que Mary havia morrido no acidente de carro e apenas um dia desde seu funeral. Levi só se lembrava de partes da cerimônia; ele havia desmaiado em algum momento no meio, evidentemente devido à desidratação provocada pela gripe com a qual ele estava lutando.

Agora, ele estava deitado em sua cama em casa, com uma enfermeira pendurando uma bolsa de fluido transparente no suporte de soro.

— Eu introduzi um antiemético pela porta de acesso do soro, então a náusea deve ficar sob controle em breve — disse ela. Ela colocou uma garrafa plástica grande de água na mesa de cabeceira de Levi. — Por favor, tente beber o máximo que puder. Se não conseguir tolerar a ingestão de líquidos para manter sua hidratação, o dr. Cohen disse que você terá de ser internado.

Levi balançou a cabeça.

— Alicia, você parece ser uma senhora bastante simpática e sei que tem boas intenções...

Sua cabeça caiu de volta no travesseiro, com a energia completamente esgotada. Seus músculos doíam como se ele tivesse se exercitado sem parar por uma semana, e suas articulações pareciam particularmente afetadas. Ele se sentia como um velho com artrite. E isso não era nada comparado à queimação que ele sentia nos tumores onde o câncer havia se espalhado.

Isso o lembrou de que a gripe era o menor de seus problemas.

Alicia, a enfermeira de meia-idade do consultório do dr. Cohen, estudou-o com uma expressão de simpatia.

— *Tenho* boas intenções e voltarei pela manhã para ver como você está se saindo.

— Está bem. — Foi a única resposta que Levi conseguiu dar. Ele fechou os olhos, tentando ignorar a dor que consumia seu corpo.

Ele deve ter adormecido, pois quando acordou, o sol já atravessava a fresta das cortinas bege, iluminando seu rosto com uma luz matinal suave.

Sua febre havia desaparecido.

A cama estava molhada por causa do suor noturno, seus olhos não estavam mais ardendo e as dores haviam diminuído. No entanto, ele ainda se sentia... diferente, quase como se algo dentro dele estivesse mudando.

Os sons da manhã pareciam, de certa forma, mais altos do que nunca, como se seus ouvidos estivessem abafados por algodão. Os pássaros chamavam uns aos outros no quintal da frente e, em algum lugar ao longe, os freios a ar de um ônibus escolar eram acionados. O relógio de corda antiquado na mesa de cabeceira fazia um tique-taque alto a cada movimento do ponteiro dos segundos.

De repente, os sons desapareceram e, por um momento, parecia que o mundo havia parado... e então tudo começou de novo. O relógio continuava a bater, os pássaros chilreavam e o ônibus desengatou os freios.

Quando Levi bocejou e esticou os braços sobre a cabeça, sentiu um puxão e o suporte de soro caiu sobre ele. Ele se sentou e arrancou aquilo do braço. Ele se mexeu, e a fita que mantinha o tubo no lugar se soltou de sua pele. A estranha sensação de deslizamento do tubo de plástico que estava sendo retirado de sua veia causou um arrepio de repulsa.

Sua pele formigava enquanto ele afastava as pernas para fora da cama. O sangue começou a escorrer pelo seu braço, e ele rapidamente pegou uma gaze na mesa de cabeceira, pressionando-a contra o local da inserção do soro.

A garrafa de água na mesa de cabeceira estava vazia.

— O que está acontecendo comigo? — Levi balançou a cabeça, tentando clarear os pensamentos. Ele não tinha dormido mais do que duas horas seguidas desde a morte de Mary mas, de repente, doze horas haviam se passado como em um piscar de olhos.

Olhou desconfiado para a bolsa de soro vazia, agora caída no chão, e se perguntou o que mais a enfermeira havia colocado ali.

Ele se levantou, sentindo-se notavelmente estável para uma pessoa que havia se sentido como se a morte tivesse aparecido na noite anterior. Levi tocou o caroço ardente em sua axila e estremeceu.

Será que eu nunca consigo ter um descanso?

Por algum motivo incompreensível, todos os seus tumores pareciam estar em chamas, como se fossem pólvora em brasa.

Levi se voltou para a mesa de cabeceira. Mais uma vez, tudo ao seu redor pareceu congelar. Dessa vez, o ponteiro dos segundos do relógio estava parado. Ele contou em voz alta:

— Um... dois... três... quatro... cinco. — O ponteiro começou a andar novamente. — Estou ficando louco.

Uma dor latejante surgiu em mais de uma dúzia de pontos de seu corpo. Ele fez uma careta e respirou fundo algumas vezes.

Ele sabia exatamente o que precisava fazer.

Momentos depois, Levi estava vestido e saindo pela porta da frente.

O dr. Cohen tinha algumas explicações a dar.

Enquanto Levi corria pela Northern State Parkway em direção ao consultório do dr. Cohen, a frustração dentro dele aumentava.

— Depois de tudo o que passei, ele deveria ter sido sincero comigo.

Algo havia acontecido com Levi na noite passada, mas ele não conseguia entender o que era. O dr. Cohen deve ter instruído Alicia a colocar algo mais naquela intravenosa além dos medicamentos para náusea.

Tudo ao seu redor parecia amplificado. As cores estavam mais vivas do que nunca, e os sons – pássaros voando sobre suas cabeças, o barulho dos carros na rodovia – estavam mais claros, mais distintos. Sua pele formigava intensamente, cada sopro de vento nos pelos do seu braço parecia uma agulhada.

Era como se ele pudesse sentir cada fio de cabelo se mexendo.

Essa é a sensação de estar chapado?

Um carro passou por ele à esquerda, e ele ouviu o ruído dos seis cilindros de metal entrando e saindo do motor em uma harmonia quase perfeita.

Levi coçou o local ardente perto da axila e franziu a testa. Era ali que ele havia sentido o primeiro tumor. Mas o caroço agora parecia... diferente. Menor? E estava ainda mais quente ao toque do que nunca, como uma brasa enterrada sob sua pele.

— Droga, doutor, o que você fez comigo?

Quando Levi entrou no consultório do dr. Cohen, a recepcionista loira levantou os olhos do romance que estava folheando e sorriu.

— Bom dia, Sr. Yoder. Acho que o senhor não tem hora marcada para hoje.

— O Dr. Cohen está?

— Ele está trabalhando em seus gráficos, mas...

Levi passou por ela e invadiu a sala privativa do médico.

O dr. Cohen estava ocupado rabiscando em uma das muitas pastas de pacientes empilhadas em sua mesa. Quando Levi entrou, o dr. Cohen ergueu os olhos de sua pilha de trabalho, e a surpresa alargou seus olhos..

— Sr. Yoder. Alicia me disse que o senhor estava preso à cama. — A caneta caiu de sua mão e rolou para fora da mesa. — Eu ia passar hoje à tarde para ver como estão as coisas. Você está bem?

O formigamento quente no corpo de Levi intensificou sua raiva.

— O que foi que você fez com que ela colocasse naquele soro? Tudo parece estranho, quase como se eu estivesse drogado ou algo assim.

O idoso se levantou e se apoiou pesadamente em sua mesa.

— Do que está falando? Você recebeu soro fisiológico para a desidratação e um medicamento para a náusea.

Vendo a expressão confusa e sincera do médico, Levi começou a se sentir tolo por suspeitar de algo nefasto.

— Desculpe, talvez seja só... não sei. — Ele esfregou a sensação de queimação que vinha do tumor na lateral do pescoço. — Primeiro, o mais importante. Por que parece que estou em queimando?

— Não entendo. — O dr. Cohen deu a volta em sua mesa e fechou a porta do consultório. Ele colocou a mão na lateral do rosto de Levi, e o sulco entre suas sobrancelhas se aprofundou. Virando o rosto de Levi para o lado, ele sondou o caroço em seu pescoço. — Isso não está certo...

O médico levantou o braço esquerdo de Levi e examinou vários pontos, incluindo a axila, que latejava dolorosamente.

— O que não está certo? — perguntou Levi. — Não me diga... deixe-me adivinhar. Estou morrendo.

O médico idoso deu um passo para trás e colocou um par de luvas de exame.

— Tire a camisa. — A expressão mal-humorada do médico não permitiu nenhuma discussão.

Levi se despiu até a cintura. Enquanto o médico examinava suas axilas e peito, Levi perguntou:

— O que você vê? O que há de errado?

— Você não fez nenhum tratamento de radiação ou infusão química desde o seu diagnóstico?

— Não. Não vi necessidade.

— Não estou entendendo — murmurou o médico. — Levi, parece que todos os tumores que se infiltram em seu sistema linfático encolheram desde a última vez que o vi. Os poucos que estou detectando estão muito duros e quentes ao toque, e os outros... bem, alguns eu não consigo encontrar de jeito nenhum. Quero fazer uma biópsia em alguns deles para ver o que está acontecendo.

Levi suspirou.

— Vá em frente. Faça o que você acha que tem de fazer.

Andando de um lado para o outro na sala de espera com painéis de madeira do Instituto Sloane-Kettering, Levi não conseguia entender o que poderia estar demorando tanto.

Sua consulta com o dr. Cohen, há vários dias, não havia resultado em nada além de exames de corpo inteiro e agulhas. E, por insistência do médico, Levi havia passado a manhã sendo cutucado por mais médicos no Sloane-Kettering. Já era fim de tarde e ele ainda estava na sala de espera, já tendo lido todas as revistas disponíveis.

De algum lugar ao longe, ouviu-se o som fraco de vozes altas... uma delas parecia ser a voz do dr. Cohen. Curioso, Levi saiu da sala de espera e seguiu o som pelos corredores. Ele parou do lado de fora de um conjunto de portas fechadas rotuladas como *Radiologia e Histologia*. Duas vozes discutiam do outro lado. Estavam abafadas pelas portas, mas o tom nasalado do dr. Cohen era inconfundível.

— Frank, tudo o que posso lhe dizer é o seguinte. Três dias atrás, esse paciente entrou em meu consultório reclamando de uma sensação de queimação. Apalpei alguns de seus linfonodos e constatei a presença de crescimentos anormais, que fiz uma biópsia e trouxe para cá.

— Dr. Cohen, estou lhe dizendo que é impossível que as biópsias que você me trouxe e as que eu fiz hoje de manhã sejam da mesma pessoa. Não quero ser rude, afinal, o senhor *foi* meu professor de histologia na faculdade de medicina. Mas tem certeza de que não misturou alguma coisa? Não senti nenhum inchaço ou algo fora do comum em meu exame. Eu me senti mal ao submeter aquele homem a outra biópsia, mas mesmo assim a fiz com base apenas no que você disse.

Levi retirou o curativo do pescoço e tocou o local onde o especialista em câncer do Sloane-Kettering havia feito a biópsia. Ele não encontrou nenhum inchaço no local da biópsia.

Enquanto os médicos continuavam discutindo, Levi se encostou na parede amarela de blocos de concreto, sentindo a sala balançar de forma instável. Levi enfiou a mão na camisa, abrindo acidentalmente um botão enquanto apalpava a axila. O nódulo duro e ardente também havia desaparecido. Ele estava lá apenas alguns dias antes.

Como isso é possível?

O segundo médico estava falando novamente.

— Com base nos resultados da biópsia e do PET, posso afirmar: não há nada de errado com o homem na sala de espera.

SOBRE O AUTOR

Sou filho de militar e vivi em muitos lugares diferentes em minha infância, poliglota e a primeira pessoa da minha família nascida nos Estados Unidos. Isso influenciou fortemente minha juventude, instilando um amor pela leitura e uma curiosidade ardente sobre o mundo e todas as coisas nele. Como adulto, meu amor por viagens e aventuras me permitiu explorar muitos lugares inimagináveis, e esses lugares às vezes aparecem nas histórias que escrevo.

Espero que você tenha achado esta história divertida.

Mike Rothman

Você pode encontrar meu blog em: www.michaelarothman.com
Também estou no Facebook em: www.facebook.com/MichaelA-Rothman e no X (antigo Twitter): @MichaelARothman